W0011930

A^{t}V

GEORG BRUN, 1958 in München geboren, erhielt für seinen Roman »Das Vermächtnis der Juliane Hall« den Bayerischen Förderpreis für Literatur. Einen Namen gemacht hat er sich vor allem mit seinen historischen Romanen »Fackeln des Teufels« und »Das Vermächtnis der Katharer«.

Georg Brun lebt mit seiner Tochter in München.

Rom, wenige Monate vor dem »Sacco di Roma«. Die Stadt ist in heller Aufregung. Die Deutschen unter Kaiser Karl rücken immer weiter vor; die Stellung von Papst Clemens wird zusehends unhaltbar. Auch innerhalb der Kurie gibt es Streit. Parteien für und gegen Clemens bilden sich heraus, denen jede Intrige recht ist, um ihr Ziel zu erreichen. Ausgerechnet in diesem Augenblick, als Rom ohnehin einem Pulverfaß gleicht, werden kurz nacheinander vier Huren ermordet. Weil sie so unschuldig wirken, nennt man sie »Engel«.

Jakob, ein deutscher Dominikaner, erhält den Auftrag, Nachforschungen anzustellen. Er streift durch die Bordelle und Kneipen der Stadt – und begreift bald, daß in Wahrheit niemandem an der Aufklärung der Morde gelegen ist. Auch sein Auftrag ist nur eine Intrige, der er beinahe selbst zum Opfer fällt.

Georg Brun

Der Engel der Kurie

Roman

Aufbau Taschenbuch Verlag

ISBN 3-7466-1350-7

1. Auflage 2002
© Aufbau Taschenbuch Verlag GmbH, Berlin 2002
© Georg Brun, 2002
Umschlaggestaltung Lemme/Henkel
unter Verwendung des Gemäldes
»Henri Lacordaire« von Chassérian
Druck Elsnerdruck, Berlin
Printed in Germany

www.aufbau-taschenbuch.de

Mit Schmerz erkauft, ist Wollust teures Gift.

Horaz

Für Franz Holzleiter, meinen Wegbegleiter
auf dieser Reise in die Vergangenheit.

Ein besonderer Dank gilt dem Freistaat Bayern
für die Gewährung des Stipendiums »Casa Baldi«
im Sommer des Jahres 1997, welches die vielfältigen
Recherchen in Rom erst ermöglichte.

Der tote Engel von Castel Sant' Angelo

Zäh hing der Morgennebel über dem Tiber. Drei schwarze Kutten schlichen am Ufer entlang, ihre Schritte verursachten leise, schmatzende Geräusche im sandigen Mergel. Krächzend flog ein Rabe auf. Die Männer blieben stehen. Monsignore Trippa blickte mißmutig auf seine verdreckten Schuhe.

»Nur eine Krähe«, flüsterte der Anführer und blickte Trippa wie um Entschuldigung bittend an. Der Monsignore nickte mürrisch, und die drei gingen weiter. Neben ihnen rauschte das Wasser, es gab tückische Strudel hier. Nach wenigen Minuten schälte sich vor ihnen die Engelsburg aus dem Nebel. Der Anführer bog nach rechts auf das steile Ufer des Tiber zu. Vom Tau feuchte Zweige streiften ihre Köpfe; die drei Männer zogen ihre Kapuzen tiefer und blickten angestrengt nach vorne. Es wurde heller und klarer. Dann waren sie am Ziel.

Nackt lag ein Mädchen in einem halbhohen Ginster; ihr Körper wirkte durch den Aufprall seltsam verkrümmt. Etliche Zweige waren unter der Last geknickt, aber einige, die nur umgebogen waren, hatten sich bereits wieder aufgerichtet und sich wie ein Schutzschild über den geschundenen Körper der Toten gelegt. Blaue Flecken bedeckten die blasse Haut des Mädchens. Verdreht grub sich ein Arm in das Geäst und stützte den Körper so weit, daß seitlich der Ansatz einer festen Brust zu sehen war. Über den knabenhaften Po zogen sich drei blaurote Striemen wie von einem Rohrstock oder einer Peitsche.

»Sie wurde von dort oben heruntergeworfen«, bemerkte Trippa und gab ihrem Führer ein Zeichen. Der Mann namens Umberto nickte, hob die Leiche aus dem Strauch und legte sie

9

mit dem Rücken auf das Gras zu Füßen des Monsignore. Jakob, der dritte der Männer, wandte sich ab; er kämpfte gegen den Brechreiz an.

»Seit wann seid ihr deutschen Dominikaner so zimperlich?« knurrte Trippa und kniete sich zu der Toten. Starr waren ihre blauen Augen; der Mund war halb geöffnet wie von einem ungläubigen Staunen. Glatt und rein war die Stirn, seidig das rotblonde Haar, das nach Knabenart kurz geschnitten war.

»Was für ein schönes Gesicht«, murmelte der Monsignore und versuchte, nicht auf die Brust zu sehen, weder auf die rechte, die sich fest und rund emporreckte, noch auf die linke, die von vielen Messerstichen und Schnitten malträtiert war, als habe ein verrückter Metzger versucht, voller Wut das geile Fleisch zu entfernen. Genauso übel zugerichtet zeigte sich der Bauch des Mädchens, der unterhalb des Rippenbogens aufgeschlitzt war.

»Wer tut so etwas?« flüsterte Trippa und erhob sich. Er trat neben Jakob und legte ihm die Hand auf die Schulter. »Verzeih, Bruder. Es sieht schlimm aus. Wir müssen das Mädchen wegbringen.« Und zu ihrem Führer gewandt, sprach er, das Befehlen gewohnt: »Umberto, schlag sie in die Decke, und bring sie in mein Haus.«

Während der Diener tat, wie ihm geheißen, schritten Jakob und der Monsignore die unmittelbare Umgebung der Leiche ab und entdeckten hinter dem Gebüsch, am Fuße der Ufermauer, ein weißes Leinenkleid und daneben ein grünseidenes Unterhemd, eine wollene Hose und eine schmucklose Ledersandale.

»Das muß alles von dort oben heruntergeworfen worden sein«, erklärte Jakob verwundert.

Wenig später saßen sie in Trippas Schreibstube vor dem offenen Kamin und rieben sich die Hände am Feuer. Umberto legte drei kräftige Birkenäste auf, rückte die Scheite zurecht und zog sich zurück.

10

»Daß du mir kein Sterbenswörtchen von dem Vorfall verrätst«, ermahnte der Monsignore seinen Diener, dann war er mit Jakob allein.

»Es ist die vierte Tote innerhalb von drei Wochen«, bemerkte Trippa, und seine Stimme klang besorgt. »In der Stadt gibt es schon Unruhe, weil sich manche Kurtisane nicht mehr sicher fühlt. Und immer sind die Leichen grausam verstümmelt.«

Der Monsignore kniff die Lippen zusammen und blickte ins Feuer. Jakob musterte den Römer von der Seite; Trippas schmales Gesicht wurde von einer kantigen Höckernase beherrscht, die lange Schatten auf seine kalten blauen Augen warf; die hohe Stirn, fast jugendlich glatt, wurde durch eine steile Falte bis zum Haaransatz geteilt; sein Kinn war mehr kantig als spitz und betonte den Eindruck herrischer Strenge, den Trippa vermittelte. Ein typischer Römer und ein beispielhafter Vertreter des Heiligen Stuhls, dachte Jakob und erwog bei sich, ob man dem Monsignore vertrauen könne; immerhin war Trippa als *Notarius cancellariae* ein bedeutender Mann in der Kanzlei und zuallererst ein Vertrauter des Vizekanzlers, dem die gesamte Kanzlei unterstand.

»Der Kanzler selbst ist besorgt«, erklärte Trippa. »Er möchte die Taten aufklären lassen. Nichts wollen wir weniger als Unruhe bei den liederlichen Weibern; das brächte am Ende die Kurie aus dem Gleichgewicht.«

»Ich bezweifle«, erwiderte Jakob mit fester Stimme, »daß die Kurie im Gleichgewicht ist. Da gibt es Parteigänger von Franz, dort Parteigänger von Karl, hier weinen einige dem frommen Hadrian nach, andere wünschen sich Clemens lebenslustiger und schwelgen in der Erinnerung an Leo und Alexander. Und durchaus nicht jeder ist mit den Medici glücklich.«

»Der Vatikan ist ein Abbild der Welt und dient letztlich doch einem einzigen Ziel. Ihr Deutschen tut euch schwer mit Gegensätzen.«

»Wir sprechen lieber mit einer Zunge.«

Trippa lachte bitter. »Das möchte ich von euren Lutheranern

11

hören! – Doch sei's drum«, er machte eine wegwerfende Handbewegung. »Kardinal Ottavio Farnese sieht in den Hurenmorden eine Gefahr. Als der Kanzler des Papstes hat er mich deshalb beauftragt, dich für die Ermittlungen zu gewinnen.«

»Warum ausgerechnet mich?«

»Weil du dich als Helfer des Doktor Eck in Bayern bewährt hast, weil ihr Dominikaner die Herren der Inquisition seid und weil du dem Kanzler als vertrauenswürdig giltst.«

Jakob wiegte bedächtig den Kopf und schwieg.

»Wir müssen befürchten«, fuhr Trippa fort, »daß der Täter in den Reihen der Geistlichkeit zu finden ist. Die Nachforschungen müssen daher streng geheim vonstatten gehen, nicht einmal der Kanzler selbst darf von den näheren Umständen erfahren. Ich bin als dein Verbindungsmann eingesetzt, an den du dich wendest, wenn du etwas herausgefunden hast oder wenn du Unterstützung benötigst.«

»Ich soll auf mich allein gestellt sein?« fragte Jakob ungläubig. »Ich halte mich erst seit eineinhalb Jahren in Rom auf und kenne kaum alle Kardinäle beim Namen. Wie soll ich da einem Verbrechen auf die Spur kommen?«

»Dein Licht leuchtet hell unter dem Scheffel«, erwiderte Trippa. »Ich lasse ;Moncada, den Medicus, kommen, er soll die Leiche untersuchen. Du wirst dabeisein.«

Jakob zuckte zusammen und fühlte beim bloßen Gedanken an die zerschundene Frauenleiche eine heftige Übelkeit in sich hochsteigen, aber er wußte, daß Trippa recht hatte; die Leiche mußte genau untersucht werden.

»Er ist in hohem Maße vertrauenswürdig«, bemerkte der Monsignore und verließ den Raum.

Sie standen zu dritt im Keller um die aufgebahrte Leiche, und Jakob beobachtete jeden Handgriff des Medicus. Der dunkelhäutige Spanier öffnete den Mund der Toten, betrachtete die Zähne, zog die Zunge vorsichtig heraus und murmelte bestätigend »Si, si«.

12

»Kein Belag«, erläuterte Moncada, »das spricht für einen gepflegten Mund; wahrscheinlich schabt sie sich die Zunge.« Er tastete die Halsmuskeln und das Genick ab, schüttelte den Kopf, besah sich die Ohren, nickte, murmelte »Kein Schmalz« und überprüfte Finger und Fingernägel; sie waren makellos. Sorgfältig widmete er sich dann den blauen Flecken an Armen und Rücken, musterte die Striemen auf dem Po. Sein Gesicht verdüsterte sich, als er auf die kleinen Verletzungen deutete, die am Po zu sehen waren. Oberschenkel, Waden, Fersen, Fußsohlen nahm er ebenfalls in Augenschein, hieß Umberto dann die Leiche umdrehen und betrachtete lange den zerfleischten Busen.

Jakob zwang sich, genau hinzusehen, und spürte Zorn in sich aufsteigen, Zorn auf den, der dies angerichtet hatte wie zum Hohn Gottes, der zur Freude aller die Schönheit schuf, die nun grausam zerstört war. Zugleich erkannte der Dominikaner, daß sie es hier nicht mit irgendeinem Mörder zu tun hatten; nein, Jakob wußte, er blickte auf das Werk des Bösen.

Der Medicus spreizte die Beine des Opfers und starrte auf die offene Scham. Jakob bekreuzigte sich und schlug die Augen nieder; auch Trippa blickte verschämt zur Seite und räusperte sich, als der unkeusche Augenschein zu lange andauerte. Moncada ließ sich jedoch nicht beirren, sondern fuhr mit einem kleinen silbernen Löffel zwischen das geheime Fleisch und holte weißliche Flüssigkeit hervor.

»Semen«, stellte er fest, »nicht älter als acht Stunden.« Er heftete seine Augen auf die unversehrte Brust. »Eine schöne Frau, siebzehn, achtzehn oder gar zwanzig Jahre alt; hat bereits einmal geboren und mindestens drei Monate gestillt.« Er ging zum Wasserschaff, das in der Ecke stand, und wusch sich ausgiebig die Hände. »Selten eine so gepflegte Hure gesehen. Kennt man die Dirne?«

»Ihre Identität müssen wir noch herausfinden«, murmelte Trippa und blickte Jakob auffordernd an.

Eine Stunde später stand Jakob am Fenster seiner Zelle im Collegio Teutonico, in dem seit Hunderten von Jahren deutsche Geistliche, Pilger und Gelehrte wohnten, und blickte hinunter auf den kleinen Friedhof Camposanto Teutonico, auf dem so mancher Romreisende seine letzte Ruhestätte gefunden hatte und nach dem im Volksmund das Kollegienhaus oft einfach Camposanto genannt wurde. Gegenüber lag Sankt Peter und war leider keine altehrwürdige Basilika mehr, sondern eine große Baustelle. Ihretwegen, ging es Jakob durch den Kopf, streiten wir uns nun mit Luther herum, weil sie so viel Geld frißt, daß mit dem Ablaßhandel übertrieben wurde.

Jakob schüttelte den Kopf und überlegte, wie er mit dem seltsamen Auftrag des Kanzlers umgehen solle. Er war beileibe kein gewiefter Inquisitor, wie Monsignore Trippa vielleicht vermuten mochte, und obwohl er zu Ingolstadt den Doctor Iuris erworben hatte, fühlte er sich unsicher im Poenalprozeß. Gewiß, er hatte dem berühmten Johannes Eck gegen die lutherischen Umtriebe an der Universität und im Herzogtum geholfen, aber da hatten ihm Schreiber und Richter des Landshuter Herzogs zur Seite gestanden, und es war ein geringes Verdienst, die Verführten zum Abschwören zu bewegen. Seine Oberen hatte ihn keineswegs nach Rom geschickt, damit er in Inquisitionsfragen erfahren werde, sondern um ihn zum Ruhme des Ordens an der Universität lehren zu lassen. Außerdem sollte er seine Studien über Erasmus vervollkommnen, in der Kanzlei des Ordensgenerals mitwirken und eine deutsche Zunge in die allfälligen Entscheidungen einbringen. Das schien heute wichtiger denn je angesichts Karls wachsender Macht und der immer drängenderen Forderung des gewählten, jedoch ungekrönten Kaisers nach einem allgemeinen Kirchenkonzil. Jakob spürte durchaus Stolz darüber, beim Kanzler des Papstes als klarer Denker aufgefallen zu sein und für einen vertrauenswürdigen Kirchenmann gehalten zu werden, aber er mochte nicht einsehen, daß ihn allein dies dazu befähigen sollte, heimlich Verbrechen auszuforschen. Ande-

14

rerseits erkannte er gerade in seinem Status als Fremder einen für Kardinal Farnese unschätzbaren Vorteil; wer sich zu lange in der Ewigen Stadt aufhielt, rechnete zwangsläufig irgendwann einer der vielen Parteien zu und tat sich fortan schwer mit einem unabhängigen Urteil.

Soutane und Skapulier von weißer Wolle, trug Jakob den Habit der Dominikaner immer noch stolz unter dem offenen schwarzen Mantel, wenn er den Borgo verließ und in die geschäftige Stadt hineinging. Während er sinnend an der Engelsburg vorbeischritt, spürte er achtungsvolle Blicke manch einfacher Menschen, die kaum einem Purpurträger mit Ehrfurcht begegnet wären. Jakob kam diese Aufmerksamkeit zupaß, während er durch Straßen und Gassen schlenderte, denn es herrschte viel Betrieb auf den Straßen; dreist trieben die Fuhrleute und Reiter ohne Beachtung der Fußgänger ihre Pferde an. Der Schwache mußte auf der Hut sein, daß er in den engen Straßen nicht unter die Räder und Hufe kam. Doch auf Jakob achteten sogar die besonders Rücksichtslosen, und so gelangte er unbeschadet zum Campo de Fiori.

Von allen belebten Plätzen Roms liebte Jakob diesen am meisten; wohl beeindruckte ihn der Stein gewordene Zirkus der Piazza Navona, doch fehlte es diesem Platz an Lieblichkeit; und selbstverständlich zog ihn der Platz vor Sankt Peter in seinen Bann, weil der Vatikanpalast so respektheischend aufragte, aber die Bauarbeiten am Dom ließen keine Heiligkeit der Stätte zu. Am Kapitol dagegen atmete die Geschichte zu schwer für Jakobs Gemüt, und im Trümmerfeld der Kaiserforen kam er sich meist verloren vor, denn hier zeigte sich ein Rom eigener Wesenszug besonders deutlich: Nirgends war mehr zauberische Einöde als zwischen Kapitol und Kolosseum. Vielfach bestimmte quer durch das weitläufige Gebiet der Stadt innerhalb der Aurelianischen Mauer, welche von unvorstellbarer Länge war, Wildnis das Bild; selbst in so belebten Straßen wie der Via Giulia oder der Strada del Popolo lagen zwischen neu errichteten Prachtbauten Brache und undurchdringliches Gebüsch, das Ruinen überwucherte. Im Gassengewirr des Marsfeldes fanden sich baufällige Wohnhäuser den reichsten Palazzi benachbart. Wiederholt unterbrachen die gemauerten Klosterbezirke das Stadtbild, und hinter den Mauern verbargen sich weite Gärten. Zum Quirinal hinauf brach die Bebauung ebenso unvermittelt ab wie zum Aventin hin und ließ den Weinbergen der Reichen Raum, so daß dem Wanderer selbst innerhalb der Mauer oftmals der Eindruck entstand, er bewege sich nicht in einer Stadt, sondern zwischen mehreren Städten. Der Verfall trat an einigen Stellen so deutlich zutage, daß man nicht glauben mochte, sich wirklich im Zentrum der Christenheit zu befinden. Andererseits wurde nicht erst seit Papst Julius an vielen Stellen der Stadt gebaut, um dem Zustrom von Menschen aus aller Herren Länder gerecht zu werden. An anderen Stellen suchten Künstler und Gelehrte nach Kleinodien der Antike, und was dabei alles ans Licht kam, ließ selbst so große Männer wie Raffael staunen, und die ganze Welt rühmte immer noch den Fund der Laokoon-Gruppe vor zwanzig Jahren.

Bei diesem Gedanken lächelte Jakob, denn die vielen Literaten an der Sapienza kamen ihm in den Sinn, die in Anlehnung an die Antike lateinische Verse schmiedeten und sich von der Romantik der Ruinen inspirieren ließen, dabei aber selten jene geistige Tiefe erreichten, für die ihre Vorbilder Cicero, Catull, Livius oder Ovid berühmt waren. Nein, diese gekünstelte Art war seine Sache nicht; Jakob zog die Lebendigkeit der einfachen Menschen in Rom der akademischen Schaumschlägerei vor. Deshalb liebte er den Platz des Volkes so, deshalb zog es ihn immer wieder zum Campo de Fiori. Wild kreischten und schnatterten hier die Stimmen der Marktweiber, und Jakob lauschte mit Vorliebe ihrer derben und doch melodischen Sprache. Die *lingua volgare* der einfachen Leute rührte die Gefühle an; außerdem sprach es sich herrlich derb und deftig und gab dem Dasein seine Lebendigkeit zurück, die in der

16

starren Formenwelt des gebildeten Latein verlorenzugehen schien. Der Campo de Fiori war ein Platz zum Lauschen und Schauen. Mägde, Diener und Köchinnen schoben sich von Marktstand zu Marktstand, prüften wortreich Obst und Gemüse, und die Geschäftigkeit lag so dick in der Luft wie Weihrauchschwaden in der Ostermesse.

Jakob genoß diese Stimmung und konnte sich kaum satt sehen an dem bunten Treiben; er setzte sich vor Giuseppes Schenke auf einen Schemel und bat um einen Schoppen Rotwein.

»Tedesco«, grüßte der Wirt fröhlich, »was führt dich heute auf den Markt?«

»Die Neugier, Giuseppe«, antwortete Jakob und versuchte ein Lachen. »Was reden die Leute? Gibt es Neuigkeiten? Komm, vertreib mir die Zeit mit deinen Geschichten.«

»Ach, die Weiber streiten sich wie gewöhnlich, eine jede will die andere übertreffen; und sie sorgen sich wegen der toten Huren. Ich geb' nichts drauf, aber viele sagen, da zieht ein geiler Nero durch die Straßen und mordet, sobald ihm eine unter die Finger kommt. Wenn du mich fragst, haben die Toten gar nichts miteinander zu tun. Weiß doch ein jeder, daß es die Teufelshuren manchmal allzu toll treiben; wer sich betrogen fühlt, der schlägt zurück, und mancher ist nicht zimperlich in der Wahl seiner Mittel.«

»Waren es ordinäre Frauen, die getötet wurden?«

»Man sagt, es sollen herausgeputzte Engel gewesen sein.«

»Also keine Frauen von hier oder vom Pozzo bianco?«

»Zumindest nicht von der Straße oder aus unseren einfachen Häusern. Was soll's! Soll ich Weibern nachtrauern, die keine Nacht unter fünf Scudi vergeben? Dafür arbeite ich einen vollen Monat. Wer so teuer ist, der muß auch seinen Preis zahlen. Da schau«, Giuseppe deutete auf ein dralles Marktweib, »die Lavinia ist für einen Krug Roten oder zehn Quattrini willig, und sie reitet dich so geschickt wie ein Araber seinen Hengst. – Prosit, Tedesco.« Der Wirt schlug Jakob

17

auf die Schulter und verschwand dann im Halbdunkel seiner Kaschemme.

Jakob sann Giuseppes Worten über die Preise von Kurtisanen nach; fünf Scudi waren tatsächlich eine stolze Summe, wenn man bedachte, daß zehn Giuli einen normalen Scudo machten und ein Goldscudo gar zwölf Giuli wert war; hier am Markt wurde nicht einmal in Giuli, sondern wirklich in Quattrini gerechnet, derer vierzig auf einen Giulo kamen. Der Dominikaner nahm einen kräftigen Schluck Wein und sah dem Treiben auf dem Markt zu. Nein, man durfte nicht mit allem hadern; die Welt hatte ihre Ordnung gerade so, wie es sich ziemte; da gehörten die Marktweiber ebenso dazu wie die Bettler, Gaukler und Huren. Aber was war mit jenem Mörder? Zwar hatte Satan seine Zulassung von Gott, aber es waren trotzdem nicht die bösen Taten, die dem Herrn gefielen; einzig, weil er dem Bösen Gewalt auf der Welt gegeben hatte, mußte der Herr die bösen Taten erdulden.

Jakob trank wieder einen Schluck Wein, und zu seiner Überraschung prostete ihm ein altes Weib lächelnd zu. Auf ihrem Kinn sprossen lange Barthaare, und trotz des Lächelns wirkten ihre Augen düster.

»Ihr habt nach den Nutten gefragt, Herr«, raunte sie. »Sucht Ihr nach Engeln?«

»Nicht so, wie du meinst«, antwortete Jakob überhastet und voller Scham.

»In der Via de Barbiere gibt es ein schmales Haus. Fragt dort nach Claudia.« Sie lachte, und Jakob sah ihre braunen Stummelzähne. »Ihr seid ein guter Mann, das sehe ich. Ihr werdet unsere Mädchen von der Angst erlösen. Fragt nach Claudia!«

Jakob sann den Worten der Alten nach, die im Trubel des Marktes verschwunden war. Sosehr er nach ihr Ausschau hielt – er konnte sie nicht mehr entdecken. Das machte ihn besonders neugierig und trieb ihn an, sich sofort nach der Via de Barbiere aufzumachen und Claudia zu besuchen. Andererseits mußte er vorsichtig sein. Noch wußte niemand von dem neuerlichen Mord, und der Kanzler erwartete geheime Nachforschungen. Würde Jakob nun allzu rasch bei einer Kurtisane oder Kupplerin auftauchen, nährte er womöglich in Kreisen der Huren Argwohn gegenüber dem Klerus, und um die Heimlichkeit wäre es geschehen. Ebensowenig konnte er ausschließen, daß sich mit der Nachricht einer neuerlichen Toten Angst und Unruhe weiter ausbreiteten und die vom Kanzler geforderte Ruhe gefährdeten.

Nein, er mußte anders vorgehen. Jakob legte eine Kupfermünze im Wert von fünf Quattrini auf den Tisch und schlenderte über den Campo de Fiori. Vielleicht lief ihm die Alte noch einmal über den Weg, dann könnte er ihr einige Fragen stellen; vielleicht spielte ihm der Zufall auch weitere Hinweise in die Hand. Er beschloß, über den Markt zu gehen. An manchem Stand verharrte er, um das Gemüse zu betrachten und hier und da einen Salatkopf in die Hand zu nehmen. Mit diesem sinnlichen Eindruck kam die Erinnerung an seine Novizenzeit im Münchner Kloster, wo er viel in der Küche geholfen hatte. Schon als Knabe hatte er den lukullischen Genüssen zugesprochen, und sein Hang zu verfeinerter Speise hatte unter den Fittichen von Bruder Balthasar eine hervorragende Ausbildung erfahren. Balthasar kochte fürstlich und gereichte selbst einem Medici zur Ehre, obwohl die Italiener fürwahr treffliche Küchenmeister waren. Allein der guten Küche wegen schätzte Jakob es, in Rom zu leben. Das sah man ihm an: Im Vergleich zum hageren Monsignore Trippa besaß Jakob eine füllige Statur. Mit seinem ausgeprägten Bauch wirkte er manchmal tapsig wie ein Bär. Sein rundes Gesicht glänzte zumeist, was alle für einfältige Zufriedenheit hielten; ein wenig Würde verlieh ihm sein Bart, und seine blauen Augen lagen tief in fleischigen Kratern. Alles in allem eine Physiognomie, die wesentlich dazu beitrug, daß ihn fast alle unterschätzten – und mittlerweile wußte Jakob das zu genießen und auszunutzen. Als junger Mönch hatte er noch unter seinem Aussehen

19

und dessen Wirkung auf andere gelitten, ja, er hatte zu Ingolstadt sogar versucht, sein Gewicht durch Fasten deutlich zu reduzieren, allerdings ohne sonderlichen Erfolg.

Nach dem Stand der Sonne zu urteilen, war es Zeit für die Sext, und da Jakob keine weiteren Verpflichtungen oblagen, er insbesondere an der Sapienza weder Resumptiones noch Disputationes zu halten hatte, schritt er hinüber zu Santa Maria sopra Minerva, um mit den dortigen Dominikanern die Mittagsandacht zu begehen. Hier, in der kühlen Düsternis der gotischen Kirche, fühlte er sich der Weltlichkeit Roms entrückt und fand jene Nähe zu Gott, die ihn seit seiner Priesterweihe zu Ingolstadt begleitete.

Es ist gut, begann Jakob sein Zwiegespräch mit Gott, Dich, o Herr, bei mir zu wissen, denn diese Stadt frißt den Glauben wie in den Rinnsteinen die Säue den Abfall. Dann fiel er ein in die lateinischen Psalmen.

Nach der Andacht machte er sich auf den Weg zu Trippas Haus neben der Engelsburg. Er wollte Monsignore Trippa in seiner Kanzlei antreffen und mit ihm das weitere Vorgehen absprechen, insbesondere erste Erkundigungen einholen über die Kurtisanen Roms und einzelne Häuser. Vielleicht kannte Trippa eine Kupplerin namens Claudia oder wußte zumindest jemanden, der in den einschlägigen Verhältnissen bewandert war.

Während Jakob durch die Straßen schritt, wieder von der Achtung profitierend, die seinem Habit geschuldet war, sann er über die Wollust nach, die so viele römische Kleriker offensichtlich über die Maßen plagte. Sie hatten doch alle gelobt, keusch zu leben; ob Priester oder Mönch, der Zölibat galt bis hinauf zum höchsten Purpur; und doch frönten viele ihrer Lust, und nicht wenige setzten Kegel in die Welt und schämten sich derer nicht einmal. Gar zu viele erinnerten sich an Papst Alexander, den sechsten in der Zählreihe, der es auf ein Dutzend Kinder gebracht und ein jedes von ihnen auskömmlich versorgt hatte; was für ein Vorbild. Leo X. pflanzte zwar

20

seinen Samen weniger fruchtbar, galt aber ansonsten als beinahe ebenso lebenslustig, und auch Papst Clemens hatte anscheinend viel Spaß im Purpur.

Jakob war kein Eunuch; mit seinen dreißig Jahren kannte er selbst das Ziehen in den Lenden und das Zittern im Gemächt, wenn sich der Samen nächtens seinen Weg suchte; das geschah ohne Zutun und sogar ohne sündhafte Gedanken. Ein jeder Medicus wußte über die *eiaculatio nocturnis* Bescheid; kein Grund zur Sorge oder zum Beichten. Aber ja, räumte Jakob insgeheim ein, wenn der Dorn zu sehr brannte und nach der Hand verlangte, blieb es manchmal beim willigen Geist, doch es mit anderen zu treiben und absichtsvoll die Lust anzustacheln war verwerflich, weil es nicht der Linderung, sondern der Hingabe diente. Er selbst hatte in Ingolstadt seine Jungfräulichkeit verloren, weil die Hildegard in der hinteren Burse …

»Nein«, sagte Jakob laut und erschrak über seine Heftigkeit, nein, dieser Erinnerung wollte er nicht nachgeben. Er hatte damals bereut und gebüßt, hatte sich kasteit und war schließlich im Glauben gestärkt aus dem Fehltritt hervorgegangen. Er schätzte die Keuschheit, und was er überhaupt nicht verstehen konnte, war die zügellose Wollust mit käuflichen Weibern. Doch hier in Rom war wirklich alles käuflich. Kein Wunder, daß aus dem *caput mundi* ein *cauda mundi* geworden war – vom Haupt der Welt zu deren Schwanz.

Jakob betrat Trippas Kanzlei und sah sich unvermittelt Bischof Frangipane gegenüber, von dem die Spatzen von den Dächern pfiffen, daß er keinen Rock ungelüftet davonkommen ließ. Sein Erfolg bei Frauen stand in keinem Verhältnis zu seiner äußerlichen Erscheinung; klein, feist und glatzköpfig, war er alles andere als ein Adonis. Jakob deutete eine Verbeugung an. Huldvoll hob der Bischof seine fleischige Hand und bot Jakob seinen Ring dar. Bei Frangipanes gedrungener Gestalt hätte sich Jakob tief verbeugen müssen, und so beließ er es bei der Andeutung eines Kusses.

21

»Es ist eine Freude, Euch zu sehen, Exzellenz«, grüßte er.
»Darf man nach Eurem Wohlergehen fragen?«

»Danke, ich habe keinen Grund zur Klage.«

»Der Geist wohnt in einem gesunden Körper, alle Säfte sind hinreichend in Wallung?«

Frangipanes Mundwinkel zuckten, und sein Blick wurde lauernd; aber sogleich hatte sich der Bischof in der Gewalt und erwiderte: »Die Lehre von den Körpersäften kenne ich sehr wohl und weiß um die Bedeutung einer ausgewogenen Durchmischung der roten und schwarzen Galle mit Blut und Sekret. Sei beruhigt, Bruder, bei mir ist kein Saft im Überfluß.«

»So seid Ihr ein kerngesunder Mann und bedürft des Aderlasses nicht«, entgegnete Jakob mit harmloser Stimme und setzte sein gewinnendstes Lächeln auf.

Der Purpurträger lächelte ebenfalls, neigte leicht sein Haupt zum Abschied und verschwand durch die Tür.

»Was führt dich zu mir, Bruder«, fragte Trippa und lud Jakob ein, den hinteren Raum zu betreten, wo sie ungestört sprechen konnten.

»Ich komme wegen meines Auftrags. Ich benötige Informationen über Roms Kurtisanen und Kupplerinnen, damit ich herausfinden kann, von wo die gestürzten Engel kommen.«

»Wenn das so einfach wäre, bräuchten wir dich nicht. Ich fürchte, du mußt dich selbst um geeignete Nachrichten bemühen.«

»Aber ich bin noch immer fremd in der Stadt.«

»Nicht doch, Jakobus. Schließe dich einigen Zirkeln an und scheue nicht, an dieser oder jener Lustbarkeit teilzunehmen. Wer mit offenen Augen und nüchternem Blut feiert, dem wird manches offenbart.«

»An wen soll ich mich halten?«

Trippa zuckte mit den Achseln.

»Soll ich ohne Hinweis bleiben?«

»Du sollst nicht voreingenommen sein. Wir haben keinerlei

begründeten Verdacht. Wollte ich dir eine Person benennen, setzte ich dich womöglich auf die falsche Fährte. Das einzige, was ich für dich tun kann, ist, deinen Namen bei einigen zu erwähnen und den Irrtum zu erregen, du suchtest das Abenteuer.«

»Das wird meinem Ruf schaden.«

»Gibt es eine bessere Tarnung?«

Darauf gab Jakob keine Antwort, sondern trat an das schmale Fenster und blickte hinaus. Der Himmel war nun, am späten Nachmittag dieses 18. November 1526, wolkenlos und von einem reinen Blau, als habe es nicht tagelang geregnet; sollten die Wolken die nächsten Tage ausbleiben, so würde es noch einmal warm werden. Die Stadt würde in all ihrer Geschäftigkeit ihre Heiterkeit zurückgewinnen, und ehe es endgültig in den tristen Winter hineinging, mochten die sieben Hügel nochmals erblühen, und sei es nur vom blitzenden Rot der Hagebutten.

»Was weiß man«, Jakob drehte sich wieder zu Trippa um, »von den drei vorherigen Opfern?«

»Wenig. Bildhübsch und jung waren sie alle, dabei stets ephebenhaft und mit kurzem Haar nach Knabenart. Jede ist schrecklich zugerichtet worden. Immer gab es Anzeichen von Verkehr und auch«, der Monsignore stockte und errötete ein wenig, »von der Art der Knabenliebe.«

»Wissen wir die Namen der Opfer?«

»Nein. Lediglich bei einer, dem zweiten Opfer, gab es Hinweise auf eine Villa in einem kleinen Städtchen der Orsini in den Bergen. Aber die Nachforschungen erbrachten nichts. Es scheint so, als habe niemand die Opfer gekannt. Jeden Tag kommen neue Dirnen nach Rom, das Gewerbe blüht und lockt manches dumme Ding ins Verderben.«

»Wo wurden die Toten gefunden?«

»Die erste lag am Ende der Tiberinsel, offensichtlich angespült; niemand kann sagen, wo sie ins Wasser geworfen wurde. Die zweite fand man im Trümmerfeld unter dem Kapitol, und so, wie es aussieht, ist sie auch dort getötet worden. Die dritte wurde im Park in der Nähe von San Pietro in Montorio entdeckt, versteckt hinter einem Wachholderbusch.«

»Wer hat die Leichen gefunden?«

»Ein Angler war's auf der Tiberina, ein Bettler beim Kapitol und eine Hure mit ihrem Freier in Gianicolo. Das Geschrei war jedesmal groß, und nach der dritten Leiche verbreitete sich die Neuigkeit wie ein Lauffeuer durch die Stadt. – Was für ein Glück, daß heute einer von uns die grausige Entdeckung gemacht hat.«

»Und alle erlitten die gleichen Verletzungen?« fragte Jakob ungläubig.

Trippa nickte. »Mehr weiß ich nicht.«

Rauhreif am Campo de Fiori

Als die Abendnebel vom Tiber heraufkrochen und die ersten Fackeln in ihren Wandhalterungen eine irrlichternde Helligkeit verbreiteten, verließ ein Mädchen seinen Platz an der Südspitze der Tiberina, eilte an San Bartolomeo all'Isola vorbei und über die Ponte Fabricio zur Stadt hinüber. Schwarz glänzend fiel das Haar über ihre Schultern hinab bis auf die Höhe der Ellbogen, die sie im Gehen leicht angewinkelt hielt. Das weiße Kleid aus grobem Leinen bot einen scharfen Kontrast zu den Haaren wie zu der dunklen Haut ihres hübschen Gesichts. In der Dämmerung erschien sie wie eine Fee aus einer fernen, mit den römischen Patriziern untergegangenen Sagenwelt.

Während das Mädchen dahineilte, begleiteten sie die Blicke etlicher Männer; manche drehten sich nach ihr um und pfiffen laut zwischen den Zähnen hervor, zwei oder drei riefen ihr Scherzworte zu; das alles war von so derber Art, daß sich Serena nicht darum kümmerte. Sie wollte zum Campo de Fiori, um dort ihre Tante zu treffen, die für sie sorgte und der sie manchmal abends zur Hand gehen mußte; unverfängliche Gefälligkeiten waren das, wie beispielsweise einen Krug Rotwein oder einen Kanten Graubrot mit Fleisch besorgen.

Ihre Tante Bibiana legte Wert darauf, daß Serena mit den unehrenhaften Seiten ihres Gewerbes nicht in Berührung kam. Serena sollte es einmal besser haben, erklärte die Tante beinahe jeden Tag, seit sie vor einem Jahr in Rom eingetroffen waren. Sie hatten der Not gehorcht, damals, nachdem Serenas Mutter Carla im Kindbett gestorben und der Säugling wenige Tage später einem rätselhaften Fieber erlegen war. Von heute auf morgen war Bibiana mit ihrem Söhnchen Giovanni und ihrer Nichte Serena allein gewesen. In dem kleinen Städtchen Olevano hatte man sie wie eine Aussätzige behandelt; die Schwestern Carla und Bibiana waren als Waisen aufgewachsen, dienten im Haushalt eines Orsini und erlagen, jede zu ihrer Zeit, den Werbungen junger Edelleute. Zuerst hatte sich Serenas Mutter schwängern lassen und durfte ihre Tochter unter grummelnder Duldung der Contessa im Haus aufziehen. Elf Jahre später erging es Bibiana nicht besser, und Carla wurde fast zeitgleich ein zweites Mal schwanger; allerdings lebte die alte Contessa nicht mehr, und die neue Hausfrau bestand darauf, daß die Bälger aus dem Haus kamen; lediglich bis nach Carlas Niederkunft waren sie noch im Palazzo geduldet worden.

Nachdem Serenas Mutter tot war, machte sich Bibiana mit ihrem Söhnchen und ihrer Nichte auf den Weg nach Rom; dort, so hieß es, könne eine junge Frau ihr Glück machen. Bibiana wußte, auf was sie sich einließ. Sie hoffte, rasch erfolgreich sein und das Leben einer ehrlosen Hure gegen das Dasein einer angesehenen Kurtisane eintauschen zu können.

Serena sprang durch die Gasse hinauf zu dem von vielen Fakkeln und offenen Feuern erhellten Platz. Anstatt in einer eigenen Wohnung einen Haushalt zu führen und betuchte Herren zu empfangen, mußte sich ihre Tante von der alten Apollonia herumkommandieren lassen und für einige Giuli oder gar Quattrini verschwitzten Arbeitern und nach Wein stinkenden Söldnern zu Willen sein. Manchmal gaben die Männer überhaupt kein Geld, und es war sogar vorgekommen, daß sie Bibiana bestohlen hatten. Von dem wenigen, das ihre Tante verdiente, mußte sie Apollonia ihren Teil abgeben, denn umsonst wurde die Ruffiana nicht tätig, und ohne Vermittlung der Kupplerin stand eine in Rom fremde Dirne auf verlorenem Posten. Aber letzte Nacht, und bei diesem Gedanken machte

26

Serenas Herz einen kleinen Sprung vor Freude, hatte Bibiana zum ersten Mal einen hohen Herrn gehabt, der sie offenbar den ganzen Tag bei sich behalten hatte. Spätestens morgen bei Sonnenuntergang, hatte ihre Tante gestern abend gesagt, ehe sie zum Borgo aufgebrochen war, würden sie sich in der Schenke von Giuseppe treffen, damit Bibiana von ihrer ersten Nacht mit einem Purpurhut, so nannten sie den höheren Klerus, berichten könne.

Aufgeregt hüpfte Serena über den Platz. Ein Bischof an der Angel versprach mehr Geld und damit ein besseres Leben. Sie setzte sich auf einen freien Schemel bei Giuseppe und hing eine Weile ihren bunten Träumen nach. Sie würde ein Kleid aus Seide bekommen, genauso, wie es die Kinder der Aristokraten trugen; und sie würde jeden Tag dreimal richtig essen, Brot, Fleisch und Gemüse, soviel sie wollte. Noch war Bibiana nicht da, und Serena fühlte die Spannung in sich anwachsen. Um sich abzulenken, beobachtete sie das Treiben auf dem Campo de Fiori. Viele Huren liefen hin und her und ließen ihre Hüften wackeln, die Männer pfiffen und grölten. Schnell kamen Frauen und Freier miteinander ins Gespräch; manchmal wurden sie sich sofort einig; doch oftmals feilschten sie bei einem Becher Wein, ehe sie in einer der dunklen Gassen verschwanden.

Giuseppe stellte Serena einen Becher erdigen Rotweines hin. »Trink«, sagte er scherzhaft, »es macht eine Frau aus dir«, und dabei zwinkerte er ihr zu.

»Paß auf«, rief ein grober Kerl vom Nebentisch herüber, »daß es dir nicht rot aus der Hose läuft.«

Serena streckte ihm die Zunge heraus und lachte. Sie kannte diese Art Männer und ihre Zoten; Apollonia und Bibiana hatten ihr beigebracht, wie sie damit umgehen sollte. Solange sie auf die Scherze nicht groß einging und sämtliche Annäherungsversuche ungerührt an sich vorbeigehen ließ, würden die Männer sie nicht für voll nehmen und in Ruhe lassen. Außerdem schnürte sie ihr Mieder jeden Morgen so kräftig, daß ihre

27

noch zarten Brüste nicht zu erkennen waren. Deshalb wirkte sie jünger als die vierzehn Jahre, die sie seit wenigen Wochen zählte. So blieb sie von ernsthaften Werbungen ausgeschlossen, denn die Männer vom Campo de Fiori machten sich nichts aus jungen Mädchen. Bei den Purpurhüten, so ging das Gerede, sei das anders; aber die Herren der Kurie kamen selten hierher, sie ließen sich ihre Lustknaben und Freudenmädchen von den Mezzani empfehlen, den Schmeichlern und Kupplern, die bei den Edelleuten an den Tischen saßen.

Allmählich brannten die Fackeln herunter, ohne daß ihre Tante auftauchte. Serena wurde zusehends unruhiger. Die Männer um sie herum lachten noch lauter und starrten auch immer gieriger zu ihr herüber. Serena fragte sich oft, wie ihre Tante es aushielt, mit solch groben Kerlen zusammen zu sein. Doch wenn sie sich den Bischof gefangen hatte, würde sie dieser Fron wahrscheinlich für lange Zeit entkommen.

Es wurde dunkler auf dem Campo de Fiori, und Serena dankte Giuseppe für den Wein und schlenderte über den belebten Platz, in der Hoffnung, ihre Tante oder wenigstens die alte Apollonia irgendwo zu treffen – doch vergeblich. Schließlich machte sie sich auf den Weg nach Hause, und da die Gassen inzwischen abgrundtief dunkel waren, rannte sie, so schnell sie konnte, und flüchtete sich vor den herumgeisternden Schatten, welche die vereinzelten Fackeln an die Mauern warfen, in das schmale Treppenhaus jener Mietskaserne, in der Apollonia mit ihren Huren zwei Stockwerke bewohnte. Der kleine Giovanni lag auf seiner Decke und schlief; von Bibiana war nichts zu sehen. Serena lief die Treppe hinunter und betrat die kleine Kammer neben dem Hauseingang, wo Apollonia abends meist saß, um ihre Mädchen zu überwachen.

»Wo ist meine Tante?« fragte Serena außer Atem. Apollonia saß beim Schein einer Kerze und strickte.

»Ich weiß nicht, mein Kind«, antwortete die Kupplerin mit schnarrender Stimme. »Sie sollte längst zurück sein.«

»Wo hast du sie hingeschickt?«

28

»Ich habe sie nicht geschickt; an eine Mezzana hab' ich sie ausgeliehen, weil jemand einen Engel suchte.«

»Meine Tante ein Engel?«

»Sogar ein sehr guter, Serena. Sie sieht aus wie ein Knabe und hat die Brüste der Venus. Zudem käme kein Mann auf die Idee, sie für älter als fünfzehn zu halten oder gar zu vermuten, daß sie bereits geboren hat.«

»Aber wo genau ist Bibiana hingegangen?« bettelte Serena mit flehender Stimme.

Apollonia schüttelte den Kopf: »Ich weiß es wirklich nicht, aber sie müßte längst hier sein. Hoffentlich ist ihr nichts geschehen. Ein gemeiner Nero geht in der Stadt umher.«

»Was soll das heißen – ein gemeiner Nero?« fragte Serena angsterfüllt, aber statt einer Antwort erhielt sie mit herrischer Geste die Anweisung, die Kammer zu verlassen. Doch das Mädchen rührte sich nicht vom Fleck. Ihr Mund zitterte, und sie spürte, wie ihre Knie weich wurden.

»Bitte, Apollonia«, flehte sie, »sag mir, wo ich meine Tante finde.«

Hinter Apollonias runzliger Stirn begann es zu arbeiten; sie kniff die Augen zusammen, und ihr Kinn zuckte so heftig, daß die krausen Haare, die dort beinahe wie bei einem Ziegenbock hervorwuchsen, zitterten. »Also gut«, knurrte die Kupplerin, »geh hinüber in die Via de Barbiere, zu dem schmalen Haus mit dem eisernen Klopfer und sage Marcina, das ist die Wächterin von Claudia, die dir öffnen wird, du müssest wissen, wohin Bibiana geschickt wurde. Laß dich nicht abwimmeln; sage Marcina, daß du nicht eher gehst, bis du eine Antwort bekommen hast. Verstanden?«

Serena nickte. Bangen Herzens ging sie los.

Stockfinster war die Nacht; lediglich an den Ecken von einer Gasse zur anderen flackerten noch einige Fackeln und zeichneten unheimliche Schatten an die Wände. Ratten und Mäuse huschten über die Pflastersteine und verschwanden in Ritzen und Mauerlöchern. Vom Campo de Fiori hallte der

29

Gesang Betrunkener, von der anderen Seite schallte das Getrappel von Pferden. Serena erschrak, als ihr Fuß gegen etwas Weiches stieß, das schnaufend auffuhr. Ein Schwein hatte im Rinnstein geschlafen; nach kurzem Grunzen legte sich das Vieh auf den Boden zurück. Serena atmete auf und schlich weiter. Endlich gelangte sie zu der fraglichen Tür in der Via de Barbiere, packte den Klopfer und ließ ihn gegen das Holz fallen. Sie hörte Schritte, dann schwang die Tür knarrend einen Spaltbreit auf.

»Was willst du?« knurrte eine unfreundliche Stimme.

»Apollonia schickt mich. Ich soll nach dem Engel von gestern abend fragen und wohin er geschickt worden ist.«

»Komm rein!« befahl die Wächterin, die Marcina hieß, und als Serena im Treppenhaus stand und die Tür geschlossen war, befahl sie barsch: »Warte hier.«

Die Luft roch genauso modrig wie bei Apollonia. Das Treppenhaus, von einer Kerze matt beleuchtet, wirkte schäbig; in einer Ecke hing eine dicke Spinnwebe, darin lauerte eine fette Spinne. Serena wünschte sich zurück auf ihr Schlaflager in dem kleinen Zimmer bei Apollonia; die sanften Atemzüge Giovannis wollte sie hören und den warmen Rücken ihrer Tante spüren. Warum konnte ihr Leben nicht so friedlich verlaufen wie das der Patrizierkinder in Olevano? Sie sehnte sich nach Geborgenheit und vermißte Carla, ihre Mutter; sie hatte ihr Sicherheit vermittelt und hatte allen falschen Versprechungen der jungen Adligen zum Trotz ihr Leben im Haushalt der alten Contessa gemeistert; Carla hätte sich nicht zur Sklavin einer geldgierigen Kupplerin gemacht, nein, ihre Mutter hätte ihr Schicksal selbst in die Hand genommen. Serena konnte nicht anders, sie mußte weinen; sie kauerte sich auf den Treppenabsatz, versteckte ihren Kopf in ihren Armen und schluchzte so heftig, daß sie nicht hörte, wie Marcina zurückkehrte.

»Sie soll in den Borgo gegangen sein, zum Bischof von Rapolla, dessen Haus nahe dem Castel Sant' Angelo liegt. Mehr kann ich dir nicht sagen.«

Serena nickte, reichte der Pförtnerin die Hand zum Dank und schlüpfte in die Nacht hinaus. Was sollte sie jetzt tun? Zurück zu Apollonia und auf den neuen Tag warten? Das wäre gewiß vernünftig, zumal sie in der Nacht ohnehin nichts ausrichten konnte, doch Serena wußte auch, daß sie vor Unruhe kein Auge zutun würde. Kurz entschlossen machte sie sich auf den Weg zur Strada del Popolo, jener Straße, die Papst Leo X. vor einigen Jahren mit den Geldern der römischen Huren hatte pflastern lassen, die quer durch die Stadt zum Tiber führte; von da war es ein kurzes Stück zur Engelsbrücke und hinüber in den Borgo. Ihre Tante war richtig stolz darauf gewesen, daß die Dirnen mit der von Leo erhobenen *tassa delle puttana* das Pflaster für eine so wichtige Straße bezahlen konnten; wenn die Hurensteuer so viel einbrachte, mußte es den Dirnen prächtig gehen. Leider galt das nicht für ihre Tante, noch nicht. Aber wenn der Bischof von Rapolla Bibiana zu seiner Konkubine machte, würden die Dinge anders aussehen; insofern er gestattete, daß Giovanni und Serena mit in seinem Haushalt lebten.

Die Neumondnacht war so dunkel, daß Serena unvermittelt an eine Brüstungsmauer stieß; sie stand vor dem Tiber und sah kaum die Hand vor den Augen, geschweige denn am anderen Ufer die Engelsburg. Der Nebel waberte über dem Fluß, doch am Himmel hatten sich die Wolken verzogen; matt schimmerten einige Sterne. Es war bitterkalt geworden. Serena schlang sich ihre Arme um den Oberkörper und begann zu laufen. Sie lief an der Brüstung entlang zur Brücke, hielt in jede Richtung Ausschau, ob jemand in der Nähe war, und hastete dann zum anderen Ufer hinüber. Brücken waren schmal und gefährlich, man mußte sie so schnell wie möglich hinter sich bringen. Serena kannte die Gefahren dieser gewalttätigen Stadt, in der seit dem Überfall der Colonna vor zwei Monaten niemand mehr sicher war. Im Borgo angekommen, eilte sie die Straße weiter und hinter der Engelsburg unter dem Passetto hindurch, jenem Gang, der den vatikanischen Palast mit der Engelsburg verband, nach rechts in eine schmale Gasse. Hier mußte irgendwo

31

das Haus von Bischof Senili sein. Serena hielt Ausschau nach dem Wappen von Rapolla. Nach einiger Zeit fand sie kurz vor der Aurelianischen Mauer nahe der Porta Angelica, wonach sie gesucht hatte. Ein Lamm und ein Elefant in einem Sternenring bezeugten den Adel des Hauses; der Klopfer am mächtigen Holztor zeigte ebenso einen Elefanten, wahrscheinlich in Erinnerung an die Krönung von Papst Leo, dem der Bischof seine Pfründe verdankte.

Serena nahm all ihren Mut zusammen und schlug den Klopfer gegen das Tor. Im Innern hörte man ein dumpfes Pochen, während das Klopfen in der schmalen Gasse angriffslustig widerhallte. Hoffentlich kommt jetzt niemand die Straße herauf, dachte Serena, dann vernahm sie schlurfende Schritte. Ein winziges Fenster in der Tür öffnete sich.

»Wer ist da?« rief eine junge Männerstimme.

»Ich suche meine Tante«, erwiderte Serena schüchtern.

»Wer bist du?« fragte der Wächter erstaunt zurück und streckte seinen Kopf durch das schmale Fenster. Als er das feenhafte Mädchen sah, mußte er lächeln. »Heute hat mein Herr keinen Bedarf«, sagte er sanft, »heute ist die Hausdame da, Signora Gratiosa. Es wäre nicht gut, wenn sie von deinem Besuch erführe.«

»Nein, ich bin keine Puttana, nur ein Mädchen, das seine Tante sucht. Allerdings ist sie ein Engel und soll gestern hier gewesen sein.«

»Nicht so laut«, flüsterte der Jüngling und zog seinen Kopf zurück. Er schloß das Fenster und öffnete gleich darauf das Tor. »Komm herein, aber rasch«, sagte er und zerrte sie mit kräftiger Hand in den Eingang. »Was machst du mitten in der Nacht in der Stadt? Hast du keine Angst?«

»Doch«, flüsterte Serena, »aber ich suche meine Tante. Sie soll gestern hier gewesen sein.«

»Wie sieht deine Tante denn aus?«

»Sie ist noch jung und sehr hübsch, beinahe wie ein Knabe, mit rotblondem, kurz geschnittenem Haar.«

32

Der Jüngling überlegte kurz, ehe er nickte. »Ja, deine Tante war gestern hier, aber sie ist in den Morgenstunden gegangen. Ich habe ihr gesagt, sie solle sich in acht nehmen, doch sie hat mich nur angelächelt und erwidert, sie könne gut auf sich aufpassen. Dann schlüpfte sie ins Dunkel. Sie war hübsch«, endete er und kratzte sich am bartlosen Kinn.

»Danke«, flüsterte Serena. »In welche Richtung ist sie gegangen?«

»Sie ging nicht rechts hinunter zum Passetto, sondern nach links zur Mauer auf die Porta Angelica zu; wahrscheinlich ist sie durch die Weinberge zum Tiber gegangen und über die obere Brücke, von der man in die Strada del Popolo gelangt. Das ist nachts der bessere Weg.«

»Ist irgend etwas auffällig gewesen?«

»Nein; die Straße war ruhig, ich habe niemanden bemerkt – obwohl …« Er hielt inne und nahm sein bartloses Kinn zwischen Daumen und Zeigefinger, eine Geste, die Serena unter anderen Umständen belustigt hätte. »Ich habe ihr nachgesehen, bis sie an der Stadtmauer verschwand; und in dem Augenblick, da ich mich umdrehte, um ins Haus zurückzutreten und das Tor zu schließen, meinte ich einen Schatten wahrzunehmen, der sich aus einer Mauernische löste. Der Schatten huschte dahin wie der Schatten einer jagenden Möwe; ich lauschte noch eine Weile, hörte jedoch nichts. Dann habe ich das Tor geschlossen. – Sie ist wirklich deine Tante?«

Serena nickte.

»Was ist mit ihr?«

»Ich vermisse sie.«

»Sie wird bei einem Verehrer hängengeblieben sein«, erwiderte der Jüngling. »Da sind die Huren alle gleich.«

»Vielleicht«, erwiderte Serena, und ihre Stimme klang gekränkt. Der Wächter spürte es.

»Sei nicht eingeschnappt«, munterte er Serena auf. »Wenn du Hilfe brauchst, laß es mich wissen.«

Serena streckte ihm ihre Hand hin, und er schlug ein. Dann

33

drehte sie sich um, wartete, bis er das Tor geöffnet und auf der Straße nach dem Rechten gesehen hatte, dann schlüpfte sie hinaus und rannte in die Richtung, die Bibiana in der letzten Nacht genommen hatte. Sie schlich an dem dösenden Wächter der Porta Angelica vorbei in die Weinberge hinaus und fand mit traumwandlerischer Sicherheit zur Tiberbrücke. Hier gab es wieder etwas Licht von den Feuern, die gegenüber vor dem Stadttor brannten. Serena war froh, der Dunkelheit entronnen zu sein. Sie hielt inne und überlegte, was sie als nächstes tun sollte. Eigentlich war sie eine Närrin, daß sie glaubte, in stockfinsterer Nacht einen Hinweis auf ihre Tante zu finden; alles, was sie nun tat, war sinnlos. Plötzlich spürte sie, wie ihr die Tränen in die Augen schossen. Sie wollte nicht aufgeben, sondern etwas unternehmen, gleichgültig, ob es sinnvoll war oder nicht. Sie beschloß, auf dieser Seite des Flusses zu bleiben, und tastete sich am rechten Ufer in der Dunkelheit entlang.

Bald stand sie vor den schweren Mauern der Engelsburg. Da entdeckte sie an der groben Steinmauer, welche die Uferböschung begrenzte, ein helles Stück Stoff. Sie nahm den Fetzen in die Hand; es war weißes Leinen von derselben Art, aus der Serenas Kleid genäht war; es konnte von Bibianas Kleid stammen. Auf einmal schlug ihr das Herz bis zum Hals. Sie steckte den Stoff in ihre Tasche und suchte den Boden und die Mauer nach weiteren Spuren ab, fand jedoch nichts mehr. Dann lief sie mit vor Angst klopfendem Herzen unter der Burg entlang zur Engelsbrücke, hastete über den Fluß und am anderen Ufer hinab bis zur Via Giulia. Ohne innezuhalten, rannte sie zur Katharinenkirche, eilte am Palazzo Farnese vorbei und wurde erst auf dem Campo de Fiori langsamer.

Der Platz lag still, aber nicht menschenleer da, denn vor einigen Schenken lagerten Menschen ohne Wohnung und tranken Wein gegen die Kälte. Obwohl es immer noch dunkel war, lag der Hauch von Dämmerung in der Luft. Serena ließ sich bei Giuseppe auf einen Schemel sinken und starrte in die Nacht.

34

Ein geschlagener Bischof

Längst war der Morgen angebrochen, aber Jakob lag noch auf seiner Pritsche. Er hatte die erste Morgenandacht ausfallen lassen und statt dessen über den Auftrag des Kanzlers nachgedacht. Bei der Erinnerung an die tote Frau fühlte er sich leer und erschöpft, und am liebsten wäre er aufgestanden und zum Monsignore gegangen, um ihm mitzuteilen, daß er sich dem Auftrag nicht gewachsen fühle. Doch dagegen rebellierte sein Pflichtgefühl; ein bayerischer Dominikaner, insbesondere ein Schüler des berühmten Doktor Johannes Eck zu Ingolstadt, floh vor keiner Aufgabe.

Jakob erhob sich ächzend; in diesen Novembernächten kroch die Kälte unter die Decke und fuhr ihm in die Knochen, daß morgens sein Kreuz schmerzte. Mißmutig zog er sich an. Nach der späten Morgenandacht ging er zur Universität, um seine wöchentliche Vorlesung aus dem Bereich des Deliktsrechts zu halten. Er las zur Zeit über Fragen der Kausalität, also darüber, nach welchen Kriterien beurteilt wird, ob eine in der Vergangenheit gesetzte Handlung ursächlich sei für einen in der Gegenwart eingetretenen Erfolg und inwieweit diese Ursache im Rechtssinne für das Geschehene verantwortlich zu machen sei. Diese Fragestellung hatte ihn schon zu Beginn seiner juristischen Studien gefesselt und seitdem nicht losgelassen; er konnte in die spitzfindigsten Erörterungen eintreten und hatte dies bei seinem Doktor-Kolloquium zur Freude seiner Professoren auch getan. Leider fanden die Studenten an der Sapienza keinen besonderen Gefallen an diesen Sophistereien, im Gegenteil: sie hatten teilweise Mühe, sich überhaupt den Grund-

35

gedanken der *conditio sine qua non* vorzustellen. Dabei war das wirklich simpel. Gestern morgen zum Beispiel hatte ein Mordgeselle die Dirne vom hohen Ufer auf den schmalen Uferstreifen des Tiber hinuntergeworfen. Hätte die Dirne sich in dieser Nacht woandershin begeben, wäre nichts geschehen; ihre eigene Handlung war also ursächlich für ihr weiteres Geschick und mithin den eingetretenen Erfolg ihres Todes, wobei das Wort »Erfolg« im Angesicht des Todes einen skurrilen Klang erhielt. Hätte die Dirne niemals das Hurengewerbe ergriffen, wäre nicht geschehen, was geschah. Falls sie von einer Kurtisanenmutter – oder gar ihrer leiblichen Mutter – zu diesem Gewerbe angehalten worden war, dann war diese Handlung ursächlich ist für den späteren Verlauf. Oder, noch weiter zurück: hätte ihr Vater sie einst nicht gezeugt, hätte kein Mordgeselle sie zu Tode bringen können. Ergo war ihre Zeugung ursächlich für ihren Tod. Aber, spann Jakob den Faden fort, Kardinal Farnese würde ihn einen Narren heißen, schleppte er den Vater als Täter an. Eine Ursache zu setzen hieß noch lange nicht, verantwortlich im Rechtssinne zu sein, sondern war lediglich eine Voraussetzung, denn wer eine Ursache setzte, der konnte nicht verantwortlich sein. Schade, daß seine Scholaren die Finessen nicht begriffen, die sich hinter diesen Gedanken versteckten.

Jakob ging geradewegs auf seinen Hörsaal zu, als ihn einer seiner Studenten ansprach: »Doktor, verzeiht, wenn ich Euch störe, aber mein Vater läßt Euch höflich bitten, uns einen Besuch abzustatten; er möchte gern Fragen der äquivalenten und adäquaten Kausalität mit Euch erörtern. Er ist, wenn ich das so sagen darf, ein scharfsinniger Denker und leidenschaftlicher Schachspieler.«

»Ich freue mich über die Einladung«, erwiderte Jakob überrascht.

»Heute abend geben wir eine kleine Gesellschaft«, fuhr der Student fort, »und wenn Ihr es wünscht, läßt mein Vater Euch abholen.«

36

»Das ist nicht nötig«, wehrte Jakob ab. »Wo soll ich mich einfinden?«

»In der Villa Farnese.«

»Beim Kardinal Ottavio Farnese?«

»Nein.« Der Student lachte. »Bei Ambrogio Farnese; wir sind eine verarmte Seitenlinie. Unsere Villa liegt bei der Pyramide; es ist ein Stück Weges.«

»Trotzdem werde ich zu Fuß gehen.« Jakob blieb bei seiner Ablehnung. Zwar wäre er gern einmal mit einer dieser neuen Kutschen gefahren, die zur Zeit den Inbegriff des römischen Luxus bildeten, doch wollte er vor allem gegenüber seinen Studenten als bescheiden gelten und ein gutes Vorbild mönchischen Lebens abgeben.

Der junge Mann lächelte. »Ich werde meinem Vater ausrichten, daß Ihr kommt.«

Respektvoll ließ er Jakob den Vortritt in den kleinen Hörsaal, in dem sich ungefähr zwanzig Scholaren versammelt hatten.

Nach der Vorlesung, die langweilig wie stets verlaufen war, weil die Studenten nur lethargisch zuhörten und sich zu keiner Fragestellung eine Disputatio ergab, nickte Jakob dem jungen Farnese kurz zu und machte sich auf den Weg zum Camposanto. Er wollte in seiner Zelle ausruhen und weiter über seinen Auftrag nachdenken, ehe er sich zu dem Fest von Ambrogio Farnese begab. Die plötzliche Einladung berührte ihn seltsam. Gewiß war sie kein Zufall; eine tiefere Bedeutung steckte dahinter; aber welche?

Jakob lehnte an der Balustrade der Engelsbrücke; er blickte zu den braunen Wassern des Tiber hinab und glaubte die Tote zu sehen. Manche Welle hatte eine weiße kleine Krone; in den wirren Strudeln standen schwarze Augen, so tief und ruhig wie die Pupillen der Ermordeten. Seitlich der Brückenpfeiler trieb Unrat im Wasser, während zwischen den Brückenjochen die Strömung an Kraft gewann und Holz und Laub dem Meer zutrieb; das Wasser brodelte und dampfte regelrecht an manchen Stellen; ein modriger Geruch ging von ihm aus, der Jakob auf andere Gedanken brachte – oder besser: Er verlor seine Gedanken, denn sein Kopf wurde leerer, je länger er dem Spiel der Wellen zuschaute.

Endlich, nach einer Viertelstunde, verschwand das Bild der toten Frau vor seinen Augen, und er dachte wieder an sein gestriges Gespräch mit Trippa und dessen Ersuchen, er solle heimlich ermitteln und sozusagen mittun bei den Hurereien der Lüstlinge, um die Verbrechen aufzudecken. Nüchtern betrachtet war das eine erfolgversprechende Überlegung, für die man Trippa nicht tadeln konnte; zwar fühlte sich Jakob ungeeignet, diesen Weg zu gehen, aber bis erste Erkenntnisse gewonnen waren, sollte er sich überwinden können. Die Wahrheit erforderte schließlich einen hohen Einsatz, außerdem war es in Rom gefährlich, sich offen zur Moral zu bekennen.

Wenige Wochen erst lag der abscheuliche Totschlag am »Narren Christi« zurück, jenem verwirrten Eiferer, der von Siena nach Rom gezogen war, um die Hochmütigen vor Tod und Verderbnis zu warnen, denn der Teufel werde über die Lasterhaften kommen und ihnen die Haut über die Ohren ziehen. Bildhaft und drastisch war die Sprache des Narren; der Bocksbeinige werde die geilen Männer an ihren Eiern aufhängen, den Geiern zum Fraße vorwerfen und die wollüstigen Weiber an den Beinen zwischen zwei Ochsenkarren spannen. Was für ein Aufschrei der Entrüstung hatte durch die Kurie gehallt, als der geifernde Mahner dem Papst und den Purpurträgern im Vatikan mit Knochen und Eingeweiden gefüllte Hanfsäckchen geschickt hatte. Von mancher Kanzel war fortan gegen den Unflätigen gepredigt worden, und als dessen Reden immer drängender wurden und seine Verwünschungen in eine wüste Gossensprache ausarteten, fingen die Kleriker das an, was man in Bayern »Haberfeldtreiben« genannt hätte. Mancher Priester, der nur zu genau wußte, daß er mit seiner Liederlichkeit Zielscheibe der Anprangerung war, hetzte den

38

Pöbel gegen den selbsternannten Propheten auf, und es mußte nicht Wunder nehmen, daß schließlich beim Circus Maximus eine Horde aufgebrachter Burschen über den Lästerer herfiel. Sie schlugen ihn mit Stöcken und Stangen, bis er sich vor Schmerzen im Staub krümmte und keinen Laut mehr von sich gab. Nein, wer in Rom ein Ziel verfolgte, tat dies besser auf krummen Wegen.

Ein Glück, daß Gott Notlügen verzeiht, dachte Jakob. Frangipane kam ihm in den Sinn. Könnte er an ihre gestrige Begegnung anknüpfen und versuchen, in den Zirkel dieses Wüstlings zu gelangen? Oder würde ihn der Bischof durchschauen? Was hatte er von Trippa gewollt? War ihre Begegnung ein Zufall? Wie stand Trippa zu dem Bischof? Jakob stellte fest, daß er viel zuwenig über den Vatikan wußte, diesen Kosmos an Beziehungen und Eifersüchteleien, in dessen verwirrender Vielfalt sich die ganze Welt verbergen mochte. Er nahm sich vor, demnächst Trippa über die Kurie auszufragen, wer welche einflußreiche Funktion bekleide, wer mit wem gemeinsame Sache mache und welche Parteiungen am meisten verfeindet seien. Wenigstens dazu mußte der Monsignore ihm Auskunft geben. Frangipane jedenfalls zählte nicht zu den engen Freunden des Kanzlers, so viel wußte Jakob; zwar galt er als Parteigänger der Franzosen, stammte allerdings aus dem Mezzogiorno, wo der Kaiser viel Land und viel Sympathien besaß. Das Gewicht seines Bistums war gering, sein Einfluß war jedoch nicht unbedeutend, weil er mit einer überlaut vorgetragenen Verehrung für die Gottesmutter Maria eine Haltung verkörperte, die zur Zeit am Heiligen Stuhl besondere Gnade genoß. – Ja, entschied Jakob, Bischof Frangipane ist ein guter Anfang; ich werde ihn aufsuchen und bei den Körpersäften anknüpfen; damit läßt sich ins rechte Gespräch kommen.

Er machte sich auf den Weg durch die Stadt bis hinaus ans Ostia-Tor zur Cestius-Pyramide, wobei er den Trubel des nachmittäglichen Rom genoß. Unter einem fahler werdenden Himmel lebten die Menschen richtig auf, und Jakob steuerte mit innerer Vorfreude Giuseppes Schenke am Campo de Fiori an. Dort, wo morgens die Obst- und Gemüsekarren standen, reihten sich nun Schemel und Stühle, die zu den vielen Schenken gehörten, die in den unteren Räumen der Mietshäuser und schäbigen Palazzi untergebracht waren. Männer und Frauen saßen in Grüppchen da, tranken Wein oder Grappa und redeten munter durcheinander; wer immer vorbeiging, wurde aufmerksam gemustert, und aus den Gruppen heraus taxierten sie sich gegenseitig, wer wohl für was an diesem Abend in Frage käme. Die Huren bewegten sich ohne Scheu und Zurückhaltung; es gab hübsche und häßliche, junge und alte, die oft schon mit einem Blumenstrauß oder einer Karaffe Wein zu kaufen waren.

Während Jakob seinen Wein trank, flogen ihm so aufreizende wie unverschämte Reden zu, oder er hörte, wie an den Ecken gefeilscht und verhandelt wurde.

»Schau nur«, lästerte eine Rothaarige im kurzen Rock, »die hat ja Zähnchen weiß wie Milch und dünkt sich, sie sei der Seicento.«

»Im Gegensatz zu dem Berberhengst erzielt sie aber keine 600 Scudi bei den krummen Beinen.«

»Stimmt«, erwiderte die erste und brach in ein ordinäres Lachen aus.

»... so ein Taugenichts stochert in jedem Loch herum und macht dir Knutschflecke, dann zieht er maulig davon und läßt dir nicht mal ein Tüchlein zurück ...«

»... möchte bloß wissen, wann die ihr Holzwasser trinkt ...«

»... nehme ich keine Franzosen mehr ...«

»... schlimmer sind die Neapolitaner mit ihren himmelhohen Prahlereien ...«

»... hast du die gesehen mit ihrem runden Steiß? Reinbeißen, sag' ich dir ...«

»Meinst du nicht eher: reinstochern? – Mir ist sie zu drall, da pack ich lieber die da drüben, sieh nur, was für eine Zwetschge ...«

40

Jakob lächelte; zwar waren die einfachen Römer und Römerinnen derb, aber entwaffnend ehrlich. Er konnte sich tatsächlich nicht vorstellen, unter diesem Volk einen so bestialischen Mörder zu finden, wie er ihn zu suchen hatte. Die Art und Weise, wie der Mord ausgeführt worden war, sprach für einen Täter, der eine wilde Gemütsbewegung mit einem nüchtern bedachten Plan verband; da mußten sich Wut oder Ekel mit dem dringenden Bedürfnis verbinden, sich auszudrücken, anders war die stets gleiche Verstümmelung der Opfer kaum vorstellbar. Ein einfacher Mörder würde zustechen, wie es ihm gerade in den Sinn kam; und ein nur durchdacht handelnder würde auf die Kennzeichen der Raserei verzichten.

Während Jakob eine Kupfermünze auf den Tisch legte und weiterschlenderte, stellte er sich einen Kleriker vor, der gegen den geilen Drang ankämpfte und in diesem Ringen immer wieder unterlag, der Lust nachgab, danach aus Scham und Zorn seine Gespielin malträtierte und noch in der Mordtat den Plan verfolgte, mit dieser Tötung ein Zeichen für alle anderen Huren zu setzen, daß sie von ihrem schändlichen Treiben abließen. Ja, die Morde könnten eine Warnung für die Lebenden sein: Schaut her, so kann es euch auch ergehen, wenn ihr weiter diesem liederlichen Gewerbe anhängt.

Die Villa von Ambrogio Farnese lag zwar innerhalb der Aurelianischen Stadtmauer hinter dem Aventin, kurz vor der Cestius-Pyramide; es war jedoch ein weiter Weg vorbei an vielen zerfallenen Häusern und verwilderten Gärten, und nicht nur einmal bereute Jakob, das Angebot einer Kutsche abgeschlagen zu haben. Andererseits entdeckte er den besonderen Reiz eines solchen Spaziergangs, der es ermöglichte, hier und da einen Blick auf verfallene Gemäuer und moosbewachsene Marmortafeln zu werfen. Erst vor wenigen Tagen hatte es an der Sapienza einen gelehrten Disput über die Sammlung von antiken Tafelinschriften gegeben, welche Andreas Fulvius der römischen Akademie vorgelegt hatte und die im kommenden

Jahr veröffentlicht werden sollten. Daher ließ Jakob auf dem Weg unter dem Aventin entlang keine Marmortafel unbeachtet und kam mit einigen neuen Erkenntnissen über die römische Stadtgeschichte bei dem Gittertor der hell erleuchteten Villa an.

Am Eingang prangte stolz das Wappenschild der Farnese mit den sechs Hellebardenspitzen. Mehrere Bedienstete standen bereit, die Gäste zu empfangen. Als ein Diener Jakobs gewahr wurde, eilte er sofort herbei und geleitete den Mönch zum Haus. In der Eingangshalle wurde ihm der Mantel abgenommen, dann wurde er in den Innenhof geführt, in dessen Mitte ein beleuchteter Brunnen stand. Gemessenen Schrittes kam ein alter Mann auf ihn zu, verbeugte sich und sprach: »Ihr seid Doktor Jakobus, der Lehrer meines jüngsten Sohnes. Seid mir willkommen.«

»Vielen Dank für die Einladung, Ambrogio Farnese«, entgegnete Jakob und ergriff die hingestreckte Hand.

»Ich sprach sie aus selbstsüchtigen Gründen aus, denn wie ich hörte, seid Ihr ein scharfsinniger Denker.«

Jakob verneigte sich leicht.

»Keineswegs will ich Euch heute auf die Probe stellen«, fuhr Farnese fort, »sondern einen ersten Eindruck von Euch in heiterer Stimmung gewinnen. Gleichwohl würde es mich erfreuen, wenn Ihr nach einer ersten Erfrischung noch ein wenig mit mir plaudern würdet.«

»Mit dem größten Vergnügen«, erwiderte Jakob, und er meinte es ernst, denn Ambrogio Farnese gefiel ihm. Sein ebenmäßiges Gesicht mit den dunklen Augen und ein kräftiges, bereits ergrautes Haupthaar verliehen ihm ein aristokratisches Aussehen; er nahm den Blick seines Gegenübers auf, maß sich aber nicht an ihm, sondern blieb im Augenkontakt natürlich und offen.

Farnese gab einem Diener einen Wink, woraufhin Jakob auf die andere Seite des Hofes in einen Wandelgang geführt wurde, wo auf einem langen Tisch vielerlei Köstlichkeiten aufgeboten waren. Erstaunt sah Jakob die geschmackvoll drapierten Platten. Da gab es in Öl gebratene Paprikaschoten, Auberginen und Zucchini, dort einen Teller mit gebratenen Sardinen, Schüsseln mit Scampi und Oktopus, Platten mit Krebsen und Hummern, auf Salatblätter gelegten Kaviar, Büffelkäse an Tomaten und gewürzte Pilze in fein geschnittenen Scheiben; alles in allem eine überreiche Auswahl an Köstlichkeiten. Jakob wußte, daß es nach diesen Vorspeisen in einem innen gelegenen Speisesaal noch warme Gerichte in Hülle und Fülle geben würde. Er nahm von dem Gemüse, gönnte sich einen kleinen Hummer und weidete sich am Büffelkäse, während er die Abendgesellschaft musterte, die sich nach und nach im Innenhof versammelte. Soweit er es einschätzen konnte, gehörten die Gäste sowohl zum Geldadel als auch zur Aristokratie; fein herausgeputzt jedenfalls waren sie alle.

Er betrachtete eine Schönheit, die mit rauschendem Rock um den Brunnen schritt. Das Kleid war oberhalb der Hüften so eng geschnitten, daß man befürchten mußte, die Dame könne ohnmächtig werden, aber mitnichten: Quicklebendig kam sie mit wiegenden Schritten auf ihn zu. Ihr offenes Haar wurde an der Stirn durch einen edelsteingeschmückten Reif zurückgehalten. Jakob schluckte, so beeindruckt war er von der Schönheit der Frau.

»Seid gegrüßt, Dominikaner«, sagte sie mit bezaubernder Stimme. »Mein Bruder Flavio hat mir berichtet, wie feinsinnig Ihr über die Fragen der Jurisprudenz zu reden wißt, so daß er beinahe gern in den Palazzo della Sapienza geht. – Aber sagt«, sie beugte sich vor und flüsterte Jakob ins Ohr, »sind die römischen Scholaren Eures Intellektes überhaupt würdig?«

Jakob lachte. »Wollt Ihr eine ehrliche Antwort?«

»Nein, bei Gott, ich möchte, daß Ihr uns Römer lobt, und bete um Vergebung für Eure Notlüge. – Ich bin Margherita, die Tochter von Ambrogio Farnese.«

»Mich kennt Ihr ja schon, wenngleich nicht ganz. Eure Scholaren zu Rom, edle Dame, sind eine Schande für jeden

43

Gelehrten. Auch wenn Euer Bruder zu den besseren zählt, ist er, verzeiht, nur ein Einäugiger unter Blinden.«

Margherita lächelte, und ihre grünen Augen funkelten dabei.

»Als Mönch muß ich nicht galant sein«, fuhr Jakob schmunzelnd fort, »und ich glaube, es ist besser, Ihr hebt Euch Eure Gebete für Wichtigeres auf als meine Notlügen.«

»Ihr überrascht mich; nirgends fand ich bisher mehr honigsüße Reden als bei Klerikern; je feiner das Tuch, desto schmeichelnder die Worte.«

»So hoffe ich für Euch, daß sich mancher Purpur unter den Gästen finde«, erwiderte Jakob und brachte dazu ein so breites Grinsen zustande, daß Margherita in ein heiteres Lachen ausbrach. »Ich pflege wie Ihr lieber die direkte Sprache und bleibe, wo ich kann, bei der Wahrheit.«

»Ich bin froh«, antwortete sie immer noch lachend, »Euch heute abend hier zu wissen; wenn mir von den Firlefanzereien der Laffen übel ist, komme ich zu Euch. Übrigens hat sich nur ein Purpurträger angekündigt: Bischof Frangipane. Ihr kennt ihn gewiß.«

Jakob versuchte seine Überraschung zu verbergen und blickte Margherita unverwandt in die Augen.

»Gefallen Euch meine Augen? Ihr könnt ja gar nicht von meinem Blick lassen.«

»Solltet Ihr so klug sein wie Eure Augen geheimnisvoll, würdet Ihr manchen Doktor schlagen«, erwiderte Jakob und rieb sich das Kinn.

»Wenn das Eure direkte Sprache ist, Mönch, dann wollte ich gerne hören, wie Ihr schmeichelt.«

»Dann zitierte ich das Hohe Lied des Salomo«, entgegnete Jakob treuherzig und atmete tief durch. Zum Glück traten nun einige Aristokraten an sie heran und begrüßten die Tochter des Hauses, wobei sie jene neue spanische Mode benutzten, unter leichter Verbeugung der Dame einen Kuß auf den Handrücken zu hauchen.

44

Margherita Farnese schlenderte, ihre Galane im Schlepptau, zum Brunnen zurück. Wenn die berühmte Giulia Farnese, dachte Jakob, nur halb so attraktiv war wie Margherita, verstehe ich gut, daß ihr Rom zu Füßen lag, und er fragte sich, ob Margherita mit der Mätresse von Papst Alexander VI. verwandt war.

Allmählich füllte sich der Innenhof; es mochten sich an die hundert Gäste versammelt haben. Ein heller Gong rief in den Speisesaal, und der Zufall wollte es, daß sich Jakob und Frangipane am Eingang trafen. Die Miene des Bischofs hellte sich auf, als Jakob die Vorspeisen lobte und von der Anmut der Tochter des Hauses schwärmte.

»Ich glaubte, du bevorzugst orale Genüsse«, spottete der Bischof, »und jetzt schwärmst du von der Schönheit einer Dame.«

»Ihr müßt zugeben, Exzellenz, daß ich auch dies mit dem Mund tue.«

»Du bist ein Schelm.« Frangipane lachte.

»Nein, ein Genießer«, erwiderte Jakob, und insgeheim lobte er sich dafür, wie rasch es ihm gelang, dem Ansinnen Trippas gerecht zu werden und einen Schein zu erwecken, der ihm Zugang zu den Kreisen der römischen Lüstlinge gewähren mochte.

An der Tafel zeigte sich, daß die Tischordnung Frangipane und Jakob zwar nicht zu Nachbarn gemacht, aber doch in denselben Abschnitt empfohlen hatte, dessen glänzenden Mittelpunkt Margherita Farnese abgab. Eine Dame war stets zwischen zwei Herren plaziert, wobei es der Sitte entsprach, daß sich der Mann der Frau zu seiner Rechten widmete. So gelangte Jakob an eine nett anzusehende Braunhaarige, die sich mit Reden schüchtern zurückhielt und in ihrem Auftreten bescheiden war, wie überhaupt alle Damen gegenüber Margherita deutlich abfielen. Jakob vermutete Absicht dahinter; auf dem eigenen Fest sollte keine Fremde die Tochter des Hauses ausstechen. Margherita ihrerseits genoß es, im Mittelpunkt zu stehen und alle Augen auf sich gerichtet zu wissen.

»Man wünschte«, bemerkte Frangipane und beugte sich schräg über den Tisch zu Jakob herüber, »sie wäre ebenso wie ihre Großtante mit einem Halbblinden verheiratet.«

Der Bischof beobachtete genau, ob seine Anspielung verstanden wurde, und lächelte, als Jakob wissend nickte. Es gehörte zur Allgemeinbildung eines jeden Klerikers in Rom, Guilias Ehe mit Orsino Orsini zu kennen, der genau wußte, wann er sein eines Auge zudrücken mußte, um die drei Bankerte, die ihm *Bella Giulia* von Alexander unterschob, ohne Erröten zu ertragen, denn anders als seine Kinder mit Vanozza erkannte der Borgia-Papst Giulias Kinder nicht als seine eigenen an; Orsini-Sprößlinge waren schließlich auch so gut versorgt.

Margherita verstand es unnachahmlich, sich neben den Augen die Ohren der Gäste gewogen zu machen, denn sie parlierte munter und frech, wobei ihre Rede, je länger der Abend ging, um so anzüglicher wurde.

»Was denkt ihr wohl, ihr feinen Herren, wie es euch im Schlafgemach juckt, wenn eine weißhäutige Fee vor euch die Kleider verliert«, sprach sie mit verschwörerischer Stimme und beobachtete reihum alle Männer, die an ihren Lippen hingen, »und dann, kurz bevor sie nackt nach eurem Wams greift und in eure Stiefel schlüpft? Rüttelt euch da die Verwandlung auf, und seid ihr bereit, die schönsten Geschichten zu erzählen, die euch je zu Gehör gekommen sind, um den Knaben zu unterhalten, der jetzt mädchenhaft vor euch steht?«

Ihre Augen funkelten, und auf ihren Wangen zeigten sich rote Flecken, während sie die Männer mit ihrer schamlosen Rede aufstachelte und mit gespitzten Lippen von einer blauen Feige naschte. Frangipane wischte sich den Schweiß von der Stirn. Jakobs Nachbar legte seine Hand auf den Schenkel seiner Dame. Andere fuhren sich mit der Zunge über die Lippen.

»Dann, meine Freunde, geht und erzählt diese Geschichten; ein neuer Wein steht bereit im Nebenraum, und jeder, der sich

46

am Decamerone messen läßt, ist eingeladen, seine Dame mit sich zu führen.«

Die schöne Farnese erhob sich und wies zur rückwärtigen Wand, wo in diesem Moment eine Flügeltür aufschwang. Dahinter waren im Halbdunkel flackernden Kerzenscheins mehrere Diwane und niedrige Tische zu sehen. Wie von Geisterhand stand eine blonde Frau neben Margherita und hielt deren Tischherrn den Arm hin, damit er sie in den Nebenraum geleite, während die Tochter des Hauses davonhuschte. Jakob fing ihren durchdringenden Blick auf, dann fühlte er, wie ihn seine Dame am Ärmel zupfte und zur Tür lockte. Frangipane schaute ihn aufmunternd an, ehe er seine Nachbarin in den privaten Raum führte.

Jakob stand langsam auf. In seinem Kopf schwirrten die unterschiedlichsten Gedanken. Konnte er es wagen, dort hineinzugehen? Beließen es diese Ehrenmänner bei der Rolle eines Boccaccio, oder verblaßte bei dieser aufgeheizten Stimmung bald jede Moral? Würde sich Rom seines Rufes als *cauda mundi* würdig erweisen? Was dann? Da wäre kein Rückzug mehr möglich. Andererseits, was mochte Frangipane von ihm halten, wenn er sich dem Fortgang der Feier entzog? Sofort wäre er als Moralist enttarnt. Der Zugang zu den wollüstigen Kreisen wäre ihm versperrt, noch ehe sich die erste Tür aufgetan hatte. Gemächlich schritt er mit seiner Begleiterin voran, hin und her gerissen von den widerstreitenden Gedanken. Mein Gott, betete er stammelnd, laß diesen Kelch an mir vorübergehen. Aber je näher die Tür zum privaten Gemach rückte, desto beherzter trat er auf und zog seine Begleiterin, von der er kaum mehr als den Namen Antonia kannte, sanft mit sich. Schon konnte er in dem kleinen Raum erkennen, wie sich Frangipane und einige andere Herren bequem auf die Diwane gesetzt und ihre Damen zu sich herangezogen hatten. Ein junger Bankier, der bei Tisch mit seinen Wechselgeschäften geprahlt hatte, umfaßte seine Begleiterin bereits schamlos an der Hüfte und ließ seine andere Hand wie beiläufig auf ihren Oberschenkel fallen, während ein Sprößling der Orsini, der sich bei Tisch besonders vornehm benommen hatte, begann, derbe Zoten zu erzählen.

In Gedanken schlug Jakob das Kreuzzeichen und flehte, Gott möge ihm verzeihen. Da sank neben ihm plötzlich Antonia in die Knie; ein dumpfer Stöhnlaut entrang sich ihrer Brust, dann stürzte sie, vollends ohnmächtig, zu Boden. Rasch sprangen zwei Diener herbei. Einer hielt Antonia ein Riechfläschchen unter die Nase, der andere schloß die Flügeltür. Jakob blickte ein letztes Mal zu Frangipane, der bedauernd mit der Schulter zuckte und sich seiner Gespielin zuwandte. Hinter ihm wurde das kleine Gemach versperrt. Jakob stand hilflos da und blickte auf die Ohnmächtige hinab, als sich von hinten eine Hand auf seine Schulter legte. Er drehte sich um.

»Wärt Ihr wirklich hineingegangen?« fragte Margherita Farnese, und ihre grünen Augen blitzen auf.

Jakob nickte.

»In Eurem Gesicht stand etwas anders geschrieben.«

»Wirklich?«

Margherita lachte. »Ehrlich, so sieht kein Mann aus, der es kaum erwarten kann, daß die Hüllen fallen. Kommt mit mir, wir besuchen meinen Vater.«

»Lassen wir sie ihre Lust austoben.« Ambrogio empfing Jakob in einem kleinen Raum. »Danach könnt Ihr wie von ungefähr zu ihnen stoßen und vielleicht etwas hören. Es wird keinem auffallen, wenn Ihr die eine oder andere Frage stellt.«

»Was meint Ihr?« fragte Jakob verblüfft.

»Ich wollte Euch den Bruch des Gelübdes ersparen und Euch trotzdem die Möglichkeit einräumen, Kontakte zu knüpfen«, erwiderte der Gastgeber beinahe mürrisch. »Ottavio Farnese ist mein Vetter; ich stamme aus einer Seitenlinie und gehe der Politik aus dem Weg, aber wenn es darauf ankommt, hält die Familie zusammen.«

»Ihr macht ein Gesicht wie ein getaufter Sarazene.« Mar-

48

gherita kicherte und winkte Jakob zu einem Stuhl vor einem kleinen runden Tisch, auf dem ein Schachbrett stand. »Meint Ihr wirklich, es wäre Zufall, daß wir Euch heute abend eingeladen haben?«

»Danke, mein Kind«, fiel ihr Ambrogio ins Wort, »du hast deine Sache gut gemacht.«

Margherita verneigte sich lächelnd erst gegen ihren Vater, dann gegen Jakob und ging mit schwingenden Hüften hinaus.

»Die Soutanen werden schweigen«, bemerkte Ambrogio, »wenn man sie befragt. Sie schweigen immer. Es gibt keinen heimlicheren Platz als den Vatikan, glaubt mir. Oder hat Euch Monsignore Trippa Namen genannt?«

Jakob verneinte.

»Seht Ihr! Er hält sich bedeckt wie alle anderen und will es sich mit niemandem verderben. Woher soll Trippa wissen, wie in der Zukunft der Wind weht? Wer ist morgen Papst, wer Kanzler? Die Giftmischer sitzen überall, stets wetzen die Meuchler ihre Messer. – Ihr werdet Euch tatsächlich in die richtigen Kreise einschleichen müssen, wollt Ihr Eure Nachforschungen zum Erfolg führen. In einer Stunde, wenn sich die Lüstlinge ausgetobt haben, könnt Ihr zu ihnen stoßen und sicher sein, Euer Gelübde für diese Nacht nicht mehr in Gefahr zu bringen. Wir haben uns die besten Huren schicken lassen, die es innerhalb der Mauern für den Auftrag gibt, Männer rasch zu ermüden. Sie verstehen ihr Handwerk, und wie man an Eurer Tischdame sah, sind sie auch gute Komödiantinnen.«

»Weiß der Kanzler von dieser Inszenierung?«

»Er weiß, daß Ihr hier seid; die Einzelheiten kümmern ihn nicht.«

»Und Trippa?«

Ambrogio Farnese schüttelte den Kopf.

»Mißtraut Ihr ihm?«

»Traut Ihr ihm?«

Jakob schwieg. Ambrogio nahm ihm gegenüber Platz und setzte den Bauern vor dem weißen König zwei Felder vor.

49

Jakob erwiderte mit dem spiegelbildlichen Zug und tat dies auch, als Ambrogio seinen Bischof drei Felder über die Diagonale zog und anschließend den Königsspringer freistellte. Weiß griff mit dem Damenbauern an, den Jakob mit seinem Königsbauern schlug, worauf Ambrogio seinen Königsbauern vorzog und den schwarzen Springer bedrohte. Jakob brachte sein Pferd in die Mitte, und während sein Gegenüber rochierte, stellte er seinen zweiten Springer hinter den Läufer und beobachtete das Mienenspiel Farneses, der ungerührt den Bauern vor den Läufer schob. Jakob schlug zu. Ambrogio holte sich seinen ersten Bauern mit dem Springer von der Grundlinie, was Jakob zum Sprung mit seinem vorderen Springer reizte und Weiß zwang, mit dem Bauern zurückzuschlagen, um den Ausgleich bei den Offizieren wiederherzustellen. Jakob nahm seine Dame vor seinen König, Ambrogio rückte den Turm auf die Königslinie, Jakob rochierte, und Ambrogio attackierte mit seinem zweiten Bischof die schwarze Dame.

»Schon müßt Ihr zurückweichen«, flüsterte Farnese und setzte, als Jakob seine Dame auf die Grundlinie zurückgezogen hatte, seine Dame vor seinen Turm. »Selten erstürmt Kühnheit den Vatikan, und noch seltener führt Ungestüm zum Erfolg. Die Kurie ist für die Ewigkeit gemacht, nicht für den Augenblick. Hüte dich vor schnellen Entschlüssen!«

»Ihr seid gut postiert«, erwiderte Jakob leise.

»Der da«, brummte Ambrogio und deutete auf seinen Bauern auf der Königslinie, »ist Frangipane. Er will dich aus der Reserve locken. Ein einziger Fehler, dann bist du matt.«

Langsam berührte Jakob den Bauern, der nunmehr vor seinem König stand, und schob ihn ein Feld voran; das verschaffte seinem König ein wenig Luft.

»Wie heißt dieser Läufer, der mich verdeckt bedroht?« fragte er und deutete auf den Bischof der weißen Bahn.

»Das ist Fabricio Casale, vor ihm nimm dich in acht.« Farnese rückte den zweiten Turm auf die Damenlinie. Die Stellung wurde für Schwarz bedrohlich.

»Wer ist dieser Fabricio Casale?«

»Er ist wahrscheinlich ein illegitimer Abkömmling Leos, jedenfalls würde das die Zuneigung, die Casale seitens der Medici erfährt, erklären. Vielleicht hätte ihn Clemens sogar zu seinem Kanzler gemacht, aber er mußte seine Wahlabsprachen einhalten und kam deshalb nicht an meinem Vetter vorbei. Doch in gewisser Weise ist Casale der heimliche Kanzler, sozusagen ein persönlicher Sekretär.«

»Eigenartig«, murmelte Jakob und schob seinen König ein Feld nach vorne, »ich habe noch nie von ihm gehört.«

»Schach!« Ambrogio hatte seinen schwarzen Bischof vor Jakobs König geschoben und blickte den Mönch nun lächelnd an. »Ihr werdet wieder zurückweichen müssen.«

Mutlos zog Jakob seinen Heerführer auf die Grundlinie und grübelte lange darüber, was er gegen das anstürmende Pferd unternehmen sollte, ehe er den Randbauern halbherzig nach vorne schob.

»Das ist seine Masche«, sagte Farnese und setzte seinen Springer hinter jenen Bauern, den er Frangipane getauft hatte. »Um der Macht willen verzichtet er auf den Ruhm; nicht einmal zum Bischof ließ er sich machen, sondern fristet als Weihbischof im stillen Kämmerlein sein Dasein und hält alle Fäden in der Hand. Manchmal denke ich, er ist mächtiger als Clemens; jedenfalls ist er skrupelloser.«

»Je mehr ich darüber nachdenke, desto weniger begreife ich den Vatikan. Wie funktioniert die Macht?«

»Da möchte ich dir, lieber Mönch, mit einem Beispiel antworten: Schau auf das Brett, und sage mir, wie es steht.«

»Um mich steht es schlecht.«

»Vielleicht. Wer weiß das mit Gewißheit? Ein genialer Zug von dir, ein Fehler von mir, schon sind die Verhältnisse gekippt. Du deutest deine Lage, und du verwendest dazu den Verstand. Aber dein Verstand ist nicht frei von Gefühl. Da ist zum einen dein Doktorenehrgeiz, der dich treibt, gegen einen römischen Adligen nicht zu verlieren, sowie dein Gelehrtendünkel, einem wie mir überlegen zu sein. Das führte zu einigen Entscheidungen, die ein reiner Verstand nicht getroffen hätte; du hast dich überhastet auf meinen Bauern gestürzt, bist materiell im Vorteil. Das mag dich zusätzlich in Sicherheit gewiegt haben, und du hast meine Kraft unterschätzt. Dann kam meine Drohung, der Bischof der weißen Felder wurde zunehmend gefährlicher, der Ritter wurde mutiger, und der zweite Läufer gewann an Beweglichkeit. Du spürst die Gefahr, und der Gedanke an die Niederlage macht dir Angst. Die Angst lähmt den Verstand. Wieder ein ungenauer Zug. Du bemerkst deinen Fehler und ärgerst dich; aber Zorn ist ein schlechter Ratgeber. – Begreifst du, was ich meine, Dominikaner? – Das ist die eine Seite. Nun zur anderen. Vielgestaltig sind die Figuren und ihre Bewegungen auf den vierundsechzig Feldern. Der Mächtige zum Beispiel, der dem Spiel Sinn und Inhalt gibt, wirkt nicht über seine unmittelbare Nachbarschaft hinaus. Der Ohnmächtige, der stets nur vorwärts schreiten kann, schlägt schräg, als ob jeder Erwerb durch seine Hand Unrecht wäre, und hat die wundersame Kraft in sich, selbst zu einem Mächtigen aufzusteigen. Die Dame dann, unfähig zu einem Amt in der Kirche, herrscht nah und fern beinahe schrankenlos und gereicht dem eigenen König zur Zier und dem fremden zu höchster Gefahr. Der unberechenbare Ritter springt kreuz und quer und ist doch der Vasall des Bischofs, denn wohl können zwei Alphini einen König ermorden, doch niemals können es zwei Reiter. Unnahbar, kraftvoll und geradlinig stehen die Türme wie wehrhafte Grenzburgen gegen die Anmaßung des Kaisers, doch sind sie zugleich schwerfällig und leichte Beute der trickreichen Springer. Keiner für sich hat Macht und Kraft, alles greift ineinander. Das ist die Kurie.«

Jakob nickte und zog seinen Läufer vor die Dame, was Ambrogio mit einem Doppelschritt seines rechten Randbauern beantwortete.

»Ich verstehe Euer Bild«, antwortete er und ignorierte, daß Farnese ihn seit geraumer Zeit duzte. Er tat mit einem Bau-

52

ernschritt auf dem Damenflügel seinem Läufer ein Schlupf-loch auf. Ambrogio schob den Randbauern weiter. Jakob erkannte die Gefahr, die von jenem Bischof ausging, den Farnese Fabricio Casale genannt hatte, und zog den Bauern vor den König, was Ambrogio ein Lächeln abnötigte, ehe er seine Dame ein Feld nach vorne setzte und begann, Jakob den Aufbau der Kurie zu erläutern.

Der Dominikaner lauschte angestrengt, und es verging eine geraume Zeit, ehe er sich trotz des Zuhörens auf seinen nächsten Zug festlegte; er schob den Damenbauern ein Feld voran. Sein Gastgeber tat, als beachte er das Brett nicht mehr, sondern dozierte über den Vatikan mit der Besessenheit eines Gelehrten, der seine letzte Stunde nahen fühlte und noch sein gesamtes Wissen an seinen Famulus weitergeben wollte. Was für Kenntnisse dieser Mann hat, dachte Jakob und zwang sich dazu, jede Kleinigkeit aufzunehmen und zu bewahren.

»Genug der Theorie«, brummte Farnese mitten in einem Gedankengang zur geheimen Kammer der Kanzlei und schlug sich auf den Schenkel. »Wenn sich die Macht bündelt, ist jede Gegenwehr zwecklos. Schau deine Stellung an! Unhaltbar. Du solltest den Becher nehmen, ehe ich dich mit Schmach überziehe!«

Jakob schaute seinen Gastgeber ungläubig an; da schlug der weiße Springer den Bauern auf der Königsreihe. Wenn ich jetzt mit dem Bauern schlage, schlägt seine Dame zurück und bietet Schach, überlegte Jakob, zwingt mich ins Eck und rückt aufs nächste schwarze Feld direkt vor meiner Nase, gedeckt durch den namenlosen Bischof: matt. Wenn ich nichts tue, zieht Farnese den Reiter ab und erhält das Einfallstor für seine Dame im übernächsten Zug, bietet wiederum Schach und treibt mich in die Ecke: aussichtslos. Nehme ich den Bauern, zieht er das Pferd ab, erhält das Einfallstor ... Er zupfte sich am Ohrläppchen, was er immer tat, wenn er ratlos oder angespannt war. Ambrogio lächelte. Jakob streckte die Hand nach seinem König aus, bereit, ihn umzustoßen, als seine Tischnachbarin ins Zimmer trat.

53

»Herr, die anderen haben die Flügel geöffnet; wir sollten uns ihnen zugesellen.«

Verdutzt hielt Jakob in der Bewegung inne.

»Sie hat recht«, sagte Ambrogio, »und ihr beide solltet so tun, als ob ihr euch nach ihrem Schwächeanfall in einer separaten Kammer vergnügt hättet. Dein Kopf ist ja gerötet genug.«

In diesem Augenblick sah Jakob den Ausweg: Er schlug den Bischof auf den schwarzen Feldern.

Ungläubig starrte Farnese auf das Schachbrett, hielt wütend dagegen, sah Jakob die Damen tauschen und seinen Springer aus dem Feld schlagen. Die Partie war entschieden.

»Da seht Ihr es.« Jakob lächelte. »Ein geschlagener Bischof wirft alles um.«

Die Jungen von Pozzo bianco

Serena streckte sich auf ihrem Schlaflager aus und wühlte ihr Gesicht in das Strohkissen. Der Tag war lang gewesen, aufregend und voller Traurigkeit; nun, da sie es endgültig wußte, erfaßte sie eine unendliche Müdigkeit: Bibiana war tot. Ja, nur deshalb war sie nicht gekommen Von einem Tag auf den anderen war sie mit Giovanni allein, niemand auf der Welt würde sich um sie kümmern, es sei denn, er zöge einen Vorteil daraus. Einige Tage mochte Serena Schonfrist genießen, dann würde Apollonia beginnen, sie in die Kunst der Dirnen einzuführen. Ich will nur dein Bestes, würde die alte Kupplerin sagen und über die Freier sprechen sowie über die Art, wie eine Hure den größten Gewinn aus der Lust der Männer ziehen konnte. In wenigen Tage würde Serena ihre Unschuld verlieren und ihre Seele verkaufen müssen wie die arme Bibiana. Nein, nicht die Seele, dachte sie, nur den Körper, sonst nichts; meine Seele gehört mir, ich schenke sie dem lieben Gott. Aber ob der liebe Gott lieb ist? Würde er das Leid zulassen, das es gibt auf dieser Welt, wenn er lieb wäre? Was für eine dumme Frage, schalt sich Serena; ich kann sie nicht beantworten; wenn ich aber aufhöre zu glauben, wird mein Leben keinen Deut einfacher, sondern höchstens noch hoffnungsloser.

Sie ließ den Tag an ihrem inneren Auge vorüberziehen. Bitterkalt hatte er auf dem Campo de Fiori begonnen; sie hatte gefroren, während sie auf dem Schemel vor Giuseppes Schenke saß und vor sich hin döste. Die Marktweiber mit ihren Obst- und Gemüseständen hatten sie geweckt, und eine besonders

55

derbe Händlerin hatte sie angestoßen und gefragt, ob sie sich einige Quattrini verdienen wolle; Serena half ihr dann beim Aufbau des Standes, beim Abladen von einem einfachen Ochsenkarren und beim Aufschichten der Äpfel und Birnen, sie schleppte und rannte wie eine willige Magd bis in die frühe Mittagsstunde. Bei der Arbeit wurde ihr warm, und sie vergaß für einige Zeit die Sorgen um Bibiana; außerdem hoffte sie immer noch, ihre Tante würde im nächsten Augenblick um die Ecke biegen, sie freudig in die Arme schließen und berichten, was sie alles für wieviel Scudi bei dem Bischof von Rapolla habe tun müssen. Gleichzeitig bekam sie lange Ohren, wenn sich in ihrer Nähe jemand über die toten Huren unterhielt, die man in den letzten Wochen gefunden hatte und über die niemand laut sprechen durfte.

»Stell dir vor«, raunte ein Marktweib einer Dirne zu, »sogar dem Governatore wurde verboten, in der Angelegenheit zu ermitteln.«

»Der mit seinen Sbirri tut eh nichts für uns Weiber«, erwiderte diese verächtlich.

»Trotzdem. Für was gibt's ein weltliches Gericht, wenn nicht für solche Morde.«

»Ich sage euch«, mischte sich eine andere Hure ein, »da stecken die geilen Böcke vom Vatikan dahinter; die saugen uns alle aus, erst nehmen sie Steuern, dann unser Blut.«

»Aber sie geben auch gut«, entgegnete die erste, »mein Kaplan zum Beispiel legt mir immer so viel Quattrini neben das Bett, wie ihm Haare wirr wegstehen.«

»Bestimmt ist er ein Glatzkopf«, stichelte das Marktweib, »denn bei mir feilschst du noch um das letzte Salatblatt.«

»Da sei Gott vor«, verteidigte die Dirne ihren Freier, »er hat dichte Locken. Manchmal stehen sie ihm ganz wirr ab, da muß ich immer lachen. Dann gibt er mir einen Giuli extra. Er ist ein guter Mann.«

»Daß ich nicht lache«, keifte die Verkäuferin nun und legte es darauf an, der Hure ihren Kunden madig zu machen. »Ein guter Priester zügelt seine Lust und hält seinen Pinsel versteckt. Lügner und Hurenböcke sind sie alle.«

»Nein«, schrie die Dirne empört, »mein Ennea ist grundanständig. Er entschuldigt sich jedes Mal bei mir, daß er mich entweiht hat, und tut Buße. Du bist bloß neidisch, weil deiner Potta keiner mehr einen Besuch abstattet!« Dann schnitt sie eine freche Grimasse und verließ den Stand mit aufreizendem Hüftschwung, um demonstrativ zwei Stände weiter einen Salatkopf zu kaufen.

»Da siehst du's wieder«, meckerte die Händlerin an Serena gewandt, »sie wollen nichts glauben und fallen auf jede Schmeichelei herein. Ich sage dir, es ist einer von diesen Purpurhüten im Vatikan, der unsere Huren zerfleischt. Die Wunden müssen ganz gräßlich sein. Ernesto, ein Sbirro aus meiner Gasse, spie sein Frühstück aus vor Entsetzen, als er eine Leiche bewachen sollte.«

Serena erschauderte bei dem Gedanken, ihre Tante könnte ein Opfer dieses Menschenschlächters geworden sein, aber noch hoffte sie auf Bibianas glückliche Rückkehr. Doch ihre Tante kam nicht; und als Serena mittags von ihren Marktweibern mit drei Quattrini entlohnt wurde, beschloß sie, auf eigene Faust im Borgo nach ihrer Tante zu fragen.

Unsicher nahm sie jedoch nicht den direkten Weg Richtung Vatikan, sondern durchquerte die Stadt und suchte die Piazza del Pozzo bianco auf, Roms zentralen Platz für alle Huren. Vielleicht lief ihr Bibiana dort über den Weg, es war ja immerhin möglich, daß sie nach dem Bischof Lust auf ein weiteres Geschäft verspürt hatte oder einfach dort mit einer Freundin Wein trinken wollte. Am Pozzo bianco jedenfalls kannte ihre Tante mehrere Dirnen aus der Gegend von Olevano und Genazzano, und es wäre nicht das erste Mal gewesen, daß sie dort hängenblieb. Bibiana litt unter der Einsamkeit, die sie bei Apollonia empfand; die alte Kuppelmutter beschnitt die Kontakte ihrer Mädchen, so gut sie konnte, und versuchte, alle ihre Huren einzig auf die Arbeit auszurichten und so von sich abhängig zu machen. Eigentlich, dachte Serena, ist Apollonia eine alte Hexe, die nur gierig auf ihren Vorteil schaut. Diesem strengen Regiment wollte Bibiana stets aufs neue entfliehen, und meist tat sie das bei ihren Freundinnen auf der Piazza del Pozzo bianco, denn dort verkehrte Apollonia nicht. Ein schmaler Strohhalm war dies, nach dem Serena griff, als sie hinüberlief und die wenigen Huren, die sich in der Mittagszeit auf dem Platz sehen ließen, nach Bibiana fragte.

Das Mädchen merkte rasch, daß alles Fragen vergeblich war; niemand hatte Bibiana die letzten Tage gesehen, die Tante blieb verschollen. Als sie sich entmutigt auf die Treppe eines Palazzos setzte, kam ein kräftiger Junge auf sie zu und fragte, ob er ihr helfen könne. Er war von untersetztem Wuchs und hatte ein Vollmondgesicht, das Serena nur mäßig gefiel; aber seine Stimme klang sympathisch. Außerdem ließ sich dieser Cesare nicht abwimmeln; er bestand darauf, in ihren Augen eine herzzerreißende Hilfsbedürftigkeit gesehen zu haben, und betonte mit lässigem Nachdruck, er sei derjenige, welcher ihr helfen könne. Sein Lächeln ließ ihn hübscher wirken, auch wenn ihm der linke Schneidezahn fehlte; den hatte ihm bei einer üblen Rauferei ein Bursche aus der Gefolgschaft der Colonna herausgeschlagen, weshalb Cesare ein erklärter Todfeind der Colonna war und sich nichts sehnlicher wünschte, als daß Pompeo Colonna niemals zum Papst gewählt werde. Serena lächelte. Zu keiner Zeit, dachte sie, wird die Meinung dieses Gassenjungen irgendeinen Einfluß auf die Entscheidung eines Konklave haben; außerdem war Clemens kräftig genug, um die Geschicke Roms noch viele Jahre zu lenken.

»Ein Farnese«, erklärte Cesare, »wird der nächste Papst. Oder glaubst du, Ottavio spielt umsonst den Kanzler des Medici? Die Mächtigen schieben sich die Macht zu wie unsereins ein paar grüne Oliven gegen den ersten Hunger.«

»Nun«, erwiderte Serena kleinlaut, »ich mag nicht entscheiden, ob demnächst ein Farnese oder ein Colonna die Tiara trägt, und es ist mir auch egal. Mich kümmert vielmehr die

Frage, ob meine Tante Bibiana in den letzten Stunden hier an der Piazza del Pozzo bianco aufgetaucht ist.«

Cesare machte ein nachdenkliches Gesicht. »Soweit ich es gehört habe, weiß niemand etwas von deiner Tante. Bist du sicher, daß sie hier gewesen ist?«

»Nein«, entgegnete Serena mutlos, »es war nur so eine Idee von mir, ich habe gehofft, sie hier zu finden. – Ich habe Angst.«

Der Junge blickte sie mit seinen dunklen Augen an. Er öffnete den Mund, sagte aber nichts; dann ging ein Ruck durch seinen Körper, und er legte seinen Arm um Serenas Schulter. Sie zuckte und wollte von ihm wegrücken, besann sich jedoch und ließ ihn gewähren.

»Ich helfe dir, deine Tante zu suchen«, beschloß Cesare. Er stand auf, hielt Serena die Hand hin und zog sie hoch. »Wo war sie zuletzt?«

Serena erzählte von dem Besuch beim Bischof von Rapolla und von dem Stoffetzen an der Ufermauer bei der Engelsburg. Cesare machte ein grimmiges Gesicht; zu anderer Zeit hätte sie darüber gelacht, denn es sah sehr theatralisch aus, aber nun schöpfte sie daraus Mut. Cesare steckte Daumen und Zeigefinger der rechten Hand in den Mund und stieß einen schrillen Pfiff aus; sofort kamen zwei zerlumpte Knaben und fragten, was geschehen sei. Cesare klärte sie kurz über die bevorstehende Mission auf, die beiden grinsten und schlossen sich ihnen an. Eilig gingen sie zum Fluß, überquerten die Brücke und suchten die Stelle auf, wo Serena den Stoff gefunden hatte. Cesare beugte sich über die Brüstung und blickte nach unten; der schmale Uferstreifen war voller Büsche. Der Junge stutzte, dann deutete er seitlich auf einen zusammengedrückten Strauch.

»Seht ihr?« rief er. »Da hat etwas gelegen!« Er gab den anderen ein Zeichen, ihm zu folgen.

Sie rannten zur Brücke zurück und stiegen dort die Stufen zum Tiber hinunter, dann folgten sie einem lehmigen Pfad am

59

Ufer entlang und standen bald vor einem Haselbusch, an dem etliche Zweige abgeknickt waren.

»Sieht wirklich so aus«, bemerkte einer der beiden Burschen, »als hätte da jemand drin gelegen.«

Cesare nickte. »Da könnte jemand von oben gestürzt oder heruntergeworfen worden sein. Laßt uns die Gegend absuchen.«

Bald fanden sie am Fuße der Mauer noch ein Stück weißen Stoff und eine schmucklose Ledersandale. Serena schrie erschreckt auf. »Das ist Bibianas Sandale.«

»Verdammt«, preßte Cesare zwischen geschlossenen Lippen hervor und ergriff Serenas Hand. Ihr standen Tränen in den Augen. Es hätte des Ausrufes »Blut! Hier ist Blut am Boden!« des Jungen, der unter den Haselstrauch gekrochen war, nicht mehr bedurft. Serena fühlte, daß ihre schlimmsten Befürchtungen eingetreten waren, und begann hemmungslos zu weinen.

Cesare nahm sie scheu in die Arme, bettete ihren Kopf an seine Brust und strich über ihr Haar. Die beiden anderen Knaben blickten betreten zu Boden. Hinter ihnen rauschte der Tiber; sein Wasser war hellbraun und schien zu brodeln; hier gab es gefährliche Strudel. Ein fahler Himmel war an manchen Stellen blau, und ab und an lugte die Sonne hervor. Wahrscheinlich würde es noch einen herrlichen Nachmittag geben.

»Ich will genau wissen, was geschah«, schluchzte Serena . »Ich will die Wahrheit herausfinden.« Sie sah einem nach dem anderen in die Augen.

Cesare erwiderte ihren Blick und nickte. »Wir werden dir helfen.«

Zwei Stunden hatten sie sich im Borgo herumgetrieben und jeden, den sie rund um die Engelsburg trafen, gefragt, ob er in den letzten vierundzwanzig Stunden etwas Verdächtiges wahrgenommen habe. Zunächst hatten sie kein Glück. Als sie ihre Nachforschungen schon einstellen wollten, trafen sie einen heruntergekommenen Handlanger, der bei Bauarbeiten in einer Seitengasse aushalf und ihnen von seinen morgendlichen Beobachtungen berichtete.

»Ich hab' keine Unterkunft«, erzählte er in einer seltsam abgehackter Sprache, »liege daher oft unter der Brücke, weil es da geschützt ist. Liege also unter der Engelsbrücke vorletzte Nacht, schlafe schlecht, weil das Wasser steigt, und bin im Morgengrauen wach. Mußte pinkeln, ging daher ein paar Schritte ins Gebüsch und hörte Stimmen. Da stehen drei Schwarzkutten um einen Strauch und gaffen. Ich schleiche mich vorsichtig heran. Lag da ein halbnacktes totes Mädchen; ein Busen war wunderschön, der andere schrecklich zugerichtet. Bin sofort leise weggeschlichen, dann die Treppen hoch und davongelaufen. Wer weiß, ich bin ohne Obdach, am Schluß meint noch jemand, ich hätte etwas damit zu tun.«

Dann schwieg der Handlanger und sah Serena aus blutunterlaufenen Augen an. Der Blick ging ihr durch Mark und Bein.

»Was geschah dann? Hast du noch etwas gesehen?« fragte Cesare.

»Nicht genau; ich glaube, drei Schwarzkutten haben die Leiche weggebracht.«

»Was waren das für Schwarzkutten?«

»Mönchen eben; mit Kapuzen über dem Kopf.«

Mehr war dem Mann nicht zu entlocken. Sie bedankten sich und berieten an der Engelsbrücke, was sie als nächstes machen sollten.

»Wenn wir jetzt zu viel herumfragen«, gab Cesare zu bedenken, »machen wir auf uns aufmerksam. Vielleicht sollten wir bei der Schreibstube des Governatore vorbeischauen. Die Sbirri müßten Bescheid wissen, wenn gestern morgen eine Leiche gefunden worden ist.«

»Die Marktweiber haben gesagt, der Governatore dürfe wegen der toten Huren nicht ermitteln; irgend jemand scheint hier alles geheimzuhalten«, erklärte Serena.

61

Cesare stieß einen Pfiff aus. »Das verspricht spannend zu werden.«

»Wir werden uns Ärger einhandeln«, sagte der kleinere der beiden Burschen. »Wenn es um die Schwarzröcke geht, gibt's keine Nachsicht; denen dürfen wir nicht in die Quere kommen.«

»Für heute lassen wir es gut sein«, stimmte Cesare zu. Die drei schlugen sich wechselseitig in die offen hingestreckten Handflächen, dann nahmen sie Serena in ihre Mitte und liefen zurück zum Pozzo bianco.

»Im Borgo hat mein Freund Luigi eine Bande von Straßenjungs; die treiben sich gern beim Castel Sant' Angelo herum und kommen an jede gewünschte Nachricht. Ihn werde ich später aufsuchen und bitten, sich wegen der Leiche umzuhören. Wir werden herausfinden, wo deine Tante hingebracht wurde. Ich schwöre es dir!« Feierlich legte er sich die rechte Hand aufs Herz und starrte Serena unverwandt an.

Trotz ihrer Traurigkeit lächelte sie ein wenig.

Serena hatte sich von Cesare nach Hause begleiten lassen; er hatte versprochen, morgen Mittag mit Nachrichten zu kommen. Als er ging, blickte sie ihm lange nach. Von hinten wirkte er noch untersetzter als von vorne, beinahe dick sah er aus; aber Serena spürte, daß sie ihn mochte. Doch der Trost, den sie bei Cesare gespürt hatte, verging sofort, als sie oben allein in ihrem kleinen Zimmer stand. Weder Apollonia noch der kleine Giovanni oder irgendeines der Mädchen war im Haus. Serena warf sich auf ihr Lager und weinte. Schließlich kam Apollonia; sie trug Giovanni in einem Stofftuch, das sie sich schräg über den Rücken gebunden hatte, und der Kleine spähte frech über die Schulter der alten Kupplerin.

»Was weinst du?« krächzte Apollonia. »Ist Bibiana immer noch nicht zurück?«

Stockend und schluchzend begann Serena von ihren Erlebnissen zu erzählen. Apollonia wurde blaß und sagte kein ein-

62

ziges Wort. Ohne jeden Trost warf Serena sich dann wieder auf ihr Lager. Wenn sich doch alles ungeschehen machen ließe, dachte sie und weinte leise. Wären sie doch in Olevano geblieben und hätten den Spott der anderen ertragen. Ihr Kopf fühlte sich unendlich leer an, und beinahe wünschte sie, sie wäre tot. Genau wie ihre Tante.

Die Freundin der Kurie

Als Jakob am nächsten Morgen erwachte, dröhnte ihm der Kopf, und einige Zeit hielt er das Klopfen an seiner Tür für das Pochen seines Pulses. Schließlich begriff er und wälzte sich von seiner Pritsche.

»Na endlich«, stöhnte Trippa und stürmte in die Zelle. »Mach dich fertig, wir müssen zum Aventin.«

»Zum Aventin? Was ist passiert?«

»Es geht um einen gefallenen Engel.«

Rasch schlüpfte Jakob in sein Gewand, warf den Mantel um und folgte Trippa, der, ohne sich umzudrehen, zum Borgo San Spirito eilte, nach rechts abbog und zur Ponte Sublicio hastete, wo sie den kleinen Garten neben Santa Maria del Priorato betraten. Mehrere Sbirri standen um ein Gebüsch, und einer dieser römischen Wachleute zeigte Trippa, wo die Leiche lag. Jakob trat näher heran und beugte sich zu dem verkrümmten Frauenkörper. Beim Anblick des Gesichts mußte er vor Schreck husten.

»Die Leiche ist wieder so schrecklich zugerichtet«, bemerkte der Monsignore sachlich.

Jakob selbst brachte keinen Ton hervor und starrte nur voller Entsetzen auf die verstümmelte Frau.

»Beim zweiten Mal ist es schlimmer«, flüsterte Trippa nach einer Weile. »Zum Glück ist dieser Engel ansonsten nicht so zerschunden.«

Jakob nickte. Der Körper wies keine Schrammen oder blauen Flecken auf; er war bis auf die frischen Verwüstungen makellos.

»Kein Ton über diesen Vorfall«, befahl Trippa den Wachleuten barsch und winkte dem Bestatter, der abseits mit seinem Leichenkarren wartete. »Du lädst die Leiche sofort auf und kommst mit uns«, gebot er ihm, und seine herrische Art duldete keinerlei Widerspruch.

Innerhalb weniger Minuten war der Fundort geräumt, und ehe sich allzu viele Schaulustige einfinden konnten, befanden sie sich auf dem Weg zum Vatikan.

»Ich werde den Medicus kommen lassen«, knurrte Trippa, »obwohl ich glaube, daß wir ihn nicht brauchen; er wird das gleiche sagen wie gestern.«

»Wer hat heute den grausigen Fund gemacht«, fragte Jakob und hatte Mühe, seine Stimme unbeteiligt klingen zu lassen, denn die Ermordete, daran gab es nichts zu deuteln, war Antonia, seine Tischnachbarin vom gestrigen Abend. Seit er sie am Boden liegen gesehen hatte, zermarterte er sich den Kopf, was in der Nacht alles vorgefallen war, doch er konnte sich nur noch bruchstückhaft erinnern. Zunächst hatten sie bei Frangipane auf dem Diwan gesessen und über die zweideutigen Anekdoten gelacht, die ein gelöster Bischof zum besten gegeben hatte. Nach einiger Zeit waren Frangipane und ein vorlauter Künstler, den Jakob zuvor niemals gesehen hatte, sowie der prahlerische Bankier und Jakob selbst mit ihren Tischdamen in ein Haus außerhalb der Mauer gezogen und dort von mehreren leicht bekleideten Damen empfangen worden. In einem eigens für Frangipane eingerichteten Saal tanzten Mädchen und Knaben zu einschmeichelnder Musik; in ihren Bewegungen deuteten sie immer eindeutiger Rituale und Motive von Fruchtbarkeit und Fortpflanzung an. Jakob meinte sich zu erinnern, in dem Augenblick den Saal verlassen zu haben, als zwei Knaben und zwei Mädchen, gänzlich ihrer Hüllen ledig, begannen, einander handgreiflich zu liebkosen. Er glaubte, er sei allein gewesen, als er ging; doch er war sich seiner Erinnerung nicht mehr sicher, zumal er nicht mehr wußte, was dann noch geschehen und wie er letztlich nach Hause gekommen war.

»Ein Kaplan von Priorato hat die Tote entdeckt«, beantwortete Trippa Jakobs Frage. »Er kam sogleich in meine Kanzlei; das dürfte helfen, diesen Fall zunächst unter der Decke halten zu können.«

»Soll der Governatore unterrichtet werden?«

»Weder der Governatore noch der zuständige Caporiono; wenn erst die Stadtverwaltung Wind von der Sache bekommt, wird die Stimmung in der Stadt noch schlechter, außerdem traue ich Ernesto Teofani nicht über den Weg.«

»Wenn sich die Morde häufen, wird sich die Heimlichkeit kaum aufrechterhalten lassen.«

»Gewiß. Aber solange es geht, sollten wir zu den neuen Fällen schweigen. Es ist genug Unruhe in der Stadt, und auch in der Kurie gärt es.«

»Meine Ermittlungen stehen ganz am Anfang«, sagte Jakob. »Ich glaube nicht, daß ich so rasch etwas herausfinden kann.«

»Der Kanzler fordert keine Wunder. – Gibt es wenigstens einen ersten Anhaltspunkt?«

Jakob schüttelte den Kopf. Trippa hatte offensichtlich nichts anderes erwartet, denn er stürmte im Laufschritt weiter. Zeit genug für Jakob, sein Gedächtnis zu durchforsten, ob wenigstens Spuren vom Verlauf der letzten Nacht auftauchten. Aber je mehr er sein Gehirn zermarterte, um so weniger meinte er, eine Erinnerung zu besitzen.

Frangipane war auf eine beinahe unnatürliche Art und Weise heiter und ausgelassen gewesen; der Bankier – wie hieß er gleich noch? – hatte sich lächerlich in seinem andauernden Bemühen verhalten, den Bischof und die Dirnen zu beeindrucken; der Künstler hatte sich im hintersten Winkel mit seiner blonden Gespielin eingerichtet und nur Augen für deren Reize gehabt. Antonia war zurückhaltend geblieben, wenngleich sie, wie es Ambrogio Farnese empfohlen hatte, durchaus den Eindruck erweckt hatte, mit Jakob innige Zärtlichkeiten getauscht zu haben. Er jedoch hätte schwören können, daß er sie zu keiner Zeit unsittlich berührt hatte. Und er hätte auch

66

darauf einen Eid geleistet – wenngleich mit leichtem Zweifel –, das Freudenhaus ohne Antonia verlassen zu haben. Aber vielleicht war ihm jemand gefolgt, vielleicht sogar Antonia? Jakob wußte es beim besten Willen nicht, und in seinem Herzen begann ein Zweifel zu nagen, der ihn besonders schmerzte, denn es war der Zweifel an sich selbst. War er nicht drauf und dran gewesen, mit Antonia in das private Gemach zu gehen, wo sich Frangipane und die anderen vergnügt hatten? Hatte ihn nicht allein die Anwesenheit Margherita Farneses auf eine Art und Weise als Mann angesprochen, die einem Mönch nicht geziemte? Die Nähe Antonias war angenehm gewesen, die Tanzdarbietung aufregend; ja, Jakob mußte sich eingestehen, daß es ihm, soweit er sich erinnerte, durchaus mehrfach nach Art freier Männer ergangen war – nicht nur einmal bewaffnete sich sein Fleisch mit einem harten Dorn, und er hatte Zuflucht nehmen müssen zu leise gemurmelten Paternostern, um die Erregung zu verscheuchen. Viel Wein war geflossen. Sein Brummschädel kam nicht von ungefähr, mußte Jakob sich eingestehen und atmete heftig, als ob er dadurch seine Sinne klären und den Alpdruck, der auf ihm lastete, beseitigen könnte.

Kaum bei der Engelsburg in Trippas Haus angekommen, schickte Monsignore Trippa nach dem Medicus Moncada. Die Leiche wurde in den Keller gebracht. Diesmal setzten sie sich nicht in Trippas Schreibstube vor den offenen Kamin; die milden Temperaturen machten kein Feuer nötig. Eine innere Unruhe trieb sie um, und sie gingen im Passetto vor Trippas Haustür auf und ab.

»Du mußt in die einschlägigen Zirkel gelangen, Jakobus. Jede Verzögerung kann ein weiteres Opfer fordern. Wir haben es mit einem Verrückten zu tun, der sich in seine Taten hineinsteigert.«

»Ob er verrückt ist, weiß ich nicht – da ist viel Zorn dabei, aber auch eine Menge Planung. In der Art, wie die Weiber traktiert wurden, liegt eine Botschaft enthalten. Der Mörder

67

will jemandem etwas sagen; aber ich weiß noch nicht, was und wem.«

»Unsinn«, wehrte Trippa ab. »Der Wüstling kann doch gar nicht wissen, wer sich um die Leichen kümmert. Es können ebensogut der Governatore mit seinen Sbirri sein wie die Bezirksvorsteher oder die Heilige Inquisition. In ganz Rom findest du mehrere Dutzend Männer, die sich um Verbrechen kümmern, dazu die geheimen Leute der Familien und die Hauptleute der einen oder anderen Bande. Man kann ja nicht sicher sein, unter wessen Schutz die Hure steht – mancher Hirte führt eine scharfe Klinge.«

»Der Mörder kann darauf zählen, daß die Taten nicht geheim bleiben«, entgegnete Jakob. »Die Botschaft wird ihren Adressaten erreichen; das ist nur eine Frage der Zeit.«

»Wer wollte sich so viel Mühe geben, wenn er etwas kundtun will? Man kann Briefe schreiben oder seinen Text irgendwelchen Dichtern einflüstern. Dann weiß man wenigstens, daß die Nachricht den Richtigen erreicht, auch wenn wir keinen Dichter mehr im Kardinalsrang haben wie unter Leo den Bibiena.«

»Für besondere Botschaften gibt es besondere Signale; niemand weiß das besser als wir Priester. Gott wendet sich in Zeichen und Gleichnissen zu uns, und selten spricht er uns unmittelbar an; meist wählt er den Umweg. – Was, wenn wirklich, wie es der Kanzler zu befürchten scheint, ein Kleriker der Mörder ist? Er ist auf ein Rätsel aus und will es dem Empfänger nicht einfach machen. Jede einzelne Tat erheischt Aufmerksamkeit, die Summe der Taten zielt auf ein Höchstmaß an Wirkung. Zum Schluß wird es ein donnernder Ruf in der Wüste: Höret die Stimme! Sehet die Zeichen!«

Der Monsignore zog ein Gesicht, als habe er in eine Zitrone gebissen, und entgegnete: »Bernardo Dovizi war Medicis Sekretär; kaum war Giovanni Papst Leo, trug Dovizi den roten Hut. Als Dichter blieb er Bibiena und gebot auf der Bühne über deine Zeichen, Mönch. Der versammelte Purpur klatschte sich auf die Schenkel, als bei der Aufführung von *Calandria* in Urbino die Sinnlichkeit neben die Komik trat; das waren die rechten Zeichen nach dem Geschmack der Herren, und diese Zeichen wußte ein jeder zu deuten.«

Jakob überlegte, was Trippa mit dieser Anekdote bezweckte, außer von der Erörterung des Tatmotivs abzulenken. Schließlich lagen ihm Widerworte auf der Zunge, doch ehe er sie aussprechen konnte, kam Moncada den Passetto entlang. Trippa winkte ihm, und zu dritt gingen sie in den Keller hinab, wo Moncada die Leiche gründlich untersuchte.

»In manchen wesentlichen Punkten herrscht Übereinstimmung mit den vorherigen Leichen«, stellte der Medicus fest, »aber es gibt Ausnahmen: Diese Frau hat einen unverletzten Anus und keine sich kreuzenden Schnitte im Gedärm.«

»Was folgert Ihr daraus?« fragte Jakob. In seiner Stimme lag ein kaum hörbares Zittern.

»Entweder ist der Täter bei der Tat gestört worden, oder wir haben es mit einem anderen Mörder zu tun als bei den bisherigen Toten.«

»Das widerspricht«, bemerkte Trippa nicht ohne Schadenfreude, »deiner Theorie von der Botschaft.«

»Das Ganze wird immer rätselhafter«, entgegnete Jakob. Mehr und mehr drängte sich ihm der Eindruck auf, er selbst werde hier planvoll in eine üble Geschichte verwickelt. Allein der Umstand, daß er für die Ermittlungen ausgewählt worden war, erschien ihm nun verdächtig. Die Kurie beschäftigte beinahe eintausend Priester, und darunter fanden sich gewiß manche, die fähiger zum Spürhund waren als er. Dann diese Geheimniskrämerei des Monsignore Trippa, der sich vom hochnäsigen Kanzleinotar zu einem scheinbar jovialen Gefährten entwickelte, letztlich aber seine Überheblichkeit nicht abstreifen konnte. Wenn der Kanzler des Vatikan, wenn Ottavio Farnese diese Vorgehensweise angeordnet hatte, wieso erteilte er dann ihm nicht persönlich den Auftrag, und warum bemächtigte er sich als Mittelsmann eines Vertrauten des Vizekanzlers?

69

Und welche Rolle spielte Ambrogio? Die Einladung war kein Zufall gewesen, im doppelten Sinne nicht. Neben Ambrogios Erklärung gab der Mord an Jakobs Tischdame diesem Festbesuch einen düsteren Sinn: Wer immer hinter dieser Sache stand, konnte nun Jakob die Schuld an Antonias Tod in die Schuhe schieben. Welche Rolle spielte Frangipane? Hatte Ambrogio nicht angekündigt, der Bischof wolle ihn aus der Reserve locken? »Ein einziger Fehler«, hatte er gesagt, »dann bist du matt.«

»Hast du dir neue Erkenntnisse ausgedacht«, fragte Trippa, und in seiner Stimme lag ein spöttischer Unterton.

»Ja«, entgegnete Jakob und blickte den Monsignore dabei offen an. »Es kann kein anderer Täter gewesen sein, denn die Art und Weise, wie die Brust zugerichtet ist, gleicht den bisherigen Morden, nicht wahr, Moncada?«

»Das stimmt; die linke Brust ist zerfetzt wie die Male zuvor, und es scheint immer dieselbe Messerführung zu sein.«

»Ein Fremder kann darüber nichts wissen. – Ist es möglich, dieses Wundbild allein nach einer vagen Beschreibung, wie sie sich in manchen Gerüchten findet, herzustellen?«

Der Medicus schüttelte den Kopf. »Das halte ich für ausgeschlossen; man muß nicht nur wissen, wie die Wunden aussehen, sondern man muß es zustande bringen, so in fremdes Fleisch hineinzuschneiden.«

Jakob lächelte nachdenklich. »Dann bleibt tatsächlich nur die Möglichkeit, daß der Mörder gestört wurde, und meine Theorie von der Botschaft hat Bestand.«

In einem holzgetäfelten Saal saßen sie um eine ovale Tafel und folgten den Ausführungen des Ordensgenerals. Rechts neben Jakob hatten drei Abgesandte der deutschen Dominikaner Platz gefunden, und zu seiner Linken hatte Jakob drei Geistliche aus Deutschland sitzen, die alle eigens zur Erörterung der Frage eines allgemeinen Konzils nach Rom gekommen waren. Die Deutschen, das war bekannt, traten für die Abhaltung eines Konzils ein und führten somit das Wort des Kaisers, während sich die Kurie bedeckt hielt und unterschwellig dagegen eingestellt war. Für die Kurie nahmen drei Bischöfe an den Erörterungen teil, darunter Frangipane, was Jakob sehr erstaunte. Als er von Trippas Haus herübergeeilt war, hatte er nicht damit gerechnet, den Bischof in dieser Runde zu sehen. Trotzdem gab er sich unbefangen. Frangipane seinerseits begrüßte ihn freundlich und erwähnte den gestrigen Abend mit keiner Silbe.

Nach einer knappen Vorstellung aller Beteiligten trat der Ordensgeneral in die Erörterung der Angelegenheit ein, wie sich die Orden allgemein – und der Dominikanerorden im besonderen – in Deutschland zu der Streitfrage nach der Einberufung eines Konzils verhalten sollten. Die Stimmung im Land war aufgeheizt. Luther fand immer mehr Anhänger, auch Calvin und Zwingli verbuchten regen Zulauf. Die deutschen Fürsten maßen daher der Frage, wie der Kirchenstreit zu schlichten sei, außergewöhnliche Bedeutung bei und waren Parteigänger des Kaisers.

»Mit Konzilen haben wir in den letzten hundert Jahren keineswegs gute Erfahrungen gemacht«, schloß der Ordensgeneral seine Ausführungen, »und es ist nicht ausgemacht, ob sich die drängenden Glaubensfragen, die von Luther und den anderen Häretikern zum Streit gestellt werden, beantworten lassen. Es geht weder um irgendeine Antwort noch um eine beliebige Beilegung des Konflikts, sondern es geht um eine Schlichtung im Zeichen kirchlicher Wahrhaftigkeit. Dazu sollten wir uns eine Meinung bilden, und nur, wenn wir die Aussicht auf einen wahrhaftigen Kirchenfrieden durch ein Konzil bejahen, sollten wir uns dafür aussprechen.«

»Der Kaiser«, führte ein deutscher Abgesandter aus, »hat sich stets schützend vor die heilige Kirche gestellt. Er wünscht den Kirchenfrieden und die Einheit der Christen.«

»Dazu ist wichtig«, sekundierte ihm ein deutscher Dominikaner, »daß der Papst aufhört, sich mit den Franzosen und aufmüpfigen Lombarden gegen den Kaiser zu verbünden. Wir müssen die gesamte Christenheit gegen Ketzer und Türken verteidigen und dürfen die Schwerter nicht gegeneinander richten.«

»Wenn Papst Clemens in dieser Angelegenheit falsch oder zu spät handelt«, ereiferte sich der dritte Deutsche, »dann ist er nicht Hirte, sondern Wolf.«

»Gerade deshalb«, fuhr der erste fort, »hat unser Kaiser Karl die Einberufung des Heiligen Allgemeinen Konzils für angebracht gehalten und die Kardinäle aufgefordert, für die Einberufung zu sorgen, sollte der Papst versagen.«

»Das sind längst bekannte Worthülsen, die verschleiern, daß – wie der General zutreffend bemerkte – ein Konzil keine Garantie für den Kirchenfrieden oder auch nur die wahrhaftige Lösung von Streitfragen birgt«, erklärte ein Vertreter der Kurie. »Im Gegenteil. Von einem Allgemeinen Konzil kann man lediglich erwarten, daß der Kaiser noch stärker wird und sich eine Macht über die Kirche anmaßt, die ihm nicht zukommt.«

»Jawohl«, pflichtete der zweite Sprecher der Kurie bei, »das ist Primatus Petri; daran dürfen und wollen wir nicht rütteln lassen. Der Kaiser leiht wohl der Kirche seinen weltlichen Arm, aber den Streich bestimmt der Papst; sündig wär's umgekehrt.«

»Ist es fromm«, fragte ein Deutscher, »einen, der wankelmütig ist und keine Friedensabmachung hält, noch dafür zu unterstützen, daß er mit ständiger Taktiererei dem Krieg dauernd neue Nahrung gibt?«

»Clemens ist furchtsam«, erwiderte ein Römischer leise, »weil er um die Unbarmherzigkeit der Zeitläufte weiß, wenn es darum geht, einen Fehler zu korrigieren. Gerade ihr Deutschen, die ihr nur schwarz oder weiß kennt, würdet keinen Fehler verzeihen. Ihr zwingt den Heiligen Vater dazu, diplomatisch zu sein; und das heißt: nichts überstürzen.«

»Ist da vielleicht ein ›über‹ zuviel?« fragte ein Deutscher schelmisch nach.

72

»Wie meint Ihr das?«

»Es könnte doch sein, daß sich der Heilige Vater wünscht: nicht stürzen. – Man weiß doch, daß er bei seiner zweifelhaften Herkunft Angst vor einer Absetzung haben muß.«

»Ein Hurensohn ist er und eine Schande für jeden Getreuen«, giftete ein anderer Deutscher.

»Ihr sprecht vom Heiligen Vater«, entrüstete sich ein Bischof und plusterte sich auf, als Frangipane mit einer mäßigenden Geste das Wort ergriff.

»Ruhig Blut, liebe Brüder«, sagt er; seine Stimme klang weihevoll. »Wir sind hier, um einen rechten Umgang mit dem Thema zu finden. Dem dient es nicht, häßliche Gerüchte und noch häßlichere Anschuldigungen in den Mund zu nehmen. Wir wissen doch alle, wie gewissenhaft Clemens seine Amtsgeschäfte führt. Es drücken ihn die Skrupel hier und dort wie einen gichtigen Mann die Knoten in allen Gelenken; und plagt nicht genau dieses Leiden den deutschen Spanier Karl? Vieles spräche für ein Konzil, und ich bin der festen Überzeugung, die Kurie wird ein Allgemeines Konzil einberufen. Fraglich ist nur, wann. – Seht, es bietet manchen Vorteil, den Zeitpunkt etwas in die Zukunft zu legen. Ein wesentlicher Punkt scheint mir zu sein, daß sich mit der Zeit der Rauch verzieht, der Luthers Gedanken umhüllt, und mit zunehmender Klarheit die Einsicht einhergeht, daß Rom die Wahrheit kennt. Manchmal kommt mir der Aufstand wie die blinde Leidenschaft eines frisch Verliebten vor, der erst nach einigen Wochen die Falten im Gesicht der Angebeteten erkennt; und ist die Raserei vergangen, kehrt man reumütig ins alte Bett zurück.«

Mit seiner Rede hatte Frangipane erreicht, daß die Diskussion ein moderates Maß annahm und sich die Deutschen und die Römischen ohne Schmähworten austauschten. Sie wurden sich auch einig, wie wenig sinnvoll es war, daß sich die christliche Seite in Gefechten gegenseitig dezimierte, während die türkische Gefahr unaufhaltsam näher kam, und sie bewerteten es als bedenklich für den brüchigen Frieden in Italien, daß Jörg von Frundsberg mit seinen deutschen Landsknechten über die Alpen gewandert war und die spanischen Truppen Karls verstärkt hatte. Viele Ansichten wurden in allen Einzelheiten ausgetauscht, und manche Frage blieb trotzdem offen; aber die Kernfrage, wie sich die Dominikaner zu einem Konzil stellen sollten, wurde dahingehend gelöst, daß sie dessen Notwendigkeit bejahen, eine Dringlichkeit jedoch verneinen würden.

Frangipane rieb sich die Hände, denn das war ein Kompromiß ganz im Sinne von Papst Clemens, und entsprechend gut gelaunt trat er nach der Besprechung zu Jakob. Mit flinken Augen prüfte er, ob ihn jemand hörte, dann sagte er: »Vergnügen schmecken in Gesellschaft am besten. Du bist auf mein nächstes Fest eingeladen.«

»Danke, Exzellenz«, antwortete Jakob überrascht.

»Mein Diener wird dir in den nächsten Tagen eine Karte bringen. – Sie war übrigens ausgesprochen hübsch«, er legte seine Hand gönnerhaft auf Jakobs Schulter, »deine Antonia. – Also, ich zähle auf dich.«

Ehe sich Jakob versah, war der Bischof verschwunden. Doch blieb er nicht lange allein, denn schon kam sein Ordensgeneral auf ihn zu.

»Du wolltest mich unter vier Augen sprechen? – Laß uns in den Nebenraum gehen.«

»Vater«, begann Jakob, kaum war die Tür geschlossen, »ich bin in großer Sorge wegen eines Auftrages, den ich von Kardinal Ottavio Farnese erhalten habe, und wollte Euren Rat dazu einholen.«

»Geht es um die Morde an jungen Frauen?«

»Woher wißt Ihr …?«

»Der Kanzler hat bei mir angefragt, ob ich jemanden für die Untersuchung empfehlen könnte; ich habe darauf gewartet, daß du zu mir kommst. Selbstverständlich erteile ich dir jeden notwendigen Dispens für diese Sache. Es ist wichtig, daß wir Farnese helfen. Setz dich!«

Der General wies auf zwei Sessel in der Ecke. Auf einem

kleinen Tisch stand eine Karaffe mit Wein, zwei Kristallkelche daneben verrieten, daß es guter Wein war. »Die Lage in der Kurie ist verworren. Clemens ist ein Zauderer und Angsthase, aber er läßt sich von seinem Kanzler nicht raten, sondern leiht sein Ohr Giberti und Schomberg, die jeweils gegeneinander agieren. Außerdem treibt Clemens, anstatt auf das Wissen eines wahren Aristokraten zu vertrauen, in vielen Dingen lieber mit einem Medici-Bastard gemeinsames Spiel, und so heißt der Schlüssel zu vielen Schwierigkeiten Fabricio Casale. Der gebärdet sich wie ein persönlicher Sekretär und mischt sich beinahe überall ein, obwohl er von den wenigsten Dingen etwas versteht. Doch zu viele im Vatikan fürchten dieses florentinische Kuckuckskind. Zu allem Überfluß treibt unser lieber Kammerherr Armellino die Steuern unnachgiebig und an den wunderlichsten Stellen ein, was manchen gegen den Heiligen Vater aufbringt oder ganz allgemein den Neid auf den Vatikan nährt. Beim Geld endet die Freundschaft, sagt man, und selbst in der Kurie hat sich Armellino mit seiner Beutelschneiderei schon viele Feinde gemacht; es ist ja fast, als wollte er eine Steuer für Fliegen und Ameisen einführen. Eine sehr zweideutige Haltung nimmt übrigens Bischof Frangipane ein, der heute geschickt auf Ausgleich bedacht war und den du, wie ich sah, schon so gut kennst, daß du mit ihm flüsterst. Er ist in mehr als einer Hinsicht ein Ziehkind Leos und hinter den Weibern her wie der Teufel hinter der armen Seele. Dann sind da noch ein paar Namen zu nennen, die alle ihr eigenes Spiel treiben. – Doch sag, was hast du auf dem Herzen?«

Jakob erzählte so knapp wie möglich, was ihm seit gestern morgen widerfahren war, und verhehlte seine Ängste wegen der Nachtstunden nicht, die seinem Gedächtnis fehlten. Die Miene des Generals wurde immer bedenklicher, und als Jakob seinen Bericht abgeschlossen hatte, sprang er unvermittelt auf. »Wir werden uns in den nächsten Tagen ausführlich unterhalten. Ich werde dich rufen lassen.« Schon wandte er sich zum Gehen, drehte aber auf dem Absatz um, kam auf Jakob zu, umarmte ihn, wie es zuletzt Abt Anselm zu München getan hatte, ehe Jakob nach Rom aufgebrochen war. »Fürchte dich nicht, wir sorgen für dich. Forsche weiter, und sammle so viele Informationen, wie du nur kannst.«

Unschlüssig stand Jakob wenige Minuten später auf dem Platz vor Sankt Peter; er schlenderte zu dem ägyptischen Obelisken, den einst Kaiser Caligula dort aufgestellt hatte und der wie ein mahnender Finger vor dem vatikanische Palast stand; von dort blickte er auf das geschäftige Hin und Her. Für den Rest des Tages war er aller Verpflichtungen ledig; Vorlesungen hielt er nur dienstags und donnerstags, die Messe in Santa Maria dell' Anima las er freitags, und zu Kanzleiangelegenheiten in der Ordenszentrale wurde er nur selten zugezogen; die restliche Zeit stand ihm für seine Studien zur Verfügung. Seit gestern gehörte seine Aufmerksamkeit weltlichen Dingen, und so drängte es ihn nicht zur Bibliothek. Erst recht zog es ihn nicht in seine karge Zelle, und von einem Treffen mit Trippa versprach er sich nichts. Also lenkte er seine Schritte aus dem Borgo hinaus, hinüber in die Stadt und durch die geschäftigen Gassen zum Campo de Fiori. Doch als er Giuseppes wacklige Tische sah, lockte ihn plötzlich die Via de Barbiere. Er suchte jenes schmale Haus, das ihm die alte Frau als ungastlich beschrieben hatte. Eine grau verputzte Fassade, rissig und fleckig, schief in den Angeln hängende Fensterläden und eine abgestoßene, vielfach reparierte Haustür wiesen Jakob den Weg. Mit dem rostigen Klopfer schlug er gegen die Tür und wartete. Nach einiger Zeit öffnete ihm eine bucklige Frau und fragte mit knarrender Stimme, was er wolle.

»Ich möchte Signora Claudia sprechen.«

»Sie ist nicht da«, erwiderte die Bucklige mürrisch.

»Vielleicht möchtest du noch einmal nachsehen, Schwester im Herrn«, erwiderte Jakob und setzte ein vieldeutiges Lächeln auf, »denn es wäre besser für die Signora, wir unterhielten uns hier als in der *Casa Santa*. Du erkennst mein Habit?«

76

Die Augen der Alten loderten plötzlich auf. Die Casa Santa war in ganz Rom bekannt und gefürchtet. Abweisend stand das Haus der Inquisition in einer kleinen Gasse nahe Sankt Peter, ein düsteres Haus, das nur durch eine Reihe Fenster Licht bezog und die fürchterlichen Gewölbe beherbergte, in denen der *territio verbalis* die *territio realis* folgte. Mit dieser Tortur konnten die Wahrheitssucher der Kurie zu jeder Aussage gelangen, mochte der Mensch noch so verstockt sein.

Die Alte nickte langsam und drehte sich um: »Folgt mir.« Unbeholfen stieg sie die enge Treppe hinauf.

Jakob schloß die Haustür hinter sich. Das Treppenhaus roch modrig, die grauen Holzdielen knarrten bei jedem Schritt. Hier kann unmöglich eine Kupplerin für vornehme Herren wohnen, dachte Jakob und überlegte, ob er umkehren sollte. Aber da waren sie schon bei einer in einem Winkel versteckten Tür angelangt, die sich wie von Geisterhand öffnete. Dahinter lag ein schmaler Flur, der am Ende von einem winzigen Fenster Licht erhielt. Am Ende des Ganges stiegen sie eine steile Wendeltreppe empor, zwängten sich zwei Stockwerke höher durch eine weitere versteckte Tür und gelangten in einen mit Seidentapeten ausgeschlagenen Raum.

»Setzt Euch«, schnarrte die Bucklige und wies auf einen Ledersessel. »Ich werde nachsehen.« Dann verschwand sie in einer Flügeltür.

Jakob betrachtete die Zeichnungen auf der Tapete; Enten und Schwäne gab es dort, Eulen und Falken, Raben und Elstern, dazwischen Schilfrohr fein gezeichnet und einige Sträucher in Blütenpracht. Bei näherem Hinsehen zeigten sich alle Jahreszeiten auf der chinesischen Seide. Das Zimmer, in sanftem Ocker gehalten, wirkte entspannend; Jakob genoß die Atmosphäre des Raumes, wunderbar beruhigt und aufgehoben fühlte er sich, als wäre nur Friede ringsum. Wie damals, als er, ein Knabe noch, mit seiner Mutter in der guten Stube gesessen und sie ihm von Jesus Christus erzählt hatte. Wie hatte er die Abendstunden mit seiner Mutter geliebt, wenn sie allein waren und er sich auf ihren Schoß setzen und ihrer weichen Stimme lauschen durfte. Sprach sie von Jesus, wurde der Heiland lebendiger als in der heiligsten Glaubensoffenbarung, und von ihrer Erwartung ans Himmelreich strömte ein Gefühl der Geborgenheit auf ihn über, daß jedes Leid der Welt vergessen war. Dabei hatte sie gerade erst den Mann verloren; Räuber hatten seinen Vater erschlagen, als er sich mit etlichen Wechseln nach Venedig auf den Weg gemacht hatte, um den Handel mit Tuchen aus dem fernen Osten zu beleben. Nicht nur, daß Mann und Vater fehlten, auch die Geldmittel waren verloren. Seine Mutter blickte in eine traurige und ungewisse Zukunft; doch sie regelte ihre Angelegenheiten ruhig und mit so viel Gottvertrauen, daß kein Platz für Befürchtungen blieb. Jakob hatte erst, nachdem seine Mutter die Ehe mit einem Ministerialen der Wittelsbacher eingegangen und er Novize bei den Dominikanern war, die Notlage begriffen, in der sich seine Familie befunden hatte.

Plötzlich wurde die Flügeltür aufgestoßen, und eine rundliche Frau trat vor ihn hin.

Zunächst sah er nur ihre Augen: Sie hatten das weiche Blau des Himmels kurz vor der Abenddämmerung. Jakob fühlte sich emporgehoben, genau wie ein Schwimmer von der sanft anrollenden Dünung am Strand. Dann betrachtet er ihren Mund: rote Lippen, zu einem Herz geformt, dahinter die Andeutung makelloser Zähne. Ihr Gesicht wirkte offen und vom Leben kaum gezeichnet; nur um ihren Mund spielten ein paar zarte Falten, die verrieten, daß sie gerne lachte. Das kastanienbraune Haar fiel bis auf ihre Schultern und umrahmte einen kräftigen Hals. Ihr Kleid wirkte schlicht, obschon es aus schwarzem Samt war und ihre üppigen Formen betonte. Die Frau neigte leicht den Kopf und sagte: »Ihr wolltet mich sprechen, Herr.«

Jakob starrte sie an und lächelte stumm. Sie legte die Hände ineinander und schaute ihn ruhig an; an einem leichten Zittern ihrer Mundwinkel erkannte Jakob, daß es ihr schwerfiel zu

78

schweigen. Ganz allmählich formten sich Worte in seinem Kopf, doch wollte er das Spiel nun auf die Spitze treiben und blieb absichtlich stumm. Die Frau wich seinem Blick aus und begann, ihr Gewicht von einem Bein auf das andere zu verlagern. Diese Bewegung ließ sie noch anmutiger erscheinen. Jakob kam sie wie der Inbegriff von Sinnlichkeit vor. Mit der linken Hand zupfte sie an ihrem Rock, fuhr sich mit der rechten durchs Haar, hob die Hand und deutete auf die Tür: »Gewiß möchtet Ihr in meinen Salon eintreten.«

Als sie das französische Modewort gebrauchte, klang ihre Stimme geziert. Jakob erhob sich; er lächelte immer noch und genoß es insgeheim, daß er diese Frau so zu verwirren vermochte. Er nickte, und sie betrat einen breiten Flur, an dessen Wänden mannshohe Spiegel hingen, und führte ihn in einen großen Raum. Im Kamin glühten die Reste eines Feuers, es war angenehm warm. Seine Gastgeberin wies auf einen breiten Sessel; mit einem genüßlichen Stöhnen sank Jakob in die Kissen. Die Frau nahm ihm schräg gegenüber Platz, atmete tief ein und schlug die Beine übereinander; sie war ganz offensichtlich auf Wirkung bedacht. Jakob lächelte noch breiter als zuvor.

»Meiner Torhüterin gegenüber spracht Ihr von der Casa Santa«, sagte sie nach einigem Schweigen. »Gern erfülle ich dem Haus des Heiligen Vaters jeden Wunsch, doch sprecht ihn bitte aus.«

»Seid Ihr Claudia, Signora?«

Sie nickte leichte, bejahte die Frage eigentlich mit ihren großen blauen Augen.

»Ich bin auf der Suche nach Engeln.« Jakobs Stimme klang ungewohnt rauh.

Ihre Augen funkelten auf, ein unschuldiges Blau wie der Himmel über Palestrina, bevor die Horden von Papst Bonifaz VIII. darüber herfielen. Was für ein Glück, dachte Jakob, daß Dante den Gaetani-Papst im Achten Kreis der Hölle kopfüber in den Felsspalten begraben hat. Zugleich rätselte er darüber, warum ihm im Angesicht dieser betörenden Frau jener

Papst in den Sinn kam, von dem es hieß, er habe das kälteste Auge gehabt, das je an einem Menschen gesehen wurde.

»Wie meint Ihr das?« fragte sie.

»Verfügt Ihr über weitere Engel?«

»Wieso weitere …«, stotterte sie und schlug die Augen nieder.

»Neben Euch«, erwiderte Jakob und bemühte sich um eine feste Stimme.

»Ach so«, entgegnete Claudia, und es klang wie ein erleichtertes Aufatmen. Noch ehe sie weitersprach, wußte Jakob, daß sie verneinen würde. »Ich verfüge über gar keine Engel, weder in jenem anmaßenden Sinn, der sich auf Heilige und Selige bezieht, noch in der Art, wie es manchen Signoras nachgesagt wird.«

»Was für Signoras?«

»Herr, tut nicht so scheinheilig; ich weiß genau, daß Ihr nach einer Ruffiana Ausschau haltet; aber ich bin keine, bin keine Kupplerin – oder sehe ich aus wie eine, die Zaubersäfte braut und Pasten anrührt, um sie anderen Mädchen zu verabreichen?«

»Nein, Ihr dürft nicht denken, daß ich dergleichen vermute; es ist eher so, daß Ihr vielleicht die Güte habt, ausgewählten Freunden einen Gefallen zu tun, besonders wenn …« Jakob geriet ins Stottern und schwieg, ohne den Blick von ihr zu wenden. Ihm wurde so warm, daß er sich an den Hals faßte, als wolle er sich die Soutane über den Kopf ziehen.

»Gut«, sagte Claudia und hielt seinem Blick stand, »dann ist es einfach. Ich kann Euch nicht helfen. Zwar ist mein Ruf angeschlagen, weil ich einmal eine Sünde begangen habe, aber mein Leben ist gottesfürchtig und zurückhaltend. Ich gehe selten aus dem Haus und empfange kaum Gäste. Glaubt mir, ich vermag es nicht, Freunden solche Gefallen zu tun.«

Wieder schlug sie die Augen nieder und erhob sich. Ihre Hand wies zur Tür. Jakob stand ebenfalls auf, dann fuhr seine Hand über das teure Leder seines Sessels.

»Wertvoll, nicht nur die Möbel«, murmelte er. »Hoffentlich zahlt Ihr Eure Steuern; mit Armellino ist nicht zu spaßen.«

»Ihr könnt die Listen prüfen«, erwiderte sie rasch.

»Das werde ich gewiß.« Jakob trat einen Schritt gegen Claudia vor; er sog den Duft ihres Parfüms ein und dachte angestrengt nach, wo er diesen Geruch schon einmal wahrgenommen hatte. »Ich werde wiederkommen; wer so lebt wie Ihr, der muß sich gut mit Engeln stehen.«

Sie legte den Kopf schief. »Es ist wahr: Ich bete viel und fühle mich meinem Schutzengel vertraut.«

Langsam schritt Jakob auf die erste Flügeltür zu; als er in dem breiten Flur mit den Spiegeln stand, drehte er sich um und fragte: »Kennt Ihr eine Antonia? Sie hatte braunes Haar.«

Kurz nur blitzte es in ihre Augen auf, dann antwortete sie: »Bedaure.«

Jakob nickte. Claudia lächelte, als er ging. An der Haustür angelangt, wandte er sich an die Bucklige und fragte barsch: »Gibt es noch einen Eingang in das Haus?«

Er rückte ganz nah an sie heran, beinahe berührte sein gewölbter Bauch ihre Brust, und seinen Augen verlieh er ein zorniges Funkeln. Die Drohgebärde wirkte, denn verdattert nickte die Frau und wies um die Ecke: »In die Gasse hinein auf die nächste Straße, von dort ist der breite Aufgang nicht zu verfehlen.«

»Gut«, knurrte er und fuhr fort: »Darüber keinen Ton, verstanden?«

Dann huschte er in die Gasse hinein und hinüber auf die Via Sudario. Der breite Aufgang sprang förmlich ins Auge und paßte bestens zu den gediegenen Räumen, in denen er mit Claudia gesprochen hatte. Jakob ging auf die Treppe zu, sah keine hundert Schritte weiter den Torre Argentina des Burckhardt von Straßburg und mußte unwillkürlich lächeln. Claudias Haupteingang lag direkt neben der Wohnung des päpstlichen Zeremonienmeisters. Der Domininkaner schritt die Stufen empor und packte den schweren Bronzeklopfer, als die

81

Tür geöffnet und er von einer jungen Frau hereingebeten wurde.

»Sicher möchtet Ihr«, flötete das junge Ding, »vorher in das Dampfbad gehen. Sollte Euch nach einer Massage sein, steht Euch Faisal zu Diensten. Für eine zartere Behandlung ruft mich; ich heiße Vanessa.«

Sie verbeugte sich, und da sie ein luftiges Hemd trug, sah er für einen Moment ihre schweren Brüste. Als sie sich aufrichtete, lächelte sie und wies ihm den Weg in eine schmale Kammer.

»Hier könnt Ihr Euch entkleiden und ein Tuch um Euch schlingen«, sagte Vanessa und deutete auf ein großes Leinentuch, das auf einer Holzbank lag. »Dann bringe ich Euch ins Bad.«

»Erlaube mir, mein Kind, eine Frage. Kennst du eine Antonia?«

Ihr Lächeln gefror, ihre Stirn legte sich in Falten, dann schüttelte sie den Kopf. »Leider bin ich erst seit kurzem hier und kenne nicht alle Damen.«

»Wo kommst du her?«

»Aus Frosinone. Zum Glück bin ich nach Rom gekommen, ehe die Horden des Vizekönigs eingefallen sind.«

»Also bist du schon einige Wochen hier?«

»Ja, Herr.«

»Sind einige Mädchen von hier in den letzten Tagen spurlos verschwunden?«

»Ich weiß nicht, Herr. In diesem Haus herrscht ein Kommen und Gehen. Ich kenne nur wenige Damen. Wir wohnen in unterschiedlichen Häusern, und Lydia sagt, keine von uns muß lange hier bleiben, denn sie macht aus uns richtige Cortigiani. – Glaubt Ihr, daß ich Talent habe?«

Bei dieser Frage lächelte sie und begann, mit tanzenden Fingern und sich überkreuzenden Armen den Saum ihres Hemdes anzuheben; sie drehte sich wie eine Tänzerin auf Zehenspitzen einmal um sich selbst, hob den Stoff noch weiter an.

82

Jakob hielt vor Überraschung für einen Moment den Atem an, ihre Brüste waren schön und beinahe schneeweiß. Dann senkte sich der Stoff, und sie schlug die Augen auf und betrachtete ihn forschend.

»Ja, du hast Talent«, sagte Jakob und wischte sich den Schweiß von der Stirn. »Aber sage mir, habt ihr viele so hübsche Mädchen hier im Haus?«

Sie zog einen Schmollmund. »Gefalle ich Euch nicht?«

»Sogar sehr, aber eigentlich bin ich auf der Suche nach einem besonderen Engel.«

»Wir sind viele Jungfrauen hier.«

»Geht ihr auch in andere Häuser oder besucht edle Herrschaften?«

Vanessa lachte, hob einen Finger und bewegte ihn tadelnd hin und her: »Es ist Euch lieber, wenn ich Euch besuche, ja? Ihr müßt nur mit Lydia sprechen, dann läßt es sich gewiß einrichten. – Doch kommt, das Bad wartet.«

»Kann ich nicht gleich mit Lydia sprechen?« fragte Jakob und geriet ins Schwitzen, weil er begriff, daß er sich in Anwesenheit der Hure ausziehen sollte.

»Lydia ist erst abends da; einstweilen könnt Ihr Euch bei uns wohl fühlen.«

»Ach«, Jakob tat ganz überrascht, »jetzt habe ich etwas Dringendes vergessen. Ich muß in die Kirche, eine Messe lesen.«

Er schüttelte den Kopf wie ein verwirrter alter Mann und ging auf die Tür zu. Als sie hinaus in die Eingangshalle traten, kam ein breitschultriger Mann auf sie zu und musterte Jakob durchdringend.

»Wer seid Ihr? Euch kenne ich nicht, Ihr seid nicht angemeldet.«

»Bedarf es der Anmeldung hier?«

»Selbstverständlich. – Also, was wollt Ihr?« Der Mann baute sich drohend vor Jakob auf.

Plötzlich begann Vanessa zu kichern und deutete mit dem Zeigefinger verstohlen auf sich.

»Scher dich zum Teufel« zischte der grobe Kerl.

Das Mädchen wurde blaß und huschte davon.

»Ich wollte mit Claudia sprechen – oder mit Lydia«, erklärte Jakob und blickte dem Mädchen nach. Sie tat ihm leid, denn er spürte, wie sehr sie hier herumgestoßen wurde.

»Unangemeldet könnte Ihr sie nicht sprechen. Und jetzt nennt Euren Namen.«

»Kennst du mein Habit nicht?«

Der Kerl lachte spöttisch. »*Canes domini*; wer kennt euch Schnüffler nicht. Euren Namen, aber schnell!«

Jakob schob seinen Bauch vor, doch der Aufpasser ließ sich nicht einschüchtern, im Gegenteil, er rückte bedrohlich näher.

»Besser, Ihr geht jetzt und kommt nie wieder«, knurrte der Breitschultrige. Er packte Jakob an der Schulter und schob ihn ohne ein weiteres Wort zur Tür hinaus.

Anker der Welt

Zur verabredeten Zeit am frühen Mittag stand Cesare in der Tür und rief nach Serena. Bedrückt und bleich kam sie aus ihrer Kammer. Doch als Cesare ihr einen schüchternen Gruß zuflüsterte und dabei den Kopf schief legte wie jener schwarze Hund, den Serena vor Jahren als Spielkameraden gehabt hatte, mußte sie unwillkürlich lächeln. Immer wieder, wenn sie in der Nacht aus Alpträumen aufgeschreckt war, hatte sie sich gesagt, das Leben müsse weitergehen. Gib nicht auf, hämmerte sie sich ein und dachte daran, daß sie nicht nur sich selbst sehen durfte, sondern auch den kleinen Giovanni. Sie mußte sich um ihn kümmern; ohne sie war er verloren. Irgendwie spürte sie die Verantwortung und hatte auch das Gefühl, während der Nacht ein wenig erwachsener geworden zu sein.

»Luigi hat ganze Arbeit geleistet«, flüsterte Cesare. »Die Leiche deiner Tante wurde in ein Haus der päpstlichen Kanzlei gebracht, und wenn es stimmt, was er entdeckt hat, dann liegt sie nun im Keller des Kanzleinotars Trippa.«

Serena erwiderte kein Wort, sie ging einfach auf ihn zu und umarmte ihn; es beruhigte sie, seinen kräftigen Körper zu spüren. Sie legte ihren Kopf gegen seine Brust und ließ ihren Tränen freien Lauf. Während sie leise schluchzte, hörte sie Cesares Herz pochen und glaubte, daß das Vertrauen und die Zuversicht, die er empfand, auch auf sie überging. Wie ein Stein, den man in einen Teich warf, in runden Kreisen Wellen über den glatten Wasserspiegel schickte, so durchströmte sie plötzlich eine heiße Kraft. Sie löste sich aus der Umarmung und blickte Cesare in die Augen.

»Ich will die Tote sehen«, sagte sie mit fester Stimme.

Cesare erschrak, dann nickte er grimmig. »Luigi wird uns zeigen, wie wir in den Keller gelangen. Du wirst deine Tante sehen. Komm, wir brechen auf.«

Sie stürmten ins Treppenhaus, als Apollonia ein scharfes »Wohin?« rief. Abrupt blieb Serena stehen. Apollonia kam aus ihrer Kammer und musterte Cesare.

»Wohin wollt ihr?«

»Wir müssen etwas nachschauen«, antwortete Cesare rasch und blickte die alte Ruffiana mit einem entwaffnenden Lächeln an.

»Serena«, flüsterte Apollonia streng, »du weißt, daß du auf dich acht geben mußt. Ich verlasse mich auf dich. Denk an deinen Vetter.«

»Keine Angst, Apollonia, ich passe schon auf mich auf.«

Eine Stunde später kauerten Serena, Cesare und Luigi unter einem Treppenabsatz in einem Hinterhaus im Borgo und beobachteten einen Innenhof. Rings um sie befanden sich Räume der päpstlichen Kanzlei, und aus vielen Fenstern drangen Stimmen. In den Schreibstuben herrschte reges Treiben, und ab und an kam jemand auf den Hof heraus und verschwand in einem der benachbarten Eingänge.

Die drei überlegten, ob sie es wagen konnten, offen über den Innenhof zu gehen, Trippas Treppenhaus zu betreten und geradewegs in den Keller hinunterzulaufen, oder ob es geschickter wäre, sich in einem unbeobachteten Augenblick hinüberzuschleichen und möglichst unerkannt zu bleiben. Serena drängte zur Eile, doch Luigi legte immer wieder den Finger auf den Mund und beschied sie abzuwarten.

»Schleichen«, flüsterte er schließlich, und als es in den Schreibstuben ruhiger zu werden schien, huschte Luigi voraus. Serena folgte ihm und schlug das Kreuzzeichen, als sie unbemerkt die Kellertreppe erreicht hatte. Cesare bildete die

Nachhut, er bewegte sich so geschickt, daß Serena der Verdacht kam, er sei ein geübter Einbrecher.

Rasch tasteten sie sich die Treppe hinab und wandten sich nach links, wo sie nach wenigen Schritten auf eine versperrte Tür stießen. Serena sah ihre Zuversicht schwinden, aber Luigi griff in seine Hose, zog ein seltsam geformtes Eisenteil aus den Tiefen der Tasche und stocherte damit in dem klobigen Schloß. Im Treppenhaus wurden Stimmen laut. Serena hielt den Atem an, während Luigi weiter ungerührt mit seinem Werkzeug hantierte. Es war ziemlich düster, denn über die Treppe und ein schmales Schartenfenster drang nur wenig Licht herein. Luigi verstand sich jedoch blind auf das Entriegeln von Schlössern. Nach wenigen Momenten vernahmen sie ein leises metallisches Knacken. Luigi öffnete die Tür. Vorsichtig traten sie ein und sahen einen mittelgroßen Raum von etwa sieben auf fünf Doppelschritte. Die Luft war kalt und roch modrig, durchsetzt von einem süßlichen Hauch.

Luigi zog die Tür hinter sich zu und entzündete eine Kerze. An der Längsseite des Raumes sahen sie zwei Bahren. Ihnen stockte der Atem. Zögernd trat Luigi auf eine Bahre zu und hob ein weißes Leintuch an; mit einem spitzen Schrei ließ er den Stoff fallen und wich an die Wand zurück.

»Um Gottes willen«, stöhnte er, »das sieht ja schrecklich aus. Das solltest du dir nicht anschauen, Serena.«

»Doch«, widersprach Serena, »ich will es sehen, meiner Tante zuliebe.«

Sie nahm all ihren Mut zusammen und schritt auf die erste Bahre zu. Vorsichtig hob sie das Leinentuch hoch. Aschfahl sprang sie das Gesicht eines Mädchens an, in dessen Augen eine erschreckte Frage lag. Serena hielt einen Moment inne, weil sie glaubte, das Mädchen zu kennen; sie hatte diese junge Frau schon einmal gesehen, aber sie konnte nicht sagen, wo. Schließlich schüttelte sie den Kopf, ließ das Tuch sinken und ging zur anderen Bahre.

Auch Cesare war an die Bahren herangetreten; hastig blickte

87

er bei der einen und der anderen unter die Leichentücher, während Serena einen Augenblick brauchte, um sich zu sammeln und auch unter das zweite Tuch zu schauen.

Ein halb erstickter Schrei drang über ihre Lippen. Vor ihr lag Bibiana. Ihr Körper war verkrümmt. Serena zitterte, aber dann zog sie das Tuch ganz herunter, bis die Leiche offen vor ihr lag. Über und über bedeckten blaue Flecken die blasse Haut. Die strahlenden Augen ihrer Tante waren starr, und der Mund war halb geöffnet wie von einem ungläubigen Staunen. Die mädchenhafte Brust auf der rechten Körperseite war unversehrt und wunderschön anzusehen, doch der linke Busen bot einen grausigen Anblick. Genauso übel zugerichtet zeigte sich der Bauch: Er war unterhalb des Rippenbogens aufgeschlitzt worden.

Unfähig, ein Wort zu sprechen, stand Serena nur da und starrte auf die Leiche. Es dauerte eine geraume Zeit, bis ihr Tränen über die Wangen liefen. Dann hauchte sie ihrer Tante einen Kuß auf die Lippen, drehte sie sich um und kehrte zurück zum Treppenhaus. Rasch folgten ihr Cesare und Luigi. Am Absatz hielten sie kurz inne, weil sie Stimmen hörten, und huschten schließlich hinaus auf den Hof und in das Hinterhaus, wo sie zur Sicherheit nochmals unter dem Treppenabsatz warteten, bis sie die Gebäude der Kanzlei in Richtung Porta Castello verließen.

»Verflucht«, zischte Luigi, als sie unterhalb der Engelsburg am Tiber standen, »wir haben vergessen, das Leichentuch wieder über die Tote zu breiten.«

Cesare schlug sich mit der flachen Hand auf die Stirn. »Das hätte uns nicht passieren dürfen. Hoffentlich fällt das niemandem auf.«

»Jetzt ist es zu spät. Egal. – Hast du deine Tante erkannt?«

»Ja«, flüsterte Serena; ihr war ganz flau geworden.

»Sie bewahren dort zwei tote Frauen auf«, bemerkte Cesare. »Warum?«

»Weil es ein Geheimnis ist«, erklärte Serena leise. »Vielleicht wollen sie den Mörder schützen.«

88

»Das müssen wir herausbekommen«, sagte Cesare und streckte Luigi die Hand entgegen; dieser schlug ein und legte sich dann seine Faust an die Brust.

»Ist das eure Art, einen Pakt zu schließen?« fragte Serena und wischte sich mit dem Ärmel über die Augen.

»Ja.« Luigi grinste. »Wir nehmen uns diese Mistkerle vor.«

»Was weißt du über den Monsignore?« Cesare fragte so geschäftsmäßig, als wäre er bei einem Inquisitor in die Lehre gegangen.

»Wir kennen ihn sehr gut«, erwiderte Luigi einen Hauch zu großspurig. Er legte seinen Arm auf Cesares Schulter und schob den Freund einen schmalen Weg hinauf zu einem kleinen, umzäunten Weinberg. Luigi kannte das Schlupfloch, und bald waren sie hinter einer Hecke verschwunden. In der abgeschirmten Weinlaube, dem Liebesnest der Familie von Braschi, wie Luigi kundig mitteilte, begann er über Trippa zu berichten.

»Monsignore Trippa ist ein Günstling des Kanzlers, er hat schon mehrfach Aufgaben für Farnese erledigt, der ihn wiederum schützt, wenn von einer Seite, die dem Papst nicht wohlgesonnen ist, Angriffe auf den Kanzleinotar erfolgen. Aber spannender als diese Verflechtung ist die Art und Weise, wie Trippa an sein Amt gelangt ist. Er hat es wie üblich gekauft und dafür angeblich eine horrende Summe aufgebracht; man spricht von zehn- bis zwanzigtausend Scudi, die er dem Vizedatar ausgehändigt haben soll, obwohl er aus einer vollkommen unbedeutenden Familie stammt, unterster Adel sozusagen. Lediglich die glückliche Verbindung seines Großvaters mit dem Vater von Alessandro und Giulia ermöglichte Trippa eine Ausbildung bei den Dominikanern, wo er übrigens nie ein Gelübde abgelegt hat.«

Serena schwirrte der Kopf. »Sag mal, woher weißt du das alles?«

»Mein Vater«, erklärte der Junge mit einem überlegenen Lächeln, »ist Suppliken-Referendar in der Kanzlei des Vatikan, und auch wenn er sich weigert, mich anzuerkennen, weil ihm

89

meine Mutter vor meiner Geburt die Treue aufgekündigt und sich andere Männer genommen hatte, plaudert er gerne bei einer Karaffe Wein mit mir. Eigentlich müßte ich sagen, er ist ein Schwätzer; ja, das ist die Wahrheit.«

»Und wer, bitte«, fragte Serena eingeschüchtert, »sind Alessandro und Giulia?«

»Das weißt du nicht? – Die berühmte Giulia, *Bella Giulia*, kennst du nicht?«

Serena schüttelte den Kopf; sie kam sich dumm vor.

Luigi setzte ein hochmütiges Gesicht auf: »Sie fickte den alten Alexander und machte damit ihren Bruder zum Kardinal.« Er grinste; offensichtlich fand er Gefallen an seiner derben Ausdrucksweise.

»Luigi meint Alessandro Farnese«, fiel Cesare seinem Freund ins Wort, »von dem es heißt, daß er der nächste Papst werden wird.«

»Also Farnese«, stellte Serena fest und begriff allmählich die Verwicklungen, die Luigi angedeutet hatte.

»Alles klar?« fragte Luigi, und als Serena nun nickte, fuhr er fort: »Die Verbundenheit zu den Farnese hat Tradition bei der Familie Trippa, und so kam es nicht von ungefähr, daß der Monsignore nach dem letzten Konklave für Ottavio einen geheimen Sekretär abgab und zum Ausgleich ein Kirchengut bei Cerveteri erhielt. Allerdings wirft diese kleine Pfründe kaum zwanzig Scudi im Monat ab; das mag ausreichen, um in der Kurie ein passables Leben zu führen, aber damit läßt sich nie und nimmer ein Vermögen anhäufen.«

»Wie konnte er dann so viel für das Kanzleiamt bezahlen?«

»Mit Gift«, flüsterte Luigi geheimnisvoll. »Mein Vater sagt, Trippa habe Alessandros Mutter das Gift verabreicht, an dem sie starb, und ganz nebenbei sei Alessandros jüngste Schwester zum Herrn geschickt worden. So mehrte sich der Reichtum von Alessandro und Ottavio, und Alessandro war zugleich den Familienärger los, der ihm wegen gewisser fleischlicher Vorlieben über den Kopf zu wachsen begann.«

90

»Was für Vorlieben?« raunte Cesare und leckte sich die Lippen vor Aufregung.

»Alessandro, so heißt es, wohnte seiner jüngsten Schwester bei und schwängerte sie; der Bankert hätte ihm in der Kurie geschadet; er mußte also handeln. – Trippa jedenfalls soll der willfährige Handlanger gewesen sein, nicht zu seinem Schaden. Zwei Becher Gift bringen fünftausend Goldscudi, darauf können wir wetten. Wenn der Monsignore schlau war, hat er gute Geschäfte mit diesem Vermögen gemacht und seinen Lohn im Laufe der Jahre verdoppelt.«

»Sind die Morde so lange her?« fragte Serena.

»O ja«, erwiderte Luigi, »das alles passierte während des Konklave nach Julius. Die Farnese sind schlau. – Selbst wenn die Morde aufgeklärt worden wären, hätte Alessandro gewiß an jener Amnestie teilgehabt, die Leo nach Abschluß der Sedisvakanz verkündet hat.«

Serena blickte ihn mit fragenden Augen an, traute sich jedoch nicht mehr, eine Frage zu stellen.

Luigi lächelte gönnerhaft; er war in seinem Element: »Also, die Sedisvakanz ist die Zeit zwischen zwei Päpsten. Da kannst du in Rom tun und lassen, was du willst. Du kannst stehlen, rauben, schänden und sogar morden, denn es gibt keine gerichtliche Gewalt; kein Governatore und kein Caporiono werden ein Verbrechen verfolgen, weil sie Angst haben, vielleicht einen Parteigänger des neuen Papstes zu belangen und sich nach dem *Habemus papam* den Zorn des neuen Herrn zuzuziehen. Damit aber alles seine Ordnung hat, verkündet jeder neue Papst für die Zeit zwischen seiner Wahl und dem Tod seines Vorgängers eine Befreiung von allen Strafen. Wer immer also ein übles Verbrechen plant und sich ein wenig gedulden kann, der wartet auf die nächste Sedisvakanz; dann kann er ungestraft zuschlagen.«

»Das ist ja schrecklich«, murmelte Serena. »Wo bleibt da die Gerechtigkeit?«

»Es gibt keine Gerechtigkeit in Rom«, Luigi lachte, »und die

Farnese verstehen damit sehr gut zu leben. Sie wissen ihre Helfer zu belohnen, denn als das Amt des *Notarius cancellariae* Anfang dieses Jahres verfügbar wurde, soll ein den Farnese verbundener Bankier Trippa die Differenz zwischen der Simoniegebühr und seinem Vermögen geliehen haben.«

»Ganz schön kompliziert«, bemerkte Cesare. »Und was hilft uns das in unserem Fall?«

»Na, falls irgendeiner der Farnese die Finger im Spiel hat, muß Monsignore Trippa für die Purpurhüte die Kohlen aus dem Feuer holen.«

»Sag, Cesare«, mischte sich Serena zaghaft ein, »willst du jetzt immer noch einen Farnese zum Papst?«

Er mache eine abwehrende Handbewegung. »Es ist mir egal. Ich will dir nur helfen, den Mörder deiner Tante zu finden; und wenn's ein Farnese ist, dann soll es ihm genauso schlecht ergehen wie jedem anderen.«

Serena schenkte ihm ein Lächeln. »Und wie wollen wir vorgehen?«

»Ich finde das aufregend«, sagte Luigi. »Ich werde Trippa mit meinen Jungs im Borgo auf die Pelle rücken und versuchen, meinen Vater bald in einer seiner redseligen Stunden zu sprechen. Ihr glaubt gar nicht, was so ein Suppliken-Referendar alles mitkriegt.«

»Und wir«, warf Cesare ein, »kümmern uns um die Mezzana, die deine Tante zu Bischof Senili geschickt hat, und hören uns bei den Huren um.«

Als sich Cesare und Serena von Luigi verabschiedeten, vereinbarten sie, sich bald wieder in der Laube der Braschi zu treffen und einander bei besonderen Vorkommnissen rasch zu verständigen. Cesare ließ es sich nicht nehmen, Serena bis zu Apollonia zu begleiten. Er schärfte ihr ein, keine riskanten Alleingänge zu unternehmen.

»Die Sache«, raunte er, »kann gefährlich werden. Ich will dich nicht verlieren.«

Sie nickte und sah ihm lange nach; in Zukunft würde sie ihn

92

sofort an seinem Gang erkennen, und dieser Gedanke tröstete sie seltsamerweise. Freundschaften, dachte sie, sind der Anker der Welt, ohne Freunde triebe jeder so ziellos dahin wie ein Schiff ohne Anker im Sturm. Ganz nebenbei bemerkte sie, daß sie Cesare überhaupt nicht mehr häßlich fand.

Oben winkte sie Apollonia zu sich. Die Ruffiana zeigte einen gequälten Gesichtsausdruck. »Ich fürchte mich.«

Serena erschrak. So hatte sie Apollonia noch nie sprechen hören.

»Ja, mein Kleines, ich fürchte mich tatsächlich. Wenn die römischen *Puttani* nicht mehr sicher sind, dann geht die Stadt unter, glaube mir. Es gibt einen Mönch«, fuhr die Kupplerin mit tonloser Stimme fort, »einen Dominikaner; Giuseppe sagt, er sei ein Tedesco; vielleicht ist er ehrlich. Jedenfalls habe ich ihm gestern einen Hinweis auf Claudia gegeben, als er sich bei mir nach Engeln erkundigt hat. Kann sein, daß ihm an der Wahrheit gelegen ist. – Geh und schau dich auf dem Campo de Fiori um, und wenn du ihn siehst, so bringe ihn zu mir. – Wer, wenn nicht die *Canes domini*, sollte das Verbrechen aufklären? Kannst du das für mich tun?«

Das Mädchen nickte.

»Er ist dick. Du wirst ihn leicht erkennen. Wenn du ihn siehst, frage ihn, ob er Engel sucht; an der Art seiner Antwort wirst du ermessen, daß er auf unserer Seite ist. – Und paß auf, daß niemand an dir Anstoß nimmt; binde dir ein Kopftuch um, das hält die Männer besser ab.«

In ihrem Kopf herrschte eine heillose Unordnung, als Serena zum Campo de Fiori ging, aber die Aussicht, einen ehrlichen Mönch zu treffen, der bereit sein könnte, Bibianas Mörder zu suchen, ermutigte sie. Noch war heller Tag, und nach einem kurzen Rundgang über den Platz wußte Serena, daß der Dominikaner nicht da war. Vielleicht würde er später kommen. Sie mischte sich unter einige Huren, die sie von Apollonia her kannte, und versuchte, sich von dem Gekicher und Geplapper ablenken zu lassen. Alle hofften, es einmal jenen Cortigiani gleichtun zu können, die mit Kutschen zu ihren Liebhabern fuhren.

Erst als es schon dunkel geworden war, bemerkte Serena drüben bei Giuseppe einen dicken Mönch, der auf einem Schemel saß. Langsam ging sie auf den Dominikaner zu. Ihr Herz klopfte. Von den Dominikanern gab es üble Geschichten, sie galten als die Herren der Inquisition, sie waren diejenigen, welche die Hexen verfolgten und viele arme Frauen auf den Scheiterhaufen brachten.

Serena gab sich einen Ruck und trat unmittelbar vor den Mönch hin.

»Was willst du, mein Kind«, fragte er, und seine Stimme hatte einen mitfühlenden Klang.

»Bist du auf der Suche nach Engeln?« fragte sie und sah, wie es in seinen Augen blitzte.

Schwarze Schatten

Nachdem Claudia ihn gewissermaßen hinausgeworfen hatte, war Jakob am Tiber entlanggeschlendert und rechtzeitig zur Vesper bei Santa Maria del Priorato angelangt. Allein saß er in der hintersten Bank der düsteren Kirche und sprach mit fester Stimme die Psalmen. Er spürte, wie er von Strophe zu Strophe Abstand gewann zu dieser Welt und Trost fand in der Nähe zu Gott. Er liebte seinen Herrgott, besonders in der Gestalt seines Sohnes Jesus Christus, dessen Leben und Leiden ihm seine Mutter von klein auf nahegebracht hatte. Deshalb war Jakob mit Freude ins Kloster gegangen, als die Mutter nach dem Tod des Vaters ihre Kinder versorgen mußte, während seine Schwester Theresia jahrelang mit ihrem Schicksal als Nonne gehadert und vor einigen Jahren den Orden verlassen hatte. Es hatte ihr kein Glück gebracht; nach zwei quälenden Fehlgeburten entband sie eine verkrümmte Tochter, und wenig später fiel ihr Mann, ein Frankfurter Kaufmann, einem heimtückischen Fieber zum Opfer. Bei der Regelung des Nachlasses hatte sich zudem ihr mangelndes geschäftliches Talent offenbart, und notgedrungen verdingte sich Theresia seit acht Monaten als Haushälterin bei einem Bankier.

Nein, dachte Jakob, es lohnte nicht, Gott den Treueschwur zu brechen. Ihm war es all die Jahre gutgegangen; zunächst als Novize bei den Münchner Dominikanern, dann als Scholar zu Ingolstadt im Benediktinerkonvikt, von dem aus er innerhalb von fünf Minuten das Pfründnerhaus erreichen konnte, in welchem die Universität untergebracht war. Drei Benediktiner, ein Prämonstratenser und mit ihm ein Dominikaner – sie waren eine eingeschworene Gemeinschaft gewesen, hatten sich gemeinsam durch das Trivium gepaukt und den Bakkalaureus erworben.

Trotz des vielfältig geregelten Tagesablaufes erinnerte Jakob sich der ersten Studentenjahre als einer freudvollen und erfüllten Zeit. Sie hatten viel Spaß gehabt, vor allem in der Burse, in der sie mittags gemeinsam mit den weltlichen Studenten das Essen einnahmen; die Weltlichen, weniger an der Wissenschaft interessiert als die Kleriker, waren ein lustiges Völkchen und ließen keine Gelegenheit aus, Feste zu feiern, und manchmal nahmen sie die Kleriker mit zum Tanz.

Wie unschuldig, dachte Jakob, waren unsere Unternehmungen im Vergleich zu den rauschenden Festen, die hier in Rom in den heiligen Hallen der Kurie gegeben werden, obgleich … er stutzte, weil ihm die Hildegard von der hinteren Burse in den Sinn kam. Sie hatte ein nettes Gesicht mit vielen Sommersprossen und ein ansteckendes Lachen gehabt, so daß er in aller Unschuld mit ihr in die Tenne gehüpft war … Damals hatte er noch kein Gelübde abgelegt gehabt …

Jakob bekreuzigte sich und blickte mit Inbrunst zum Altar. Allmählich verblaßten die Bilder, die ihn bestürmt hatten, verblich die weiche Schönheit Claudias und verschwamm die betörende Körperlichkeit des Ingolstädter Mädchens; endlich wurden seine Gedanken rein, und er betete ein Vaterunser und ein tief gefühltes Ave Maria.

Nach der Vesper schlenderte er unauffällig hinüber zu dem Gebüsch, in dem am Morgen Antonia gefunden worden war, und musterte den Ort, so genau er konnte. Zunächst fiel ihm nichts außer den abgebrochenen Zweigen auf, dann jedoch entdeckte er an einem anderen Strauch einen Fetzen grünen Tuches. Vorsichtig zupfte er den Stoff von dem dornigen Gesträuch und befühlte ihn; glatt und weich wie teure Seide war das Tuch.

Jakob rieb den Stoff zwischen den Fingern und begann sich

96

zu erinnern: Es war sehr spät geworden, als er etwas sauertöpfisch verkündet hatte, nun nach Hause gehen zu wollen. Antonia hatte einen Schmollmund gezogen und stellte die eher nicht ernst gemeinte Frage, ob sie ihn begleiten könne, woraufhin Frangipane schallend gelacht hatte. »In seiner engen Zelle im Collegio Teutonico wird er keinen Besuch empfangen, sonst halten ihn die Brüder für einen Lutherischen. Bei den Deutschen treiben es nur die Ketzer mit den Weibern, stimmt's?«

Das müsse am Wetter liegen, antwortete Jakob und lächelte. Daraufhin umklammerte Antonia seinen Arm und blickte ihm tief in die Augen. Sie spielte ihre Rolle gut, und um seinem Auftrag gerecht zu werden, legte Jakob seinen Arm um ihre Schulter und ließ es zu, daß sich ihr Gesicht seinem immer mehr näherte, bis ihre Lippen seinen Mund berührten.

In diesem Augenblick war der Bankier aufgestanden und hatte einen Fremden begrüßt, der den Raum betreten hatte. Antonia hatte ihn mit scheinbar echter Leidenschaft geküßt; trotzdem war es Jakob gelungen, aus den Augenwinkeln zu erkennen, daß der Fremde ein grünes Hemd trug.

Jakob blickte auf den Stoff in seiner Hand wie auf ein wertvolles Geschmeide, dann steckte er ihn rasch in die Tasche seiner Soutane und suchte den Strauch nach weiteren Spuren ab. In der Tat fand er wenig später an einem Ast einige schwarze Fäden, die von Antonias Rock stammen konnten, und als er sich tiefer bückte, entdeckte er unter dem Strauch Antonias rotes Seidenhemd; da war kein Zweifel möglich, denn erstens war die Leiche oben herum nackt, und zweitens kannte er das Hemd genau. Je später der Abend geworden war, um so weiter hatte Antonia ihr Wams aufgeknöpft.

Um des Kleidungsstücks habhaft zu werden, mußte sich Jakob niederknien und weit ausstrecken; als seine Fingerspitzen den roten Stoff endlich zu fassen bekamen, verlor er das Gleichgewicht und fiel in die Dornen. »Verdammt«, fluchte er, packte das Seidenhemdchen und stand auf. Vorsichtig tupfte

97

er sich über die Striemen im Gesicht; auf einer Fingerkuppe fand sich etwas Blut. Sein Gesicht brannte, und während er überlegte, wo er sich waschen könnte, stopfte er seinen Fund ebenfalls in seine Soutane.

Dann ging er in die Kirche zurück, vergewisserte sich, daß ihn niemand beobachtete, schlug das Kreuz, verneigte sich gegen den Altar und tauchte sein Gesicht in das marmorne Weihwasserbecken. Anschließend setzte er sich neben einer Säule auf die Bank und betrachtete Antonias Unterwäsche; das Hemd war nicht zerrissen, sondern offensichtlich vorsichtig über den Kopf ausgezogen worden. Bis hierhin also, dachte Jakob, bestand Einvernehmen zwischen Antonia und ihrem Mörder.

Ambrogio Farnese empfing ihn in einem kleinen Raum vor einem leise knisternden Feuer; er schien nicht überrascht, Jakob zu sehen, der von Santa Maria del Priorato herübergekommen war.

»Seid Ihr mit mir der Meinung, daß nichts zufällig geschieht?« fragte Jakob.

Farnese breitete seine Arme aus und wies mit den Handflächen nach oben, wie ein Priester vor der Wandlung.

»Zufall, Fügung, Schicksal – wer weiß das schon?« antwortete er, und seine Augen wirkten müde.

»Vielleicht ist es ein Fehler; ich weiß nicht, warum, aber ich vertraue Euch«, sagte Jakob und nahm dankend den Becher Wein entgegen, den ein Diener gebracht hatte. Dann erzählte er Ambrogio alles, was geschehen war, seit er das Fest verlassen hatte.

»Da ist ein guter Kerzenmacher am Werk«, murmelte Ambrogio, als Jakob geendet hatte, »er versucht ganz gerissen, Gott eine wächserne Nase zu drehen.«

»Was meint Ihr?«

»Ach, nur so ein Sprichwort von meiner Mutter.« Ambrogio Farnese trank einen Schluck Wein. »Da will dir einer den Mord in die Schuhe schieben, und er stellt es geschickt an.«

»Wer könnte dahinterstecken?«

»Schwer zu sagen. – Wer weiß, daß du in den Hurenmorden ermittelst?«

»Ihr wißt es, Euer Vetter natürlich, dann Trippa und Moncada – Frangipane vielleicht, mein Ordensgeneral gewiß. Aber sonst?« Jakob schüttelte den Kopf. »Ich glaube, niemand.«

»Nichts verbreitet sich in Rom schneller als ein sogenanntes Geheimnis, und wenn mein Vetter wirklich gewollt hätte, daß dein Tun vertraulich bleibt, hätte er weder mich noch Trippa eingeweiht. Ottavio hat etwas ganz anderes im Sinn; es geht ihm gar nicht um die toten Huren. Solange die Opfer vollkommen unbekannte Mädchen sind und keine der großen Cortigiani betroffen ist, schert sich der Kanzler des Papstes einen Dreck um die niederen Verbrechen Roms. Er will etwas herausfinden, und du sollst ihm dabei helfen; aber ich habe keine Ahnung, um was es ihm geht.«

Jakob blickte verständnislos.

»Trippa wird die Angelegenheit nicht vertraulich behandeln, sondern gezielt bekanntmachen. Je nachdem, wen er in Kenntnis setzt, verrät er seinen wahren Standpunkt dem Kanzler gegenüber. Außerdem wird allein der Umstand einer geheimen Ermittlung manches Mitglied der Kurie verunsichern und möglicherweise den einen oder anderen zu einem Fehler verleiten. Das kann Ottavio helfen, verborgene Verbindungen zu erkennen.«

»Was soll das alles?«

»Nun, ich habe dir gestern einiges über den Vatikan erzählt. Wenn du über Leo hinaus in die Geschichte schaust und dich nicht scheust, Alexander genau zu betrachten, dann wirst du erkennen, daß Mord und Totschlag in der Kurie schon einmal zum guten Ton gehörten. Cesare, die Teufelsbrut von Borgia, hat mehr als einen Purpurhut zwei- und dreifach verkauft, und die lebenslustigsten Kardinäle fürchteten Cesares Cantarella am meisten. Der Schwarzbestrumpfte trug immer Gift bei sich. O wie haben ihn die anderen gehaßt.«

»Wieso nennt Ihr ihn ›der Schwarzbestrumpfte‹?«

Ambrogio lachte bitter. »Cesare Borgia hatte die französische Krankheit; sein Gesicht bedeckten dunkle Flecken und ekelhafte Schwielen, und um die Leute nicht allzusehr zu erschrecken, trug er oft eine Seidenmaske, und manchmal zog er sich eine schwarze Mütze über, die aussah wie ein Strumpf; zum Fürchten, sage ich dir, wie der Leibhaftige.«

»Was hat das mit dem Kanzler zu tun?«

»Die Medici haben früh von den Borgia gelernt; sie wissen ihre Pillen zu drehen – und sie sind keine Freunde der Farnese.«

»Aber Clemens wird doch nicht ...«

»Clemens nicht, aber Fabricio«, rief Ambrogio aus. »Er ist der König der Schlangengrube, vor ihm fürchtet sich jeder. Fabricio Casale ist, obwohl nur Weihbischof, Vizedatar der Kanzlei und allein deshalb ein besonderer Vertrauter des Papstes. War die Datarie an sich eine unbedeutende Kammer der Kanzlei, die einzig dazu diente, auf der signierten Supplik das Datum einzutragen, wuchs ihr mit den Jahren immer mehr Einfluß zu. Die Datarie übt heute die Aufsicht über das Supplikenregister, handelt alle Zahlungen für Dispense und Gnadenerweise aus und ist Verkäufer der Kurienämter. Wenn man dann noch bedenkt, daß der Datar Kardinal Giberti von Clemens als Botschafter der hohen Politik gebraucht wird, ist eines klar: In Casale sehen wir den eigentlich starken Mann dieser Kammer. Der Medici-Kegel hat es inzwischen geschafft, die Genehmigung der Urkunden an sich zu ziehen. Im übrigen arbeitet er in seiner Datarie so geheim, daß weder Giberti noch Clemens alle Tätigkeiten des heimlichen Sekretärs enträtseln können. – Dein Monsignore Trippa wiederum, von dem du zu Recht nicht weißt, ob du ihm trauen kannst, hat erst Anfang des Jahres eine gewaltige Summe für das Amt des Kanzleinotars ausgegeben; und dreimal darfst du raten, wem er seine Scudi in die Hand drückte.«

»Fabricio Casale?«

»Richtig. – Es geht das Gerücht, Trippa soll zwölftausend Dukaten geboten und sich die Hälfte des Geldes bei einem zwielichtigen Bankier geliehen haben.«

»Das ist eine riesige Summe«, rief Jakob aus.

»Für einen einfachen Mann«, antwortete Ambrogio trokken. »Aber Trippa wird sich die Summe bald verdienen, denn man hört, daß er kräftige Preise nimmt für seine Zustimmung zur *expeditio per cameram*, ohne die kein Gesuch behandelt wird. – Schändlich und käuflich sind sie alle und außerdem gierig und mißgünstig. Nichts würde Casale mehr Freude bereiten, als meinen Vetter aus dem Weg zu räumen, und Ottavio weiß das. Aber er weiß nicht, was Casale im Schilde führt, und du sollst ihm helfen, das herauszubekommen.«

»Klingt alles recht kompliziert.«

»In Wahrheit ist Rom noch viel verzwickter. Du bist jetzt eine Figur in einem dunklen Spiel, kaum mehr als der Bauer im Schach; du kannst nicht zurück, du mußt vorwärts schreiten. Schon wissen beide Seiten über dich Bescheid, und der Mord heute ist der erste Versuch, dich einzuschüchtern. Ob er wirkt?«

»Wie meint Ihr das?«

»Läßt du dich einschüchtern?«

»Über Eure Worte muß ich nachdenken – aber ich glaube, ich möchte den Mörder finden. Sonst nichts.«

»Du bist eben ein Deutscher, wie Luther glaubst du an eine Wahrheit.« Ambrogio lächelte, winkte einem Diener, ließ sich Feder, Tinte und Papier kommen und schrieb in gestochener Schrift eine Empfehlung an den Bankier Giacomo Garilliati. »Er ist ein Freund des Hauses. Er ist zwielichtig. Gestern war er mit dir im Bordell. – Viel Glück.«

Farnese siegelte den Brief, erhob sich, überreichte Jakob das Papier und ging ohne ein weiteres Wort hinaus.

Jakob blieb sitzen und las voller Erstaunen den kurzen Brief.

101

Werter Garilliati,

wenn Dir diesen Brief ein deutscher Dominikaner überbringt, gib ihm jede Summe, die er fordert; aber prüfe genau, ob es der Mönch ist, den ich meine.

Was hatte das zu bedeuten, und was wollte Ambrogio bezwecken? Garilliati würde ihn, Jakob, sofort erkennen, wozu bedurfte es eines solchen geheimnisvollen Empfehlungsschreibens? Und für was sollte er Geld benötigen? Das einzig Hilfreiche an diesem Papier war die Benennung des Hauses, in welchem Garilliati zu finden sein würde.

Jakob verstand Farneses Vorgehen nicht, und mit einemmal wurde ihm gleichzeitig heiß und kalt; hatte er dem Falschen sein Vertrauen geschenkt?

Schon brach die Dämmerung an, und die den Horizont berührende Sonne legte einen Schleier milden Ockers über die Stadt. Der Tiber hüllte sich in Nebel, das Schnattern der Gänse und das Quaken der Enten klangen gedämpft und geheimnisvoll. Jakob lief die Straße am oberen Tiberufer entlang und achtete darauf, in keinen Pferdemist zu treten. Vom Aventin her rauschten die Kutschen über den Fluß Lungotevere in Richtung Vatikan. Anscheinend wurden irgendwo wieder große Feste gefeiert – was auch bedeuten konnte, daß eine der teuren Huren wieder in Gefahr geriet.

Jakob lenkte seine Schritte zum Campo de Fiori; bei Giuseppe wollte er Wein trinken, um die Bilder von zerfetzten Brüsten und unschuldig starrenden Augen zu verscheuchen. Wer faßte das schon, dem Tod in die Augen zu sehen? Er war Mönch, Priester und Rechtsgelehrter, kein Inquisitor oder Spürhund und schon gar kein Racheengel.

Es wurde rasch dunkel. An den Hauswänden wurden die ersten Fackeln angezündet; die flackernden Flammen warfen unheimliche Schatten an die Wände. Eine klapprige, verkrümmte Frau trat aus einem Hauseingang und fiel beinahe vor Jakobs Füße. Mit einem raschen Sprung fing er sie auf und half ihr wieder auf die Beine. Dann blickte er in ihr Gesicht; niemals hatte er mehr Falten und Runzeln gesehen. »Grazie«, krächzte die Frau und zeichnete ihm mit der Daumenkuppe ein Kreuz auf die Stirn. Jakob nickte; Tränen schossen ihm in die Augen. Die Alte lachte und sprach mit schriller Stimme, doch die Worte folgten einander in einer Geschwindigkeit, daß Jakob nichts verstand, fast wie ein Trommelwirbel, nur mit hohem Klang. Der zerfurchte Mund lächelte, es sah aus, als hätte ein Windstoß in einen kleinen Vorhang aus Fransen geblasen. Auch Jakob lächelte dann und ging weiter.

Überall flammten die Fackeln auf, und unwillkürlich mußte er an die Feuer denken, in denen Hexen und Ketzer brannten, damit ihre Seelen gereinigt wurden, gemäß einem berühmten Wort des heiligen Thomas von Aquin: »Weil aber unter den Elementen das Feuer das wirkkräftigste ist, Vergängliches zu verzehren, darum wird die Hinwegnahme der Dinge, die im künftigen Stande nicht bleiben dürfen, auf die gemäßeste Weise durch Feuer geschehen. Und so heißt es nach dem Glauben, daß die Welt am Ende durch das Feuer gereinigt werden wird.« Aber soviel Stolz Jakob auf den berühmten frühen Ordensbruder fühlte, so beschämt war er, daß es mit Sprenger und Institoris ebenfalls Dominikaner gewesen waren, die Papst Innozenz die Hexenbulle *Summis desiderantes* abgeschwatzt, den *Hexenhammer* geschrieben und damit die Verfolgung vieler Frauen eingeläutet hatten.

Jakob war froh, aus der Düsternis der Gasse heraustreten zu können. Mit weit ausgreifenden Schritten ging er über den Platz zu Giuseppes Schenke, und an einem der Tische gab ein Handwerker mit einer leichten Verbeugung seinen Schemel frei. Jakob lächelte und setzte sich. Giuseppe winkte. »He, Tedesco, durstig?«

Jakob nickte. Er saß noch nicht lange, da löste sich aus der plappernden Schar der Dirnen ein Mädchen und kam auf ihn zu. Ihr weißes Kleid war abgetragen, verriet aber den Glanz besserer Tage; ihr Haar verbarg sie unter einem Kopftuch, und je näher sie kam, um so weniger glich sie den Huren von Campo de Fiori. Dann stand sie vor ihm und blickte ihn mit beinahe flehenden Augen an, ohne allerdings ein Wort zu sagen.

»Was willst du, mein Kind?« fragte Jakob und gab seiner Stimme einen mitfühlenden Klang. Sie war kaum älter als vierzehn und schien noch im Stand der Unschuld.

»Bist du auf der Suche nach Engeln?«

Jakob überlegte fieberhaft, wer dieses Mädchen zu ihm geschickt haben könnte; sollte einer aus den Kreisen der Lüstlinge dahinterstecken, verriete er sich, wenn er ablehnte; andererseits konnte dies eine weitere Falle desjenigen sein, der ihm möglicherweise Antonias Tod in die Schuhe schieben wollte. Hatte nicht jenes alte Weib, dem er den Hinweis auf die Via de Barbiere verdankte, auch nach Engeln gefragt?

»Nur nach solchen, die in Gefahr sind, mein Kind; und nach den Engeln des Himmels selbstverständlich«, antwortete er ernst. »Wenn du Hilfe brauchst, dann sag es mir; ich werde tun, was ich kann.«

»Meine Tante ist tot«, flüsterte Serena. »Sie hat für mich gesorgt. Jetzt bin ich allein mit ihrem Bambino, und die anderen sagen, ich solle das Arbeiten lernen. Aber Apollonia meint, du kannst helfen, weil du nach dem Mörder suchst.«

»Wie hieß deine Tante?«

»Ihr Name war Bibiana. Ich heiße Serena.«

»Kannst du mich zu Apollonia bringen?«

»Ja«, antwortete sie erleichtert und ging los; ehe ihr Jakob folgte, warf er schnell eine Kupfermünze auf den Tisch und winkte Giuseppe. Der Wirt grinste und machte zu einem vollbärtigen Kutscher eine Bemerkung, woraufhin alle Männer lachten. Das klang wie Hohn in Jakobs Ohren, aber er kümmerte sich nicht mehr darum, weil seine Führerin so eilig vorauslief, daß er Mühe hatte mitzukommen. Schließlich brachte sie ihn ganz in der Nähe von Claudias Haus in ein düsteres

Treppenhaus und wies auf eine kleine Kammer, die ihr schummriges Licht von einer einzigen Kerze erhielt. Während Jakob eintrat, huschte Serena wie ein Schatten davon. Der Mönch nahm nicht wahr, daß sich das Mädchen in einer Nische schräg hinter der Tür versteckte, von wo aus sie das folgende Gespräch ungehindert belauschen konnte. Jakob sah nach vorn und war nicht überrascht: Auf einem Stuhl saß die Alte, der er gestern begegnet war.

»Warst du bei Claudia?« fragte Apollonia.

»Ja, aber ich habe dort nichts von Belang erfahren.«

»Das habe ich befürchtet. Sie hat Angst. Sie hat vier Dirnen verloren, jede schrecklich verstümmelt. Gute Mädchen.«

»Etwas habe ich doch entdeckt: In dem Haus gibt es eine Lydia. Kennst du sie?«

Apollonia sah ihn mit fragenden Augen an und nickte langsam.

»Woher weißt du«, fragte Jakob die Alte, »daß es vier Dirnen sein sollen?«

»Das ist eine gute Frage, Mönch. – Die Huren auf dem Campo de Fiori wissen nur von drei Toten und ängstigen sich sehr. Deshalb haben uns die Sbirri von der vierten Ermordeten nichts mehr erzählt, nicht wahr?«

Jakob schwieg, ohne den Blick von der Alten abzuwenden.

»Du willst es mir nicht sagen, Mönch, doch du schnüffelst seit zwei Tagen rund um den Campo de Fiori und weißt mehr, als du sagen willst. – Ihr Pfaffen glaubt, wir Huren seien dumm. Dabei springt ein Kuttenböckchen nach dem anderen über unsere Röcke und steckt seinen Pinsel in unseren Farbtopf. Du ahnst gar nicht, was ein Kleriker alles spricht, bevor ihn die Reue packt.« Die Alte lachte heiser. »Gestern am frühen Morgen habt ihr die vierte ganz nah bei Castel Sant' Angelo gefunden; vom Hochufer an den vatikanischen Weinbergen ist sie heruntergeworfen worden. Ihr habt sie aus dem Gebüsch gezogen; ein junges Ding von neunzehn Jahren, anzusehen wie ein Engel: blaue Augen und rotblondes Haar, das

105

sie geschnitten trug wie ein Knabe. Das war unsere Bibiana. Wer soll nun ihren Sohn versorgen, wer ihre Nichte? Giovanni ist eineinhalb Jahre alt, und die vierzehnjährige Serena wird arbeiten müssen, um sein Maul zu stopfen.«

»Wir haben die Hure gefunden«, gab Jakob leise zu. »Wir wußten nicht, wer sie ist, wir wissen es von keiner der Toten, die so übel zugerichtet wurden.«

»Es sind alles Mädchen von Claudia. Deshalb hat sie Angst. Aber du mußt in sie dringen, sie kennt die Heuchler, die hundert Scudi für eine jungfräuliche Dirne bezahlen.«

»Claudia scheint ein Geheimnis um ihr Gewerbe zu weben.«

»Das ist wahr und in normalen Zeiten auch gut so. Aber seit die Colonna die Stadt überfallen haben, ist unser Gewerbe in Aufruhr, und jeder beargwöhnt jeden. – Trotzdem weiß kaum jemand über Claudia Bescheid, denn sie versteht es, bescheiden zu sein. Und wenn es nicht so schwierig geworden wäre, neue Mädchen zu bekommen, die unschuldige Engel sind und trotzdem das Gewerbe verstehen, wäre vielleicht alles geheim geblieben. Doch so habe ich der Claudia einen Gefallen getan, als sie für ihre Purpurhüte einen Engel brauchte, und habe ihr meine Bibiana geschickt.«

»Du bist sicher, daß alle bisherigen Opfer Huren von Claudia waren?«

»Ja. Sie ist die beste Ruffiana zwischen Kapitol und Vatikan, wenn nicht gar die beste in ganz Rom. Sie betreibt ihr Geschäft nicht in prahlerischer Offenheit. Das überläßt sie geschickt den Mezzani. Eigentlich ist sie aber selbst eine Mezzana, wenn du weißt, was ich meine.«

Jakob schüttelte den Kopf.

»Du kennst dich nicht gut aus in unserem Geschäft, Mönch. Und ausgerechnet dich haben sie geschickt, einen Mörder zu finden?« Apollonia brach in ein krächzendes Lachen aus; unheimlich anzuhören, steckte es voller Verzweiflung und Anklage, wie es Jakob bisher nur einmal zu Ohren gekommen war; damals, als sie in einem Ingolstädter Verlies gemeinsam mit dem Landrichter eine Hebamme verhört hatten, über die das Gerücht ging, sie verhexe die Männer. Das Weib war verstockt gewesen, und so hatte der Richter nach dem Zeigen der Instrumente befohlen, der Beschuldigten die Daumenschrauben anzulegen; doch anstatt vor Schmerz zu schreien, hatte die Unglückliche nur gelacht.

Apollonia erhob sich und legte ihre Hand auf seine Schulter. »Ich werde dich in einige Geheimnisse einweihen. Du mußt dich auskennen, willst du in Rom erfolgreich sein. Es gibt da die Mezzani, diese Einflüsterer mit dem guten Benehmen, die auf allen Festen der Kleriker und Aristokraten herumschleichen und versuchen, einem jeden, der Geld hat, seine Wünsche von den Augen abzulesen. Dann empfehlen sie eine geeignete Kurtisane und handeln den passenden Lohn aus. Die Mezzani sind selbst gebildete Leute, oft von aristokratischer Herkunft, und viele spielen hervorragend Violine oder Laute. Eine Ruffiana dagegen ist eine Kupplerin vom alten Schlag, bei der man anklopft, wenn man ein Püppchen sucht, die auch schon mal ihre Räume zur Verfügung stellt und sich um das Aussehen ihrer Schäfchen kümmert. Eine rechte Ruffiana weiß auch das eine oder andere Zaubermittel zuzubereiten, damit die Lust wächst oder überschießende Kräfte erlahmen. – Claudia ist eigentlich eine Mezzana, nur daß sie es nicht zugibt. Verstehst du, was ich meine?«

Jakob nickte, obschon er immer noch nicht alles verstand. Claudia schien sich aus den niederen Geschäften herauszuhalten und bot ihre Vermittlerdienste auf hoher Ebene an, wo die Schicklichkeit eine besondere Heimlichkeit erforderte.

»Weißt du auch über die anderen Toten Bescheid?« fragte Jakob, als die Alte plötzlich schwieg.

»Nein. Niemand hier kennt die anderen toten Mädchen. Das macht die Sache ja so unheimlich.«

»Aber du bist sicher, daß es Claudias Mädchen waren.«

»Absolut sicher. – Du darfst dich nicht abwimmeln lassen.«

»Was hat Claudia denn für …« Jakob suchte nach einem geeigneten Wort. »… Kundschaft?«

»Darüber weiß man auch nicht viel; es sind alles Kleriker mit hohen Ämtern, aber ich kenne keinen Namen.«

»Gut; ich werde noch einmal zu Claudia gehen. Wenn dir etwas in den Sinn kommt, unterrichte mich sofort. – Du scheinst ja zu wissen, wie du mich findest.« Jakob wandte sich zum Gehen.

»Und Serena? Wer kümmert sich um das arme Kind?«

»Gib sie doch nach Santa Maria Maddalena zu den geläuterten Kurtisanen.«

»Wer wird denn so grausam sein und ein junges Mädchen ins Kloster stecken? Außerdem würden sie Serena nicht nehmen.«

»Warum nicht?« Jakob schaute die Alte an.

»Das Kloster ist um der Cortigiani willen gegründet, daß sie sich bekehren und …« Sie machte eine kurze Pause. »… mit ihrer Mitgift den Beutel mehren. Kannst du mir nicht ein paar Giuli geben? Serena müßte sonst anfangen zu arbeiten.«

»Ihr würdet sie wirklich als Kurtisane anlernen?« fragte Jakob ungläubig.

»Was bliebe mir anderes übrig? Doch wäre sie keine Kurtisane, sondern müßte sich mit den Arbeitern rund um den Campo de Fiori abgeben. Auch die einfachen Männer stochern gern in engen Löchern, Mönch.«

Jakob griff in die Tasche seiner Soutane, erwischte aber statt seines Geldsäckchens das rote Seidenhemd Antonias.

Apollonia schrie leise auf, als sie das Tuch sah. »Woher hast du das? Das nehme ich sofort – woher hast du es?«

»Nein, das behalte ich«, erwiderte Jakob und kramte weiter in seiner Tasche, bis er endlich seine Börse griff. Er holte zwei *Giuli* hervor und drückte sie Apollonia in die Hand. »Versprich mir, daß die Kleine in Ruhe gelassen wird.«

»Du kannst dich auf mich verlassen.«

»Verführe sie nicht zu schlechten Dingen, denn wie sagte

108

einst Jesus: ›Wer einen von diesen Kleinen, die an mich glauben, zum Bösen verführt, für den wäre es besser, wenn er mit einem Mühlstein um den Hals ins Meer geworfen würde.‹ – Es ist mir Ernst damit, glaube mir.«

»Ich behüte die Kleine, seid unbesorgt. – Aber sag: Ist Antonia auch tot?«

»Du kennst Antonia?«

»Es gibt nur wenige Huren in Rom, die ich nicht kenne.«

»Gehört sie auch zu Claudias Mädchen?«

Apollonia schüttelte den Kopf. »Sie ist eine von uns. Ich selbst habe ihr einige Fertigkeiten beigebracht.«

Die Alte lachte so merkwürdig, daß Jakob sofort einen Hintersinn in ihren Worten vermutete. Er wandte sich ab und ging in die Dunkelheit. Nachts waren viele Straßen Roms unheimlich, denn nicht überall steckten Fackeln in den Wandhaltern, und oft mußte man fünfzig Schritt in totaler Finsternis dahintappen, ehe es wieder lichter wurde. In den Straßen trieb sich vielerlei Gesindel herum, und wer nicht in einer Kutsche oder auf einem Pferd saß, tat gut daran, sich nicht lange in der Dunkelheit aufzuhalten. Besonders gefährlich waren jene Straßen, in denen verfallene alte Wohnhäuser lagen oder die an Ruinenfeldern und verwahrlosten Wiesen entlangführten.

Jakob wußte um diese Gefahren und strebte der Via Giulia zu, die ziemlich belebt und halbwegs sicher war. Doch nach wenigen Minuten kam ihm in den Sinn, es noch einmal in Claudias Haus zu versuchen und dort vielleicht jene Lydia zu befragen, von der Vanessa behauptet hatte, sie bestimme über die Huren. Also änderte er seine Richtung und nahm die große Straße hinein in die Stadt. Bald erreichte er das Haus von Burckhardt von Straßburg, lief die nächsten hundert Schritte und atmete auf der Treppe zu Claudias Freudenhaus tief ein. Er pochte mit dem Klopfer, einer in Bronze gegossenen Wölfin, gegen die mit Kupfer beschlagene Tür. Rasch wurde geöffnet. Wie in einem Strahlenkranz stand eine weiß gewandete Frau vor ihm, das Kleid fiel in weiten Falten, ihr goldenes Haar leuchtete.

Eine Engelserscheinung, dachte Jakob, vor dem Lichte des Heiligen Geistes. Zum erstenmal begriff er, warum gewisse Mädchen stets Engel genannt wurden.

Doch die Frau begrüßte ihn mit durchaus irdischer Stimme, als er eingetreten war. »Seid Ihr angemeldet?«

»Leider nein«, entgegnete Jakob, »aber zu gern möchte ich dieses Versäumnis bei Signora Lydia persönlich nachholen.«

Der blonde Engel wandte sich hilfesuchend um, und Jakob bemerkte, daß von der hinteren Flügeltür ein muskulöser Aufpasser langsam und bedrohlich auf ihn zu kam. Doch Jakob hatte nicht vor zurückzuweichen.

»Ich möchte mit Signora Lydia sprechen.«

»Auf der Straße läuft eine Hündin, passend für den Hund des Herrn. Hier finden sich nur geladene Gäste. – Hinaus!« Der Kerl baute sich mit spöttischer Miene vor Jakob auf. Jeder Widerspruch war hier zwecklos.

Mit einem letzten Blick zu der blondgelockten Frau drehte Jakob sich um und verließ das Haus. Nachdem er noch einige Schritte auf der Via Sudario gegangen war, blickte er zurück. Der vierschrötige Aufpasser flüsterte mit einem schmächtigen Burschen. Jakob begann drohendes Unheil zu ahnen. Rasch schlug er die Richtung zur Via Giulia ein, um auf der belebten Straße möglichst ungehindert zum Borgo zu gelangen. Wie gewohnt nahm er den Weg über den Campo de Fiori und die kleine Gasse bei der Katharinenkirche und sah sich immer wieder um. Nichts war zu entdecken, obwohl er ständig das Gefühl hatte, beobachtet zu werden. Er beschleunigte seine Schritte. Dann nahm er tatsächlich einen Schatten wahr, der ihm folgte.

Plötzlich packte ihn die Angst, und er fing an zu laufen; doch sein Leib war schwer, mit jedem Schritt wogte und bebte sein Körper, als wolle er sich gegen die ungewohnte Beschleunigung wehren. Wenn er sich umblickte, hatte er den Ein-

110

druck, der Schatten wäre verschwunden, doch preßte sich sein Verfolger wohl in jede Nische, wenn er sich umdrehte. Jakob begann an seinem Verstand zu verzweifeln. Er glaubte nur bedingt an Gespenster, Geister und Hexen. Ja, es gab Hexen und Ketzer und Zauberer, gewiß; der Teufel wußte sich Seelen zu fangen, und wenn er ein Werkzeug brauchte, stattete er es mit guten Eigenschaften aus. Wie hieß es im *Hexenhammer*? Die Behauptung, es gebe Hexen, sei so gut katholisch, daß die hartnäckige Verteidigung des Gegenteils durchaus für ketzerisch gelten müsse.

Doch hinter ihm in einer Nische hockte keine Hexe, sondern ein römischer Halsabschneider. Selbst das Grauen ist in der Regel auf natürliche Dingen zurückzuführen, dachte Jakob noch, dann bog er um die Ecke in eine düstere Gasse. Er konnte kaum wahrnehmen, daß sich ein Schatten hinter ihm von der Wand löste, so düster war es hier. Schon wollte er seine vielleicht letzte Gelegenheit nutzen, aus der schmalen Gasse herauszukommen, als aus einem Torbogen vor ihm zwei Hünen auf ihn zutraten. Sie ließen ihm keine Zeit nachzudenken. Dem ersten Schlag konnte Jakob noch ausweichen, doch der zweite traf ihn in den Magen, und ein dritter krachte gegen seine Schläfe. Wie eine üble Frucht platzte ein furchtbarer Schmerz in ihm auf. Kraftlos sank er zu Boden.

Jakob erwachte, weil irgendwo jemand lachte und es nach Urin roch. Jemand hielt eine Kerze in der Hand. Über ihm stand ein riesenhafter Kerl und hielt sein fleischiges Geschlecht in der Hand. Ein warmer Strahl traf Jakob mitten im Gesicht.

»Wach auf, du Hund«, blaffte eine Kastratenstimme, die nicht zu dem Riesen paßte.

»Gib ihm noch ein wenig zu trinken«, rief eine andere Stimme aus dem Hintergrund, und ein dritter Mann lachte grölend dazu. »Oder brauchst du mehr Wein?«

»Ich hab noch«, triumphierte der Hüne und preßte sich den

letzen Strahl ab. Jakob wandte angewidert den Kopf, doch da traf ihn ein Fußtritt in der Seite. Er stöhnte auf.

»Was schnüffelst du hier herum?«

»Ich wollte nur …«, versuchte Jakob zu antworten und rang nach Luft, »… ich suche Engel.«

»Du wirst gleich die Engelein singen hören, du deutscher Schnüffler. Wenn du dich noch einmal hier blicken läßt, wird es dir noch schlechter ergehen.«

Ein Stiefel trat ihn in die Seite, dann ließ sein Peiniger von ihm ab. Einer seiner Kumpane forderte ihn zum Gehen auf; alle drei lachten; die Kerze wurde ausgeblasen; es war stockdunkel und unheimlich still.

Am anderen Tag zog Trippa eine bedenkliche Miene, als Jakob von dem Vorfall in der Gasse berichtete. Dann erwähnte der Monsignore, jemand sei in seinen Keller eingebrochen. Offensichtlich sei ein Unbekannter bei den Leichen gewesen, denn an einer Bahre hätte er das Leichentuch zurückgeschlagen vorgefunden. Seltsamerweise sei ansonsten nichts verändert, und verschwunden sei auch nichts.

»Es wird Zeit, daß wir die Leichen verscharren.«

»Wer könnte von meinen Ermittlungen wissen?« fragte Jakob ratlos und dachte dabei an Fabricio Casale und jene Schläger, die ihm letzte Nacht aufgelauert hatten.

»Wenn der Täter in der Kurie sitzt, hat er Mittel und Wege, über den Stand unserer Ermittlungen auf dem laufenden zu bleiben. Ich schließe nicht aus, daß der Mörder etwas ganz anderes bezweckt, als Huren zu töten. Wir müssen nun besonders vorsichtig sein. – Vielleicht sollten wir die Angelegenheit erst einmal ruhen lassen. Wer weiß, wer sich für unsere Toten interessiert. Es kann zu unangenehmen Verwicklungen kommen.«

Trippa wirkte fahrig und mit den Gedanken woanders. Zunehmend wiegelte er die Bedeutung der Ermittlungen ab und wies Jakob unverblümt an, sich nicht zu sehr in die Angelegenheit zu verbeißen.

112

Ähnliche Worte benutzte sein Ordensgeneral, den Jakob nach dem Gespräch mit dem Kanzleinotar aufsuchte. Der Obere bat ihn, in einer Erbschaftsangelegenheit des Ordens ein Rechtsgutachten zu verfassen und dieser Aufgabe jede sonstige Unternehmung unterzuordnen.

Ein Anblick des Jammers

Zwei Wochen gingen ins Land, und Jakob kam mit seinen Nachforschungen keinen Schritt voran. Fast schien es, als interessiere sich niemand mehr für die toten Engel, insbesondere Monsignore Trippa war nicht für Jakob zu sprechen, und der Ordensgeneral war nur an dem erbrechtlichen Gutachten interessiert. Weder von Frangipane, der ihn zu einem Fest einladen wollte, noch von Ambrogio hörte er etwas. Wahrscheinlich hatte die Kurie auf einmal andere Sorgen; die Politik lief gar nicht nach dem Plan des Heiligen Vaters, der seit dem Überfall der Colonna auf Rache sann, aber offensichtlich nicht wußte, wie er Pompeo Colonna, dem vermaledeiten Kardinal, der nach der Tiara trachtete, die erlittene Schmach heimzahlen konnte. Das Monitorium, das er am 7. November gegen Pompeo erlassen hatte, zeigte keine Wirkung, im Gegenteil: Der Colonna-Kardinal berief in Deutschland ein Konzil und redete da dem Kaiser nach dem Munde. Weil Pompeos dreister Konzilsaufruf in Rom an jeder zweiten Kirchentür angeschlagen war, verhängte Papst Clemens die Acht gegen den Aufrührer und alle seine Anhänger.

Zu allem Überfluß hatte sich die Nachricht von Giovanni Medicis Tod wie ein Lauffeuer in der Stadt verbreitet; der Verlust des letzten legitimen Medici beunruhigte die Römer, weil er als herausragender Kämpfer zur Verteidigung der Stadt vorgesehen war; nun war er im Kampf gegen die kaiserlichen Truppen gefallen, was nur heißen konnte, daß die Kaiserlichen besser waren, als man dachte. Papst Clemens hatte beschlossen, seinen Verwandten trotz etlicher Mißstimmigkeiten zwi-

114

schen ihnen an den Vatikan zu rufen, und er sah sich nun einer wichtigen Unterstützung beraubt in dem zunehmend gefährlicher werdenden Kampf mit den Landsknechten des deutschen Frundsberg und den Truppen des in Mailand siegreichen Bourbon. Im Vatikan jedenfalls herrschte eine derart rege Betriebsamkeit, wie sie Jakob, abgesehen von der Flucht vor Colonnas Rotten im September, seit seiner Ankunft in Rom vor einem Jahr nicht gesehen hatte. Der Papst rüstete zum Krieg gegen den Kaiser und alle seine Feinde; jedem Kardinal gebot er, auf eigene Kosten hundert Mann auszurüsten, und die Orsini und Farnese rüsteten vorneweg, denn wenn es gegen ihre Erzfeinde Colonna ging, saß ihr Geldbeutel locker.

Gleichwohl konnte diese Unruhe die Lust an Ablenkung und Unterhaltung nicht lindern; beinahe schien es so, als würden die Feste in den Palazzi zunehmen und noch üppiger ausgestaltet als zuvor. Alle, die ihr Schwert griffbereit trugen, wollten ihr Leben genießen, ehe es auf die Schlachtfelder ging, und mancher, der bei der Eroberung der Colonna-Besitzungen Zagarolo, Gallicano, Genazzano und Subiaco beteiligt war, feierte in den Palazzi der Großen den Erfolg; und sie waren voller Hoffnung, den kleinen Siegen bald einen überwältigenden Triumph folgen lassen zu können.

Jakob hatte die Zeit abseits von Politik genutzt und auf der Ebene der Sekretäre viele Kuriale kennengelernt, von denen er die unterschiedlichsten Einblicke in die Arbeit des Heiligen Stuhls und in das Zusammenwirken der einzelnen Parteiungen erhielt. Besonders bemerkenswert schien ihm, daß sich der Papst mit Giammatteo Giberti einen Franzosenfreund und mit Nikolaus von Schomberg einen Kaiserfreund als Berater auserkoren hatte. Daraus schien sich die gelegentliche Unentschlossenheit des Pontifex Maximus und sein stetes Schwanken zwischen Franz und Karl zu erklären. Gerade die Gegensätze von Giberti und Schomberg mochten aber auch so skrupellosen Menschen wie Fabricio Casale erst die

115

Möglichkeit einräumen, hinter den Kulissen eine geheime Politik zu betreiben und zum eigenen Nutzen den einen gegen den anderen auszuspielen.

Daß der Weihbischof genau dies tat, das erfuhr Jakob bei seinen Gesprächen zur Genüge. Das infamste Gerücht über Casale ging sogar so weit, ihm anzulasten, er würde heimlich einerseits mit Pompeo Colonna an einem Komplott zugunsten des Kaisers stricken, an dessen Ende der Colonna die Tiara und Casale die Stellung des Kanzlers erhielte, und andererseits würde er eine dem Franzosen Franz geneigte Politik des Kardinals Alessandro Farnese unterstützen, um den »Unterhosenkardinal«, wie der ältere Farnese allenthalben genannt wurde, weil er sein Amt seiner Schwester Giulia verdankte, für die Zeit nach Clemens aufzubauen. Auch in diesem Fall würde Casale selbstverständlich nicht ohne Lohn bleiben. Allerdings hielt Jakob dieses Gemunkel für verfehlt. Wenn Casale Intrigen schmiedete, was als sicher gelten durfte, dann eine Ebene tiefer, und wenn es um die Verteilung von Pfründen und Privilegien ging, durfte man bei der Wahl der Mittel nicht wählerisch sein und mußte die Spuren geschickt verschleiern.

Aber auch jenseits der Politik vermehrte Jakob sein Wissen um die Zustände in Rom. Dank der Sekretäre wuchs seine Liste der Namen jener Kupplerinnen, die zu günstigen Tarifen Dirnen feilboten, und längst kannte Jakob nicht mehr nur das Haus am Aventin. Rund um die sieben Hügel waren ihm inzwischen ein Dutzend Bordelle bekannt. Irgendwann, da war er sich ganz sicher, würde er den entscheidenden Hinweis erhalten, dessen er bedurfte, um bei seinen Nachforschungen auf Trippas Unterstützung verzichten zu können.

Claudias Haus jedoch hatte Jakob in den vergangenen vierzehn Tagen nicht mehr aufgesucht, sondern einen weiten Bogen darum geschlagen. Die handfeste Warnung hatte er verstanden. Er zweifelte jedoch nicht daran, daß Claudia in düstere Machenschaften verstrickt war. Hätte sie ein reines Gewissen gehabt, hätte es der Schläger nicht bedurft, die sie

116

ihm auf den Hals geschickt hatte. Das einzige, was ihn irritierte, war sein angenehmes Gefühl, wenn er an Claudia dachte. Vielleicht weiß sie gar nicht, was um sie herum vorgeht, dachte er mehr als einmal und mußte zugeben, daß er sich genau dies zu ihrer Entschuldigung wünschte.

Er dachte oft an Claudia, besonders an ihre warmen Augen, und während er in der Sapienza an seinem Schreibpult stand und aus dem Fenster blickte, ertappte er sich dabei, wie er sich ihr Bild vergegenwärtigte. Sein Blick ging über die gegenüberliegenden Dächer hinweg, hinüber zur Kuppel von Sancta Maria ad Martyres. Der Himmel lag trüb über der Stadt, aber es war trocken und nicht allzu kalt.

Gedankenverloren malte Jakob einen Schnörkel auf das Papier vor sich. Endlich war der erste Entwurf seines Rechtsgutachtens erstellt. Mit seinem Ergebnis mochte er sich noch nicht ganz einverstanden zeigen, zumal die herausgearbeitete Rechtsfolge seinem Orden nur zum Teil das erwünschte Erbe zusprach. So konnte und wollte er das Gutachten seinem Ordensgeneral nicht vorlegen. Aber der entscheidende Ansatz, wie die letztwillige Verfügung im Sinne der Dominikaner ausgelegt werden könnte, wollte Jakob nicht in den Sinn kommen. Er benötigte etwas Abstand zu den komplizierten Rechtsfragen. Zu rasch war er an die Ausarbeitung gegangen.

Beinahe in jeder Nacht sah er im Schlaf das entsetzte Gesicht Bibianas. In seinen Träumen bestand er auch viele Abenteuer: Einmal kniete er vor Clemens und empfing den Segen des Papstes, ein andermal focht er mit Studenten aus seiner Burse zu Ingolstadt, oder er verhörte gemeinsam mit einem bayerischen Landrichter einen Ketzer und führte ihn zurück auf den rechtgläubigen Weg. Doch in jedem Traum schien Bibianas Totengesicht gegenwärtig zu sein. Noch bedrückender waren die Träume von Antonia, denn sie trat ihm als lebendiges Wesen entgegen; wie auf dem Fest von Ambrogio Farnese scherzte und tanzte sie mit ihm, setzte sich auf seinen Schoß und küßte ihn leidenschaftlich. Nur jedesmal wenn sie ihr

117

Kleid öffnete, sah er voller Schrecken ihre grausamen Wunden.

Aus diesen Träumen erwachte er stets schweißgebadet. Besonders grausam fühlte er sich, wenn Antonia ihn im Traum allzusehr umgarnt hatte, so daß er seines Gemächts gewahr wurde. Einmal, als ihn das Traumgesicht auf wildeste Art angestachelt und dann niedergeschlagen hatte, mußte er sich sogar übergeben.

Nein, die Toten kann man nicht so leicht vergessen, dachte Jakob. Seine rechtlichen Erwägungen mochten für eine Weile ruhen, es genügte, wenn er in einigen Tagen den Faden wieder aufnahm und mit der ihm eigenen Gründlichkeit alles nochmals überdachte. Er schob die Papiere zusammen, legte sie in die Klappe unter der Schreibfläche und schloß sein Pult ab. Dann verließ er die Schreibstube. Er war hungrig, wollte aber weder hinauf zum Collegio Teutonico, wo er in der Küche jederzeit etwas zu essen bekommen hätte, noch hinüber zu den Dominikanern von Santa Maria sopra Minerva, mit deren Koch er sich gut stand, denn da wäre die Gefahr zu groß gewesen, dem Ordensgeneral zu begegnen. Statt dessen zog es ihn zum Campo de Fiori. Endlich wollte er Giuseppes Schenke wieder einmal einen Besuch abstatten.

Doch als er aus dem Tor der Sapienza trat, klopfte ihm jemand unversehens auf die Schulter; Jakob drehte sich um. Monsignore Trippas ungewöhnlich hellblaue Augen lauerten in ihren tiefen Höhlen, seine schmalen Lippen zitterten.

»Es ist etwas Furchtbares geschehen«, flüsterte er. »Du mußt unverzüglich mitkommen.«

Jakob nickte und folgte dem dahineilenden Monsignore an der Rückseite des Pantheon vorbei, an Santa Maria sopra Minerva entlang, hinein in ein Gewirr von Gassen und endlich in den Palazzo Nicosia. Über die breite Treppe eilten sie hinauf in den ersten Stock und durch eine weit geöffnete, von zwei Sbirri bewachte Flügeltür. Im hellen Flur standen Mägde und Lakaien und tuschelten. Am Ende des Ganges traten sie in

118

einen mittelgroßen Raum, auf dem Tisch war für zwei Personen eingedeckt, und die Kerzen auf einem schweren fünfarmigen Leuchter brannten. Die Tür zum Nebenraum, dem Schlafgemach, stand offen, und dort, auf dem breiten Bett in weichen Kissen, waren zwei Leichen zu sehen. Neben der übel zugerichteten jungen Frau lag ein alter Mann, der halb in eine Toga gehüllt war und dem man wie zum Hohn die Mitra aufgesetzt hatte.

Langsam trat Jakob näher heran und erkannte den alten Kardinal Aldobrandino Orsini, den Bischof von Nikosia auf Zypern – weshalb sein Palazzo im Volksmund eben Palazzo Nicosia genannt wurde, im Gegensatz zum Palazzo Orsini des alten Orsino Orsini, des einäugigen Ehemanns von *Bella Giulia.*

»Laßt uns alleine«, herrschte Trippa die Bediensteten an, die mit erschreckten Gesichtern vor dem Bett standen. Selbst den Sbirro, der am Tatort Wache hielt, schickte er hinaus.

»Siehst du dieses Unglück«, flüsterte Trippa erregt. »Der alte Orsini war ein Freund des Heiligen Vaters, und sein Großneffe Napoleone Orsini, der Komtur von Farfa und Sohn von Giovanni Jordano, steht derzeit hoch in der Gunst. Aldobrandinos Neffe Gentile wiederum, der zweite Kardinal der Orsini, ist Alessandro Farnese besonders verbunden. Der Kanzler wird uns den Kopf abreißen, wenn er erfährt, daß unser Verrückter Aldobrandino Orsini gemeuchelt hat.«

»Ihr überrascht mich«, entgegnete Jakob fassungslos und verärgert zugleich. »Die beiden letzten Wochen habt Ihr mit dem deutlichen Wunsch vergehen lassen, nicht mehr an den Fall zu rühren.«

»Du hast recht«, erwiderte Trippa voller Reue. »Doch wer konnte ahnen, daß der Verrückte sich an einem Purpurhut, noch dazu einem Orsini, vergreifen würde?«

»Unser sogenannter Verrückter, lieber Monsignore, will ganz offenkundig ein Zeichen setzen und hat eine Botschaft für uns. Solange wir diese Botschaft nicht entschlüsseln, wird er nicht ruhen.«

119

»Du und dein Gerede von einer Botschaft«, erklärte Trippa unwirsch. »Hoffentlich kommt Moncada bald.« Dann beugte er sich vorsichtig und mit angewidertem Gesichtsausdruck über die tote Frau. Ihre geweiteten Augen zeigten trotz der Totenstarre ein weiches Blau, und ihr dunkelblondes Haar glänzte ausgereifte auf dem Laken. Mehrere dicke Strähnen bedeckten die unverletzte Brust, die sich straff und rund wie eine ausgewachsene Honigmelone aufbäumte. Die andere Brust aber, zerfetzt wie bei allen Opfern, bot einen solch schmerzhaften Anblick, daß Jakob unwillkürlich die Tränen kamen. Ein Schleier legte sich über seine Augen, und er meinte gar, in der Toten eine Ähnlichkeit mit der geheimnisvollen Claudia zu entdecken.

»Dem Kardinal wurde der Schädel eingeschlagen«, bemerkte Trippa. Es klang teilnahmslos, doch hätte sich Jakob in dem Moment zu dem Kanzleinotar umgedreht, wäre ihm sicher nicht entgangen, wie überrascht der Monsignore auf Jakobs Gefühlsausbruch reagierte.

Obschon er vor einer Toten stand, ließ Jakob der Gedanke an Claudia wieder dieses warme, seltsame Gefühl tief in seinem Bauch spüren. Er fühlte, wie sein Mund trocken wurde, und er glaubte, nicht mehr atmen zu können, wie ein Schwimmer, der im Meer versank.

Dann kam Moncada und stellte nüchtern fest, daß die tote Hure alle Zeichen der bisherigen Opfer trage. Allerdings entdeckte er keine Spuren irgendwelcher gemeiner Quälereien, weder blaue Flecken noch Verletzungen des Anus. Vorsichtig führte der Medicus einen Löffel in das geheimste Fleisch ein und holte Samen hervor, hielt inne und beförderte noch mehr Samen zu Tage. Schließlich besah er sich dann das faltige Skrotum des alten Kardinals.

»Mag sein«, bemerkte er, »daß Orsini sich mit der Dirne vergnügt hat, aber den Semen hat ihr ein anderer eingepflanzt; der Kardinal war ein ausgedörrter Brunnen.«

»Bist du sicher?« fragte Trippa.

Der Medicus nickte. »Der Kardinal spendete höchstens einen Tropfen, doch ich finde einen ganzen Kelch.«

»Dann hat der Mörder sich an der Toten vergangen.«

Moncada schwieg eine Zeitlang und rieb sich die Nase. »Nein, es geschah, als sie noch lebte.«

»Und der Kardinal?«

»Wahrscheinlich«, brummte der Medicus, »lebte er auch.«

»Du meinst, sie taten es zu dritt?« fragte Trippa fassungslos.

»Genau das vermute ich«, entgegnete der Arzt und nahm Orsini die Mitra ab. Innerhalb des silbrigen Haarkranzes klaffte ein großes Loch, in dem sich eine graue Masse mit Blut vermengte. »Der Mörder hat mit diesem Leuchter zugeschlagen.« Moncada deutete auf einen schweren Silberständer, der blutverschmiert am Kopfende des Bettes lag. »Der Kardinal ist sofort zu seinem Herrn in den Himmel hinaufgefahren.«

»Wen wird der Täter zuerst ermordet haben?« fragte Jakob. »Ich sehe keinerlei Spuren eines Kampfes. Nichts deutet auf Flucht. Ich kann mir nicht vorstellen, daß die Dirne ruhig liegen blieb, während der Wüstling den Kardinal erschlug.«

»Es sei denn«, bemerkte Trippa, »sie steckte mit dem Mörder unter einer Decke.«

»Verzeiht, Monsignore, aber das halte ich für eine abwegige Annahme.«

»Wenn man annimmt, daß wir es hier mit unserem Verrückten zu tun haben und dies nur einer der Morde ist, mit denen er uns eine Nachricht hinterlassen will, magst du im Recht sein. Aber bedenke: Es könnte sich ein ganz anderer, der es nur auf Orsini abgesehen hat, zur Vertuschung seiner Spur des Musters unseres Verrückten bedient haben.«

»Der Medicus hat schon bei der Leiche im Aventin festgestellt, wie schwierig es ein Nachahmer hätte, die gleichen Wunden zuzufügen. Außerdem ist über die Art der Wunden nicht viel geredet worden.«

Moncada nickte stumm.

»Gleichwohl sollten wir dieser Überlegung nachgehen«,

beharrte Trippa und nahm das Mordwerkzeug in die Hand. »Schweres Silber«, murmelte er, »der Kerl muß kräftig sein.«

»Er wird nicht unerkannt geblieben sein«, warf Jakob ein. »Wir müssen alle Bediensteten des Haushalts fragen, wer heute beim Kardinal war.«

»Das ist deine Aufgabe«, erkklärte Trippa. »Wir schaffen die Leichen in meinen Keller, allerdings erst nach Einbruch der Dunkelheit, um jedes Aufsehen zu vermeiden.« Er winkte den Sbirro herbei und erteilte ihm kurze Anweisungen, während Jakob sich an eine ältere Frau wandte, die im Flur stand und alles genau beobachtete. An ihrem Habitus vermeinte er, in ihr die Haushälterin zu erkennen.

»Die Sünderin kam zur dritten Stunde«, erklärte sie zögernd auf seine Frage. »Sie kam hereingeschlichen und huschte sofort in das hintere Gemach. Seine Exzellenz wünschte, nicht gestört zu werden, wenn unsaubere Weibsbilder zum Beichten kamen. – Ein Mahl plante ich nach den Wünschen seiner Exzellenz für die siebte Stunde, weshalb ich dann die Toten entdeckte, weil ich anklopfte und melden wollte, daß alles gerichtet sei. – Dazwischen blieb mein Herr ungestört, alles Personal hielt sich von den Gemächern fern. Es ist auch niemand ins Haus gekommen, die Tür war die ganze Zeit verschlossen.«

»Du hast keinen Besucher eingelassen?« fragte Jakob.

»Nein.«

»Und keiner hat das Haus verlassen?«

»Nein.«

»Wie viele Diener und Lakaien gibt es in diesem Palazzo?«

Die Haushälterin zählte leise durch und nahm die Finger zu Hilfe; sie zählte zweimal; ihre Bewegungen waren fahrig.

»Siebzehn«, antwortete sie.

»Konnte jeder ungehindert in die beiden Gemächer dahinten?«

»Si, aber es ist niemandem gestattet; zum Beichtzimmer Seiner Exzellenz hatten nur ich und die beiden Zimmermädchen Zutritt, und selbstverständlich der Sekretär des Kardinals.«

122

»Hatten sie keinen Zutritt oder durften sie nicht hinein?«

»Sie durften nicht hinein.«

»Sie hätten es aber gekonnt?«

»Gewiß, doch niemand hat diese Regel je verletzt.«

Jakob machte ein betrübtes Gesicht und bat die Haushälterin, sie möge ihm der Reihe nach jeden Bediensteten des Hauses schicken, damit er sie alle befragen könne.

»Ich weiß nicht …«, stammelte sie, »ob noch alle da sind, manche haben Ausgang heute, es …« Sie nickte resolut und ging, ihm den ersten Diener zu schicken, ein schmächtiges Männlein, dem man auf den ersten Blick ansah, daß es gar nicht die Kraft hatte, jemand mit einem schweren Silberleuchter zu erschlagen. Auf die Befragung, wer möglicherweise Gelegenheit gehabt habe, unbemerkt in die hinteren Gemächer zu gelangen, gab der kleingewachsene Mann sich verstockt. Den anderen Bediensteten war ebensowenig zu entlocken.

Nach zwei Stunden vergeblicher Befragung gab Jakob auf, zumal er von einer fiebrigen inneren Unruhe getrieben wurde. Er mußte Claudia treffen. Unterschwellig fürchtete er, sie könnte tatsächlich die Tote im Kardinalsbett sein; und sooft er diesen Gedanken verwarf, so oft tauchte er wieder auf und verursachte ihm Übelkeit.

Also verließ Jakob den Palazzo Nicosia und stürmte durch die Stadt in die Via de Barbiere.

Wenn dieses römische Gesindel so verstockt ist, dachte er und trat auf das schmale Haus zu, dann muß ich den Fall doch vor das *Tribunale criminale del Governatore* bringen; dann stecken wir die Störrischen in den *Corte Savella* und warten, bis die Kerkerluft ihre Zunge löst. Grimmig schlug Jakob den Klopfer gegen die Tür. Die bucklige Alte öffnete erschrocken.

»Ich will zur Signora«, raunte er ihr zu.

Sie nickte und ging durch das düstere Treppenhaus voran. Wieder knarrten bei jedem Schritt die grauen Holzdielen, und wieder öffnete sich die im Winkel versteckte Tür wie von Geisterhand. Diesmal jedoch zögerte Jakob nicht, sondern ging

123

über die steile Wendeltreppe zwei Stockwerke hinauf in den Salon mit den Seidentapeten.

Ungeduldig warf er sich in den Ledersessel und behielt die Flügeltür im Auge, durch welche die Bucklige wieder verschwand. Er war gespannt, ob Claudia überhaupt kommen und wie sie auf seine Anwesenheit reagieren würde.

Dann stand sie plötzlich in der Tür: glanzvoll gekleidet im *Habito romano* aus Damast und sittsam den *Panno listato* übergeworfen, jenen zarten Schleier, den die Patrizierinnen beim Kirchgang trugen. Ihr Haar glänzte weich unter dem Schleier und rahmte ihr Gesicht. Sie sah wirklich wie ein Engel aus. Sie lächelte. Jakob lächelte ebenfalls, aber es blieb ein gequältes Lächeln, denn nach der Freude über ihren Anblick bestürmte ihn ein heftiger Schmerz. In Claudias Antlitz spiegelte sich tatsächlich das Gesicht jener Toten auf dem Bett des Kardinals.

»Habt Ihr ...«, fragte Jakob heiser, »habt Ihr eine Schwester?«

Claudia betrachtete ihn verblüfft. »Seid Ihr gekommen, um mir diese Frage zu stellen?«

»Antwortet, bitte«, flüsterte Jakob gequält.

»Ja, ich habe eine Schwester«, antwortete Claudia und lächelte unschuldig.

»Wißt Ihr, wo sie sich aufhält?«

»Nein, sie ist wie ein Schmetterling und flattert von Blüte zu Blüte.«

»Ist ihr Name Lydia?«

»Wollt Ihr ein Ratespiel mit mir spielen?« erwiderte Claudia mit kokettem Augenaufschlag.

»Hat Eure Schwester kürzlich den Kardinal Aldobrandino Orsini aufgesucht? Im Palazzo Nicosia?«

»Ich weiß nicht, wer ihr Beichtvater ist, doch hält sie es mit ihrem Glauben sehr genau, wie es sich für eine der Kurie verbundene Dame gehört.«

»Führt Eure Schwester den Titel einer *curialis romanam curiam sequens*? Führt Ihr den Ehrentitel auch?«

124

»Warum stellt Ihr so viele Fragen, werter Mönch?« Ihr Lächeln wirkte so geheimnisvoll, daß Jakob beinahe der Atem stockte.

»Am besten«, entgegnete er tonlos, »Ihr kommt mit mir zum Palazzo Nicosia; Ihr werdet dort etwas sehen, das Euch vermeinen läßt, Ihr würdet in den Zerrspiegel des Antichrist schauen.«

Ein Schatten schien über ihr Gesicht zu huschen, dann fragte sie scheinbar unbeteiligt: »Was werde ich da sehen?«

»Eine Tote, die Euch so ähnlich sieht, als hätte sie mit Euch in einer Eihaut gelegen.«

Claudia erbleichte unter ihrem Schleier. Ihre Hände ballten sich zu Fäusten. »Ihr erschreckt mich.«

»War Eure Schwester heute bei Orsini, dem alten Kardinal?«

Claudia starrte ihn an, wobei ein heftiger werdendes Atmen ihre Brust bewegte. »Ich werde mitkommen«, flüsterte sie. »Wartet eine Kutsche auf Euch?«

Jakob mußte unwillkürlich lachen, ja, er lachte lauthals los und ließ die ganze Anspannung heraus, die ihm die Brust zugeschnürt hatte. Claudia schaute ihn fragend, dann zornig an, doch Jakob konnte nicht anders, als weiterzulachen. Schon als Kind war es ihm gelegentlich so ergangen, daß er in einem ernsten Augenblick in Gelächter ausgebrochen war. In solchen Momenten schien ihm die Last des Schicksals auf wahnwitzige Art zu drückend, und das Lachen war das einzige Mittel, sich dagegen zu wehren. Kein Dominikanermönch hatte je eine Kutsche benutzt, wie es Kardinäle, Bischöfe, Patrizier und auch Kurtisanen so selbstverständlich taten, denn eigentlich waren solche Fahrten untersagt; aber wen bekümmerten schon die Vorschriften des sittenstrengen Hadrian?

»Hört auf!« rief Claudia wütend. »Wir werden also zu Fuß gehen.«

Jakob verstummte endlich und stand auf, aber Claudia bedeutete ihm, er solle sich wieder hinsetzen, und eilte zur

Flügeltür hinaus. Jakob blickte ihr nach und rieb sich das Kinn; er schämte sich für sein so unangebrachtes Lachen und fühlte sich in den Studentenkonvent zu Ingolstadt zurückversetzt, als er bei der Totenmesse für seinen Freund Eberhard gelacht hatte.

Wortlos hatte ihn der Pfarrer damals mit düsterem Blick aus der Kirche gewiesen. Erst draußen, vor dem Gotteshaus, hatte ihn ein heftiger Weinkrampf geschüttelt. Wie so viele im Jahr 1519 hatte die Pest Eberhard dahingerafft. Ein Schauder lief Jakob über den Rücken, als er an die leeren Straßen dachte, einzig bevölkert von den schwarzen Männern mit ihren Leichenkarren. Bei jedem Ziehen in den Schläfen oder den Leisten hatte man das Schlimmste befürchten müssen. Doch an Jakob war der Schwarze Tod noch einmal vorbeigegangen, während Eberhard regelrecht bei lebendigem Leibe verfault war.

Plötzlich stand Claudia wieder in der Tür. Sie trug Männerkleidung.

»Jetzt können wir gehen«, sagte sie.

Jakob nickte; er wußte, daß die Kurtisanen Roms sich oft in Hosen und Wams warfen, um ungehindert durch die Straßen zu gelangen, vor allem nachts, wo es einer Signora nicht zu raten war, ohne Begleiter herumzugehen. Trotzdem fand Jakob den Aufzug Claudias anstößig und aufreizend, und er starrte sie an, als sähe er sie zum ersten Mal. Sie trug das Wams eines Edelmannes, das so fest geschnürt war, so daß man ihre Büste höchstens ahnen konnte; für den unbefangenen Betrachter sah sie wie ein muskulöser, ein wenig klein geratener Bursche aus.

»Was schaut Ihr mich so an?« fauchte Claudia.

»Es ist wider die Natur, daß Frauen Hosen tragen«, erklärte Jakob und begriff im selben Augenblick, wie töricht seine Worte klangen, denn selbst in Männerkleidung wirkte Claudia für ihn noch wie eine schöne Frau.

Er wandte sich um und ging voraus. Sie nahmen den Weg über die Via de Barbiere, und als sie aus der Haustür schlüpf-

126

ten, schaute sich Claudia ängstlich links und rechts um, ob sie jemand beobachte; dann eilten sie zum Palazzo Nicosia.

Sie hat tatsächlich Angst, dachte Jakob; Apollonia hat recht, Claudia lebt zurückgezogen und will auf keinen Fall in der Öffentlichkeit gesehen werden, was sehr untypisch für eine Cortigiana ist; die meisten Kurtisanen umgeben sich mit besonderem Prunk und legen es darauf an, Aufsehen zu erregen.

Im Palazzo herrschte eine gespenstische Ruhe. Vor die hohen Fenster waren Gobelinvorhänge gezogen, und in dem gedämpften Licht schlichen einige Bedienstete hin und her. Vor dem hinteren Kabinett hielten zwei Sbirri Wache. Als sie Jakob erkannten, nahmen sie Haltung an. Die beiden Räume waren menschenleer, Moncada und Trippa waren längst gegangen und Trippas Leichenträger noch nicht eingetroffen. Die Toten lagen noch genauso da, wie Jakob sie mittags vorgefunden hatte.

Jakob berührte Claudia am Oberarm und führte sie langsam zum Bett des alten Kardinals. Keinen Moment ließ er ihr Gesicht aus den Augen. Zunächst legte sich Unmut auf ihre ebenmäßigen Züge, dann riß sie die Augen auf und öffnete den Mund wie zu einem Schrei. Sie blieb aber stumm, drängte statt dessen vor, dichter an das Bett des Kardinals. Ihre Mundwinkel zitterten heftig, und an ihrer Schläfe, wo die Haare einen sanften Flaum bildeten, pulsierte eine Ader. Doch noch immer hatte sie kein Wort gesagt. Stumm stand sie da und starrte auf die beiden Toten herab.

Die Zeit schien sich endlos zu dehnen. Jakob erinnerte sich erneut an den Tod seines Freundes Eberhard und die Fassungslosigkeit, mit der sie damals der Pest gegenübergestanden hatten. Ja, hier in Rom kam der Tod so lautlos und rasch wie anderswo die Pest.

Claudia begann zu weinen; wie winzige Perlen standen die Tränen in ihren Augenwinkeln und rollten dann langsam über ihre Wangen. Ihre Augen waren nun trüb wie das Meer, wenn ein Sturm aufzog. Dann nickte sie trotzig, drehte sich abrupt um und zog Jakob mit sich hinaus aus dem Zimmer.

Wenig später saßen sie in einem kleinen Raum in Claudias Haus, der mit einer Ledertapete ausgeschlagen war. Die einzige Möblierung bestand aus drei Ledersesseln an einem niedrigen Rundtisch. Auf dem Tisch waren eine Karaffe Wein und zwei Kelche aus Kristall bereitgestellt.

Claudia trank, ganz in Gedanken versunken, und schwieg. Den Weg zurück hatten sie beide gleichfalls geschwiegen, aber an der Tür, als Jakob mitfühlend fragte, ob er gehen solle, hatte sie ihre Hand zart auf seine Schulter gelegt und ihm bedeutet, er möge eintreten. Der verwinkelte Weg schien Jakob nun, beim dritten Mal, bereits vertraut, aber oben hatte sie ihn durch eine versteckte Tür geführt, und sie waren in dem verschwiegenen Zimmer gelandet, das vom milden Schein eines siebenarmigen Leuchters erhellt wurde. Auf einen beiläufigen Wink hin hatte Marcina, wie die bucklige alte Frau hieß, den Wein hereingebracht. Seitdem saßen sie schweigend in ihren Sesseln.

Jakob brachte nicht den Mut auf, Claudia unverhohlen ins Gesicht zu sehen; er wußte längst, daß die Tote Lydia, Claudias Schwester, war; vielleicht waren sie sogar Zwillinge, aber das würde er bald erfahren. Er hatte Geduld, er brauchte sie nicht zu drängen. Es genügte ihm, Claudia anzusehen und zu hoffen, daß er sie allein mit seiner Anwesenheit ein wenig trösten könnte.

Warum, so fragte er sich, hatte der Mörder nicht nur eine Hure getötet? Wollte er seiner Botschaft eine weiter gehende Bedeutung geben? Oder kam es ihm auf die Person des alten Orsini an? Oder hatte gar der Zufall seine Hände im Spiel? Nein, zufällig geschah gar nichts; ein Mörder, der bisher seine Opfer stets im Freien hinterlassen und ein bestimmtes Ritual eingehalten hatte, wechselte die Umstände seiner Morde nicht aus einer Laune heraus, sondern handelte mit Bedacht. Aus Sicht des Mörders hatte diese Tat ihren Sinn. Doch welchen?

Würde Jakob diese Frage beantworten können, wäre er der Entschlüsselung der mörderischen Botschaft einen entscheidenden Schritt näher gekommen. Wem würde der Tod des Kardinals nützen? fragte er sich und bemühte seine Kenntnisse über die politischen Zustände in Rom. Doch er kam nicht weiter als bis zu der allgemein bekannten Tatsache, daß die Familie Orsini zu den Todfeinden der Colonna gehörte. Angesichts der jüngsten Niederlagen, welche Pompeo in seinem Kampf gegen den Papst erlitten hatte, konnte man gewiß an einen Racheakt gegen treue Mitstreiter des Papstes denken; andererseits ging es Pompeo offensichtlich um die Tiara, und da stellte Aldobrandino Orsini keinerlei Konkurrenz dar. Viel eher hätte es dann Alessandro Farnese, den Kardinal von Giulias Gnaden, treffen müssen.

»Ja, sie ist meine Schwester«, flüsterte Claudia plötzlich vor sich hin und begann im nächsten Moment zu schluchzen. Der Bann war gebrochen, und die Tränen flossen über ihre Wangen. Jakob betete einen Psalm und bat Gott um Trost für die gepeinigte Frau. Schließlich tupfte Claudia sich mit einem Tuch über die Augen.

»Wer tut so etwas?« flüsterte sie.

»Ich weiß es nicht. Doch wenn Ihr mir helft, werden wir die Wahrheit herausfinden.«

Ihr Gesicht nahm einen entschlossenen Ausdruck an. »Fragt, ich werde auf alles antworten.«

»Zu wem habt Ihr Bibiana geschickt?«

»Den Namen habt Ihr von Apollonia, nicht wahr?«

Jakob nickte.

»Raimondo fragte nach einem Engel.«

»Was heißt: Er fragte nach einem Engel? Mußte es ein ganz besonderes Mädchen sein?«

»Wenn sie Engel wollen, die Purpurschnecken, dann müssen die Dirnen jung sein und wie Jungfrauen aussehen – auch wenn sie vielleicht keine mehr sind.« Claudia hielt inne, und als sie Jakob in die Augen sah, errötete sie. »Sie müssen Zutritt zu jedem Eingang gewähren, nicht nur zur Potta; ein Engel verwöhnt den Cazzi, bis der Purpurschnecke hören und sehen vergeht. Und dann wollen die Kurialen oft, daß der gefallene Engel Buße tut und Strafen auf sich nimmt.«

»Was meint Ihr damit? Quälen sie die Mädchen?«

»Es ist eine besondere Gnade, wenn ein Gesalbter des Herrn die Strafe ausspricht und selbst vollzieht; die Sünderin darf sich des vollen Ablasses sicher sein.«

»Dafür zahlen die Herren viel Geld?«

Claudia nickte und fing wieder zu weinen an. »Aber«, flüsterte sie, »ich wußte nicht, wie gemein die Herren sind; und ich hätte nie gedacht, daß einem meiner Engel ein echtes Leid geschehen könnte.«

»Wie viele Mädchen vermißt Ihr?«

»Vier.«

»Wie heißen diese vier?«

»Da ist Bibiana, die mir Apollonia geschickt hat, weil wir für Bischof Raimondo keinen Engel mehr hatten. Angefangen hat alles mit Paola, die am Ende der Tiberinsel angespült wurde; dann folgte Dora, die man im Trümmerfeld unter dem Kapitol fand, und schließlich traf es auch Tullia, die im Park in der Nähe von San Pietro in Montorio, versteckt hinter einem Wachholderbusch, entdeckt wurde. Mit jeder Toten wurde meine Angst größer, aber Fabricio hat meine Schwester beruhigt. Alles halb so schlimm, hat er gesagt, wir müßten uns keine Gedanken machen; Rom sei eben gewalttätig, und jetzt hätte es eben zufällig uns erwischt.«

Jakob rieb sich heftig das Ohrläppchen, so konzentriert war er. »Wer ist Fabricio? Wie spielten sich diese Geschäft genau ab, ich will alles wissen. – Und …« Er machte eine Pause und sah plötzlich Antonia bei Ambrogio Farnese vor sich. Das rote Seidenhemdchen kam ihm in den Sinn und Apollonias merkwürdiges Lachen, als sie sich damit gebrüstet hatte, Antonia selbst unterwiesen zu haben. »Und was ist mit Antonia?«

Claudia schaute ihm traurig in die Augen. »Ich kenne keine Antonia.«

130

»Du kennst keine Antonia?« fragte Jakob so ungläubig, als hätte Claudia behauptet, auf dem Lateran stehe keine Kirche.

»Ja. Es ist die Wahrheit, glaube mir.«

Er glaubte ihr, und weil er ihr glaubte, gab es ihm einen Stich in der Brust, als hätte ihm ein Folterknecht eine glühende Nadel durch sein Fleisch gejagt. Hatte der Mörder sich wahllos seine Opfer gesucht? War es also Zufall, daß neben Claudias Mädchen auch Antonia getötet worden war? Oder hatte Ambrogio Farnese recht, und der Mord an Antonia war gegen ihn, Jakob selbst, gerichtet?

»Glaubst du mir?« fragte Claudia leise, und dabei beugte sie sich vor und streckte ihre Arme nach seinen Fingern aus, und ehe sie sich versahen, lagen ihre Hände ineinander. Sie blickten sich an, dann nickte Jakob.

»Danke«, flüsterte Claudia.

Die Gedanken schwirrten in Jakobs Kopf wie ein wild gewordener Bienenschwarm. Weil er einerseits eine nie kannte Angst spürte und andererseits sich Claudias betörender Nähe nur zu bewußt wurde, erhob er sich und stammelte, er würde am nächsten Tag wiederkommen.

Es war ein verwirrter Blick, den Claudia ihm durch die Geheimtür in der Tapetenwand nachschickte; doch schon war Jakob auf dem mittlerweile vertrauten Weg verschwunden.

131

Das Denken Gottes

Luigi trug ein breites Grinsen zur Schau, als sie sich am Weinberg in der Laube der Braschi trafen. Serena ahnte, daß er Neuigkeiten hatte. Sie brannte darauf, alles von ihm zu erfahren, um die in den letzten zwei Wochen entstandene Mutlosigkeit zu überwinden. Nicht einen vernünftigen Anhaltspunkt hatten sie bisher gefunden, wer an Bibianas Tod schuld sein könnte. Was immer sie unternommen hatten – sie waren ins Leere gelaufen oder auf eine Mauer des Schweigens gestoßen. Die ganze Stadt schien sich gegen sie verschworen zu haben; selbst Apollonia sprach nicht mehr über die Morde, als wären sie niemals geschehen. Statt dessen drängte sie Serena, endlich für ihren und Giovannis Unterhalt zu sorgen.

Serena zitterte jeden Tag um das kleine Zimmer, in dem seit kurzem auch eine Dirne aus Sizilien schlief, und sah sich schon bei Cesare oder Luigi unterkriechen. Wenn Apollonia ihre Angst spürte, begann sie mit schnarrender Stimme die Vorteile einer guten Cortigiana aufzuzählen. Sie sei bereit, in Serenas Ausbildung zu investieren, beteuerte die Ruffiana mit einem durchtriebenen Lächeln, und bei den Anlagen, welche sie zeige, bestehe weit mehr Hoffnung auf Erfüllung als bei der immerhin begabten, aber nicht begnadeten Bibiana. Tag für Tag hatte Serena Angst, daß es mit dieser Art der Unterweisung ernst werden könnte. Sie schlief keinen Abend ein, ohne nicht mit wirklicher Hingabe zu beten und Gott anzuflehen, ihr diese Schmach zu ersparen.

»Ein kluger Mann, der manchmal mit meinem Vater spricht, hat einmal gesagt: Das Gewissen des Menschen ist das Den-

132

ken Gottes. Ein weiser Satz, findet ihr nicht?« fragte Luigi und blickte in die Runde um sich.

Serena hätte ihm am liebsten eine Ohrfeige gegeben. Was mußte er sie so auf die Folter spannen? Er war zwar der Sohn eines Monsignore und hohen Würdenträgers der Kurie, aber weder wurde er von seinem Vater anerkannt, noch wohnte er angemessen. Also versuchte er auf andere Art, ein wenig Wichtigkeit zu erlangen. Während Serena wenigstens noch ein festes Dach über dem Kopf hatte, wohnte Luigi mit seinen Freunden tatsächlich auf der Straße und suchte sich einmal in diesem Keller und einmal in jenem Schuppen einen Unterschlupf für eine Nacht oder eine Woche. Er hatte es wirklich nicht leicht, und daher zähmte sie ihre Ungeduld und dachte sogar über das Zitat nach.

»Wir haben die Stelle, an der deine Tante gefunden wurde, Tag und Nacht beobachtet«, fuhr Luigi fort, »und gestern abend ist uns ein Mann aufgefallen, der beinahe eine Stunde genau dort stand, zu dem Haselstrauch hinabblickte und ununterbrochen betete. Heißt es nicht, einen Mörder ziehe es stets an den Ort seiner Schandtaten zurück? – Jedenfalls haben wir ihn verfolgt, als er durch die Weinberge schlenderte und dabei laut mit Gott haderte. Immer wieder stellte er die Frage, warum seine Zeichen nicht erkannt würden und warum die Welt nicht aufhöre mit ihrer Schlechtigkeit. Zuerst wurde ich nicht schlau aus seinen Worten, aber als er zu jammern begann, wie schauerlich es sei, diese schlimmen Wunden zuzufügen, und er Gott inständig bat, ihm nicht noch einmal so eine Prüfung aufzuerlegen, da dämmerte es mir, daß wir den Hurenmörder verfolgten. – Sofort bedeutete ich Massimiliano, er solle sich weiter zurückziehen; auf keinen Fall durfte uns der Verdächtige entdecken; ich selbst achtete auch auf sicheren Abstand. Die Rede des Mannes wurde immer weinerlicher, und zum Schluß brach er in Schluchzen aus, warf sich auf die Erde und rief: ›Großer Gott, ich erfülle deinen Willen.‹«

133

Luigi schwieg für einen Moment, er sah mit einiger Befriedigung, daß alle wie gebannt an seinen Lippen hingen. »Nach einiger Zeit erhob er sich, strich über sein Gewand, das von einfacher Art war, und ging zielstrebig zur Porta Angelica, von dort hinauf zum vatikanischen Palast und verschwand in einem Nebengebäude, das eine Schreibstube des Datars beherbergt. Ich schickte Massimiliano auf die Rückseite des Hauses, weil ich wußte, daß es dort einen zweiten Ausgang gibt, und hielt mich selbst bei den Marmorblöcken auf, die für Sankt Peter bereitstehen. Wirklich, ich stand mir die Beine in den Bauch; es wurde dunkel, aber nichts geschah; dann hörte ich ein verdächtiges Stöhnen aus einem Fenster und bald darauf spitze Lustschreie. Ich konnte mir ein Grinsen nicht verkneifen, weil ich gar zu genau wußte, was dort oben vor sich ging; aber wie ich noch lachte, begriff ich, daß hier vielleicht eine Hure in höchster Gefahr schwebte. Zwischenzeitlich kam Massimiliano gelangweilt zu mir herüber; auf seiner Seite hatte sich nichts gerührt. Ich zog ihn neben mich und deutete zu dem Fenster hinauf; die Lustschreie ebbten ab, statt dessen vernahmen wir nun ein lautes Bußgebet. Dann erschien der Oberkörper eines Mannes im Fenster; es war nicht derjenige, den wir bis hierher verfolgt hatten, sondern ein fetter Kerl, der sich mit einem Tuch den Schweiß vom Gesicht wischte. Zum Glück waren wir hinter unseren Marmorblöcken gut versteckt. Der Fettwanst verschwand, die Vorhänge wurden zugezogen, und in dem Zimmer wurde es hell. Ich zitterte vor Ungeduld. Endlich ging die Tür auf, und eine hochgewachsene Puttana in Männerkleidung trat auf die Straße; wäre nicht der Schein einer Fackel in ihr helles Gesicht gefallen, hätte ich in ihr zunächst gar keine Frau erkannt. Erst nachdem sie einige Schritte gegangen war, sah man ihrem Hüftschwung die holde Weiblichkeit an. Dann öffnete sich die Tür erneut, und der schmale Schatten jenes Mannes, den wir bis hierher verfolgt hatten, schälte sich aus dem dunklen Türrahmen. Der Mann ging leise, ja, er schlich der Frau regelrecht nach. Massimiliano schickte ich zur Engelsburg, er sollte die Puttana überholen und an der Brücke auf sie warten; ich selbst folgte dem Schleicher, was anstrengend war, denn er wandte sich immer wieder mißtrauisch um, und manchmal konnte ich mich nur mit letzter Not in eine Nische zwängen. Aber«, Luigi lächelte selbstgefällig, »er bemerkte mich nicht. In Höhe des Hauses von Monsignore Trippa begegnete uns ein alter Kardinal, sonst war die Straße wie ausgestorben; ich wollte mich schon wundern, aber dann fiel mir ein, daß in mehreren Häusern Feste stattfanden. Mein Vater hatte damit geprotzt, eine Einladung bei den Strozzi zu haben, und im Vatikanpalast gab Casale eine Belustigung für die halbe Kurie. Der Schattenmann tat so, als sähe er den alten Kardinal nicht, und so schlichen wir grußlos auf die Engelsbrücke zu. Plötzlich fing der Mann an zu rennen, er stürzte sich auf die Dirne, packte sie um den Hals und zerrte sie zu der steilen Treppe, die von der Brücke hinunter zum Ufer führt. Sie trat mit den Beinen nach ihm und konnte sich für einen Augenblick losreißen, aber dann sprang sie der Kerl regelrecht an und stieß sie über die Treppe hinunter.«

Atemlos lauschte Serena, die Hände zu Fäusten geballt. Ebenso reglos stand Cesare da und wartete auf den Fortgang der Geschichte.

»Vor Schreck war ich ganz starr, sah aber aus den Augenwinkeln, daß Massimiliano auf der anderen Seite der Brücke zum Tiber hinunterkletterte, und hoffte inständig, er könnte das Schlimmste verhindern. Dann verschwand meine Lähmung, und ich schlich an die Treppe heran. Der Schattenmann war gerade unten angekommen und packte die Frau, die sich weinend aufrichtete und ihren Peiniger um Gnade anflehte. Er zerrte sie von der Engelsbrücke weg, hinüber zu einem Gebüsch. Dort lag das Ufer in tiefen schwarzen Schatten. Der Mann fühlte sich unbeobachtet. Ich kletterte hinunter und traf auf Massimiliano, der bereits seine Schuhe in den Händen hielt und mit hochgekrempelter Hose im Begriff war, ins

135

Wasser zu steigen. Ich nickte ihm zu, und er watete am Ufer entlang den Fluß hinauf; wir wollten den Mörder in die Zange nehmen. Ich schlich näher heran. ›Ausziehen‹, befahl der Mann der Hure. Sie gehorchte, und er fingerte an seiner Hose und hielt seinen mächtigen Schwanz in der Hand. Die Frau bekreuzigte sich. Im nächsten Moment warf der Kerl sich auf sie. Um sie am Schreien zu hindern, drückte er ihr eine Hand fest auf den Mund. Sie wehrte sich nicht, sondern ließ seine wilden Stöße über sich ergehen. Das Ganze dauerte nicht länger als ein Paternoster. Dann ließ der Kerl von der Puttana ab, stopfte sich seinen Schwanz in die Hose und zog aus der Jackentasche ein blitzendes Messer. Er sprang nach vorn und stieß zu. In diesem Augenblick warf sich ein dunkler Schatten auf den Kerl; auch ich war losgestürmt und trat ihn mit voller Wucht zwischen die Beine. Der Mistkerl stürzte. Mit riesigen Augen starrte uns die Hure an. Massimiliano und ich konnten uns aber nicht um sie kümmern; ich packte den Kopf des Verbrechers, und Massimiliano hieb ihm die Faust ins Gesicht. Wir versuchten, seine Hände zu packen und sie ihm auf den Rücken zu drehen, während die Hure ihre Kleider zusammenraffte und davonlief. Der Kerl unter uns hatte eiserne Arme, die wir nicht umbiegen konnten; ansonsten hielt er sich ruhig. Massimiliano wollte ihn seitlich anpacken, als er sich auf einmal aufbäumte, uns beide abschüttelte und aufsprang. Wir sahen ihn wie von Furien gehetzt auf die Stadt zulaufen, dann verschwand er in einer Gasse Richtung Piazza Navona. – Vorbei.«

Luigi hatte unheimlich schnell, beinahe gehetzt gesprochen; er holte tief Luft und sah Serena und Cesare enttäuscht an. »Mit anderen Worten – er ist uns entwischt.«

»Irrsinn«, flüsterte Serena; die Spannung hatte ihr die Sprache verschlagen.

»Alle meine Freunde beobachten ab heute abend den Borgo rund um die Uhr und melden mir sofort, wenn sie jemanden entdecken, auf den unsere Beschreibung von dem Wüstling

136

paßt. Ich gehe jede Wette ein, daß der Kerl im Borgo wohnt; wir werden ihn finden.«

»Einige meiner Freunde können ebenfalls mithelfen, Wache zu halten«, sagte Cesare. »Wir müßten noch mehr von dem Schwein wissen; es sieht ja so aus, als würde er die Huren bei ihren Freiern abpassen und sich danach über sie hermachen.«

»So war es bei meiner Tante auch«, bestätigte Serena.

»Es scheint, als würde er ziemlich genau wissen, welche Dirne wann bei wem ist«, sprach Cesare weiter. »Er kennt entweder die Opfer oder die Freier der Opfer gut. War die Dirne gestern auch so ein knabenhaftes Mädchen wie die Toten von Trippas Keller?«

»Ja«, erwiderte Luigi, »ich glaube, du hast recht. Der Kerl sucht sich seine Opfer wirklich genau aus, und mit den Morden möchte er etwas sagen; doch was? Und wem?«

»Das müssen wir herausbekommen«, sagte Serena und setzte sich auf die Holzbank.

»Wenn wir erfahren könnten, wo er die anderen Huren ermordet hat, könnten wir ihn vielleicht an einem der anderen Tatorte abpassen«, schlug Cesare vor.

Luigi nickte.

»Wie kommen wir an diese Informationen?« fragte Serena.

»Wir könnten den Monsignore fragen«, entgegnete Cesare. »Aber der wird uns vermutlich keine Antwort geben.«

Serena zuckte zusammen. »Ich habe eine Idee«, rief sie aufgeregt. »Es gibt einen Dominikaner, der sich ebenfalls für den Mörder interessiert. Vielleicht lohnt es sich, mit ihm zu reden.«

»Vorsicht«, sagte Luigi rasch. »Der Mörder ist ein Kleriker, wer weiß, wem man da noch trauen kann. Eine Krähe hackt der anderen kein Auge aus.«

»Ja, aber ich glaube, der Dominikaner ist ehrlich.«

»Wir schauen ihn uns an und beraten dann, wie es weitergeht. Wir dürfen nichts überstürzen.«

»Gut«, antwortete Serena, »dann machen wir uns jetzt auf

137

zum Campo de Fiori. Da ist der Mönch oft. Ihr haltet euch im Hintergrund und schaut ihn euch an. Ich werde ihn ansprechen und herausfinden, ob er immer noch nach dem Mörder meiner Tante sucht. Anschließend lotse ich ihn zu Apollonia. Hinterher sagt ihr mir, ob wir ihn einweihen wollen.«

Schweigend eilten sie zum Campo de Fiori. Dort rannte Serena beinahe in den Dominikaner hinein. Während Cesare und Massimiliano rasch in der Menge verschwanden, zupfte Serena den Mönch am Ärmel. Sie blickte ihn flehend an.

»Was ist mit dir, meine Kleine?« fragte er, und dann entspann sich ein längeres Gespräch, bis er sich endlich bereit erklärte, Serena zu Apollonia zu begleiten. Serena führte ihn in die Kammer neben dem Hauseingang, von wo Apollonia ihre Huren überwachte. Als der Mönch mit der alten Ruffiana sprach, schlich sich das Mädchen hinaus.

»Und was meint ihr?« fragte sie Cesare und Massimiliano, die ihnen gefolgt waren.

»Der Mönch scheint in Ordnung zu sein«, erwiderte Cesare, »aber wir sollten ihn heute noch nicht einweihen. Komm, laß uns zum Pozzo bianco gehen: Wir müssen den Borgo überwachen.«

Cantarella

Der Campo de Fiori erstrahlte im Schein unzähliger Fackeln und einiger hochlodernder Feuer, und im ersten Augenblick erschrak Jakob, weil er meinte, es fände eine Verbrennung auf dem Scheiterhaufen statt, doch an der ausgelassenen Stimmung des einfachen Volkes erkannte er seinen Irrtum schnell und atmete auf. Auch wenn nach der Lehre des heiligen Thomas im Feuer die reinigende Kraft lag, bedrückten Verbrennungen Jakob jedesmal, und er zog es, wann immer es ging, vor, bei diesen Hinrichtungen nicht anwesend zu sein. Zum Glück hatte er noch keiner einzigen auf dem Campo de Fiori beiwohnen müssen; das bewahrte diesem Platz für ihn seine heitere Unschuld.

Er befand sich vor dem Haus von Alexanders Konkubine, der legendären Vanozza. Der Platz sprühte vor Sinnenfreude, gleichgültig, ob morgens die Gemüsehändler oder abends die Puttani das Geviert belebten. Die Dirnen hatten hier einen ihrer Lieblingstreffpunkte, soweit sie nicht drüben in der Gegend der Piazza del Pozzo bianco ihrem Gewerbe nachgingen. Auch wenn nicht alle Freuden ohne Sünde waren, so waren die Sinnenfreuden doch von Gott gegeben und konnten als sein Geschenk angesehen werden. Jakob war von dem Besuch bei Claudia noch immer recht verwirrt, und er entschied sich, bei Giuseppe auf einen Becher Wein einzukehren. Als er auf die Schenke zustrebte, zupfte ihn jemand am Ärmel. Flehend richtete Serena ihre großen Augen auf ihn.

»Was ist mit dir, meine Kleine?« fragte Jakob.

»Hast du für mich ein paar Giuli oder wenigstens einige

Quattrini, Herr? Ich muß Apollonia ein wenig Geld geben, damit sie mich nicht auf die Straße setzt.«

»Ach, du armes Ding«, stöhnte Jakob, »wie soll ich, der ich kaum über Mittel verfüge, dir jedesmal, wenn ich auf dem Campo de Fiori bin, ein paar Münzen zustecken?«

Serena zuckte traurig mit den Achseln. Sie tat Jakob leid, und wenn er daran dachte, welches Schicksal ihr bevorstehen könnte, drehte sich ihm fast der Magen um. Engel, dachte er empört, sollen Jungfrauen sein; je jünger, desto genehmer sind sie den feinen Herren. Er griff tief in seine Tasche und zog ein Papier hervor; es war aber kein Geldschein, sondern der Brief, den Ambrogio Farnese an Giacomo Garilliati geschrieben hatte. Jakob pfiff überrascht durch die Zähne. Während er nochmals in den Tiefen seiner Tasche nach einigen Quattrini kramte, fragte er Serena beiläufig: »Kennst du ein Mädchen namens Antonia? Sie ist, wenn ich nicht irre, eine Puttana aus diesem Quartier.«

»Ich weiß nicht«, stotterte sie. »Bei Apollonia treffen sich viele Mädchen. Ich kenne nur die, die dort gemeinsam mit mir wohnen; bei den anderen weiß ich von den wenigsten die Namen. Wie sieht diese Antonia aus?«

»Sie war nett anzusehen, mit brauen Haaren und einem hübschen Gesicht mit dunklen Augen.«

»Ist sie tot?«

»Nein, wo denkst du hin?« log Jakob. »Ich habe sie nur länger nicht mehr gesehen.«

Serenas Brauen zuckten, und für einen Moment lag etwas Stechendes in ihren Augen, ehe sie auf den Boden blickte und mit leiser Stimme fragte: »Hatte sie einen Knabenkörper?«

Jakob erwiderte mißmutig: »Du fragst Sachen. Also, ich glaube, sie hatte ordentliche Brüste, doch ich bin ein deutscher Mönch, wenn du verstehst, was ich meine.«

Das Mädchen kicherte.

»Da gibt's gar nichts zu lachen«, knurrte Jakob, aber er war nicht böse, sondern eher verwundert, wie unverblümt

140

die Vierzehnjährige über Dinge sprach, die einen anständigen Mönch ins Stottern bringen mußten.

»So vom Arsch her – sah sie da eher wie ein Knabe aus?«

Jakob mußte lächeln. »Ja, von hinten sah sie wirklich wie ein Knabe aus.«

»Dann kenne ich sie. Sie ist aber seit einiger Zeit nicht mehr bei Apollonia. Ihr solltet mit Apollonia darüber reden. – Und meine Quattrini?«

Jakob hatte inzwischen einige Kupfermünzen aus der Tasche gekramt und drückte ihr zwei in die Hand.

»Den Rest«, sagte er, »brauche ich für meinen Wein. – Grüße Apollonia von mir; ich werde sie bald besuchen.«

»Warum gehst du nicht gleich?«

»Weil ich durstig bin«, erwiderte Jakob unsicher. Er hatte noch nicht darüber nachgedacht, welche Fragen er Apollonia stellen sollte. Würde sie ihm sagen, wer Antonia für den Abend bei Farnese eingeladen hatte? Hatte man Antonia gezielt für ihn ausgesucht? Wußte sie etwas über die anderen Dirnen auf Ambrogios Fest? Kannte sie den Farnese, oder gab es einen Mittelsmann? Und falls sie diese Fragen beantworten konnte, durfte er Apollonia trauen, oder war sie eine mißgünstige Kupplerin, die zu ihrem eigenen Vorteil Libelli famosi an die Häuser der Widersacherinnen anschlug? Solche Schmähschriften waren noch das geringste Übel, das sich Ruffiani und *Cortigiani* gegenseitig antaten, wenn sie aufeinander losgingen.

Jakob spürte, daß Serena ihn stumm musterte. »Also gut«, sagte er schließlich, als würde er sich in sein Schicksal ergeben. »Bringe mich zu ihr.«

Wenige Minuten später stand er in der kleinen Kammer der alten Kupplerin gegenüber und versuchte sie zu befragen, doch Apollonia stellte sich gänzlich unwissend. Nicht einmal zu Bibianas Vermittlung an Claudia wollte sie etwas sagen, und bei Antonia tat sie, als hätte sie noch nie in ihrem Leben diesen Namen gehört. Es halfen kein gutes Zureden und keine Drohungen, um sie zum Sprechen zu bewegen; Apollonia blieb stumm. Nur als Jakob schließlich mit Nachdruck sagte, sie solle gut auf Serena achtgeben, er werde sich weiterhin nach der Kleinen erkundigen, nickte sie mit einem freudigen Lächeln.

Als Jakob wieder auf die Straße trat, war Serena verschwunden. Sie schien sich während seines Gesprächs mit der Kupplerin davongemacht zu haben. Irgend jemand hatte offensichtlich in den letzten Tagen auf die alte Ruffiana eingewirkt, daß sie, die ihm zuerst mit Begeisterung die Eigenheiten des römischen Freudengewerbes erklärt hatte, plötzlich so schweigsam war wie eine Flußbarbe im Tiber. Jakob verscheuchte ein Gefühl der Angst, das sich wieder einzustellen begann, und holte den Brief Ambrogio Farneses an Giacomo Garilliati vor. Das Haus des Bankiers lag nur wenige Gehminuten entfernt unterhalb des Kapitols, und wann, wenn nicht zu früher Abendstunde, wäre der junge Prahlhans besser anzutreffen?

Jakob drehte auf dem Absatz um und machte sich ohne Zögern auf den Weg zu Garilliati.

Das breite Tor war weit geöffnet und wurde durch zwei Feuer in eisernen Rundbecken erleuchtet. Der Mönch ging an zwei wie Schützen gekleideten Lakaien vorbei und wurde ohne Nachfrage in den Palazzo eingelassen, in dessen Innenhof sich um einen trockenen Brunnen etliche Damen und Herren tummelten. Ein weißbeschürztes Mädchen reichte ihm zur Begrüßung einen Becher Wein, den er gern ergriff. Langsam begann er durch die Reihen zu schlendern und nach Garilliati Ausschau zu halten.

Dann betrat er die breite Treppe, die seitlich in das erste Geschoß des Palazzo hinaufführte; er versuchte sich nochmals den Abend in dem Freudenhaus bei der Cestius-Pyramide zu vergegenwärtigen. Der Bankier hatte ihm schräg gegenüber gesessen, Frangipane war leutselig und humorvoll gewesen, und in einer Ecke hatte es sich der glutäugige Künstler mit ei-

142

ner Dame bequem gemacht. Hatte der nicht auch ein grünes Hemd getragen? Und wie lautete dessen Name? Nein, den Künstler hatte ihm niemand vorgestellt. Schließlich war Garilliati aufgestanden. Genau in dem Moment, als Antonia sich zu ihm hinabbeugte, um ihm einen Kuß auf die Lippen zu drücken, hatte der junge Prahlhans jenen Fremden umarmt, von dem Jakob nur die Farbe des Hemds wahrgenommen hatte.

Plötzlich wäre Jakob beinahe mit Giacomo Garilliati zusammengestoßen. »Verzeihung«, murmelte er und blickte auf.

»Was tut Ihr auf meinem Fest?« fragte der Bankier erstaunt.

»Oh«, erwiderte Jakob, »mich hat Ambrogio Farnese ermutigt, zu Euch zu kommen.« Er zog den zerknitterten Brief aus der Tasche und reichte ihn dem Herrn des Hauses. Garilliati runzelte die Stirn und trat zur Wand, um im Schein einer Fackel zu lesen. »Werter Garilliati«, las er laut vor sich hin, »wenn Dir diesen Brief ein deutscher Dominikaner überbringt, gib ihm jede Summe, die er fordert; aber prüfe genau, ob es der Mönch ist, den ich meine.« Er musterte Jakob von Kopf bis Fuß. »Dem Habit nach seid Ihr Dominikaner. Kommt Ihr auch aus Deutschland?«

»Aus dem Herzogtum Bayern. Ich bin ein Schüler des päpstlichen Nuntius Doktor Johannes Eck zu Ingolstadt«, antwortete Jakob in deutscher Zunge. Der Bankier sah ihn verdutzt an. Jakob übersetzte, und Garilliati nickte.

»Wieviel wollt Ihr?« fragte er dann.

»Eintausend Scudi«, antwortete Jakob ungerührt.

Garilliati pfiff durch die Zähne. »Ihr seid lebenslustiger, als ich dachte«, bemerkte er. »Nach dem Fest bei Ambrogio, als wir uns noch bei Sybille vergnügten, seid Ihr unangemessen früh aufgebrochen.«

»Nun, ich kann, wie es sich für einen Mönch geziemt, zur rechten Zeit ein wenig fasten. Doch welch eine Freude genoß ich am nächsten Tag!«

Der Bankier lächelte. »Nun, ich will Euch gern zu Diensten

143

sein. Aber Ihr werdet verstehen, daß ich Euch die beträchtliche Summe nicht hier auf meinem Fest auszahlen kann. Außerdem warten oben im Felsensaal bereits einige Mädchen. Geht ruhig hinauf, Frangipane labt sich schon an Früchten und Wein.«

Jakob vermochte nur mit Mühe, seine Überraschung nicht zu zeigen, doch der Gastgeber hatte sich bereits mit einem höflichen Lächeln abgewandt, um über die Prachttreppe nach unten zu den ankommenden Gästen zu gehen. Jakob blieb nichts anderes, als einen Diener nach dem Felsensaal zu fragen. Als er durch eine schmale Pforte trat, schrak er zurück; er glaubte, in einer Höhle nahe eines Abgrundes zu stehen. Verwirrt blickte er sich um und entdeckte, daß alles Malerei war, aber so täuschend nach der Natur, als wäre der Saal wirklich eine Höhle und die gegenüberliegende Wand die weite Landschaft eines tiefliegenden Tales.

Jemand klopfte ihm lachend auf die Schulter. »Na, mein Freund, ist es nicht, als säßen wir hoch über Palestrina? Mein Werk ist mir gut gelungen, nicht wahr?«

Jakob fuhr herum und blickte in das Gesicht jenes Künstlers, der lüstern und glutäugig im Freudenhaus nicht von seiner Blondine hatte lassen können.

»Wohl wahr«, erwiderte Jakob und atmete durch. »Doch sagt mir, der ich aus der nördlichen Provinz komme, bitte Euren Namen.«

»Ich heiße Peruzzi.« Sein Gegenüber tat ein wenig beleidigt, weil Jakob ihn nicht kannte, und lachte dann. »Aber du kannst mich Baldassare nennen. Du solltest erst einmal mit nach Trastevere kommen; dort habe ich dem Chigi eine Villa gebaut und ausgemalt, da meinst du, du stehst in einer Säulenhalle zu Athen. Doch sag, lieber Pater, wirst du heute länger bleiben oder uns wieder vor der Zeit verlassen? Dein Mädchen neulich sah sehr traurig aus; du hast die Jungfrau wachgeküßt und dann das Festmahl vergessen. – Ein hübsches Ding, übrigens; schade, daß ich Tadea an der Angel hatte, aber da konnte

144

ich ja noch nicht wissen, daß sie eine Enttäuschung sein würde.«

»Mir war«, unterbrach Jakob seinen Redefluß, »als hätte sich Antonia rasch anderweitig getröstet.«

»Stimmt. Auf Giacomos Freunde ist Verlaß. Der gute Carlos war dir, glaube ich, wirklich dankbar, daß du ihm deine Muse überlassen hast. – Vielleicht kommt die Kleine heute auch, wer weiß. Du entschuldigst mich?« Baldassare schlüpft aus dem Saal; anscheinend hatte er einen anderen Bekannten entdeckt.

Im nächsten Moment hörte Jakob, daß jemand nach ihm rief, und sah, wie ihm aus einer Ecke, die einer Felsengrotte zum Verwechseln ähnlich sah, gewinkt wurde. Frangipane saß in weltlicher Kleidung auf einem Sofa zwischen zwei jungen Dirnen. Der Bischof lachte und bedeutete Jakob, sich neben ihn zu setzen. »Wie geht es dir, Jakobus? Bist du zu neuen Erkenntnissen gelangt?«

»Von welchen Erkenntnissen sprecht Ihr?« fragte Jakob unsicher.

»Du wolltest doch die Schönheit der Damen mit dem Mund erkunden«, spottete Frangipane, »und bist neulich nach der ersten Etappe in den Camposanto geflüchtet. Haben dir die Lippen gebrannt?«

»In der Tat, Exzellenz«, Jakob verneigte sich vor dem Bischof, »schmeckte die Vorspeise so süß, daß ich, davon gesättigt, die weitere Ungeduld bezähmen konnte bis zur folgenden Nacht; was dann kam, mundete vorzüglich.«

»Ihr Deutschen seid ein seltsames Völkchen; erst gestern sprach ich mit Trippa über euch. Doch heute zierst du dich hoffentlich nicht. Essen und Trinken schmeckt in Gesellschaft am besten.«

Jakob lächelte und rieb sich die Hände, was Frangipane für Zustimmung nahm. In Wahrheit überlegte Jakob, wie ihm am besten die Flucht gelingen könnte.

»Setz dich und wähle zwischen Cornelia und Flaminia; rot oder schwarz, was ist deine Farbe?«

»Exzellenz, die Wahl liegt wie stets bei Euch, denn ich bin ein geringer Diener und in diesen Dingen, in denen Ihr Meister seid, nur Euer Famulus.«

Dem Bischof gefiel die Schmeichelei. Gönnerhaft schob er ihm die Rothaarige zu, deren Augen wild funkelten, aus Wut auf ihn, wie Jakob argwöhnte. Gewiß wäre die Hure gern beim Bischof geblieben und ärgerte sich nun, einem einfachen Mönch zugesellt zu werden, der offensichtlich in Liebesangelegenheiten wenig bewandert war. Doch sie schlug rasch die Augen nieder, schlang lächelnd ihre langen Arme um Jakob und näherte ihren Mund seinen Lippen.

Rasch trat Jakob gegen Frangipane vor, kniete nieder und küßte dem Bischof den Ring, um der Rothaarigen zu entgehen. Frangipane fühlte sich wiederum geschmeichelt und legte in einem Anflug von Vertraulichkeit seine Hände auf Jakobs Schultern. Währenddessen überlegte Jakob fieberhaft, was er tun sollte. Er mußte nicht nur der Erwartung des Bischofs, der wiederum mit Trippa auf vertrautem Fuß stand, gerecht werden, sondern auch in den Augen dieses Lüstlings Peruzzi bestehen und sich vor Garilliati beweisen, der offensichtlich bereit war, Jakob den riesigen Betrag von eintausend Scudi auszuzahlen, weil er glaubte, Jakob benötige das Geld für erotische Abenteuer.

Jakob erhob sich, als Frangipane seine Hand zurückzog. Flaminia lächelte ihn erwartungsvoll an. Jakob faßte sie um die Hüften und führte sie zu der Wand, die in eine täuschend echt aussehende Ebene hinauszuweisen schien.

»Siehst du, wie gekonnt hier der Eindruck entsteht, dies wäre Landschaft«, erklärte er mit belegter Stimme und ärgerte sich darüber, daß seine Worte alles andere als geistreich klangen. Die Rothhaarige nickte und preßte ihre Hüfte gegen seinen Oberschenkel.

Zum Glück betrat Baldassare nun den Felsensaal und führte einige patrizische Jünglinge und mehrere Huren im Schlepptau. Sie stürmten auf die Wand zu und bestaunten das Werk

146

des Künstlers, was Baldassare dazu aufstachelte, einige Anekdoten zum besten zu geben. Die Jünglinge und Dirnen hingen förmlich an Peruzzis Lippen, und wenn ihm eine Szene besonders gelang, klatschten alle begeistert. Baldassare besaß dramatisches Talent. Nebenbei erfuhr Jakob, daß er seine Kunst auch als Bühnenmaler umsetzte; die vielfach bestaunte Dekoration zu Bibienas Aufführung von *Calandria* in Urbino hatte kein geringerer als Peruzzi gemalt, der sich seit Jahren im Glanz der Bauhütte von Sankt Peter sonnte, die er in der Nachfolge von Raffael leitete. Er verstand Sinnlichkeit und Komik miteinander zu kombinieren, und seine Geschichten waren ebenso nach dem Geschmack der Gäste wie seine Malerei.

»Fürwahr«, rief er lachend im Kreis seiner Freunde und Bewunderer, »solch ein Gemälde herzustellen ist beinahe so ein Vergnügen, wie mit hübschen Jungfrauen und Jünglingen auf der Wiese zu liegen und besten Wein zu genießen. Der Buonarroti dagegen mußte verdammte Buße tun, damit der alte Julius, Gott habe ihn selig, ihr Zerwürfnis befriedete; ich selbst habe den Griesgram im Gewölbe der Sixtina fluchen hören über die unwürdigen Umstände, sich auf dem zugigen Holzgestell Rücken und Arme zu verkrümmen, und wenn ihm Farbe ins Gesicht kleckste, brüllte er seinen Zorn hinaus. ›Unwürdig ist es der Schöpfung, gemalt zu werden‹, maulte er, als wir uns bei Bramante über neue Pläne für Sankt Peter trafen. ›Die Schöpfung gehört in Marmor gemeißelt wie mein David. – Und du‹, wobei er mit blutunterlaufenen Augen auf meinen Lehrmeister starrte, ›hast mir das eingebrockt, daß ich mich solcherart erniedrigen muß!‹«

Peruzzi rieb sich lachend die Hände, doch dann wurde er ernst und pathetisch: »Aber was, meine Freunde, hat Michelangelos großer Geist erreicht! Wie gemäßigt hat er die Überfülle seiner Kraft und so der Malerei ein plastisches Gleichgewicht gegeben! Es ist, als hätte das Genie fluchend und zürnend dort oben im Gewölbe Gott selbst die Hand geliehen, um das Größte zu malen, was je von menschlicher Farbe gestaltet wurde!« Baldassare breitete die Arme aus wie ein Priester und schwieg abrupt. Was für eine Lobrede auf den Maler Michelangelo, der eigentlich nur Bildhauer und Baumeister sein wollte!

Stumm und staunend umringten Jünglinge und Jungfrauen den immer noch schweigenden Maler, dessen Miene sich allmählich wandelte; ein Lächeln schlich sich auf seine Lippen. »Und unser lieber Bramante kochte, als er die Sixtina sah! Da hatte er gehofft, das auffliegende Genie des Toskaners zurechtstutzen und den wunderbaren Bildhauer als Maler bloßstellen zu können, und dann erweist sich Buonarroti als Triumphator.«

Die Traube um Baldassare Peruzzi war immer größer geworden. Auf einmal entdeckte Jakob in der Schar derer, die dem Künstler an den Lippen hingen, jenen Fremden aus dem Freudenhaus, den Garilliati umarmt und den Peruzzi Carlos genannt hatte. Unauffällig trat er an den jungen Mann heran.

»Ist es dir möglich, Carlos, mich auf ein paar Worte in eine ruhige Ecke zu begleiten?« flüsterte Jakob, als er sich neben ihn geschoben hatte.

Der Jüngling sah ihn erstaunt an. »Was kann ich für Euch tun, Bruder?«

»Einige Antworten kannst du mir geben, Carlos; wenn wir es im stillen machen, erspart es dir einen Besuch in der Casa Santa.«

Carlos erbleichte.

»Kommst du mit mir?« fragte Jakob mit drohendem Unterton in der Stimme.

Er nickte. Sie verließen unbeobachtet den Haufen um Peruzzi, gingen zur Pforte des Felsensaals und schlüpften zur Tür hinaus. Draußen zog Jakob den jungen Mann in eine Nische am anderen Ende des Flurs, wo sie weder von der Tür des Felsensaals noch von der Treppe her gesehen werden konnten.

»Vor ungefähr zwei Wochen warst du in einem Haus nahe

der Cestius-Pyramide, das der Sybille gehört. Ich war dort mit einem süßen Engel namens Antonia«, flüsterte Jakob und achtete auf jede Regung in Carlos' Gesicht. »Mein Engel«, fuhr Jakob fort und zwang sich zu jener derben Sprache, die er bei Serena vernommen hatte, »besaß einen Knabenarsch und süße Brüste; du erinnerst dich an sie?«

»Sie kochte über vor Lust«, erwiderte Carlos und lächelte bei der Erinnerung.

»Was hast du mit ihr gemacht, nachdem ich gegangen war?«

»Oh, wir haben uns ein wenig erhitzt, bis wir uns fast die Kleider vom Leib rissen; aber jenes Haus verfügt über mehr Moral, als man annehmen möchte, und diesen Bischof, der hier im Felsensaal auf dem Diwan liegt, hatten wir auch am Tisch; jedenfalls mochte ich mir im Kreise dieser Leute zwar gern Appetit holen, aber es reizte mich nicht, dort den Hunger zu stillen. Daher verließ ich das Haus irgendwann mit der Kleinen. Doch sie drückte sich so aufreizend an mich und packte mich mitten auf der Straße so ungeniert an den Oliven, daß wir nicht weiter als bis Santa Maria del Priorato kamen; dort gibt es einen kleinen Park; wir schlugen uns in die Büsche und fielen übereinander her ...« Der Jüngling verstummte abrupt.

»Sprich weiter!« forderte Jakob ihn auf. »Was geschah dann?«

»Ich hatte gerade mein Werk vollbracht, als sich hinter mir ein Schatten aus dem Gebüsch löste. Ich erschrak. Der Schatten kam näher. Hastig schlüpfte ich in meine Hosen. Ich hatte weder Schwert noch Messer bei mir. Also warf ich mir mein Wams über und lief davon. Nach zwei Dutzend Schritten verharrte ich kurz und drehte mich noch einmal um. Ich sah, wie der Schatten sich dem armen Mädchen näherte, dann hörte ich einen Klagelaut. Ich wollte schon umkehren, doch dann, ich gestehe es, trieb mich meine Angst davon. Ich rannte zum Tiber hinüber und am Ufer entlang, bis ich am Marcellus-Theater auf eine Gruppe Spanier traf, wo bereits der Weinschlauch kreiste.« Er hielt inne; seine Mundwinkel zuckten. »Ich weiß, ich habe mich nicht besonders galant verhalten. – Ist der Kleinen etwas geschehen?«

»Beschwörst du, was du mir eben erzählt?«

»Mein Gott, ja, ich beschwöre es.«

»Wo finde ich dich, wenn ich dich brauche?«

»Im Palazzo Colonna; ich bin Offizier der Palastwache.«

»Wie lautet dein ganzer Name?«

»Carlos Nunez.«

»Gut. – Über unser Gespräch kein Wort. Die Ermittlungen der *Inquisitio haereticae pravitatis* sind streng geheim. Wer sich falsch verhält, der lernt die Casa Santa kennen.«

»Ich bin schweigsam wie ein Grab«, flüsterte Carlos erschrocken; die Spanier kannten die Inquisition genau und fürchteten sie mehr als alles andere.

Jakob verspürte eine Art Hochstimmung, als er in den Felsensaal zurückkehrte. Er hatte bei Garilliati schon mehr erfahren, als er sich erhofft hatte. Nun fühlte er sich sogar der Herausforderung gewachsen, die in Gestalt der rothaarigen Flaminia auf ihn warten mochte. Das alles, dachte er und sprach sich Mut zu, dient ausschließlich der Wahrheitsfindung; der höhere Zweck entschuldigt die niederen Mittel. Lächelnd trat er auf die Hure zu, umarmte sie und suchte, ohne zu zögern, ihre Lippen.

»Bravo!« Frangipane lachte lauthals. »Komm, laß uns von den Köstlichkeiten naschen und dabei plaudern; ich dachte schon, du hättest wieder einmal das Weite gesucht.«

Jakob wandte sich dem Bischof zu.

»Ja, ich habe gar nicht gewußt, was ich von dir halten soll. Ihr Dominikaner seid ziemlich dogmatisch, wenn ich das so sagen darf, vor allem ihr Deutschen – obwohl uns ein Franziskaner die meisten Schwierigkeiten bereitet.« Frangipane lachte erneut. »Wenn du wieder geflohen wärst, hätte ich dir nicht mehr glauben können, daß du Interesse an Engeln hast. Das sähest du genauso, habe ich recht?«

150

»Nun«, Jakob rang die Hände, »im Gegensatz zu Euch bin ich ungeübt bei den Hetären, Exzellenz. Nichts wäre mir willkommener als Eure wohlwollende Führung.«

Statt einer Antwort faßte Frangipane Jakob an der Schulter und zog ihn zurück auf den Diwan; in dieser väterlichen Geste lag etwas Verschwörerisches. Jakob wurde die bedrückende Nähe zum Bischof unangenehm, doch nun hatte er den Vorsatz gefaßt, auf diese verdeckte Weise der Wahrheit ans Licht zu verhelfen. Der Bischof roch aus dem Mund wie ein drei Tage alter Fisch; daher wandte sich Jakob wieder ein wenig mehr Flaminia zu, als Diener zwei große Kupferplatten brachten und auf Holzgestelle legten, auf denen bereits einige Köstlichkeiten angerichtet waren. Besonders delikat sah ein aus feinen geschichteten Steinpilzen angerichteter Salat aus.

Ein zweiter Diener näherte sich und schenkte Frangipane aus einem irdenen Krug Wein in seinen Becher. Jakob bedeutete dem Lakaien, auch ihn zu bedenken, doch der Mann tat, als hätte er sein Zeichen nicht bemerkt. Statt Jakob einen Becher zu kredenzen, drehte er sich um und eilte überaus hastig davon.

Frangipane hatte den Becher bereits zum Mund geführt und am Wein genippt, als Jakob auffiel, daß dem Diener dicker Schweiß auf der Stirn gestanden hatte, als würde er vor Angst beinahe umkommen. Mit einem Satz sprang Jakob auf und entriß dem Bischof den Becher.

»Was fällt dir ein, Mönch?« Frangipane war ehrlich entrüstet

»Verzeiht, mein Bischof, aber ich fürchte um Euer Leben. Der Wein könnte vergiftet sein«, erwiderte Jakob atemlos und rannte, den Becher in der Hand, dem Diener nach; doch der Bursche hatte den Felsensaal längst verlassen und war im Getümmel verschwunden.

Unschlüssig stand Jakob vor der Treppe; den Becher hielt er immer noch in der Hand, als Frangipane neben ihm auftauchte.

151

»Wie kommst du zu deiner Vermutung, jemand könnte mich vergiften wollen?« fragte der Bischof mit zitternder Stimme.

»Nun, ich bin mir keineswegs sicher, aber der Diener benahm sich in meinen Augen verdächtig. – Geht es Euch gut?«

Frangipane nickte. Er schien sich zu beruhigen. »Du siehst Gespenster, mein Sohn.«

»Mag sein, aber es ist besser, ich sehe Geister als Tote. – Schaut, da unten liegt ein Hund; dem werde ich ein wenig von dem Wein geben. Dann werden wir bald sehen, ob alles in Ordnung ist.«

Frangipane schüttelte belustigt den Kopf und begleitete Jakob die Treppe hinunter. Neben dem Tor lag ein schwarzer, zottiger Hund, der mit einem Lederriemen an einen Haken gebunden war. Als er Jakob auf sich zukommen sah, erhob er sich, knurrte und zog die Lefzen hoch. Ein guter Wachhund, dachte Jakob, er wird aus meiner Hand nichts annehmen. Trotzdem hielt er ihm den Weinbecher hin, und zu seiner Überraschung schlabberte der Hund mit einer immer länger werdenden Zunge gierig nach der Flüssigkeit. Das durstige Tier vergrub seine Schnauze beinahe in dem Becher.

»Willst dir mit meinem guten Wein einen Hund heranziehen«, lästerte der Bischof und wollte schon kehrtmachen, als der Hund auf einmal zu winseln begann und sich hinlegte. Schwer hob und senkte sich der Brustkorb des Tieres. Sein Winseln schwoll zu einem Jaulen an, daß alle Gäste im Hof zu ihnen herüberblickten. Weißer Schaum quoll aus dem Hundemaul. Das Tier wimmerte und schlug mit der Rute den Boden, zuerst schnell, dann langsamer und langsamer. Zuletzt stieß die gequälte Kreatur ein pfeifendes Winseln aus, das durch Mark und Bein ging, erzitterte am ganzen Leib, streckte sich lang aus und verschied.

Frangipane war zunehmend blasser geworden; mit Schweißperlen auf der Stirn und vor Schreck geweiteten Augen verfolgte er den Todeskampf des Hundes.

152

»Mir wird übel«, keuchte er dann und übergab sich. Jakob stützte ihn und führte ihn auf eine Steinbank im Hof. Einen Augenblick später stand Garilliati bei ihnen.

»Was ist geschehen?« fragte ihr Gastgeber besorgt.

»Exzellenz hat Verdorbenes genossen. Wir brauchen einen Medicus.«

»Nein«, raunte Frangipane. »Bringt mich zum Borgo. Bitte, Jakobus.« In seinen Augen lag ein angsterfülltes Flehen.

»Gewiß«, erwiderte Jakob und schob seine massige Schulter unter Frangipanes Achsel.

Garilliati schnippte mit den Fingern, und sofort tauchten drei seiner Wachleute auf. »Begleitet Exzellenz Frangipane zu seinem Haus«, wies er sie an und trat nah zu Jakob. »Sorgt, daß er gut in sein Haus gelangt, und sucht mich morgen vor der Vesper auf, dann bekommt ihr das Geld.«

Jakob nickte und verließ mit dem stöhnenden Bischof das Fest. Er war froh, daß sie von den drei Söldnern begleitet wurden. Mit einem kranken Mann an der Seite konnte man in Rom nachts leicht zum Opfer eines Überfalls werden. Allerdings wunderte er sich, daß Garilliati ihnen keine Kutsche zur Verfügung gestellt hatte. Plötzlich wurde Claudias Bild vor seinen Augen lebendig, wie sie ihn vor wenigen Stunden hochmütig nach einer Kutsche gefragt hatte. Auffällig, wie sehr sich ihr Verhalten ihm gegenüber verändert hatte, kaum hatte sie ihre tote Schwester gesehen. Kein Hochmut mehr, keine Zurückweisung; das Leid hatte ihr Herz geöffnet. Konnte eine gute Seele Kurtisane und Kupplerin sein?

Mit dem Bischof an seiner Seite, der langsam wieder zu Kräften kam, schritt Jakob über die schmucklose Brücke vor der Engelsburg. Zwei der Söldner gingen voraus, denn die Brücke war schmal und bot Gesindel eine gute Gelegenheit für einen Überfall. Der dritte Wachmann stützte Frangipane. Unbehelligt gelangten sie an das andere Ufer und erreichten Frangipanes Haus, das nur zwei Eingänge von Trippas Unterkunft entfernt lag. Auf ihr Klopfen öffnete ein junger Kaplan die Tür, der sich sogleich des Kranken annahm. Garilliatis Söldner kehrten zurück.

Jakob nickte dem Kaplan zu. Gemeinsam führten sie Frangipane in dessen Schlafgemach.

»Was ist geschehen?« fragte der Kaplan voller Unruhe.

»Der Bischof ist knapp einem Giftanschlag entkommen«, antwortete Jakob knapp.

Mit vereinten Kräften legten sie den Bischof auf sein Bett. »Wir sollten einen Medicus holen.«

Jakob nickte: »Schickt nach Monsignore Trippa; er soll Moncada kommen lassen.«

Ehe Jakob den Kaplan nach seinem Namen fragen konnte, war er mit dem Bischof allein, der wie ein Häuflein Elend auf dem Bett lag. Frangipane schaute ihn an. Seine Augen wirkten trüb.

»Danke«, krächzte er und wollte offenbar etwas hinzufügen, das ihm nur schwer über die Lippen kam, als sein Sekretär zurück ins Zimmer stürmte und von Jakob mit flackerndem Blick einen Bericht verlangte. Sein Haar hing ihm wirr ins Gesicht, seine Mundwinkel zuckten, und unablässig leckte er sich mit der Zunge über die Lippen. Eine seltsame Wirkung ging von ihm aus. Wie jener sogenannte Narr Christi, dachte Jakob, den der Pöbel vor einiger Zeit am Zirkus Maximus erschlagen hatte, aber das mochte an der Aufregung über den verletzten Herrn liegen. Jakob erzählte von dem verdächtigen Diener mit dem Weinkrug und dem armen Hund. Als er den Todeskampf des Tieres schilderte, traten dem Kaplan Tränen in die Augen.

»Ich gestehe«, schluchzte er, »daß mich von allen Geschöpfen Gottes das Schicksal eines Hundes immer besonders anrührt.«

»Wie lautet Euer Name?« fragte Jakob und strich dem Geistlichen tröstend über die Schulter.

»Ich heiße Ennea und bin der persönliche Sekretär des Bischofs.« Der Geistliche wischte sich über das Gesicht.

154

Im nächsten Augenblick pochte es unten an die Tür, und gemeinsam stürmten Trippa und Moncada ins Haus. Der Medicus ließ sich von Jakob nochmals in allen Einzelheiten den Todeskampf des Hundes schildern, woraufhin Ennea fluchtartig den Raum verließ; noch einmal mochte er sich die Geschichte dieses Leidens nicht anhören. Moncadas Gesicht wurde ernst. Er zerrieb einige Kräuterblätter in eine Schale mit Wasser, gebot Jakob, Frangipane etwas anzuheben, und flößte dem Kranken den Trunk ein. Dann fühlte er den Puls an Handgelenk und Hals, prüfte die Temperatur an der Stirn durch Handauflegen und betrachtete die herausgestreckte Zunge. Frangipane schien sich rasch zu erholen; wie die Morgenröte die Sonne flieht, so wich die Bleiche aus seinem Gesicht.

»Cantarella«, bemerkte Moncada und legte Frangipane respektlos die Hand auf die Schulter. »Gut, daß Ihr gekotzt habt. Ihr habt eine Konstitution wie Cesare Borgia; außer ihm selbst überstanden die wenigsten sein giftiges Gebräu.«

Jakob erblaßte, doch Frangipane konnte schon wieder lächeln. »Schade«, sagte er und zwinkerte Jakob verschwörerisch zu, »daß ich mich nicht mehr an Garilliatis Früchte laben konnte.«

»Ihr solltet vor morgen Mittag nichts essen außer diesen Kohleklumpen, Exzellenz«, bemerkte der Medicus mit ernstem Timbre in seiner Stimme. »Die Kohle saugt, so habe ich es von einem maurischen Physicus gelernt, das Teufelsgebräu von Arsenicum auf. Da Ihr nicht mehr viel im Magen haben werdet, ist bis morgen alles überstanden.«

»Doch nun sagt«, meldete sich Trippa zu Wort, »wer Euch nach dem Leben trachtet?«

»Das, lieber Monsignore, sollst du mir beantworten«, erwiderte der Bischof. In seiner Stimme lag die Selbstsicherheit des Kirchenfürsten, für den es eine Selbstverständlichkeit war, einem anderen Befehle zu erteilen.

Trippas kalte Augen blitzten, und Jakob befürchtete, der

Kanzleinotar könnte jeden Augenblick explodieren wie chinesisches Schwarzpulver, doch Trippas Antlitz glättete sich, und er entgegnete mit süßlicher Stimme: »Jawohl, Euer Exzellenz.«

Frangipane winkte Jakob mit dem Zeigefinger zu sich heran und bedeutete ihm, das Ohr seinem Mund nahe zu bringen. »Du kannst morgen nach Sonnenaufgang kommen, ich glaube, es ist gut, wenn wir uns unterhalten. Den Monsignore will ich so schnell nicht mehr sehen, er ist mir nicht geheuer.« Dabei packte der Bischof Jakobs Hand und drückte sie; dann bedeutete er allen drei, ihn nun in Ruhe schlafen zu lassen.

Trippa, Moncada und Jakob verließen das Schlafgemach mit ratlosen Mienen. An der Tür stand Ennea, der Kaplan, und verabschiedete sie, indem er jedem einzelnen die Hand reichte. Sein Schatten aber, vom Vollmond gegen die weiße Wand geworfen, bot ein unheimliches Bild.

Auf der Straße blickten sie hinunter zur Engelsburg, die trutzig im Mondlicht schimmerte; der Himmel war sternenklar, und es schien, als könne man in den Himmel hineinfallen, so dunkel und geheimnisvoll war es um die Sterne herum; und vom vollen Mond mochte man meinen, er sei eine riesige Silberkugel.

Trippa bemerkte, die Cantarella stamme gewiß von Fabricio Casale. Seltsam, bisher hatte Trippa diesen Namen in Jakobs Gegenwart noch nie erwähnt.

»Wer ist dieser Casale?« fragte Jakob und gab seiner Stimme einen erstaunten Klang.

»Du kennst Casale nicht«, fragte Trippa zurück, und Jakob meinte, in Trippas Stimme eine Spur von Enttäuschung zu vernehmen.

»Mir ist dieser Name nie begegnet«, log Jakob. »Habt Ihr mir wichtige Informationen verheimlicht? Auch Ihr nanntet den Namen nie.«

Trippa blickte zu Boden; er trug feine, spitze Lederschuhe

156

nach der neuesten Art, die so schwarz poliert waren, daß sie im Mondlicht glänzten. »Ich wollte dich nicht beeinflussen«, antwortete er, »wollte nicht, daß du voreingenommen bist. Wir müssen Fabricio Casale beobachten; er hat überall seine Finger im Spiel.«

»Auch bei den Engeln?«

Der Monsignore nickte. »Laß uns morgen nachmittag die Angelegenheit beraten. Jetzt bedarf ich der Nachtruhe.« Dann schritt er auf den Passetto zu und verschwand in seinem Haus. Moncada sah ihm nach und murmelte, er sei ebenfalls müde.

Jakob blieb allein zurück. Der Tag hatte ihm so viel Aufregung gebracht, daß es ihm guttat, ohne Begleitung zum Camposanto zu schlendern, die Gedanken zu ordnen und sich dann niederzulegen. Seine Füße waren schwer wie Blei, und er konnte kaum noch die Augen aufhalten.

Doch als er auf der einfachen Holzpritsche in seiner engen Zelle lag, schien der Vollmond durch die Fensterscharte genau in sein Gesicht. Jakob träumte mit offenen Augen, er träumte von Claudia. Die Tränen in ihren Augenwinkeln hatten ihn angerührt und sie für ihn weit über den Status einer Kupplerin und Kurtisane hinausgehoben. Ihr tiefempfundener Schmerz machte sie für Jakob zu einer ganz besonderen Frau, auch wenn er sich ihrer Koketterie bewußt war und nicht vergaß, daß sie stets mit ihrer Wirkung auf Männer spielte. Ein warmes Gefühl breitete sich in ihm aus, als litte er an einem sanften Fieber, und eine sanfte Stimme sang in seinem Kopf.

Es dauerte lange, bis er endlich einschlafen konnte.

Stunden später erwachte Jakob wie aus einer tiefen Ohnmacht. Erschrocken verließ er seine Zelle und ging hinab zum Brunnen, wo er seinen Kopf in kaltes Wasser tauchte. Ohne daran zu denken, daß ihn Frangipane für den Vormittag zu sich gebeten hatte, ging Jakob hinüber zu Trippa und traf den Kanzleinotar in seiner Schreibstube an.

Wie gewöhnlich herrschte ein geschäftiges Treiben; an jedem

Pult stand ein Schreiber und schrieb oder siegelte vor den Augen des Bittstellers; dann wurden die Giuli und Scudi in die Bastkörbe gezählt und die Urkunden in Empfang genommen. Stimmen schwirrten durch den Raum, weil dieser Petent sein Anliegen lang und breit erklärte, jener den Schreiber mit Nachfragen behelligte. Der Monsignore selbst stand in einer düsteren Ecke und beriet sich mit einem Bischof, den Jakob nicht kannte. Als Trippa seiner gewahr wurde, huschte ein Schatten über sein Gesicht, doch dann verzog er die dünnen Lippen sogar zu einem Lächeln; herrisch winkte er Jakob herbei.

»Exzellenz«, sagte Trippa, und in seiner Stimme lag eine so ausgesuchte Freundlichkeit, daß Jakob vermeinte, deren Falschheit müsse der Dümmste erkennen. Doch der Bischof erkannte sie offensichtlich nicht. »Darf ich Euch«, fuhr Trippa fort, »einen deutschen Dominikaner vorstellen, der von dem bayerischen Nuntius Doktor Eck kommt? Er ist allerdings …«, der Monsignore zögerte mit einem Augenzwinkern, »… im Fleische weniger dogmatisch als die meisten Deutschen.«

Jakob verneigte sich vor dem Bischof und ergriff die hingestreckte Hand, um den funkelnden Smaragd zu küssen.

»Dein Kuß«, ergänzte Trippa, zu Jakob gewandt, »galt dem Bischof von Rapolla, seiner Exzellenz Raimondo Senili.«

Jakob zuckte unwillkürlich zusammen und hoffte, der Bischof möge seine Reaktion nicht wahrgenommen haben. Hatte nicht Claudia von einem Bischof Raimondo gesprochen, den Bibiana an ihrem letzten Abend besucht hatte?

»Es ist mir ein Vergnügen.« Jakob lächelte den Bischof an, der seine scheinbare Freundlichkeit seinerseits mit einem Lächeln quittierte und sich erkundigte, welche Feste Jakob in letzter Zeit besucht hatte.

Jakob wehrte bescheiden ab. »Ich bin sehr beschäftigt, da ich in Santa Maria dell' Anima die Messe lese. Nur bei Ambrogio Farnese befand ich mich vor zwei Wochen und gestern bei Giacomo Garilliati.«

Bischof Senili nickte anerkennend. »Dann solltest du in

zwei Wochen keinesfalls des Essen bei Agostino Chigi versäumen; er will einen Ausblick auf den Karneval geben.«

»Wer wird dieses Fest schon versäumen?« mischte sich Trippa ein. »Dort werden wir uns alle treffen, die wir Rom unsere Heimat nennen. Doch nun, Exzellenz, erlaubt mir, daß ich Euch den Dominikaner entführe, denn wir wollen eine Disputatio zur Frage des freien Willens vorbereiten.«

»Ja«, der Bischof lachte, »neben das Vergnügen hat der Herr die Arbeit gesetzt. Ich empfehle mich, Trippa.« Er zog eine Augenbraue hoch, neigte leicht den Kopf und ging hinaus.

»Nach dem Mittag habe ich gesagt«, knurrte Trippa ungehalten, als sie die Schreibstube verließen und in seine private Schreibkammer traten. »Ich habe heute viel zu tun.«

»Wir müssen uns über die neuesten Vorkommnisse austauschen«, entgegnete Jakob gereizt.

»Ja«, gab Trippa zu, »wir werden nicht mehr lange Gelegenheit haben, die Morde unter uns zu erörtern. Die Nachricht von Orsinis Tod scheint durchgesickert zu sein. Wir kommen an einem Verfahren beim Governatore kaum vorbei. Haben deine Befragungen etwas ergeben?«

»Nein; niemand will etwas gesehen oder gehört haben, und auch das Mädchen mag keiner kennen.«

»Du mußt tiefer in die Kreise der Lüstlinge eindringen, mein Freund. Halte dich an Senili, den habe ich in Verdacht, daß er über die jungen Frauen etwas wissen könnte. Allerdings paßt die tote Hure von Aldobrandino nicht ins Bild. Sie ist älter als die bisherigen Opfer und ein gänzlich anderer Typus Frau. Ich werde den Verdacht nicht los, daß es hier weniger um die Hure als um Orsini ging.«

»Allerdings war die Art und Weise, wie die Tat ausgeführt wurde, identisch«, wandte Jakob ein.

Trippa nickte. »Irgend jemand könnte sich die Taten unseres Verrückten zunutze machen, um sich und seine Motive mit dieser Methode zu tarnen. Wenn jemand aus dem Klerus mordet, stellt er es meistens sehr geschickt an.«

Um nachzudenken, zog es Jakob wieder zur Engelsbrücke. Er blickte in das trübe grüne Wasser des Tiber hinab. Keine dreißig Schritt entfernt befand sich das Gebüsch, in dem sie Bibiana gefunden hatten. Lag das wirklich erst zwanzig Tage zurück? Jakob kam es wie eine Ewigkeit vor. Seit jenem Morgen hatte sich sein Leben verändert. Ihm war, als hätte er die Unschuld verloren. Er sah Rom nicht mehr mit den Augen des Pilgers, der sich an den vielen heiligen Stätten erfreute, sondern nüchtern wie ein Römer, wenngleich ohne jene Liebe zu der Stadt, die man nur aufbrachte, wenn man in ihr geboren war.

Ihm schien, als könne er die Vergangenheit schauen, und er sah den Triumphzug des frisch gekrönten Giovanni Medici. Wer hätte gedacht, daß aus dem scheinbar todkranken Kirchenfürsten aus Florenz, der von seinem Wundarzt im Konklave an einer unheilbaren Fistel operiert worden war, Leo X. werden sollte, der den Prunk eines Julius auf die Spitze trieb? Aus dem Exil war er zurückgekehrt, und sein Freund Petrucci hatte ihm vor der Engelsbrücke einen Triumphbogen errichtet und die Brücke selbst mit kostbaren Teppichen ausgekleidet, über die der Krönungszug des Papstes in ehrwürdiger Reihe schritt. Fontänen von Wasser und Wein, als versinnbildliche sich die Hochzeit von Kanaan, ergossen sich aus den Kugeln der Medici, und hinter dem schwitzenden Papst warfen der Kammerherr und seine Diener Gold und Silbermünzen unter das Spalier stehende Volk. Erdrückt von der Last der Tiara und dem Brokat seiner Kleider, hielt das Gefühl seiner Herrlichkeit Leo, der eben noch Giovanni Medici gewesen war, aufrecht, und er hielt durch bis zum Lateran, wo er festlich speiste, kehrte durch die alte Stadt über den Campo de Fiori zurück und nächtigte in der Engelsburg, ehe er am anderen Tag sein Regiment begann und nur allzubald jenen Giulio Medici zum Kardinal erhob, der nun als Clemens VII. die Tiara trug.

Ja, dachte Jakob, hier auf der Engelsbrücke, im Angesicht des Mausoleums von Kaiser Hadrian, werde ich der Geschichte

160

gewahr und des Anfangs einer neuen Lüge; denn Leo machte den Bastard zum Sohn aus einer rechtmäßigen Ehe zwischen Julian und Floretta und ließ dies bezeugen; ein verfluchter Meineid; Clemens aber wurde diesen Fluch nicht los.

Jakob erschrak. Ihm war, als wäre das Bild von einer in Trümmer liegenden Stadt Rom vor seinem Auge erschienen. Der spanische Vizekönig stand in Gaeta, und der Rachsucht der Colonna war bereits die Stadt Ceprano zum Opfer gefallen.

Man schrieb den 8. Dezember 1526. Die Sonne kämpfte sich durch die Wolken; es würde noch ein schöner Tag werden.

Jakob beschloß, Claudia aufzusuchen, um endlich mehr über das Geheimnis der Engel zu erfahren.

Das Geheimnis der Engel

Ihr Kleid war schlicht; das Leinen schwarz gefärbt und vor der Brust geschnürt wie bei den einfachen Weibern vom Markt, die sich keine Kammerzofe leisten können. Die Haut war bedeckt bis an den Hals, und um den Hals selbst trug sie ein Seidentuch. Der Schleier der Römerinnen verbarg ihre Gesichtszüge. Als Jakob eintrat, verbeugte sich Claudia und legte die rechte Hand auf ihre Brust zum Zeichen ihrer Demut gegenüber einem Priester. Dann kauerte sie sich in den Sessel des verschwiegenen Lederzimmers und wartete, bis Jakob die erste Frage an sie richtete.

»Du hast also Engel an aristokratische Herren vermittelt?«

Claudia sah ihn lange an und kämpfte sichtlich mit ihrer Antwort.

»Auch wenn ich etwas Unehrenhaftes getan habe«, flüsterte sie, »bin ich doch eine Signora onesta und halte auf meine Ehre. Ich bin in der Tat eine *curialis romanam curiam sequens*. Doch habe ich schon vor zwei Jahren aufgehört, eine Cortigiana zu sein, und lebe in diesen Gemächern sehr zurückgezogen. – Ach, wenn du wüßtest«, seufzte sie und blickte ihn lange an.

»Was sollte ich wissen?« fragte Jakob und beugte sich gegen Claudia vor. »Du kannst mir alles erzählen, ich werde dich nicht verurteilen.«

»Was bedeutet ein Urteil in Anbetracht des Schicksals?«

Eine gute Frage, dachte Jakob und schwieg. Er wich ihrem Blick aus und fand einen Punkt in ihren Haaren, wo sich am Ansatz eine graue Strähne zeigte, die mit einer Stickerei in

162

ihrem zarten Panno listato die Figur eines Drachen abgab. Er wollte sich nicht in ihren Augen verlieren, ja, er wollte sich keinesfalls einlassen auf diese Frau, die ihn bereits in seinem Innersten angerührt hatte. Deshalb hatte er sich auf seinem Weg von der Engelsbrücke herüber vorgenommen, Claudia alle Fragen zu stellen, die ihn rund um die toten Huren beschäftigten, um sie danach nie wieder aufsuchen zu müssen. Wollte er seinen mönchischen Seelenfrieden bewahren, mußte er die Begegnung mit dieser Frau meiden. Aber wie, wenn ihn allein ihre Stimme anrührte wie Sirenengesang?

»Es war Schicksal. Über alle Maßen habe ich ihn geliebt und mich ihm hingegeben, doch so herzlos, wie er zehn Jahre davor die berühmteste von uns allen verließ, verließ er auch mich einer jüngeren wegen. Da erst verstand ich den Schmerz der großen Imperia, der sie in die Schwingen des Todesvogels trieb. O ja, für Angelo lohnt es sich zu sterben, denn mit ihm wird der ganze Körper zu Leidenschaft und Gefühl.« Claudia zog ein Tüchlein aus einer Rocktasche und schniefte, ehe sie stockend weitersprach. »Aber ich wollte leben. Mit meiner Schwester wollte ich leben. Lydia genoß ihren frischeren Ruhm als Galantdonna und blühte mit der Zahl ihrer Liebhaber auf, während ich mich auf die Rückseite des Hauses zurückzog. Wir bauten die Gemächer aus und folgten dem Rat eines guten Freundes, die Bequemlichkeit zu steigern; wir setzten ein Dampfbad in die unteren Räume und nahmen einige der jungen Dinger auf, die von überallher ihren Weg nach Rom finden, um hier ihr Glück als Kurtisanen zu versuchen. In den oberen Stockwerken richteten wir einen Festsaal und Gemächer zum intimen Gebrauch ein sowie einen Saal für das Glücksspiel, welches Kleriker und Aristokraten so gern mit der anmutigen Unterhaltung mit Damen verbinden. Lydia gab die Dame des Hauses und steigerte ihren gesellschaftlichen Glanz, während ich in den hinteren Gemächern blieb und die Verwaltung besorgte; das half mir, meinen Schmerz zu vergessen, und ich begann mir selbst zu gehören, das erste Mal in meinem Leben.« Nun weinte sie, und ihre Tränen rührten Jakob mehr an, als er es sich eingestehen wollte.

»Wem gehörtest du zuvor?« fragte er mit leiser Stimme.

»Stets irgendwelchen Männern. Angelo del Bufalo nahm mich schließlich mit Haut und Haar, ehe er mich fallenließ. – O nein, ich beneide Ambrosina nicht; ihr steht all dies noch bevor, was ich in den letzten zwei Jahren durchlitten habe; und weil ich das weiß, kann ich sie nicht hassen; sie tat nichts anderes als ich, sie eroberte jenen Mann, dem jede zweite Dame Roms zu Füßen liegt. – Mir fehlen die rauschenden Feste nicht mehr, die Angelos Palazzo so berühmt machen, daß in diesem Karneval sogar Isabella d'Este zugegen war. Bis gestern habe ich die Ruhe in diesen Gemächern genossen, diese Ruhe, die mir Lydia mit ihrer Umtriebigkeit schenkte. Wer, so frage ich dich, erinnert sich noch an die strahlende Claudia, die Geliebte des Angelo del Bufalo, die Cortigiana der Bischöfe von Rapolla und Genazzano und des Grafen Garilliati? Niemand. Raimondo hat sich mit Gratiosa Paduana getröstet, Garilliati ist in den Tiber gefallen und die Colonna kämpfen um ihre Burgen. Ich bin vergessen, und das ist gut so.«

Ihre Stimme klang betrübt, und ihr Blick ging ins Leere. Jakob sann ihren Worten nach, darüber, in welcher Verbindung sie möglicherweise zu den Morden standen. Plötzlich kam ihm der Bischof von Rapolla wieder in den Sinn, den Claudia bereits gestern erwähnt hatte.

»Jener Raimondo, zu dem du Bibiana schicktest, ist Senili, der Bischof von Rapolla, nicht wahr?«

Claudia nickte.

»Hast du ihm des öfteren Mädchen vermittelt?«

»Ja. Ab und an überkommt ihn der Wunsch nach Jungfrauen, und es schien mir nicht von Übel, ihn zufriedenzustellen. Du mußt wissen, daß Bischof Senili an sich dem Weib wohlgesonnen ist, denn er führt mit Gratiosa in seinem Haus beinahe das Leben eines Familienvaters.«

»Mit deiner Nachfolgerin?«

164

»Ich war seine Geliebte, Gratiosa ist seine Konkubine.«

»Wo ist der Unterschied?«

Claudia errötete. »Ich hatte weitere Liebhaber neben ihm und teilte nicht sein Haus; Gratiosa dagegen teilt Tisch und Bett mit ihm wie eine Ehefrau und ist ihm treu ergeben.«

Jakob dachte einen Moment darüber nach, ehe er fragte, was mit den Engeln geschah.

»Sie mußten ihm mit beinahe jeder Körperöffnung zu Willen sein, und manchmal bestrafte er sie danach mit der Rute für ihre Lasterhaftigkeit. Aber niemals ernsthaft – soweit ich es weiß.«

»Wir fanden Bibiana in einem Gebüsch unter der Engelsburg. Ihr Leib war zerschunden. Über ihren Po zogen sich blaurote Striemen wie von einem Rohrstock oder einer Peitsche, Arme und Rücken zeigten viele blaue Flecken, und im Po sah man kleine Verletzungen von einem Eindringen der gewalttätigen Art. – Könnten diese Wunden von Raimondo Senili stammen?«

Claudia sah ihn hilflos an. »Ich weiß es nicht. Vielleicht griff er zu Rohrstock oder Peitsche, um die Bußstrafe mit Nachdruck zu vollstrecken. Und ihr Po ...« Sie zögerte. »Nun, es ist, wenn jene Pforte genommen und mit dem Gänsefett gespart wird, ein Akt der gewaltsamen Art – doch wenn du von solchen Erfahrungen frei bist, so erspare es mir, dich hier zu belehren.«

Ein Schauder lief über Jakobs Rücken; wohl waren ihm Berichte über die Knabenliebe bekannt, doch fehlte ihm genauere Kenntnis darüber, und wenn er sich ein Bild zu machen versuchte, befiel ihn Ekel.

»Auf solcherlei Belehrung«, erwiderte er leise, »verzichte ich gern. – Doch könnte es sein, daß Senili Gefallen am Töten fand?«

»Niemals«, rief Claudia sofort. »Er ist kein schlechter Mensch; ich glaube sogar, daß er zu den wenigen wahrhaft Guten gehört, bei all seinen Fehlern im sechsten Gebot. Und

165

warum sollte er ausgerechnet Bibiana töten, die ihm von mir geschickt wurde, von der auch ein anderer weiß, daß sie zu ihm ging? Fiele nicht stets auf ihn der erste Verdacht?«

Das leuchtete Jakob ein, doch nahm er sich vor, den Bischof selbst so bald wie möglich aufzusuchen. Nun mußte er noch das Schicksal der anderen Mädchen erfragen und bat Claudia, ihm von jeder der Toten den Herrn zu nennen, der zuletzt nach ihr verlangt hatte.

»Paola«, erinnerte sich Claudia, »die am Ende der Tiberinsel angespült wurde, war der Engel von Bischof Frangipane. Eines Nachts kehrte sie nicht mehr heim. Dora dagegen besuchte zum ersten Mal einen Herrn außerhalb unseres Hauses. Das arme Ding war erst vor wenigen Monaten aus einem Städtchen der Orsini nach Rom gekommen, um hier ihr Glück zu versuchen; sie war jung und bedurfte vieler Anleitung. Der hohe Herr, der sich mit ihr vergnügen wollte, wünschte aber, keinesfalls in ein öffentliches Haus kommen zu müssen. Ein hohes Entgelt räumte all meine Bedenken aus. Also ließ ich sie ziehen und war anderntags sehr erschrocken, als Dora in den Ruinen unterhalb des Kapitols gefunden wurde.«

»Wie lautet der Name jenes Herren?«

»In diesem Fall kenne ich den Namen nicht.«

»Weiter – wohin ging das dritte Mädchen?«

»Tullia, die man bei San Pietro in Montorio fand, stand seit Monaten bei Ambrogio Farnese in höchster Gunst«, antwortete Claudia und schlug die Augen nieder. Jakob spürte einen Stich in seiner Brust – also auch Ambrogio, dachte er und rang nach Atem. Daß Frangipane sich mit Engeln vergnügte, überraschte ihn nicht, denn von dessen Leidenschaften wußte halb Rom. Bei Ambrogio verhielt es sich anders; Jakob hatte dem Farnese vertraut und ihn für einen Menschen gehalten, der mit der Moral innigeren Umgang pflegte als dieser aristokratische Pöbel, dessen Laster zum Himmel stanken. Wie konnte Jakob zukünftig noch ein Wort aus Farneses Mund für die Wahrheit erachten?

166

Von den Fingerspitzen die Arme hinauf zog eine Kälte, die Jakob allmählich erstarren ließ. Selbst die Frage nach dem Sinn der ganzen Nachforschungen, die sein Herz rasen ließ, erfror langsam in dieser namenlosen Angst; ihm schien es, als habe sich alles gegen ihn verschworen und als seien die Verbrechen nur begangen worden, um ihn auf die Probe zu stellen. Hatte ihn nicht Ambrogio mit Absicht auf sein Fest geladen, der Kanzler ihn planvoll ausgewählt und Trippa ihm mit diabolischer Freude seinen Auftrag überbracht? Gewiß waren weder sein erstes Zusammentreffen mit Frangipane in der Kanzlei des Monsignore noch die Begegnung mit Apollonia Zufall, sondern eine gesteuerte Notwendigkeit, deren Sinn kunstvoll vor Jakob verborgen wurde. Gehörte alles zu einer teuflischen Komödie, angezettelt von einem jener gelangweilten Purpurträger, die einem Schauspiel nur noch dann Vergnügen abgewannen, wenn es sich, den handelnden Figuren unbekannt, im sogenannten wahren Leben abspielte? Man wußte doch von jenem Angelo del Bufalo, dem Claudia noch immer nachtrauerte und der mehr als nur die berühmte Kurtisane Imperia in den Selbstmord getrieben hatte, daß er auf seinen Festen Theaterstücke aufführen ließ, in denen Liebende von echten Liebespaaren gespielt wurden; da gab es kein Tabu, das nicht gebrochen worden wäre, sie liebten und hurten vor allen anderen und taten auf schamloseste Weise, als wären sie allein. Wo, wenn nicht in der perfiden Art eines Schauspiels mit Darstellern, die von ihrer Rolle gar nichts wissen, fände sich eine Steigerung solch verruchter Unterhaltung?

»Herr«, stammelte Jakob tonlos, »verbirg mich vor der Schar der Bösen, rette mich vor dem Toben derer, die Unrecht tun.« Er hob den Blick zur Decke hinauf, die ebenfalls mit goldverziertem Leder ausgeschlagen war, und murmelte die Verse der beiden Psalmen um Gottes Hilfe, die er gerade ineinander verwoben hatte, in der richtigen Art. Dieses Gebet beruhigte seine Sinne. Allmählich wich seine Furcht einer neuen Zuversicht. Er zwang sich, Claudia weitere Fragen zu stellen und dabei direkt auf Fabricio Casale abzuzielen. Hatte Claudia nicht gestern bereits den Namen Fabricio erwähnt? Und wenn in diesem teuflischen Spiel alles mit allem zusammenhing, wie es Ambrogio mit seiner Erklärung am Schachbrett aufgezeigt hatte, mußte Casale mit Claudia bekannt sein.

Jakob sah Claudia streng an und fragte: »An alle diese Herren in Purpur vermittelst du die Mädchen selbst?«

»Es fällt mir schwer, dir diese Frage zu beantworten«, entgegnete sie stockend, »denn der Arm jenes Mannes, der in besonderen Fällen den Vermittler spielt, reicht in jeden Winkel von Castel Sant' Angelo bis San Giovanni in Laterano. Keiner wünscht sich ihn zum Feind, selbst zum Gegner mag ihn niemand. Nur wer ihn seinen Freund heißen kann, schläft ruhig.«

»Sprich den Namen ruhig aus, denn ich kenne ihn längst.«

»Du weißt von Fabricio Casale?« Claudia erschrak.

Jakob nickte.

»Er ist gefährlich, sehr gefährlich.« Sie schlug für einen Moment die Augen zu. »Hat er mit Lydias Tod zu tun?«

»Das möchte ich herausfinden. Du kannst mir dabei helfen.«

»Wenn ich helfen kann, Lydias Mörder zu finden, werde ich helfen. Was muß ich tun?«

»Zunächst muß ich alles über die Engel wissen. Dann brauche ich jede mögliche Information über deine Kunden. Was sind das für Männer, die sich bei dir oder Casale Engel bestellen? Ich muß diese Menschen verstehen, selbst wenn sie wenig Menschliches an sich haben.«

»Wenig Menschliches«, wiederholte Claudia. Dann wurde sie zornig. »Ja, es sind Tiere, richtige Tiere.«

Jakob verstand ihren Zorn. Allein der Umstand, daß sie als Kurtisane wahrhaft lieben konnte, berührte ihn unerwartet. Christus hatte recht, dachte er, als er die Ehebrecherin in sein Himmelreich aufnahm. Mit einem Gefühl der Zuneigung fragte er: »Was weißt du über Fabricio Casale?«

168

»Er ist ein wichtiger Mann in der Kurie, und er ist mächtig, weil er die Vorlieben der Kardinäle und Bischöfe nicht nur kennt, sondern sie bedient. Als ich mich als Cortigiana zurückzog und mit Lydia unser Haus ausbaute, bot er sich an, uns junge Dirnen zu besorgen. Seine Mädchen kamen zumeist aus den Dörfern und Städten Umbriens und waren vollkommen unverdorben. Von mir erhielten sie eine gute Ausbildung und lernten, sich in Gegenwart hochgestellter Herren richtig zu verhalten. In Lesen und Schreiben schulte ich sie ebenso wie in Musik, Malerei und Literatur. Ich hielt sie dazu an, ihren Körper zu pflegen und auf Geschmack bei der Wäsche zu achten. Schließlich zeigte ich ihnen auch, wie man den Cazzi verwöhnt und welche Mittel helfen, einen alten Herrn zu verjüngen. Nach vier Monaten durften sie erstmals bei Lydia auftreten, wo sie als Badehelferinnen ihre Künste üben konnten. Meistens meldete sich dann bald einer der hochgestellten Herren und bat Lydia um die Jungfrau; Lydia zeigte sich jedoch streng und unzugänglich und gab vor, für die jungen Mädchen eine besondere Verantwortung wahrnehmen zu müssen. Das trieb den Preis in die Höhe und brachte Fabricio auf den Plan, denn in ihrer zunehmenden Gier wandten sich die Herren irgendwann an den Vizedatar, von dem es hieß, er könne in Rom alles bewirken. In bezug auf die Engel in Lydias Haus stellte er seine Allmacht regelmäßig unter Beweis. Kein einziges Mädchen aus unserem Haus besuchte oder empfing jemals einen Herren, der nicht von Fabricio vermittelt geworden war.«

»Das gilt auch für Bibiana?«

»Ja. Fabricio fragte im Namen von Raimondo an, ob ich einen Engel hätte; als ich verneinte, wies er mich an, schnellstmöglich ein Mädchen zu besorgen. In meiner Not wandte ich mich an Apollonia, die mir Bibiana schickte. Ich schaute sie mir kurz an; sie war sehr gepflegt, beinahe wie meine Mädchen, alles ordentlich gewaschen, auch die Potta; es ist nämlich ärgerlich, wenn sie schlecht riecht. Sie sah jung aus und hatte Erfahrung, also genau das Richtige für Raimondo. Das Geschäft selbst schloß Fabricio ab; ich schickte die Kleine lediglich zur verabredeten Zeit los.«

»Dann bist du ja gar keine richtige Kupplerin?« bemerkte Jakob, und in seiner Stimme lag eine gewisse Erleichterung.

»Der Mezzani ist eigentlich Casale.« Claudia lachte bitter. »Aber was spielen diese Begriffe schon für eine Rolle? Ich habe alles getan, was Fabricio wollte, und gehofft, auf diese Weise mein Leben zu schützen. Jetzt stehe ich vor einem Scherbenhaufen.«

Ihr bitteres Lachen schlug in Weinen um; heftige Krämpfe begannen sie zu schütteln. Jakob versagte sich die Geste, sie in den Arm zu nehmen, wie es ihm am liebsten gewesen wäre, sondern murmelte tröstende Worte, die aber nichtssagend klangen und die Claudia gar nicht zu hören schien. Ihr Schluchzen schmerzte ihn, er mochte nicht sehen, wie sich ihre Augen röteten. Doch da war auch eine andere Seite an ihr, dunkel und sündhaft; am Schicksal hilfloser Mädchen hatte sie sich bereichert, einem skrupellosen Mann hatte sie geholfen. In mehr als nur einer Hinsicht hatte sie gegen christliche Gebote verstoßen und selbstsüchtig gehandelt.

Mit einem Ruck erhob Jakob sich, reichte Claudia kurz die Hand und ging zur Tür.

»Ich werde morgen wiederkommen«, sagte er eine Spur zu barsch. »Zu niemandem ein Wort über unser Treffen, verstanden?«

Claudia nickte und sah ihn an. Jakob drehte sich abrupt um und stürmte zur Tür hinaus.

Schon auf dem kurzen Weg hinüber zum Palazzo Garilliati tat es ihm leid, Claudia so plötzlich verlassen zu haben. Was würde sie von ihm denken? Daß er ein ebenso herzloser Mann war wie all diejenigen, die sie in ihrer Zeit als Cortigiana benutzt hatten? Er hatte im Hinauslaufen die Enttäuschung in ihren Augen gesehen; also hätte er kehrtmachen müssen, tadelte er sich. Doch setzte er mit schlechtem Gewissen seinen Weg zu Garilliati fort, wo er von einem Lakaien sogleich in einen prunkvollen Raum geführt wurde. Hinter einem schweren Tisch saß der prahlerische Bankier, neigte leicht den Kopf und begrüßte Jakob mit herablassendem Tonfall.

»Eure Bitte sei Euch, wie ich gestern bereits sagte, gewährt«, näselte Garilliati. »Erlaubt mir allerdings eine Frage: Wen bezahlt Ihr für die frivolen Dienste? Casale? Oder Frangipane? Oder einen dritten?«

»Noch bin ich frei in meiner Entscheidung«, erwiderte Jakob und überlegte fieberhaft, was für eine Falle ihm hier aufgestellt sein könnte, »wenngleich die heftigste Verlockung von den Angeboten des Vizedatars ausgeht. Solltet Ihr einen Ratschlag parat haben, wie ich in den Genuß bester Engel gelange, so sprecht ihn unverblümt aus; ich bin gewogen, erst danach mein Urteil zu bilden.«

»In der Tat«, Garilliati lächelte und fuhr sich dabei mit der Zunge über die Lippen, »sind Casales Engel die besten, wenngleich … sie zu kurzem Leben neigen.« Er blickte Jakob prüfend an.

»Wie muß ich das verstehen?« fragte Jakob und hatte schon Angst, er wäre mit dem Versuch, sich dumm zu stellen, einen Schritt zu weit gegangen, als Garilliati wieder lächelte. Anscheinend funktionierte der Trick, und Jakob wurde wieder einmal von seinem Gegenüber unterschätzt.

»In der Stadt gibt es Gerüchte, daß Huren ermordet worden sind, und es sollen stets Casales Mädchen gewesen sein, die starben … Mir scheint, Frangipane drängt sich in das Gewerbe; Ihr kennt den Dicken doch näher? Macht er neuerdings Angebote?«

»Nein«, antwortete Jakob ehrlich überrascht, »ich hielt ihn bis eben ausschließlich für einen Genießer. Wie kommt Ihr zu Eurer Annahme?«

»*Fama agit.*« Garilliati zuckte mit den Achseln. »Eigenartig ist nur, daß alle toten Engel in irgendeiner Beziehung zu Fran-

171

gipane standen, das heißt, sie waren wenige Tage vor ihrem Tod bei unserem Freund aus dem Mezzogiorno; und wer ins Geschäft kommen möchte, der muß versuchen, die Konkurrenz auszuschalten. – Geht es ihm besser? Hat er die gestrige Attacke überstanden? – Es muß doch einen Grund haben, daß ihm jemand nach dem Leben trachtet. Da es auf meinem Fest geschah, habe ich ein natürliches Anrecht darauf, an der Aufklärung mitzuwirken, findet Ihr nicht?«

Jakob nickte. »Ich weiß allerdings nicht, wie ich Euch dabei helfen könnte.«

Garilliati klatschte in die Hände. »Das sieht Ambrogio ähnlich, dem alten Fuchs. Er benutzt Euch, und Ihr merkt es nicht.«

»Wie meint Ihr das?«

»Ambrogio steht für eine riesige Summe gerade. Glaubt Ihr, er tut das aus Nächstenliebe? Damit Ihr Euer Vergnügen mit Engeln habt? Kein Farnese ist ohne Grund freigebig, mein Freund. Ambrogio will etwas erreichen, und Ihr seid sein Mittel zum Zweck. Ich wüßte zu gern, was in dem Fuchs vorgeht. – Ich gebe Euch zweihundert Scudi extra, wenn Ihr mir versprecht, dem Intriganten eine wächserne Nase zu drehen.«

»Was soll ich tun?«

»Ihr nehmt Euch weder von Casale noch von Frangipane Engel, sondern versucht Euer Glück an ganz anderer Stelle, die niemand vermutet.«

»Nun gut«, erwiderte Jakob scheinbar zögernd, »aber die Engel müssen ihre Qualitäten haben. Von Casale hat man mir versprochen, sie seien jung und gepflegt, hätten alle Pforten offen wie Roms Kirchen im Heiligen Jahr und ließen sich danach zu den notwendigen Bußübungen herbei, die den Ablaß bringen.«

Garilliati nickte mit Kennermiene. »Ihr seid gut informiert, aber ich nenne Euch einen Namen, der das alles und vielleicht noch mehr garantiert. Ihr müßt allerdings äußerst verschwiegen sein; kein Wort zu Ambrogio.«

172

»Ich bin einverstanden«, erwiderte Jakob und schlug in die Hand ein, die ihm der Bankier hinhielt. »Von wem sprecht Ihr?«

»Ihr werdet überrascht sein, denn Ihr kennt ihn. – Geht zu Monsignore Trippa.«

»Ihr erlaubt Euch einen Scherz«, entgegnete Jakob. Sein Mund blieb vor Erstaunen sperrangelweit offen; nun wirkte er in der Tat so begriffsstutzig, wie ihn manche in Rom offensichtlich hielten.

Garilliati lachte schallend. Er nahm ein Leinensäckchen vom Tisch, trat auf Jakob zu und legte ihm das Gold in die Hand.

»Es sind zwölfhundert; viel Spaß. – Übrigens fände ich es entgegenkommend, wenn Ihr mir bei Gelegenheit berichten würdet.« Dann führte er Jakob zur Tür, die wie auf ein geheimes Zeichen hin von außen geöffnet wurde; der Lakai nahm Jakob in Empfang und geleitete ihn zum Tor.

Auf der Strada del Popolo versuchte Jakob seine verworrene Lage zu überdenken und schlenderte die wenigen Meter zum Kapitol hinüber. Langsam erklomm er die Himmelsleiter, jene Treppe mit ihren einhundertvierundzwanzig Stufen hinauf zu Santa Maria, die in der Zeit des päpstlichen Exils zu Avignon erbaut worden war. Je näher er der schlichten Backsteinfassade kam, um so deutlicher empfand er die Würde des Ortes, an dem bereits in der Antike ein Tempel der Juno Moneta gethront hatte, und als er in die düstere Basilika eintrat, fielen die weltlichen Dinge, die ihn Momente zuvor noch so sehr in Beschlag genommen hatten, von ihm ab.

Jakob bekreuzigte sich und suchte die Ädikula, jenen Ort der sibyllinischen Verheißung von der jungfräulichen Geburt des göttlichen Kindes; Augustus selbst hatte daran geglaubt und damals einen Altar zu Ehren des Erstgeborenen Gottes errichten lassen. Jakob kniete nieder und gedachte der heiligen Helena, welche die Reliquien von Christus' Passion nach

173

Rom bringen ließ. Du heilige Frau, betete Jakob, gib mir Rat in meiner Lage, die so verworren ist, daß ich am liebsten nichts anderes möchte als fliehen. Er hob den Blick und verharrte stumm, bis ihn die Knie schmerzten. Er wußte nicht, wieviel Zeit vergangen war, aber er fand immer noch keine Antwort auf die vielen Fragen, die ihn plagten. Im Mittelpunkt seiner Überlegungen stand, ob ihm Garilliati eine Falle stellte oder ob der Bankier Ambrogio wirklich eins auswischen wollte. Im letzteren Fall mußte er den Hinweis, Frangipane versuche sich als Mädchenhändler, ebenso ernst nehmen wie den Verdacht, Trippa spiele ein doppeltes Spiel. Wenn Garilliati ihm allerdings eine Falle stellte, konnte er auf keine der Äußerungen des Bankiers einen Scudo geben und müßte sich, um Ambrogios Vermutungen hinsichtlich Fabricio Casales zu bestätigen, mit dem Medici-Bankert in Verbindung setzen. Das wiederum könnte Claudia in arge Schwierigkeiten bringen.

Er wollte bereits mit Gott hadern, als ihm klar wurde, daß er Ambrogio Farnese keinesfalls trauen dürfe; er konnte nicht sagen, woher diese Gewißheit kam, aber er nahm sie als einen göttlichen Hinweis und dankte der heiligen Helena dafür. Ebenso gelangte er, was Monsignore Trippa anging, zu neuen Einsichten; erstens zeigte sich Trippa stets als erster von den neuen Morden unterrichtet; zweitens legte er es darauf an, die Taten geheimzuhalten und Jakob von allen anderen abzuschotten, die möglicherweise zu einer Lösung des Falles beitragen konnten, und drittens gab er selbst keinerlei Informationen preis, während er von Jakob genaueste Aufklärung forderte. Diese drei Gründe wiesen mit überzeugender Kraft auf den Monsignore als Verbündeten des Verbrechens hin und machten ihn auf jeden Fall als Vertreter von Recht und Gerechtigkeit unglaubwürdig. Kein ernstes Wort würde er mehr mit dem Kanzleinotar wechseln, nahm sich Jakob vor, und begann den Umstand, daß Trippa vor knapp einem Jahr sein Amt teuer von Casale erkauft hatte, mit anderen Augen zu betrachten. Was, wenn Trippa und Casale wirklich unter einer Decke steckten, wie Ambrogio es vermutete? Dann hätte Jakob jenes Gefühl nicht getrogen, wonach er Spielball dieser heimlich wirkenden Kräfte war; dann wäre er Teil jenes perfiden Schauspiels, in welchem die Darsteller von ihrer Aufgabe gar nichts wußten. Aber welche Figur spielte Frangipane? Ambrogio hatte ihn mit einem zwar gefährlichen, aber letztlich ohnmächtigen Bauern verglichen. Doch war auch dieser Vergleich eine Finte? Die heilige Helena schwieg dazu.

Das Geheimnis der Engel lag also weiterhin im verborgenen, als Jakob Aracoeli verließ und langsam die Himmelsleiter hinunterstieg; Rom lag in abendlicher Dämmerung vor ihm, und unterhalb des Kapitols sammelte sich allerlei Volk; bis in die Strada del Popolo hinein war es ein Kommen und Gehen. Unter manchem Fenster standen die Männer in Gruppen und plauderten mit den Kurtisanen, die in ihren offenen Fenstern hockten und durchaus einen Galan, der ihnen ordentlich den Hof machte, auf eine Nacht einließen. Wollte man diese Cortigiani mit dem Klerus vergleichen, so verhielten sie sich zu den ganz berühmten Damen wie ein Monsignore zu einem Kardinal; weil aber manche Schönheit darunter war, fanden sich die Plätze vor ihren Fenstern und Türen heftig umschwärmt. Am Fenster zu sitzen bildete für diese Huren einen wichtigen Teil ihres Tagesablaufes; sie konnten hoffen, so eines Tages das Wohlgefallen eines herausgehobenen Mannes zu erregen; allerdings störte diese Sitte auch den äußeren Schein eines moralischen Lebens, weshalb Hadrian diese Unsitte mit Nachdruck untersagt hatte. Auch wenn Clemens diese Verordnung seines Vorgängers nie aufgehoben hatte, wurde sie längst nicht mehr vollzogen, und daher boten die Straßen der inneren Stadt in den Abendstunden ein Bild moralischer Verderbtheit. Und doch, dachte Jakob, war diese Art der käuflichen Liebe weit angenehmer zu nennen als das gemeine Geschäft mit den Engeln.

Er zögerte, in welche Richtung er sich wenden sollte. Schließlich entschloß er sich, Frangipane aufzusuchen. Immerhin hatte er dem Bischof gestern das Leben gerettet, und wenn er nur einen Funken Anstand in der Seele trug, würde er ehrlich zu ihm sein.

Ennea stand in der Tür; seine Augen blitzten abweisend, als Jakob Einlaß begehrte. Stärker noch als am gestrigen Abend empfand Jakob jene unheimliche Ausstrahlung des Kaplans, welche ihn an den »Narren Christi« erinnerte und die er gestern der Aufregung über den verletzten Bischof zugeschrieben hatte. Enneas Bewegungen waren fahrig, er wirkte gehetzt und verängstigt. Widerwillig gab er den Weg frei und führte Jakob hinauf in das obere Stockwerk, wo Frangipane in einem holzgetäfelten Raum auf einer ausladenden Liege vor dem knisternden Feuer lag und in einem alten Folianten las. Mürrisch blickte der Bischof zur Tür, doch als er Jakob erkannte, hellte sich seine Miene auf.

»Du kommst spät«, grüßte Frangipane seinen Gast, »aber du kommst. – Setz dich.«

Jakob trat näher und wollte eine Verbeugung in Richtung des Bischofsrings andeuten, doch Frangipane wedelte ungehalten mit der Hand. »Laß den Unsinn; ich schulde dir mein Leben, nicht du mir eine Ehrbezeugung.«

Er schlug den Folianten zu; der prächtige Ledereinband trug goldene Lettern und eine mit Edelsteinen besetzte Verzierung. Jakob versuchte den Titel zu entziffern, während Frangipane den Folianten lächelnd zur Seite legte.

»Dieses schöne Werk der Antike, eine wunderbare Handschrift eines gelehrigen Adepten des Priapos über die Kunst des Liebens soll heute unser Gespräch nicht in jene Sphäre heben, die ich der reinen Freude vorbehalten will«, bemerkte der Bischof mit gestelzter Höflichkeit. »Ich will mit dir über Verbrechen reden, nicht über die Liebe.«

»Das eine kommt mir so gelegen wie das andere«, entgeg-

176

nete Jakob mit Unschuldsmiene. »Doch sagt, was Ihr auf dem Herzen habt.«

Frangipane setzte sich auf und faltete seine Hände vor seinem mächtigen Bauch. »Ich will«, sagte er und blickte Jakob durchdringend an, »daß du mir den bringst, der mich gestern vergiften wollte. Du bist Dominikaner und ein Schüler des Johannes Eck; daher vertraue ich auf deine Fähigkeiten.«

Ein Seufzer entrang sich Jakob mit durchaus nicht gespielter Verzweiflung. »Ich bin kein Inquisitor und kein Poenaljurist, sondern ein einfacher Rechtsgelehrter und braver Mönch. Ihr erwartet Unmögliches von mir.«

»Rede die Aufgabe nicht um des größeren Lobes willen schwer! Sei ein Kerl, und nimm meinen Auftrag an. Du steckst mit Trippa unter einer Decke. Wäre es anders, hättest du gestern nicht den Monsignore und seinen spanischen Medicus gerufen. Was, so frage ich dich«, Frangipanes Stimme nahm einen lauernden Tonfall an, »hätte ein Doktor von der Sapienza und Gehilfe des Ordensgenerals mit dem päpstlichen Kanzleinotar zu schaffen, wenn nicht die Erledigung einer besonderen Aufgabe?«

Jakob lächelte, zuckte mehrmals mit den Schultern und beschloß, daß es zunächst besser war zu schweigen.

»Entspanne dich, mein Freund!« Frangipane äffte Jakobs Körpersprache nach; es war ulkig anzusehen, wie der dickere der beiden Männer seine Schultern tanzen ließ und eine Komödie daraus machte, so zu tun, als wäre er ein Narr. »Deine Rolle als lüsterner Deutscher habe ich dir keine Minute abgenommen. Allein dein Verhalten bei Ambrogio sprach Bände, bevor diese Hure ihren Ohnmachtsanfall bekam. Du hast ausgesehen wie einer, der einer Kuh die Scheiße vom Arsch lekken soll, als sich die Tür zum Nebenraum öffnete und dir klar wurde, daß du dich nun fleischlichen Gelüsten hingeben solltest!« Frangipane schüttelte sich vor Lachen. »Es ist ja gut, die Kirche braucht Männer wie dich; nur wenn wir keusche Mönche auf unserer Seite haben, werden wir gegen Luther

177

bestehen; und Gott liebt solche wie dich; du wirst eingehen in das Himmelreich und dereinst auf mich herabblicken, der ich im Fegefeuer Buße tue. – Das muß dich aber nicht überheblich machen!« brauste der Bischof plötzlich auf. »Du tust, was ich will; es hilft uns beiden.«

»Wahrhaftig, Exzellenz, ich verstehe nicht …«

»Halt den Mund!« schrie Frangipane, und sein Gesicht lief dunkelrot an. »Wo immer du konntest, bist du entwischt. Im ersten Moment argwöhnte ich gar, du hättest den Giftanschlag selbst vorbereitet, nur um sichergehen zu können, deine Keuschheit nicht in Gefahr zu bringen, aber dann … nein, das traue ich dir nicht zu, es ist nicht deine Art; wahrscheinlich hättest du gestern sogar in den sauren Apfel gebissen und dich wie ein Mann benommen, um deine Tarnung nicht preiszugeben. – Deinen Augen fehlt dieser besondere Glanz, der jeden geilen Mann auszeichnet; dir zeigt sich sündigstes Fleisch, aber dein Blick bleibt so fromm wie beim Gebet zur Jungfrau Maria. Du willst die Weiber nicht nackt sehen, du gierst nicht nach jedem Fetzen blanker Haut, kriechst nicht unter ihre Röcke, um den Ansatz ihres Gewölbes zu erhaschen. Du schmachtest höchstens eine Schönheit an und verlangst danach, sie für Santa Maria Maddalena zu bekehren. Mich täuschst du nicht. Ich bin ein gieriger Wolf, der jede Beute reißt; ich wittere die Lust der Weiber und lechze danach, sie zu stillen. Ich hasse es, wenn mir jemand ins Gehege kommt. Ich rieche jeden Nebenbuhler. Bei dir rieche ich nichts außer Weihrauch. – Ich habe dich sofort erkannt. Du steckst mit diesem feinen Monsignore unter einer Decke und versuchst, den Dirnenmörder zu finden, und ihr habt euch eingebildet, über mich könntet ihr weiterkommen. So ein Unsinn!« Er lachte bitter und schwieg.

Jakob schlug die Augen nieder und wagte nicht, etwas zu erwidern. Es beschämte ihn, daß er offenkundig so leicht zu durchschauen war.

Plötzlich stand Frangipane auf und streckte Jakob seine rechte Hand entgegen. »Versprich mir, daß du meinen At-

178

tentäter suchst«, bat er mit überraschend weicher Stimme, und dann, nachdem ihm Jakob die Hand gereicht hatte, wandte er sich zu Ennea, der die ganze Zeit in der Tür gestanden hatte. »Begleite meinen Freund hinaus.«

Der Kaplan kam dieser Aufforderung mit leuchtenden Augen nach, doch als Jakob das Zimmer schon verlassen hatte, wandte er sich mit einem Schlag wieder um und schob den verdutzten Kaplan beiseite. Er eilte auf Frangipane zu, der begonnen hatte, im Kaminfeuer zu stochern.

»Euren Auftrag, Exzellenz«, sagte Jakob mit ruhiger Stimme, »nehme ich an. Doch schuldet Ihr mir einige Erklärungen.«

Überrascht blickte der Bischof auf. »Sieh an, du bist hartnäckig. Nun gut. Setz dich, wir wollen Wein zusammen trinken.«

Atemlos trat Ennea wieder ins Zimmer, doch Frangipane wies ihn mit einem Wink hinaus.

»Also, was willst du wissen?«

»Zunächst beantwortet mir die Frage: Handelt Ihr mit Engeln?«

»Ich bin doch kein Krämer«, entgegnete Frangipane unwirsch und lud Jakob mit einer Handbewegung ein, Platz zu nehmen. »Doch will ich dir die Wahrheit nicht vorenthalten: Seit Pompeo wieder mit Clemens im Streit liegt, habe ich die Aufsicht über das Haus am Ponte Sisto übernommen, allerdings nur mittelbar, denn es ist ein *Capitaneus prostibuli* eingesetzt, der die Geschäfte regelt. Mein Verdienst, wenn ich das unbescheiden ausdrücken darf, liegt in der Vermittlung wohlhabender Kunden. Mir scheint, das Haus ist allmählich dem Casale ein Dorn im Auge, denn nach allem, was ich höre, werfen sowohl die Mädchen mehr Zins ab als bei ihm in der Via Sudario als auch der Spielsaal, den ich durch meinen Vorsteher einrichten ließ.«

»Dann könnte dem Vizedatar durchaus daran gelegen sein, Euch aus dem Weg zu räumen«, bemerkte Jakob. »Mit der Lust kann man in Rom ein Vermögen machen.«

179

»Keine schlechte Schlußfolgerung, jedoch kaum zwingend«, erwiderte Frangipane lächelnd. »Sie setzt voraus, daß dem guten Fabricio das Hurengewerbe wichtig ist. Doch er nimmt Lydias Haus nur als Mittel zum Zweck, um geeignete Engel für die Herren mit den besonderen Wünschen an der Hand zu haben, um sich die halbe Kurie gewogen zu machen. Sein eigentliches Trachten gilt einem anderen Ziel; Casale sinnt auf Großes.«

»Ich verstehe nicht ganz.« Jakob begriff, wie wenig er Rom noch immer durchschaute.

»Es tut auch nichts zur Sache«, wiegelte Frangipane ab. »Ich wollte dir nur sagen, daß dein Verdacht gegen Casale wenig begründet ist. Du mußt meine Feinde woanders suchen.«

»Und wo?«

»Zum Beispiel bei der Cestius-Pyramide. Du stehst auf vertrautem Fuße mit einem, der mich zum Teufel wünscht, und ich halte es durchaus für möglich, daß du ihm sogar Einsichten verschafft hast, die den Mordplan erst ausgelöst haben.«

»Ihr sprecht von Ambrogio Farnese?«

Frangipane lächelte. »Du hast ohne Zweifel Talent.«

»Aber ich habe mit Ambrogio niemals über Euch gesprochen.«

Der Bischof drohte Jakob mit dem Zeigefinger. »Das erscheint mir nicht ganz richtig. Wir waren gemeinsam auf seinem Fest, und während ich mich im Nebenraum vergnügte, dürftest du mit dem alten Fuchs einiges ausgeheckt haben, nicht wahr?«

»Wir haben Schach gespielt.«

»Und dabei habt ihr nicht über mich geredet?«

Jakob kam es vor, als lese Frangipane in ihm wie in einem offenen Buch. Wieder einmal glaubte er seiner Aufgabe nicht gewachsen zu sein. »Ambrogio hält Euch für einen Gehilfen von Fabricio Casale und hat mich vor Euch gewarnt. Ihr würdet mich, hat er gesagt, aus der Reserve locken wollen; ein einziger Fehler, schon wäre ich matt.«

180

»Der alte Fuchs«, brummte der Bischof mißmutig. »Hat er dich auf mich angesetzt?«

»Nein. Ambrogios Augenmerk gilt in erster Linie Casale.«

»Die Angst der Farnese vor den Medici. – Wer gewann das Schachspiel?«

»Ich.«

Erstaunt blickte Frangipane auf. »Respekt!«

»Wenn Ihr in Farnese Euren Feind vermutet, so sagt mir, mit wem Ihr es politisch haltet.«

Die Frage schien den Bischof zu überraschen. »Natürlich halte ich es immer mit dem jeweiligen Papst, mein Lieber. Doch wenn es um die Zukunft geht, dann halte dich mit mir an Pompeo Colonna. Es geht kein Jahr mehr ins Land, dann wird die Sache des Kaisers gerichtet, und die Palli sind keinen Pfifferling mehr wert.«

»Dann seid Ihr wirklich ein Gegner der Farnese«, bemerkte Jakob. »Hat Euch Trippa über meinen Auftrag ins Vertrauen gezogen?«

»Dein feiner Monsignore würde alles tun, um mir zu schaden; nein, ich bin dir ganz alleine auf die Schliche gekommen.«

»Auf welcher Seite steht Trippa?« fragte Jakob nun ohne Umschweife.

Frangipane wich seinem Blick aus. »Das läßt sich nicht so ohne weiteres feststellen. Zum einen ist er ein Mann der Farnese, aber Casale ist er spätestens seit diesem Jahr verbunden, als er das Amt des Kanzleinotars erhielt – und zwar zu einem Preis, der weit unter dem lag, den in der Kurie alle zu kennen vorgeben. Trippa ist die profane Wiedergeburt des Gottes Janus, und ich fürchte, er spielt uns alle gegeneinander aus. – Deshalb solltest du ihm gegenüber Stillschweigen wahren, was unsere Vereinbarung angeht.«

»Das werde ich tun. – Erlaubt Ihr mir noch eine Frage?«

Frangipane nickte.

»Die erste der ermordeten Huren hieß Paola, und es heißt, sie sei vor ihrem Tod bei Euch gewesen.«

»Das arme Ding«, flüsterte der Bischof und fuhr sich mit der Hand über die Augen. »Man hat sie am nächsten Abend schrecklich zugerichtet am Ende der Tiberina gefunden. Selten bin ich in ein Mädchen so vernarrt gewesen wie in Paola; sie war so unschuldig, wißbegierig und lustvoll; ihr Körper war ein Geschenk des Himmels. Ihre Haut war so zart, und sie roch nach Honig und Zitronengras. Ich vermisse sie jeden Tag und hatte sogar vor, sie zu mir ins Haus zu nehmen.« Der Bischof schwieg und trank Wein. Dann blickte er Jakob tief in die Augen. »An ihr habe ich mich wie an keiner anderen versündigt. Ich kasteite uns beide für das Übermaß an Lust, das wir genossen; durch die Leidenschaft zu ihr lernte ich Horaz verstehen: ›Mit Schmerz erkauft, ist Wollust teures Gift.‹ Ich habe sie schlecht behandelt«, flüsterte Frangipane, und es klang voller Reue. »Aber ich habe sie nicht getötet. Gott sei mein Zeuge.«

Jakob erwiderte nichts. Frangipanes Offenheit überraschte ihn, und als er Tränen in Frangipanes Augen sah, beschloß er, dem Bischof zu glauben.

»Bitte«, sagte Frangipane tonlos, »versuche herauszufinden, wer mir nach dem Leben trachtet; und wenn du wegen der toten Huren Fragen hast, komme jederzeit wieder. Ich werde dir keine Antwort schuldig bleiben.«

182

Von roten und schwarzen Kellern

Rom rüstete sich für das Fest zur Geburt des Herrn und schmückte seine Kirchen. Die Kurie flehte um Frieden wegen der vorwärts drängenden Kaiserlichen, und viele Reiche hatten noch vor den weihnachtlichen Festtagen einen Teil ihrer Habe aus der Stadt geschafft, denn der spanische Vizekönig Lannoy, Kaiser Karls treuer Vasall, stand bei Frosinone und diktierte Bedingungen, die Clemens nicht annehmen konnte. Sowenig wie der Papst, der insgeheim Fluchtpläne schmiedete, sich auf die Heilige Nacht einstimmte, sowenig taten es die wahrhaft Mächtigen und Reichen; adventliche Vorbereitung blieb Sache des Volkes und des einfachen Klerus, der Pfarrer, Meßdiener und Kapläne und aller anderen, die den Glauben an Christus nicht verloren hatten. Die Menschen in den engen Häusern der Stadt, die Armen und Kranken, die Alten und die Kinder – sie alle erwarteten im ewigen Kreislauf des Kirchenjahres die Ankunft des Heilands und freuten sich auf ein *In dulci jubilo* bei der Verkündigung des Engels: »Fürchtet euch nicht, denn ich verkündige euch eine große Freude, die dem ganzen Volk zuteil werden soll: Heute ist euch in der Stadt Davids der Retter geboren; er ist der Messias, der Herr.« Sie bereiteten Geschenke füreinander vor, und sei es auch nur ein Stück Stoff, ein Streifen Leder oder ein Sack voller Walnüsse, und sie freuten sich auf den Prunk der Weihnachtsmesse in ihrer mit hundert Fackeln erleuchteten Kirche.

Cesare führte Serena täglich in die Kirche Santa Maria del Popolo, die erst vor zwanzig Jahren von Bramante nach dem

Geschmack und den Bedürfnissen der Augustiner gestaltet worden war. Die Mönche hatten die neue Idee von der Darstellung des Stalls zu Bethlehem besonders freudig aufgenommen und in einer Seitenkapelle schöne handgeschnitzte Figuren zur Schau gestellt. In der Betrachtung messianischer Verheißung fanden die beiden Trost für die Unbill des Schicksals, denn das Jahr 1526 bescherte allen einen kalten und nassen Winter; seit zwei Wochen regnete es unaufhörlich.

Für Cesare, Luigi und die anderen wurde es immer ungemütlicher, denn allein ein trockener Schlafplatz erwies sich in der aufgewühlten Stadt als Luxus. Serena litt mit ihren Freunden und bedauerte, ihnen nicht helfen zu können, doch sie mußte froh sein, weiter bei Apollonia wohnen zu dürfen, ohne sich als Hure verdingen zu müssen – obgleich die Ruffiana sie ständig lockte. Aber durch das Geld des deutschen Dominikaners war Serenas Bleibe vorläufig gesichert.

Serena war dem Mönch dankbar und setzte großes Vertrauen in ihn, hatte ihn aber seit beinahe zwei Wochen nicht gesehen, so daß sie sich bereits Sorgen um ihn machte und hoffte, daß ihm nichts geschehen war. Sie hätte ihm gern alle die Erkenntnisse mitgeteilt, die Luigi, Cesare und sie in den vergangenen sechzehn Tagen zusammengetragen hatten; vielleicht hätte er aus den einzelnen Teilen, die wirr und zusammenhanglos erschienen, ein Mosaik erstellt, aus dem sich ein sinnvolles Ganzes ergab, so wie die Cosmaten in vielen Kirchen Roms die Böden aus Tausenden kleiner Marmorteile zu neuen Gesamtschauen fügten.

Trotz tagelanger Beobachtungen, trotz unzähliger Streifzüge durch den Borgo und trotz mancher Befragung von Wachleuten und Arbeitern hatten sie den Mörder der Huren nicht gefunden. Er war wie vom Erdboden verschluckt. Beinahe schien es, als wollte die Welt die Morde vom Spätherbst vergessen, denn weder geschah seit jenem letzten Überfall, in den Luigi und Massimiliano rettend eingegriffen hatten, einer Puttana irgendein Leid, noch scherte sich irgend jemand um

184

die fehlenden Mädchen; und als Serena vor einigen Tagen mit Luigi nochmals in Trippas Keller gestiegen war, fand sich in dem kalten Gewölbe keinerlei Hinweis auf die Verbrechen mehr. Luigis Eifer erlahmte zusehends, und seine Freunde wandten sich den alltäglichen Dingen des Lebens zu: Wo sich etwas zu essen stehlen ließ und auf welche Weise ein allzu sorgloser Mann um seinen Reichtum erleichtert werden konnte. Selbst Cesare führte Serena, statt auf der Lauer nach dem Mörder zu liegen, vor die Krippe der Augustinermönche und schwärmte ihr von der Heiligen Nacht vor.

»Du redest fast wie ein Mönch.« Serena lachte und deutete auf den hölzernen Kaspar, dessen Nase so massig und spitz geschnitzt worden war, daß die Figur mehr einem Narren denn einem König glich.

»Liebend gern wäre ich ein Mönch«, erwiderte Cesare und tastete scheu nach Serenas Hand. »Da hast du deine Zelle oder zumindest im Dormitorium eine trockene Pritsche, kannst dich morgens und abends satt essen und in der Küche am Feuer wärmen und darfst ohne Sorge um dein Leben stundenlang in der Kapelle mit anderen beten. Lesen und schreiben lernt man im Kloster und wird mit etwas Glück sogar gebildet.«

»Ich weiß nicht«, flüsterte Serena und schaute sich um, ob ein Augustiner in der Nähe war, »ob das nicht Träume sind. Meine Tante hat auch immer von dem wunderbaren Leben einer Cortigiana geschwärmt und wurde doch nur eine einfache Puttana; glücklich war sie nicht.«

»Was ist schon Glück? Ein wenig Geborgenheit würde mir schon genügen.«

»Immerhin hast du deine Freunde – und mich«, erwiderte Serena, und Cesare nickte ihr dankbar zu.

Die Kapuzen hochgezogen, traten sie in den kalten Regen hinaus und wandten sich zum Tiber; sie sollten in einer knappen Stunde mit Luigi in einem Schuppen bei der Porta Angelica zusammentreffen; vielleicht gab es ja Neuigkeiten.

»Wenn Luigi immer noch nichts herausgefunden hat, dann sollten wir den deutschen Dominikaner endlich einweihen«, bemerkte Serena, während sie mühsam versuchte, mit Cesares Tempo Schritt zu halten.

»In Ordnung«, antwortete er gönnerhaft, »wenngleich ich die Sache lieber ohne einen Kleriker erledigt hätte.«

In der Mitte der Engelsbrücke blieben sie stehen und sahen hinab in die braunen Fluten des Tiber, die selbst den schmalen Uferstreifen unter der Engelsburg bedeckten, so daß es schien, als stehe die Burg mitten im Wasser. Trutzig ragten die schweren Mauern des Kastells empor, und das antike Mausoleum wirkte wie ein unverrückbarer Klotz aus grauer Vorzeit, eine uneinnehmbare Wehr- und Schutzburg.

»Wußtest du«, Cesare deutete zur Burg hinüber, »daß dort drüben auf engstem Raum prunkvolle Säle und furchtbare Verliese beieinander liegen? Eine spiralförmige Rampe soll die einzelnen Stockwerke miteinander verbinden, und in den Sälen, Kammern, Fluren und Kerkern kann man sich verlaufen. Die schlimmsten Verbrecher werden dort in tiefster Tiefe gefangengehalten, und niemals soll je ein Schrei der Gefolterten nach draußen gedrungen sein. – Vielleicht«, flüsterte er Serena ins Ohr, »sitzt der Hurenmörder bereits in einem Verlies, und wir haben es nur nicht erfahren.«

»Ach, wenn ich wüßte, daß er seine gerechte Strafe erfährt, könnte ich gut von der Sache lassen. – Woher kommt übrigens der Name?«

Cesare lächelte; ihm tat es immer gut, Dinge zu erklären, die Serena nicht wußte. »Einst soll die Burg Hadrianeum geheißen haben. Dann wütete eine furchtbare Krankheit unter den Römern und verbreitete Angst und Schrecken. Schon überlegte der Papst, ob die Lebenden Rom verlassen sollten, als ihm ein über der Burg schwebender Engel erschien, der sein gezücktes Schwert lächelnd in die Scheide zurücksteckte; da wußte Gregor der Große, daß die Gefahr vorbei war, und er nannte die Burg fortan Castel Sant' Angelo.«

Serena mochte Cesares Geschichten. Auf eine wundersame Weise halfen sie ihr, daß ihr die Stadt trotz aller Grausamkeit vertrauter wurde. Obgleich ihre Tante ihr fehlte, fühlte sich Serena weniger einsam als früher. Selbst die Sorge für den kleinen Giovanni lastete nicht so schwer auf ihr, wie sie gedacht hatte; allerdings nahmen ihr Apollonias Mädchen den Jungen bei jeder Gelegenheit ab; mit seinem dunklen Lockenschopf, den riesigen braunen Augen und seinem hellen Kinderlachen konnte er sogar die griesgrämige Apollonia erheitern.

Sie waren unter dem Passetto hindurch hinter die Engelsburg gelangt und liefen die Aurelianische Stadtmauer entlang zur Porta Angelica. Der Regen ließ allmählich nach, und sie schlugen ihre Kapuzen zurück. In den Gassen war ihnen kaum jemand begegnet, doch vor dem Stadttor fiel ihnen eine Menschenansammlung auf. Mehrere Kinder und Frauen standen um einige Schweizergardisten und zeterten. Die Hellebardenträger bahnten eine Gasse durch die Menschen, und zwischen ihnen schritten zwei Männer in schwarzen Kutten, jeder von ihnen hielt ein Kind am Oberarm gepackt.

Serena und Cesare sahen sich an, und in ihren Gesichtern stand eine bange Frage. Cesare nickte. An die Stadtmauer gedrückt, schlichen sie auf den Menschenhaufen zu, und einen Moment später sahen sie, was sie befürchtet hatten: Die Männer führten Luigi und Massimiliano ab. Schon bogen die Gardesoldaten und die beiden Kleriker in die Gasse ein, die zu Sankt Peter führte. Die aufgebrachte Menschenmenge folgte ihnen, doch dann drehten sich zwei der Schweizer um und senkten ihre Lanzen. Dieses Signal konnte niemand mißverstehen. Die Kinder und Frauen blieben zurück. Serena und Cesare warteten noch einen Augenblick, dann traten sie an die Gruppe heran und fragten eine Frau, was geschehen sei.

»Diese Barbaren«, schimpfte die Frau, »packen unschuldige Kinder am hellichten Tag und verschleppen sie in die Casa Santa. Ihr Hurensöhne«, rief sie ihnen nach, »die ihr mitten aus der Hölle entsprungen seid! – Sie plagen die armen Kinder, die keine Bleibe haben und niemand etwas zuleide taten, nur weil einem dieser Purpurritter ihre Anwesenheit lästig ist.«

»Zur Casa Santa?« fragte Cesare entsetzt. »Was genau ist passiert?«

»Die Jungen wurden im Gewölbe des Vizedatars entdeckt, und der scheint um seine Weinfässer zu fürchten«, erwiderte die Frau, noch immer aufgebracht.

Allmählich zerstreute sich die Menge, und unter den zurückbleibenden Kindern erkannte Cesare den wendigen Filippo, einen aus Luigis Bande. Cesare steckte Daumen und Zeigefinger der rechten Hand in den Mund und stieß einen kurzen Pfiff aus. Filippo kam herübergelaufen und begann ihnen den Vorfall umständlich zu erklären.

»Einer von den Schreibern hat uns in Casales Gewölbe aufgestöbert; ich konnte mit Crassus und Felice durch die Fensterscharte verschwinden, aber Luigi und Massimiliano haben sie erwischt. Ihr glaubt gar nicht, in welch heller Aufregung die Schwarzröcke waren, als sie uns da unten entdeckten. Dabei haben wir weder die Weinfässer angerührt noch in den dicken Folianten geblättert, die dort zuhauf in den Regalen lagern. Von den seltsamen Gläsern, die wir in einer Ecke fanden, ließen wir ebenfalls die Finger. Eigentlich freuten wir uns lediglich daran, daß es in dem Gewölbe trocken und warm war.«

»Das Gewölbe gehört Fabricio Casale?« Cesares Stimme klang aufgeschreckt.

»Ja, dem Vizedatar.« Filippo nickte. »Es war ein Fehler, in das Gewölbe zu klettern. Die Schwarzkutten ließen sofort die Schweizer kommen, und dann hieß es, sie bringen Luigi und Massimiliano in die Casa Santa.«

»Das sieht nicht gut für Luigi aus«, brummte Cesare; er war blaß geworden.

Doch Filippo winkte trotzig ab. »Luigi spannt seinen Alten ein, dann ist er heute abend wieder frei.«

Cesare schüttelte den Kopf. »Gegen Casale macht keiner das Maul auf, das schwöre ich dir.«

»Verdammt«, fluchte Filippo und sah Serena hilfesuchend an. »Hast du keine Idee? Dir fällt doch sonst immer etwas ein.«

»Ich weiß nicht.« Serena zuckte mit den Achseln. »Habt ihr denn wegen dem Dirnenmörder etwas herausgefunden?«

»Deshalb sind wir ja überhaupt in Casales Gewölbe eingestiegen. Luigi schwört Stein und Bein, heute in aller Frühe den verrückten Schleicher in der Datarie gesehen zu haben. Daraufhin beobachteten wir das Gebäude, aber der Kerl tauchte nirgends auf. Dann müsse es einen Geheimgang geben, hat Luigi messerscharf geschlossen. Bereits in der Kaiserzeit sollen hier Katakomben gewesen sein, und außer dem Passetto müsse dem Papst noch ein weiterer Fluchtweg aus dem Vatikan zur Verfügung stehen. Also sind wir um die Häuser geschlichen. Zum Gewölbe des Casale führte eine schmale Scharte, und einer nach dem anderen ließen wir uns hinunterfallen. Einen Geheimgang haben wir zwar nicht entdeckt, aber dafür war es da angenehm warm und trocken. Nachdem wir neugierig die Regale erkundet hatten, sind wir einfach ein wenig sitzen geblieben. Luigi ließ einige herrliche Gruselmärchen über die Mörder in Purpur vom Stapel. Dann muß uns jemand gehört haben; jedenfalls schwang plötzlich die Tür auf, und zwei Kutten standen da. Wir sprangen zur Scharte und hievten uns gegenseitig hinauf, aber für Luigi und Massimiliano war es zu spät.«

»Wir müssen etwas unternehmen.« Cesare hatte sich wieder gefangen und versuchte seine Angst mit Geschäftigkeit zu überspielen.

»Ja«, pflichtete ihm Serena bei, »aber wir selbst sind hier hilflos. Wir müssen endlich den Dominikaner einweihen.«

»Ihr wollt mit einem Mönch reden?« fragte Filippo entgeistert, denn er hatte noch nichts von dem deutschen Dominikaner gehört.

Mit knappen Worten gab ihm Serena Auskunft. Dann liefen sie zu dritt aus dem Borgo hinaus und hinüber zur Stadt, um auf dem Campo de Fiori nach Jakob Ausschau zu halten.

189

Die gute Stimmung am Markt hob die Zuversicht der drei, obwohl sie Jakob nicht antrafen; Giuseppe beruhigte sie aber mit seiner Versicherung, erst gestern nachmittag habe der Tedesco bei ihm einen Rotwein getrunken. Sie sollten doch in der Sapienza nach dem Mönch suchen, meinte der Wirt hilfsbereit, denn der Tedesco sei ein Doctor Iuris und halte Lektionen an der Universität.

Sofort machten sich die drei auf den Weg hinüber zum Palazzo della Sapienza. Das Gebäude selbst war wenig prachtvoll und harrte dringend einer Renovierung, beeindruckte Serena jedoch mit seiner Vielzahl von kleinen, verschachtelten Innenhöfen und einem Gewirr von Treppen und Fluren. Sie kamen sich ziemlich verloren vor und waren zu ängstlich, jemanden nach dem Weg zu fragen. Doch der Zufall kam Serena zu Hilfe.

Aus einer Tür traten einige junge Männer heraus und plapperten wie befreit über die hinter ihnen liegende Stunde; zu ihnen gehörte einer, den sie vom Sehen her kannte, denn er hatte vor nicht allzu langer Zeit sowohl ihrer Tante als auch jener Antonia, für die sich der Dominikaner interessiert hatte, den Hof gemacht. Vor jemandem, der zu einer Puttana ging, kannte Serena keine Scheu, und so ging sie zu ihm hin und fragte ihn, ob er wisse, wo der deutsche Dominikanermönch zu finden sei.

Die Scholaren lachten spöttisch, als einer gegen Serena mit der Bemerkung stichelte, ob kleine Mädchen nun auch schon studieren wollten, statt auf den geeigneten Mann zu warten, um ihn zu erfreuen. Doch Serena ließ sich nicht beirren. Starr blickte sie den Studenten an, den sie als Verehrer ihrer Tante kannte. Er fühlte sich offensichtlich nicht sehr wohl in seiner Haut, aber zu Serenas Überraschung gab er sich einen Ruck und sagte, sie habe Glück und er werde sie zu dem Doktor bringen, was die anderen Scholaren zu deftigen Kommentaren reizte.

Wenige Minuten später standen sie in einem finsteren Flur

190

vor einer Holztür. Der Student klopfte vorsichtig an. Kurz darauf wurde die Tür geöffnet, und zum Vorschein kam der deutsche Dominikaner. Verblüfft blickte er in die vier Gesichter vor ihm.

»Was führt dich hierher, lieber Flavio Farnese?« Jakob grüßte zunächst seinen Scholaren und erinnerte sich plötzlich an jenes Fest, das den Anfang seiner eigentlichen Verstrickung in die Geschichte der Hurenmorde bildete.

Flavio brauchte einen Moment, ehe er antwortete. »Die drei haben mich nach Euch gefragt, und daher bot ich mich an, ihnen den Weg zu weisen.« Er wollte sich schon wieder abwenden, als ihm noch etwas einfiel. »Mein Vater läßt Euch im übrigen grüßen. Er fragte, ob Ihr ihn nicht bald wieder einmal aufsuchen wollt.«

»Sag ihm, ich werde bei nächster Gelegenheit kommen.«

Erst als der Student am Ende des Flurs verschwunden war, winkte Jakob die Kinder in seine Schreibstube herein und schloß hinter ihnen die Tür.

»Was führt dich zu mir, Serena? Woher kennst du Flavio Farnese? Und wer sind deine Begleiter?«

»Das da ist Filippo, und hier ist mein besonderer Freund Cesare«, stellte Serena ihre Freunde vor. »Wir brauchen Eure Hilfe. Zwei Freunde von uns sind in die Casa Santa verschleppt worden.«

Jakob wies sie an, sich auf die an der Wand stehende Holzbank zu setzen, und nahm seinerseits ihnen gegenüber auf einem Hocker Platz. Dann bat er sie, ihm der Reihe nach alles zu berichten. Vom ersten Tag an, als sie Bibiana vermißte, berichtete Serena über alles, was ihr und ihren Freunden widerfahren war, nichts ließ sie aus, und da, wo sie etwas vergessen hatte, sprang Cesare ergänzend ein. Für Jakob rundete sich allmählich das Bild, das er von Trippa hatte. Ebenso bemerkenswert fand er den Hinweis auf die Bekanntschaft Flavios mit Bibiana und Antonia. Wenn Ambrogio tatsächlich seinem Sohn die Auswahl der Puttani für sein Fest überlassen hat,

191

dann wollte er vermeiden, daß irgendein Mezzani Kenntnis über die Huren hatte. Ein Beweis mehr, dachte Jakob, daß Ambrogio auf jenem Fest alles, was mit ihm zu tun hat, genau geplant hatte.

Obschon er selbst beunruhigt war, versuchte Jakob, Serena ihre Angst zu nehmen. Er überlegte, mit wem er über die gefangenen Kinder sprechen könnte, ohne sich selbst verdächtig zu machen. Von allen, die er anfangs noch für Verbündete gehalten hatte, mußte er Übles befürchten. Trippa spielte ebenso ein doppeltes Spiel wie Ambrogio Farnese, und Frangipane blieb Jakob trotz einiger eindrucksvoller Gespräche, die sie in den zurückliegenden zwei Wochen geführt hatten, wenig faßbar; eigentlich war ihm der Bischof richtiggehend unheimlich, denn hinter seiner freundlichen Offenheit verbarg sich eine tiefe Verschlossenheit. Nein, mit keinem dieser drei durfte er über Luigi und Massimiliano sprechen. Blieb nur Claudia. Sie hatte versprochen, alles zu tun, was helfen könnte, den Mörder ihrer Schwester zu finden; und sie hatte Zugang zu Casale.

Jakob erhob sich. »Ihr müßt in den nächsten Tagen besonders auf euch aufpassen. Am besten laßt ihr euch nicht mehr im Borgo blicken. Habt ihr«, fragte er Cesare und Filippo, »in der Stadt einen sicheren Unterschlupf?«

»Mit meinen Freunden habe ich vor einigen Tagen die Baustelle am alten Zirkus Flaminius aufgetan, wo die Crescenzi anfangen, die Wohnhäuser abzureißen und einen Palazzo aufzubauen; in einem Teil der früheren Häuser wohnen die Bauarbeiter, und da gibt es im Keller genug Platz für uns.«

Jakob nickte. »Du gehst mit Filippo dorthin und wartest, bis wir euch abholen oder Bescheid geben. Einverstanden?«

»Und was macht ihr?«

»Ich gehe mit Serena zu einer Freundin, von der ich annehme, daß sie uns weiterhelfen kann; wir würden uns verdächtig machen, kämen wir zu viert. Außerdem ist es nicht gut, wenn man mich mit euch in der Stadt sieht.«

Die Jungen nickten und verließen das Schreibzimmer. Ja-

192

kob ordnete rasch seine Papiere – er arbeitete an der zweiten Fassung seines Rechtsgutachtens über die erbrechtliche Angelegenheit des Dominikanerordens – und bat Serena, sich zu Marcina auf den Weg zu machen und dort im Treppenhaus auf ihn zu warten; er würde einige Minuten später eintreffen.

Dann reichte er ihr die Hand. Sie schlug ein und blickte ihn unverwandt an.

Seltsam, dachte Jakob, ich fühle so etwas wie Stolz in meiner Brust, daß ich der Kupplerin fünf Scudi für das Versprechen in die Hand gedrückt habe, Serena und Giovanni bis Januar zu versorgen. Den größten Teil des Garilliatischen Darlehens hatte er in seiner Zelle in einem Mauerversteck untergebracht; einer seiner Vorgänger im Collegio Teutonico hatte einen Ziegel gelockert, herausgezogen und etwas ausgeschlagen, so daß ein Hohlraum entstanden war, in welchen ein Seidensäckchen paßte. Einen Betrag von dreißig Goldscudi hatte er dagegen in den unteren Saum seiner Kutte eingenäht und beschlossen, diesen Betrag als eiserne Reserve bei sich zu behalten und ihn Garilliati keinesfalls zurückzugeben.

Bisher hatte Jakob keine Gelegenheit gehabt, die Scudi für einen Mezzani auszugeben; Garilliatis Empfehlung, es bei Trippa zu versuchen, wollte er nicht befolgen, und bei Claudia und Frangipane konnte und mußte er nicht mehr Komödie spielen; erst heute abend, auf dem Fest des Chigi in der Villa in Trastevere, auf deren Gestaltung Baldassare so stolz war, würde er etliche Scudi benötigen, um sich am Glücksspiel zu beteiligen. Die ganze Kurie sprach von Chigis Fest, und manche munkelten gar, der Papst höchstpersönlich würde erscheinen, um den reichen Bankier zu ehren.

»Geh endlich«, wandte er sich an Serena. »Nimm den kürzesten Weg und trödele nicht. Ich breche in wenigen Minuten auf. – Und paß auf, daß dir niemand folgt; wir müssen vorsichtig sein.«

Serena nickte und schlüpfte zur Tür hinaus. Jakob lauschte ihren Schritten nach; er mochte dieses Mädchen, und wenn es ihm auch nur gelang, ihre Seele zu retten, hatte er schon etwas erreicht. Als ihre Schritte verhallt waren, trat er auf den finsteren Flur hinaus und schloß das Schreibzimmer hinter sich ab. Die Worte des Mörders, die die Kinder belauscht haben wollten, gingen ihm durch den Kopf, diese Frage, warum seine Zeichen nicht erkannt wurden und ob es Gottes Ratschluß sei, ihn ein neuerliches Zeichen setzen zu lassen. War der Mörder ein Getriebener, der gar nicht anders handeln konnte? Oder befriedigte er doch nur seine Lust, indem er Huren quälte und tötete? Möglicherweise war aber auch ein ganz anderes Motiv im Spiel.

Eilig schritt Jakob auf die Kirche Sant' Andrea delle Valle zu, in der die Sarkophage der beiden Piccolomini-Päpste ruht. Dann erreichte er ein Ende der Via Sudario und blickte unwillkürlich hinein. Die Treppe, die zu Lydias Freudenhaus führte, lag verlassen da. Rasch lief Jakob daraufhin in die anliegende Gasse, um auf die Rückseite des Häuserkomplexes zu gelangen. Mit jedem Schritt, der ihn näher zu Claudia brachte, schlug sein Herz heftiger.

Mit einem tiefen Gefühl der Vorfreude nahm er den rostigen Klopfer und schlug ihn gegen das Holz.

Marcina öffnete so rasch, als hätte sie hinter der Tür gestanden und auf ihn gewartet.

Serena kauerte auf dem Treppenabsatz und sprang erleichtert auf, als sie Jakob sah. Im Haus der Kupplerin, die ihre Tante zum Bischof von Rapolla geschickt hatte, fühlte sie sich äußerst unwohl. Warum schickte der Mönch sie hierher? Vielleicht gehörte der Dominikaner doch zu denen, welche die Verbrechen an den Huren verschleiern wollten. Nein, so viel Mißtrauen hatte der Mönch nicht verdient; außerdem hatte er Apollonia fünf Scudi für sie gegeben, und auch Giuseppe hielt ihn für einen ehrbaren Mann. Aber wenn auch die Sache mit dem Geld nur ein Trick gewesen war, um sich ihr Vertrauen zu erschleichen?

194

Plötzlich fiel ihr ein, wer die zweite Leiche in Trippas Keller gewesen war. Die tote Frau mußte jene Antonia gewesen sein, nach der sich der Mönch so hartnäckig erkundigt hatte, und sie erinnerte sich, gefragt zu haben, ob die Dirne tot sei; daraufhin hatte der Mönche kaltherzig gelogen.

Als Jakob eintrat, sprang Serena auf und folgte ihm und Marcina die engen Treppen hinauf. Als sie zwei Stockwerke hinaufgegangen waren, zwängten sie sich durch eine versteckte Tür. Serena riß überrascht die Augen auf, als sie die Seidentapeten wahrnahm; so etwas hatte sie noch nie gesehen; alle Wände waren mit Bildern von Eulen, Falken, Raben und vielen anderen bunten Vögeln geschmückt.

Dann betrat Claudia den Raum. Unnahbar sah sie aus in ihrem schlichten schwarzen Kleid und dem dunklen Panno listato, der ihr Gesicht verbarg. Nur ihre blauen Augen durchdrangen den zarten Schleier. Sie sah nicht aus wie eine Frau, die Mädchen wie ihre Tante leichtfertig zu Purpurträgern schickte und damit in Gefahr brachte.

Niemand sprach in den ersten Momenten ein Wort. Nur ein leises Vibrieren schien in der Luft zu stehen, wie unmittelbar vor einem Blitz während eines Sommergewitters. Serena schaute den Dominikaner an; auch er schien die besondere Aura, die Claudia umgab, zu spüren. Er hatte sich zwar als erster gesetzt, doch umklammerten seine Hände die Lehne seines Ledersessels.

»Das ist Serena«, sagte Jakob endlich mit heiserer Stimme. »Sie ist die Nichte der toten Bibiana und braucht deine Hilfe.«

»Wenn ich helfen kann, helfe ich ihr«, erwiderte Claudia leise. Auch sie hatte sich in einer anmutigen Bewegung gesetzt. Serena fiel auf, daß Marcina plötzlich verschwunden war, als gäbe es hier noch einen Geheimgang.

In groben Zügen berichtete Jakob, was sich ereignet hatte. Manchmal, während Claudia aufmerksam zuhörte, nahm sie Serena in den Blick, und einmal war es dem Mädchen sogar, als zwinkerte die Frau ihr freundlich zu.

»Kannst du mit Casale wegen der Jungen sprechen?« schloß Jakob seinen Bericht und lehnte sich in seinen Sessel zurück, als sei er erschöpft vom Reden.

»Du verlangst viel.« Claudias Stimme zitterte. »Aber ich werde es tun. Unter einer Bedingung.«

»Welcher?«

»Du mußt wiederkommen und mich anhören.«

Jakob schluckte überrascht, ehe er ein »Gewiß« flüsterte.

Zwei Stunden später gewährten zwei Schweizergardisten Jakob und Serena Einlaß am schmalen Tor der düsteren Casa Santa. Ein Frater in schwarzer Robe führte sie in einen tiefen Keller hinab und durch einen feuchten Flur zu einem Verlies.

Ein modriger Geruch wallte ihnen entgegen, als eine eisenbewehrte Tür aufschwang. Das Verlies selbst lag in tiefster Dunkelheit, nur im engen Umkreis der Tür erhellte der fahle Schein der Fackel den Boden. Karges, schmutziges Stroh lag da. Kalt und feucht strich die Luft in den Flur, von den Ecken her stank es nach Kot. In der Dunkelheit raschelte es, und schon sah man Ratten durch den Lichtschein hüpfen.

Jakob wandte sich mit Grausen ab, während Serena in das schwarze Loch hineinrief: »Luigi, Massimiliano, kommt heraus!«

Leise, ungläubige Schreie antworteten ihr, und dann krochen die beiden durch die Finsternis zur Tür. Verdreckt und verängstigt sahen sie aus, doch unversehrt.

Der Frater verschloß das Verlies wieder und geleitete sie hinauf, wo er wortlos auf eine Tür deutete. Sie traten ein und standen unversehens in einem schmalen Raum dem Inquisitor von Rom gegenüber. Er sah unscheinbar aus; klein, schmächtig, ein glattrasiertes, spitzes Gesicht und eine Glatze mit einem Kranz weißer, kurz geschorener Haare. Die Arme hatte er vor der Brust verschränkt und nickte ihnen ernst und stumm zu.

»Eine Frage muß ich euch stellen: Was tatet ihr im Keller

196

des Weihbischofs?« Seine Stimme klang überraschend weich und melodisch.

Luigi beeilte sich zu antworten. »Wir wußten gar nicht, wem das Gewölbe gehört; wir suchten einen warmen und trockenen Platz, sonst nichts. Wir leben auf der Straße.«

Der Inquisitor musterte sie alle, Luigi, Massimiliano, Serena und Jakob. Er blickte ihnen fest in die Augen, schien sich ihre Gesichtszüge einzuprägen und inspizierte dann ihre Körper bis hinunter zu ihren verdreckten Schuhen. Dann sagte er mit seiner vertrauenerweckenden Stimme: »Laßt die roten Keller in Zukunft, so werdet ihr euch die schwarzen ersparen.«

Er schnippte mit den Fingern der rechten Hand, eine gebieterische Geste, die den Kustoden herbeirief, der sie unverzüglich aus der Casa Santa hinausführte.

Die Wunder des Peruzzi

Sie waren, so rasch sie konnten, in die Stadt gelaufen, hatten Cesare und Filippo auf der Baustelle in den Häusern der Crescenzi gesucht und dabei stets darauf geachtet, ob ihnen jemand folgte; erst als sie sicher sein konnten, unbeobachtet zu sein, waren sie mit den anderen zusammengetroffen. Die Begrüßung fiel freudig, aber kurz aus, dann beschrieb Luigi ausführlich seine morgendlichen Beobachtungen in den Räumen der Datarie.

»Darauf wette ich so viele Becher Wein wie früher auf den Seicento, daß der Kopf mit dem wirren Haar genau jenem Mistkerl gehört hat, der vor zwei Wochen die Puttana unter dem Castel Sant' Angelo niederstechen wollte«, erklärte Luigi atemlos.

»Luigi, würdest du den Mann erkennen, wenn er dir gegenüberstände?« fragte Jakob.

Der Junge nickte heftig. »Selbstverständlich.«

»Dann bitte ich dich, mit mir einen Spaziergang zu machen.«

»Und was ist mit uns?« riefen Cesare, Serena, Massimiliano und Filippo wie im Chor.

»Ihr bleibt hier und haltet euch versteckt. Die Sache ist gefährlich, und ein zweites Mal kann ich keinen aus der Casa Santa befreien.«

»Du bist in Angelegenheiten der Kurie sehr bewandert«, stellte Jakob, zu Luigi gewandt, fest, als sie über die Via Giulia gingen. »Ich bitte dich, mir zu sagen, was du über Bischof Frangipane weißt, den wir jetzt besuchen.«

198

»Frangipane? Der kleine Dicke aus dem Mezzogiorno, ein Titularbischof, weil es das Bistum von Fiuggi gar nicht mehr gibt? Was wollen wir ausgerechnet bei ihm?«

»Er hat einen persönlichen Sekretär, der deinen Beschreibungen ähnelt. Wenn du ihn siehst, lasse dir auf keinen Fall anmerken, daß du ihn erkennst, verstehst du?«

Luigi lächelte. »Also, über den Frangipane weiß ich einiges; er ist zwar unwichtig, sonst hätte mir mein Vater mehr über ihn und die Kurie erzählt; so ein Suppliken-Referendar erfährt nämlich eine ganze Menge.«

Was für ein Jammer, dachte Jakob, daß sein Vater ihn nicht als leiblichen Sohn anerkennt; der Junge ist so stolz auf ihn.

»Frangipane«, erklärte Luigi mit wichtiger Stimme, »weiß sein Leben zu gestalten und ist einer der fröhlichsten Zecher im Vatikan. Er tafelt zwar nicht mit dem Papst und unterhält keine Geschäfte im Borgo, jedoch geht er in allen Palazzi ein und aus. Mit der Gottesmutter Maria hält er es innig, wie alle aus dem Süden. Manche sagen, er sei bei aller politischen Zurückhaltung eher ein Freund der Kaiserlichen, manche sehen es anders.« Der Junge hielt inne und schien zu überlegen, während sie die Via Giulia hinabgingen und sich der Baustelle von San Giovanni de Fiorentini näherten, jener Kirchengründung des Medici-Leo, mit der den Florentinern zu Rom eine würdige Kathedrale gegeben werden sollte und deren Vollendung Clemens mit wahrem Medici-Eifer weitertrieb.

»Ach ja«, rief Luigi voller Freude, »mein Vater hat gesagt, der Frangipane sei der heimliche Sekretär des Pompeo Colonna in der Stadt und verstecke seine Eitelkeit nach hohen Ämtern hinter dem Anschein eines weltlichen Lotterlebens. Dabei soll die Verbindung des Frangipane zu den Colonna bereits über seinen Großonkel bestehen, dem angeblich vom Colonna-Papst Martin vor fast hundert Jahren der Kardinalshut aufgesetzt worden ist. Frangipane versteht es geschickt, im Hintergrund zu bleiben und sogar so zu tun, als sei er ein Parteigänger der Franzosen, weshalb er vor einigen Wochen, als Clemens den Pompeo mitsamt seinen Anhängern in Acht warf, seelenruhig weiterleben konnte. Wenn das, was mir mein Vater erzählte, stimmt, ist Frangipane kein Freund der Farnese und Orsini.«

Jakob schlug Luigi anerkennend auf die Schulter, was dem Jungen sichtlich gefiel. In ihren letzten Gesprächen hatte Frangipane die Rede zunehmend auf die Politik gebracht und versucht, Jakob auf die kaiserliche Seite zu ziehen, indem er ihn an seiner landsmannschaftlichen Ehre packte und die Verbundenheit des deutschen Mönches mit dem deutschen König als wegweisend und gottgegeben betonte. Doch Jakob hatte keinen Sinn für die Politik, insbesondere nicht für die wankelmütigen Taktierereien dieses Papstes, der sich heute so heftig auf die Seite des Kaisers stellen konnte, wie er sich morgen dem Franzosenkönig in die Arme werfen mochte. Wahrscheinlich liebte Clemens mehr als alles andere den Krieg, dachte Jakob. Würden die Könige in Eintracht leben, bedürfte es keines kirchlichen Richters über weltliche Fragen und schwände seine Macht. Außerdem, argwöhnte Jakob, wäre den Königen dann die Herrschaft der kleinen Fürstentümer lästig, und sie sähen in den Grafschaften und Städten geeignete Happen, um ihren herrscherlichen Appetit zu stillen; wie sehr müßte es einen Medici schmerzen, verlöre er Florenz an Kaiser Karl oder König Franz. Da war es schon besser, aus der Zwietracht der Großen die Sicherheit der Kleinen abzuleiten und dafür zu sorgen, daß kein Frieden zustande kam.

Schon hatten sie den Tiber überschritten und näherten sich Frangipanes Haus, als Jakob sich an Luigi wandte und ihm einschärfte, er solle, falls er gefragt werde, sagen, er sei ein Pferdebursche von Ambrogio Farnese und habe vor zwei Wochen im Palazzo Garilliati bei einem Fest ausgeholfen und dabei einem anderen, dessen Namen er nicht wisse, ein Kästchen überreicht, welches ihm Ambrogio persönlich anvertraut habe. Luigi blickte zwar fragend, nickte jedoch widerspruchslos. Jakob wollte unter dem Vorwand, den Boten des Giftes

200

entdeckt zu haben, mit dem Jungen von Ennea zu Frangipane vorgelassen werden; so konnte Luigi den Verdächtigen unauffällig betrachten und blieb vor allzu forschenden Fragen verschont.

Jakob pochte an die Tür, die sogleich von Ennea geöffnet wurde. Mit wirren Haaren und flackerndem Blick stand er da und starrte auf Jakob und den Jungen. Jakob fiel auf, daß er eine deutlich hervorgewölbte Unterlippe hatte, die seinem Gesicht einen dümmlichen Anstrich verlieh. Sein kräftiger Kehlkopf hüpfte aufgeregt, ehe Ennea mit unnatürlich hoher Stimme die Auskunft gab, der Bischof sei außer Haus.

»Schade«, erklärte Jakob, »ich hätte ihm hier einen Jungen vorgestellt, den er wegen seiner Unpäßlichkeit neulich gewiß gerne gesprochen hätte. Richte ihm aus, daß wir morgen wiederkommen.« Dann fügte er, einer plötzlichen Eingebung folgend, hinzu: »Der Bengel hat junge Hunde und weiß nicht, wohin damit; soll ich sie im Tiber ertränken?«

»O nein«, jammerte Ennea sofort, »die armen Welpen, das dürft Ihr den Tieren nicht antun.«

»Vielleicht kannst du einen Welpen nehmen«, erwiderte Jakob mit Unschuldsmiene.

In Enneas Gesicht arbeitete es, und schließlich huschte ein kurzes Lächeln über seine Lippen; er nickte. »Ihr habt recht, ich könnte eines der Hündchen nehmen. Bringt es morgen mit, wenn Ihr kommt; aber nicht vor der Mittagsstunde, denn für Exzellenz wird die Nacht lang werden.«

»Was hat der Bischof vor?« fragte Jakob scheinheilig.

»Zuerst beehrt er Chigi, und danach muß er ja nur über die Ponte Sisto springen; Euch muß ich ja nicht mehr sagen.«

Jakob lächelte, legte Ennea freundschaftlich die Hand auf die Schulter und flüsterte ihm ins Ohr: »Morgen bringe ich dir den schönsten Hund.« Dann ging er mit Luigi davon. Sie nahmen den Weg zum Vatikan hinauf, damit Ennea vermuten konnte, Jakob brächte den Jungen zum Camposanto, und erst als sie an der Via Teutonica angelangt waren, blieben sie stehen. Jakob drehte sich Luigi zu, seine Augen fragend auf ihn gerichtet. Der Junge wirkte bleich und wie gelähmt; er nickte nur.

»Bist du sicher?«

»Ja«, antwortete Luigi leise. »Das war der Mann, den ich neulich nachts gesehen habe.«

»Gut«, sagte Jakob. »Dann werden wir ihm morgen einen jungen Hund bringen. – Kannst du zu den anderen laufen und einen Welpen auftreiben? Ich komme morgen nach der Andacht und hole dich ab.«

»Wird gemacht«, entgegnete Luigi; es sah wie eine Befreiung aus, so leichtfüßig sprang der Junge dahin und war schon im Borgo verschwunden.

Jakob suchte seine Zelle auf und wechselte die Kleidung; zwar besuchte er das Fest des Chigi im Habit der Dominikaner, aber zu diesem Anlaß hatte er seine zweite Robe eigens waschen lassen, damit er unter all den Edelleuten und hohen Würdenträgern wenigstens ein sauberes Bild abgab. Doch momentan war das Fest für ihn weit weg; Jakobs Gedanken waren vollkommen von Ennea in Beschlag genommen. Konnte eine Täuschung oder Verwechslung vorliegen? Er hatte Luigi eingeschärft, sich den Verdächtigen genau anzusehen und sich keinesfalls ein vorschnelles Urteil zu bilden. Luigi war ein aufgeweckter Junge, und er hatte den Mörder längere Zeit aus nächster Nähe gesehen. Aber wenn Ennea der Mörder war – wie kam er an die Opfer?

Alle ihm bekannten Tatsachen drehte und wendete Jakob hin und her, aber eine schlüssige Erklärung fand er lediglich für Paola, Frangipanes Engel, und für Antonia, seine eigene Tischnachbarin auf dem Fest des Ambrogio Farnese. Paola befand sich im Haus, ihr mußte Ennea nur folgen, als sie einmal das Haus in der Nacht verließ; auf sie mochte er, der sich im besonderen Sinn als Diener seines Herrn fühlte, durchaus eifersüchtig gewesen sein. Über das Fest bei Ambrogio wußte

202

er zumindest deshalb Bescheid, weil Frangipane dort Gast war, und dabei könnte Ennea Antonia beobachtet haben. Aber wie stand es mit Dora, die man unter dem Kapitol fand? Oder mit Tullia, die in der Nähe von San Pietro in Montorio entdeckt worden war? Und schließlich mit Bibiana, Serenas Tante? Steckte der Zufall dahinter, daß Ennea auf diese Mädchen gestoßen war? Oder gab es Hinweise von dritter Seite?

Bei Tullia, folgerte Jakob weiter, mochte die Verbindung über Ambrogio laufen, den und dessen Gewohnheiten Ennea kennen konnte, und Bibiana mochte wirklich sogar ein Zufallsopfer sein, denn schließlich wohnte Raimondo Senili um die Ecke. Aber Dora, die das erste Mal überhaupt das schützende Haus Lydias verließ? Und dann erst Lydia und Aldobrandino Orsini; diese Morde konnte sich Jakob nicht erklären.

Aber auch die Morde an sich schienen Jakob nicht zu einem Menschen zu passen, der bittere Tränen wegen eines leidenden Hundes vergießen konnte; andererseits war ein Hund eine unschuldige Kreatur, was man zumindest aus der Sicht eines Moralisten von den Huren nicht sagen konnte.

Ich muß noch mehr erfahren, dachte Jakob und schlüpfte in das frische Gewand. Wichtiger noch schien ihm die Frage, wie er mit Trippa umgehen und ob er ihn einweihen sollte. Wenn der Monsignore falschspielte, konnte es sein, daß er Ennea laufenließ, um die Morde einem anderen in die Schuhe zu schieben. Vielleicht unterstellte er einem anderen, Ennea mißbraucht zu haben, und Ennea lieferte in der Tortur jede gewünschte Aussage. Ja, Trippa wartete nur darauf, daß ihm Jakob einen Tatverdächtigen präsentierte, der sich auf die Folter spannen und dann für seine Zwecke einsetzen ließ. Wenn der Monsignore tatsächlich, wie es die Erkenntnisse von Luigi nahelegten, so eng mit den Farnese verbunden war, dann gab es nur einen Mann, gegen den sich die Intrige richten konnte: Fabricio Casale. Ambrogio Farnese hatte von Anfang an beinahe haßerfüllt über den Vizedatar gesprochen, und Trippa, der sich lange Zeit geschickt bedeckt gehalten hatte, ließ letztlich auch den Eindruck bestehen, er verdächtige den illegitimen Medici-Sproß.

Wo aber, befielen Jakob neue Zweifel, läge der Sinn, daß ausschließlich Huren aus dem Umkreis von Casale die Opfer waren? Wenn Casale selbst der Auftraggeber gewesen wäre, hätte er einzig und allein sich selbst geschädigt. Das ergab keinerlei Sinn. Es sei denn, er hätte unbotmäßige Dirnen bestrafen wollen; ja, so ließe es sich darstellen; man hätte ein glaubwürdiges Motiv und eine belastende Zeugenaussage, das müßte genügen, Casale in Haft zu nehmen und zu verhören; er würde hartnäckig leugnen und den Untersuchungsrichter zwingen, nach dem Androhen der Folter zur Tortur zu schreiten; dann wäre Casale in Gottes Hand und Ambrogio Farnese am Ziel seiner Wünsche.

Ich werde also, dachte Jakob, entgegen Trippas Anweisung den Fall beim Governatore zur Anklage bringen und dafür sorgen, daß Ennea in das Untersuchungsgefängnis Corte Savella kommt.

Lächelnd steckte er sich fünfzig Goldscudi in die Tasche, damit er später am Glücksspiel teilnehmen konnte, und verließ seine Zelle.

Das Gartenhaus des Chigi lag am Fuße des *Gianicolo* unmittelbar am Tiber und war der letzte Sommerpalast, ehe die Wohnhäuser von Trastevere begannen. Die Villa befand sich in einem weiten Garten mit mehreren ausladenden Buchen und Linden, deren Kronen nun kahl und winterlich in den Himmel ragten. Am eisernen Tor vor der Gartenzufahrt prangte ein kunstvoll gestaltetes Wappen, das durch eine senkrechte und eine waagerechte Linie in vier Teile geteilt war und jeweils über Kreuz einen ausladenden Baum und einen von einem Stern gekrönten Turm darstellte, wobei der Turm aus sechs wabenartigen Elementen aufgebaut war. Das Wappen zeigte Fruchtbarkeit und Reichtum der Familie an, zu Recht, wie der mit

204

prunkvoller Leichtigkeit aufgeführte Sommerpalast bewies, dessen hohe Fenster hell erstrahlten.

Unaufhörlich trafen Gäste ein, wobei viele mit herausgeputzten Kutschen vorfuhren, die von frisch gestriegelten, silbern geschirrten Pferden gezogen wurden. Vor dem Portal wartete ein Dutzend Lakaien, und zu jeder Kutsche sprangen vier Diener vor und entboten ihre Hilfe beim Aussteigen; dann geleiteten sie unter hochgehaltenen Schirmen die Damen und Herren trockenen Fußes zur Eingangshalle, wo die Gäste von einem Zeremonienmeister in Empfang genommen wurden. Mit ausgesuchter Höflichkeit begrüßte der Zeremonienmeister jeden Gast, ehe es über eine breite Treppe in die weiten Räume der Villa hinaufging, in der sich Baldassare Peruzzi durchaus auch ein Denkmal als Baumeister gesetzt hatte. Dann bog man um eine Ecke und stand im Saal der Perspektiven, und hätte Jakob bei Garilliati nicht den Felsensaal gesehen, er wäre erschrocken, dermaßen lebensecht standen die Säulen vor dem Betrachter und gaben den Blick auf eine weite Landschaft voller Liebreiz frei, die Jakob ganz in ihren Bann zog. Er verharrte und gab sich der optischen Täuschung hin, offensichtlich sehr zur Freude des Künstlers, denn leise schlich sich Peruzzi an Jakob heran und schlug ihm auf die Schulter.

»Du bist also gekommen, du Nordmönch«, sagte er lachend. »Gefällt dir mein Werk?«

Jakob nickte und suchte nach passenden Worten des Lobes, doch Baldassare verschwand so lautlos und rasch, wie er erschienen war. Neben einem Fensterflügel entdeckte Jakob den jungen Colonna-Wachmann Carlos Nunez und ging langsam auf ihn zu.

»Carlos!« Jakob berührte den Wachmann am Arm. Er drehte sich um und erschrak.

»Seid gegrüßt«, stammelte er. »Was wollt Ihr von mir?«

»In jener Nacht, als du diesen schwarzen Schatten sahst – was hatte der Schatten für Haare?«

205

Carlos zögerte. »Laßt mich überlegen! Ich glaube, er hatte kurzgeschorenes Haar, beinahe, als hätte er eine Kappe auf.«

»Wenn ich dir den Mörder gegenüberstellte«, fragte Jakob weiter, »würdest du ihn erkennen?«

»Es war dunkel, ich habe nur den Schatten, einige Umrisse gesehen. Nein, ich glaube nicht.«

»Aber was die Haare angeht, bist du dir sicher?«

»Der Mann könnte eine Kappe getragen haben. Andernfalls müssen die Haare kurz geschoren gewesen sein, doch, da bin ich sicher.«

»Hast du eine Tonsur gesehen?«

»Nein; eine Tonsur hätte ich wahrgenommen.«

Jakob nickte Carlos zu und schlenderte weiter in einen zweiten Saal. Hier wurde in silbernen Bechern Wein gereicht, und Jakob griff gerne zu. Plötzlich bemerkte er Ambrogio Farnese auf sich zu kommen.

»Werter Doktor«, grüßte er und deutete eine Verbeugung an, »das Vergnügen, dich zu sehen, läßt mein Herz höher schlagen. Du wirst erahnen, daß meine Neugier beinahe ins Unermeßliche gestiegen ist, weil ich schon so lange keine Nachricht mehr von dir erhielt. Zappelt der Mörder gar schon in deinem Netz?«

»Das Vergnügen liegt ganz auf meiner Seite«, erwiderte Jakob genauso übertrieben freundlich. »Leider ist es einfacher, der Bibel neue Erkenntnisse abzugewinnen als diesem Fall, und wenn ich den geringsten Erfolg hätte verbuchen können, hättet Ihr es sicher auf doppelte Weise erfahren; einmal von Eurem Vetter und zum anderen natürlich aus meinem eigenen Munde.«

»Ottavio ist in die große Politik verstrickt, ihm kommt zur Zeit wenig zu Ohren. Er hat mit den Verhandlungen mit König Franz und Kaiser Karl zu tun. Es hätte schon sein können, daß du einen Erfolg verbuchst und mein Vetter nichts davon ahnt.«

Jakob lächelte Farnese bedauernd an. »Einzig der Umstand,

daß Monsignore Trippa ein Mensch mit einem abwechslungs-reichen Charakter ist«, raunte er und fixierte Ambrogios Gesicht, »ist mir als neuere Erkenntnis bekannt geworden; er scheint weniger selbst Schach zu spielen, als mit diebischem Vergnügen dabei zu sitzen, wenn sich zwei Spieler gegenseitig zerfleischen.«

Ambrogio verzog das Gesicht. »Wie muß ich dieses Gleichnis verstehen?«

»Noch bin ich nicht über das Stadium des Verdachts hinaus. Vielleicht tue ich Trippa Unrecht. Allerdings könnte es sein, daß er sich zu den alten Freunden neue gewonnen hat, deren Sinnen und Trachten in eine andere Richtung geht. – Doch vergeßt dies; wüßte ich mehr, ginge ich zum Kanzler.«

»Hat dir mein Brief geholfen?« wechselte Ambrogio das Thema.

»Über die Maßen«, entgegnete Jakob erfreut. »Ich werde heute am Glücksspiel teilnehmen können.«

Ambrogio Farnese suchte offensichtlich nach tadelnden Worten, als sich sein Gesicht unwillkürlich zu einem Lächeln verzog, das seiner mit rauschenden Gewändern dahinschreitenden Tochter Margherita galt. Die junge Dame hob leicht ihre Augenbrauen an, als sie Jakob erkannte, hauchte ihrem Vater einen Kuß auf die Wange und reichte Jakob die Hand, damit er sie der spanischen Gewohnheit gemäß küßte. Im Gegensatz zu ihrer letzten Begegnung trug sie ein sehr enges, züchtiges Kleid.

»Ich wollte«, spottete Margherita, der Jakobs aufmerksamer Blick nicht entgangen war, »ich hätte etwas von der Art angelegt, was ich neulich trug, denn ich bin sicher, dann hättet Ihr begonnen, mir aus dem Hohelied des Salomo zu zitieren.«

Jakob lächelte. »Ich komme in meinen Garten, Schwester Braut; ich pflücke meine Myrrhe, den Balsam; esse meine Wabe samt dem Honig, trinke meinen Wein und die Milch. Freunde, eßt und trinkt, berauscht euch an der Liebe.«

Sie war ganz nah an ihn herangetreten und hauchte ihm, als

er den Vers beendet hatte, ein Bravo ins Ohr; dann legte sie ihm lässig ihre Hand auf die Schulter und zwinkerte ihrem Vater zu. Ambrogio Farnese räusperte sich und bemerkte, zu Jakob gewandt, er möge sich doch morgen im Laufe des Nachmittags zu einem Schachspiel einfinden, damit sie das Problem der Alphini ausgiebig erörtern könnten.

»Mit dem größten Vergnügen.« Jakob verabschiedete Ambrogio mit einem besonders aufgesetzten Lächeln.

»Ihr solltet meinen Vater nicht verärgern«, tadelte Margherita ihn. »Ihr müßt Euch einen besonders üblen Scherz erlaubt haben, selten sah ich ihn so wütend.«

Jakob entschuldigte sich bei Margherita, daß er ihrem Vater nicht jeden Wunsch von den Augen abgelesen habe, jedoch werde er morgen die Gelegenheit nutzen, am Schachbrett alles Versäumte nachzuholen.

»Nehmt es nicht auf die leichte Schulter«, hauchte ihm Margherita ins Ohr und biß unversehens in sein fleischiges Ohrläppchen. »Es wäre schade, wenn Ihr vor die Hunde gehen würdet.«

Dann ließ sie ihn stehen und verschwand in der Menge, die sich durch eine weit geöffnete Tür in die Speisesäle drängte.

Jakob schlenderte in den Saal der Perspektiven zurück; er konnte sich kaum satt sehen an den gemalten Wundern des Peruzzi und versuchte zu ergründen, wie Baldassare es bewerkstelligt hatte, diesen überwältigend natürlichen Eindruck herzustellen. Jakobs Bemühen blieb jedoch vergeblich, denn seine Talente lagen keinesfalls auf dem Feld der bildnerischen Kunst, sondern beschränkten sich auf die Welt der Worte, seien es die Codices des weltlichen und kirchlichen Rechts, Altes und Neues Testament oder auch die Schriften der Kirchenväter. Auch in manchem philosophischen Traktat fühlte er sich zu Hause, und er spielte insgeheim mit dem Gedanken, sich selbst literarisch zu betätigen, denn seit langem beschäftigte ihn eine Idee, rechtliche Fragen mit theologischen zu verknüpfen, vor allem im Hinblick auf den von Luther zur

Diskussion gestellten freien Willen. Sein Lehrer zu Ingolstadt jedenfalls hätte seine helle Freude daran, würde Jakob unter solcherlei Gesichtspunkten zu einer hieb- und stichfesten Schlußfolgerung gelangen. Ihm war beinahe, als sähe er in der Weite jener Landschaft, die Peruzzi an die Wand gezaubert hatte, den tapferen Streiter wider die Häresie, Johannes Eck, stehen und ihm zuwinken. Heftig und ungestüm packte ihn sogleich die Sehnsucht nach der hügeligen Landschaft Bayerns und seinen beschaulichen kleinen Städten, in denen es sich so friedlich und gottesfürchtig leben ließ. Er lehnte sich gegen die Wand, nippte an seinem Rotwein und fühlte, daß er tatsächlich Heimweh hatte.

»Beglückt dich das Fest noch nicht?« drang eine ihm wohlbekannte Stimme in sein Ohr.

Jakob wandte Frangipane den Kopf zu. Der Bischof schien aufgeregt zu sein; seine Augen irrten unstet umher. »Ihr kennt mich und wißt, wie wenig ich von dem Prunk halte.«

»Den anderen gegenüber solltest du trotzdem deine Tarnung aufrecht erhalten. – Ennea sagte mir, du hättest ein Bürschchen aufgetan, das mit meiner Unpäßlichkeit zu tun hat.«

»In der Tat; ich glaube, ich habe den Boten gefunden, der das Gift brachte. – Morgen um die Mittagsstunde werde ich mit dem Knaben bei Euch sein; es ist mir Ernst, Euren Auftrag zu erfüllen.«

»Von wem stammt das Gift?« raunte Frangipane ihm zu.

»Ich bin mir noch nicht ganz sicher, daher nur so viel: Er befindet sich unter den Gästen.«

Der Bischof verzog das Gesicht. »Das glaube ich dir gern. Heute ist schließlich alles versammelt, was sich gut Freund und was sich spinnefeind ist. Doch gib mir wenigstens einen Hinweis. Ich platze vor Neugier.«

»Der Verdacht kann sich als vollkommen falsch erweisen«, wich Jakob wiederum aus, denn er hatte Angst vor der Lüge, die er Frangipane auftischen mußte. Er argwöhnte in der Tat,

209

der Anschlag auf den Colonna-Freund hatte seinen Urheber im Kreis der Farnese, doch hatte er außer diesem Argwohn keinerlei Hinweise. Was, wenn er sich täuschte? Und wie ginge Frangipane mit der Behauptung um, dieser oder jener habe das Gift geschickt? Der Bischof konnte überaus jähzornig sein; im schlimmsten Fall ginge er auf den Verdächtigen los, und es käme zu einem Kampf. »Ihr wäret voreingenommen gegen eine Person, die sich möglicherweise als vollkommen unschuldig erweist.«

»Nichts werde ich mir anmerken lassen; ich will nur wissen, wen du in Verdacht hast?«

Jakob sah Frangipanes Augen. »Ambrogio«, flüsterte er, »Ambrogio Farnese.«

Der Bischof stand wie versteinert. Allmählich wechselte seine Gesichtsfarbe, bis er mit hochrotem Schädel vor Jakob stand und wie ein an Land geworfener Fisch nach Luft schnappte. Jakob befürchtete einen schlimmen Zornesausbruch.

»Das habe ich mir gedacht«, murmelte Frangipane und atmete tief durch. »Bring mir morgen die Beweise, und dein Lohn wird fürstlich ausfallen. – Aber nun«, und schon klang seine Stimme gefaßt, »wollen wir in den Speisesaal hinübergehen, damit wir nichts versäumen.«

Für das Festmahl war in unterschiedlichen Sälen gedeckt worden. In jedem Raum fand sich ein Zeremonienmeister, der die Sitzordnung anwies, so daß die vielen Menschen genau bemessen nach Stand und Bedeutung ihre Plätze fanden. Jakob saß ein wenig links von Frangipane und wurde dem Bischof offensichtlich als dessen Adjutant zugeordnet. Ihre Plätze befanden sich am unteren Ende der zentralen Festtafel, in deren Mitte Chigi mit mehreren Kardinälen saß; ihnen schräg gegenüber fand sich Ambrogio Farnese und hob, als er sie erblickte, huldvoll die Hand zu einem herablassenden Gruß. Frangipane seinerseits entbot Ambrogio ein leichtes Kopf-

210

nicken und zeigte eine dermaßen freundliche Haltung, daß sich Jakob über so viel Kunst der Verstellung nachhaltig wunderte.

Die Schar der Gäste war illuster, jedoch gab der Heilige Vater sich nicht die Ehre; allerdings saß Chigi zur Rechten Kanzler Ottavio Farneses. Außerdem waren weitere hohe Purpurträger gekommen: der Kardinal Pucci, einer der eifrigsten Parteigänger von Clemens im Konklave, der Kardinal Soderini, lange Zeit ein Gegenspieler der Medici, der junge Kardinal Valle sowie Kardinal Gentile Orsini, der Neffe des ermordeten Aldobrandino. Auch einige Erzbischöfe und jede Menge Bischöfe waren anwesend, so daß man mit Fug und Recht behaupten konnte, Chigi habe ein Fest für die Kurie ausgerichtet, von dem ganz Rom noch wochenlang sprechen sollte.

Vor jedem Platz war ein Silberteller mit dem Wappen der Chigi aufgelegt und kunstvoll mit Blumengestecken verziert; silbern blitzten das Besteck und die Weinbecher. Jedermann erhielt ein fein besticktes Seidentuch für Hände und Mund, und für je zwei der Gäste standen Lakaien bereit, um von den Köstlichkeiten aufzulegen, die aufgetragen wurden. Zart und fein nahm das Mahl seinen Anfang mit kleinen Muscheln, Garnelen und Tintenfischen, wozu kleine Häppchen von gesüßtem und gerösteten Brot gereicht wurden sowie ein heller, beinahe grüner Wein mit einem Duft von Honig und Zimt. Als nächsten Gang brachten die Lakaien gebratenen Fisch: Lotte und Steinbutt, Scholle und Barsch, in mundgerechte Happen zerteilt und sorgsam von allen Gräten gelöst, angerichtet mit zarten weißen Bohnen und gebratenen Pilzen. Später wurden gefrorene Früchten und als besondere Delikatesse Papageienzungen dargebracht. Schließlich wurden von den Kardinälen auch die ersten Trinksprüche auf den verehrten Gastgeber ausgesprochen, ehe Thunfisch, gedünstet in Blut und dickem Rotwein aus dem Monte Simbruini, serviert wurde.

Nachdem der Thunfisch verspeist war, trugen die Lakaien

211

die Teller ab und warfen sie aus einem der Fenster in den Garten hinab, wo Diener mit aufgespannten Tüchern standen. Als die Tücher mit Silber voll waren, schritten die Diener im Schein großer Feuer, welche in weiten Schalen entzündet worden waren, zum Tiber und schütteten das ganze Geschirr in den Fluß. Niemand solle mehr aus diesen Tellern essen, bemerkte Chigi in seiner Ansprache an die Gäste, denn so, wie sie hier zusammengekommen seien, verdienten sie alle ein Zeichen der Einzigartigkeit. Hochrufe wurden ausgestoßen, und der Bankier bedeutete seiner Dienerschaft, neue Teller aufzutragen, denen allzubald die Genüsse aus den Wäldern folgten: Wildschwein, Fasan und Hase, Wachteln, Hirsch und Perlhuhn, begleitet von feinem Gemüse und herrlichen Weinen, erfreuten Auge und Gaumen. Wiederum wurden die Silberteller in den Tiber geworfen und durch neues Geschirr ersetzt, ehe Süßigkeiten in höchster Verfeinerung sowie honigweiche Liköre und delikater Wein hereingebracht wurden.

Dann, als alle längst ihre Bäuche hielten, trugen zwölf Diener zwei riesige Torten herein und stellten sie behutsam auf die Tafel. Drei Lautenspieler postierten sich hinter Chigi und zauberten liebliche Töne in den Saal. Ein neuer, rosafarbener Wein wurde in frischen Bechern kredenzt, und alle erhoben sich und riefen dem Gastgeber die freundlichsten Wünsche zu. Da schlug ein Lakai auf einen kupfernen Gong, und ein göttlicher Donnerhall gebot Schweigen. Die Spitzen der beiden Torten flogen in hohem Bogen über die Gäste davon, und es erschienen die Köpfe zweier bezaubernder Damen, einer blonden Fee rechts und einer schwarzen Nymphe links. Sie sprangen unter großem Geraune auf die Tafel, splitternackt vom Scheitel bis zur Sohle, und schritten würdevoll an den überraschten Gästen vorbei, bis sie am Ende des langen Tisches hinter Laken verschwanden, die diensteifrige Lakaien hielten.

Dann, kaum waren die beiden Schönheiten verschwunden, brauste ein Beifall durch den Saal wie der Jubelsturm im Kolosseum am Ende des heiligen Spiels. Chigis Worte gingen

212

beinahe in der allgemeinen Begeisterung unter, als er zum Glücksspiel und weiteren Belustigungen in den Nebensaal lud.

Während des langen Essens hatte Jakob immer wieder seinen Nachbarn Frangipane und den gegenübersitzenden Ambrogio Farnese beobachtet und festgestellt, daß sich die beiden bei aller heiteren Miene durchaus mißtrauisch belauerten. Mehr als einmal traf Jakob dabei ein grimmiger Blick Ambrogios, der offenbar wirklich argwöhnte, in Jakob keinen Verbündeten mehr zu haben, und Jakob versuchte wiederholt, Farnese mit einem gewinnenden Lächeln zu beschwichtigen, was ihm schließlich auch zu gelingen schien, denn als alle aufstanden und den Weg hinüber in den Saal der Spiele nahmen, trat Ambrogio an Jakob heran und forderte ihn freundlich auf, sich mit ihm zu seinem Vetter zu begeben, der Kanzler sehne sich nach geistreicher Unterhaltung. Doch im Saal erfuhren sie von einem Lakaien, daß Ottavio Farnese wegen dringender Geschäfte das Fest eilig habe verlassen müssen.

Jakob wunderte sich ein wenig; längst war es Zeit für die Matutin, und er konnte sich nicht vorstellen, daß irgendein Diplomat nach Mitternacht noch mit Amtsgeschäften beschäftigt war. Auch Ambrogio empfahl sich bald unter Hinweis auf sein fortgeschrittenes Alter, und so konnte Jakob ungehindert zwischen den vielen Gäste umherstreifen und Ausschau halten nach jenem Mann, der ihn am allermeisten interessierte: Fabricio Casale. Es hieß, er sei der heimliche Veranstalter dieses Festes, er habe den Chigi in jeder Hinsicht unterstützt und letztlich dafür gesorgt, daß die Kurie so zahlreich und würdig vertreten war. Außerdem gab es Gerüchte, der Bankier sei durchaus nicht aller Sorgen ledig, sondern kämpfe sogar mit erheblichen finanziellen Problemen, weshalb das Silber morgen im Schutz von Dämmerung und Nebel wieder aus dem Tiber gezogen werde; aufgefangen durch verborgene Netze, gehe kein einziger Teller dem Gastgeber verloren, die zur Schau gestellte Prahlerei sei lediglich der schlechte Scherz eines beinahe bankrotten Geschäftsmannes. Während Jakob

213

langsam umherschlenderte, vernahm er sogar die Behauptung, Kardinal Alessandro Farnese überlege, Chigi diese Villa abzukaufen, um dem Bankier aus einer nicht unbeträchtlichen Klemme zu helfen.

Zu vorgerückter Stunde verstärkte Jakob seine Suche nach dem Vizedatar. Doch Casale befand sich anscheinend nicht unter den Gästen, und als Jakob den Gartenpalast zweimal durchstreift hatte, gab er die Suche auf; er mußte auf eine andere Gelegenheit hoffen, um den geheimnisvollen Drahtzieher des Vatikans persönlich kennenzulernen.

Er stieg die Treppe in den Saal hinab, der für Glücksspiele vorgesehen war, und gesellte sich an einen Tisch, an dem gewürfelt wurde. Beinahe jeder Mann, der hier sein Glück versuchte, hatte eine Dame an seiner Seite; die schönsten begleiteten eindeutig die Bischöfe. Sie sprachen geziert mit ihren Herren und ermutigten die hohen Würdenträger, größere Beträge auf den Spieltisch zu werfen und dem teuflischen Gott der Würfel zu opfern, und mit tiefen, lüsternen Blicken gaben die Herren zu erkennen, welch heidnisches Verlangen sie trieb und wie wenig sie gewillt waren, wenigstens den Anschein von Würde zu wahren.

Nur einer fiel aus dem Rahmen und betrachtete das Geschehen mit einer Mischung aus Ekel und Zorn; es war Kardinal Gentile Orsini, der seinen suchenden Blick an jeden heftete, der den Anschein erweckte, ein Mezzani zu sein; denn die Kuppler und Schmeichler verkehrten hier zuhauf, um in diesem Trubel den einen oder anderen dicken Fisch auf den Haken zu nehmen.

Jakob ließ Orsini nicht aus den Augen. Zu seiner Überraschung trat Frangipane an den Kardinal heran und flüsterte ihm einige Sätze ins Ohr, woraufhin Orsini erbleichte, Frangipane die Hand reichte und den Saal verließ. Wie beiläufig schlenderte Jakob zu dem Bischof hinüber.

»Was habt Ihr Orsini zugeflüstert«, fragte er und verbarg seine Neugier nicht, »daß er so blaß wurde?«

214

»Den Namen des Mörders seines Onkels.« Frangipane lächelte. »Nun kann ich beruhigt dieses Fest verlassen und mich jenseits des Ponte Sisto vergnügen.«

»Welchen Namen habt Ihr genannt? Verratet es mir!« Jakobs Stimme klang eindringlich. Eine böse Ahnung beschlich ihn.

»Ambrogio Farnese«, flüsterte Frangipane. »Bona notte.«

Corte Savella

Früh am nächsten Morgen begab sich Jakob auf das Kapitol und legte Ernesto Teofani, dem Governatore und obersten Richter der Stadt, zu dem er nach kurzer Zeit vorgelassen wurde, eine schriftliche Anklage gegen den Kaplan Ennea vor. Den Sekretär Bischof Frangipanes beschuldigte er, die Huren Paola, Dora, Tullia, Bibiana, Antonia und Lydia sowie den Kardinal Aldobrandino Orsini ermordet zu haben. Die erforderlichen drei Zeugen gab er mit den Straßenjungen Luigi und Massimiliano und dem Söldner Carlos Nunez an.

Ernesto Teofani zog ein bedenkliches Gesicht, denn obgleich er für Mord und Totschlag den Blutbann besaß, hielt er sich bei Taten, die mit der Kurie zu tun hatten, in der Regel zurück; und in dem Fall der Dirnenmorde hatte er einen unmißverständlichen Hinweis aus dem Vatikan erhalten, keine Ermittlungen durchzuführen. Erst nachdem Jakob ihm glaubhaft machen konnte, daß er bisher im Auftrag des Kanzlers geheim ermittelt hatte und nun unbedingt einen Tatverdächtigen verhaften mußte, um einer neuerlichen Mordtat – hier log Jakob, um die gute Sache zu befördern – vorzubeugen, zeigte sich der Governatore aufgeschlossener. Als Jakob verschwörerisch andeutete, daß ein hoher Würdenträger in die Angelegenheit verstrickt sei und Teofani mit einer ohne Aufsehen durchgeführten Verhaftung dazu beitrage, den Papst vor Unbill zu schützen, willigte Roms oberster Verwalter ein und stellte Jakob vier Sbirri zur Verfügung. Jakob wies sie rasch in ihre Aufgabe ein, ehe er zu den Häusern der Crescenzi ging und Luigi abholte.

Die Kinder hatten aufgeregt auf ihn gewartet und wollten am liebsten haarklein erfahren, was als nächstes geschehen würde, doch Jakob vertröstete sie auf später; erst müsse der Handstreich gelingen. Cesare hatte noch am Tag zuvor einen kleinen Hund aufgetrieben, und mit dem Welpen machten sich Jakob und Luigi auf nach dem Borgo.

Sie klopften bei Frangipane, und Ennea öffnete ihnen. Als der Kaplan den jungen Hund sah, stieß er einen Freudenschrei aus und nahm das Tier in seine Arme.

»Ihr findet gewiß allein hinauf«, rief er überglücklich und begann den Welpen zu streicheln.

Daß Ennea sich so ablenken ließ, war Jakob mehr als recht. Rasch zog er Luigi die Treppe in den ersten Stock hinauf und klopfte an die Tür von Frangipanes Kaminzimmer. Leise vernahm er den Ruf des Bischofs, öffnete die Tür und hörte in diesem Augenblick, wie unten ein kleiner Tumult entstand und sofort wieder verstummte. Jakob schob Luigi vor sich her in den Raum.

»Hier ist ein Pferdebursche von Ambrogio Farnese«, sagte er leichthin und schritt an Frangipane vorbei zum Fenster. Ein kurzer Blick hinaus genügte, um festzustellen, daß alles geklappt hatte; die vier Sbirri hielten Ennea in ihrer Mitte fest und führten ihn rasch zur Engelsburg hinunter; wenige Minuten noch, dann säße der Hurenmörder in einer Zelle des Corte Savella. »Der Junge gestand mir gestern, auf dem Fest des Garilliati ausgeholfen und dort einem Diener ein Päckchen übergeben zu haben, das ihm Ambrogio persönlich in die Hand gedrückt hat – mit der dringenden Aufforderung, diese wichtige Sendung unbeschadet an den Mann zu bringen. – Jetzt befragt ihn selbst, ob sich der Verdacht bewahrheitet, den ich Euch gestern äußerte.«

»Sehr gut.« Frangipane musterte Luigi. »Du scheinst mir ein durchtriebenes Bürschlein zu sein. Wie heißt du?«

Luigi schwieg.

»Willst du nicht sprechen, Kleiner?«

217

Luigi schaute Frangipane mit großen Augen an und schüttelte langsam den Kopf.

»Warum nicht? Hast du Angst?«

Bei dem Wort Angst nickte Luigi heftig.

»Vor Ambrogio Farnese?«

Luigi zuckte erschreckt zusammen.

»Vor Ambrogio Farnese«, fragte der Bischof ein zweites Mal, und seine Stimme klirrte, als würden zwei Schwerter aufeinanderschlagen.

Luigi nickte erneut.

»Das kann ich verstehen.« Frangipane klang beinahe versöhnlich. Dann fuhr er, zu Jakob gewandt, fort: »Ich habe keine Zweifel. Ich danke dir, du hast deinen Auftrag mit Bravour erfüllt.«

»Was werdet Ihr jetzt tun?«

»Nichts.« Frangipane lächelte und rieb sich die Hände. »Die Zeit wird für mich arbeiten. Wenige Wochen noch, dann wird Rom Grund zu staunen haben.«

»Ihr wollt Euch nicht an Ambrogio rächen?«

»Nur Geduld, mein Lieber, alles hat seine Stunde.«

Dann bedeutete er Jakob mit einer lässigen Handbewegung, er könne mit dem Jungen gehen, und lächelte wieder, als er die Erleichterung in Luigis Gesichtszügen bemerkte.

Während Luigi zu seinen Freunden wie befreit zurückkehrte, machte sich Jakob auf den Weg zum Corte Savella und traf dort ein, als Ennea in seinen Kerker geführt wurde. Der Wächter fesselte dem Kaplan die Hände auf den Rücken und schob ihn in die düstere Zelle, die lediglich von einer schmalen Scharte unter der Decke etwas Licht erhielt. Jakob folgte dem Gefangenen und setzte sich auf den Schemel, der als einziges Möbelstück neben der Pritsche in der Zelle stand. Boden und Wände waren trocken, und die Luft roch lediglich etwas abgestanden. In einer Ecke befand sich ein Holzbottich, der offensichtlich für die Exkremente des Häftlings gedacht war. Das Gefängnis

218

erwies sich als eine weitaus menschlichere Unterkunft als die Verliese der Casa Santa. Leider galt der Corte Savella auch als ein Anstalt, die wegen ihrer schlechten Bewachung allzu vielen Verbrechern die Flucht ermöglichte, jedoch schien Jakob dieses Risiko geringer als die Gefahr, seinen Verdächtigen bei einem Verfahren in Händen der Kurie zu verlieren.

Ennea durchbohrte Jakob mit seinen Blicken. Der Dominikaner hoffte unwillkürlich, sein Widersacher möge nicht über zauberische Kräfte verfügen, und schlug das Kreuzzeichen, um sich zu schützen.

»Die Welt ist voller Schlechtigkeit, nicht wahr?« fragte er den Gefangenen, doch Ennea starrte ihn weiter nur mit feindseligen Augen an. »Man muß ein Zeichen setzen gegen die Verderbtheit der Welt. Es ist Gottes Ratschluß, solche Zeichen zu setzen. Unerheblich, wer das Werkzeug ist, der, den es trifft, muß es tun, auch wenn es schauerlich ist, schlimme Wunden zuzufügen. Ist es nicht so?«

Ennea rüttelte an seinen Fesseln und sprang von der Pritsche hoch; doch ehe er sich auf Jakob stürzen konnte, war der an der Tür stehende Wächter bei dem Gefangenen und drückte ihn mit roher Gewalt nieder. Der Kaplan zitterte am ganzen Leib vor Wut. Seine Kiefer mahlten; unversehens spie er aus und versuchte Jakob ins Gesicht zu spucken, doch der wich im letzten Moment zur Seite.

»Weißt du, wie es Jeremias erging, der Zunge des Herrn?«

Zornig schob Ennea das Kinn vor.

»Ach, mein Gott und Herr, sagte Jeremias, ich kann doch nicht reden, ich bin ja noch so jung. Doch der Herr verbot ihm zu sagen, er sei noch so jung, und dann streckte er die Hand aus und berührte seinen Mund und sagte, damit lege er ihm seine eigenen Worte in den Mund, und er sagte: ›Sieh her! Am heutigen Tag setze ich dich über Völker und Reiche; du sollst ausreißen und niederreißen, vernichten und einreißen, aufbauen und einpflanzen.‹ So sprach der Herr zu Jeremias. Du weißt es, nicht wahr?«

Der Kaplan spie erneut nach Jakob und rüttelte an seinen Fesseln.

»Niemals aber verliert diese Welt ihre Verderbtheit, und an dem Ort, der geheiligter sein sollte als andere Orte, blüht die Sünde greller und bunter als irgendwo sonst. Da legte der Herr seine Finger auf deinen Arm und sprach: ›Setze ein Zeichen, reiße aus und vernichte. Wen solch ein Befehl trifft, der kann nicht anders, als zu gehorchen.‹ – Du warst gehorsam, Ennea, nicht wahr?«

Doch Ennea sackte in sich zusammen und schwieg.

Ihre Ungeduld war von Minute zu Minute gewachsen, und als endlich Luigi zu ihnen stieß und von der geglückten Verhaftung des Hurenmörders berichtete, entlud sich die Anspannung in wahren Freudentänzen. Vor allem Serena hüpfte wie verrückt in den Kellerräumen auf und ab und schrie ihren Triumph hinaus; sie hatte entscheidend mitgeholfen, den Mörder ihrer Tante zu finden, und spürte eine tiefe Befriedigung darüber, daß sie nicht aufgegeben hatte, an eine Lösung des Falls und die gerechte Bestrafung des Täters zu glauben. Nun fehlte zu ihrem Seelenfrieden nur noch, daß der Mörder vor Jakob ein Geständnis ablegte. Dem unförmigen Mönch traute sie alles zu, es schien fast, als könne er Berge versetzen. Sie wollte auch nicht mehr daran denken, daß sie in manchen Momenten doch an ihm gezweifelt hatte. Sie mochte seinen kräftigen Händedruck und die sanfte, beinahe scheue Art, mit der er ihr gelegentlich über den Kopf strich. Jemanden wie ihn hätte sie gern zum Vater gehabt, aber vielleicht sorgte er ja weiter für sie, so daß ihr das Schicksal erspart blieb, für Apollonia eine Puttana abzugeben.

Als Jakob zu ihnen in den Keller trat, bestürmten ihn Cesare, Luigi, Massimiliano, Filippo und Serena mit der Bitte, über das erste Verhör im Gefängnis zu berichten, und Enttäuschung machte sich breit, nachdem sie vernommen hatten, wie verstockt Ennea sich gezeigt hatte.

Serena erkannte an Jakobs Augen seine tiefe eigene Enttäuschung; sie trat vor ihn hin und versuchte ihn zu trösten. »Du mußt meinetwegen nicht traurig sein. Ich vertraue auf die Gerechtigkeit Gottes; es ist schon viel wert, daß der Mörder im Gefängnis sitzt.«

»Da hast du recht«, erwiderte Jakob und lächelte. »Wir werden uns einige Wochen gedulden müssen, bis er sich durchringt, seine Taten zu gestehen. Sorgen mache ich mir lediglich wegen des Vatikans; der Kanzler wird toben, wenn er davon erfährt, daß ein Verdächtiger vom Governatore in Haft genommen ist. – Deshalb kann ich auch nicht länger bei euch bleiben, sondern muß mich auf den Weg in die Kanzlei machen. Unternehmt bitte ich nichts, und haltet euch nach Möglichkeit versteckt. In einem ordentlichen Strafprozeß brauche ich euch als Zeugen. Und keinesfalls dürft ihr irgend jemandem etwas erzählen, verstanden?«

Sie nickten und versicherten Jakob hoch und heilig, nichts gegen seinen ausdrücklichen Willen zu tun, doch als der Mönch gegangen war, berieten sie, ob sie sich wirklich verstecken und den Fortgang der Dinge abwarten sollten.

»Ich bin dafür, daß wir Wachen beim Corte Savella aufstellen, falls einer dieser Purpurbuben den Mörder aus dem Kerker holt«, erklärte Luigi mit Nachdruck.

»Ich weiß nicht«, gab Serena zu bedenken, »ob es einen Sinn hat; wenn der Kaplan von seinem Bischof aus dem Gefängnis geholt wird, können wir nichts dagegen unternehmen, und alles, was wir tun, könnte uns in Gefahr bringen.«

»Wir sind Gefahr gewohnt und mit Schlimmerem fertig geworden«, brüstete sich Massimiliano und erzählte schaudernd von dem Verlies in der Casa Santa. »Wir müssen die Dinge weiter beobachten.«

»Er hat recht.« Cesare schlug sich auf Luigis Seite. »Wir haben nicht zwei Wochen lang alles daran gesetzt, den Mörder deiner Tante zu finden, um unsere Hände jetzt in den Schoß zu legen.«

Luigi meldete sich nochmals zu Wort. »Mit dem Governatore und seinem Gefängnis ist es wie mit dem Walfisch, der die Schiffe versenkt.«

Fragend blickten sie ihn an.

»Das ist eine Geschichte, die mein Vater gern erzählt. Im Ozean, so sagt man, gebe es Walfische von solcher Größe, daß sie von Seefahrern für Inseln gehalten werden, besonders dann, wenn sie sich nicht bewegen und mit Wasserpflanzen und Strandgut aus dem Meer bedeckt sind. Wenn aber die Schiffe an jenem Ungetüm angelegt haben, werden bei einem plötzlichen Ruck des Fisches sowohl die Seeleute als auch die Schiffe in die Tiefe gezogen. – So ist der Teufel, und so sind alle seine Spießgesellen. Wer den höllischen Gauklern in die Falle geht, wird durch falsche Bilder eingelullt und dann ins Verderben gerissen; und so sind sie alle, die in Rom Recht sprechen sollen. Sie tun so, als gäbe es ein gerechtes Urteil, und wenn wir erst getäuscht sind, drehen sie uns eine Nase und tun, was sie wollen. Wenn wir Ernesto Teofani vertrauen und der Mörder kommt frei, sind wir selbst an unserem Unglück schuld. Ich würde niemals an einem Walfisch ankern.«

Serena gab sich geschlagen; auch sie begann nun zu fürchten, daß der Mörder im Gefängnis nicht sicher verwahrt war. Rasch wurden die Rollen verteilt, dann ging Luigi mit Serena hinüber zum Corte Savella. Sie bezogen in einem Gebüsch gegenüber des Gefängnisses Posten und warteten.

Lange wurde ihre Geduld nicht auf die Probe gestellt. Es mochten kaum zehn Minuten vergangen sein, da sahen sie einen kleinen, dicken Bischof herbeieilen, der an der Gefängnispforte herrisch Einlaß verlangte.

»Das ist Frangipane«, flüsterte Luigi aufgeregt, »der Herr des Mörders. Ich bin sicher, er will seinen Sekretär freibekommen.«

Angestrengt versuchten die beiden, etwas von dem Wortwechsel zu verstehen, doch schon ließ der Wächter den Bischof ein und geleitete ihn zu einer weiteren Pforte. In diesem Augenblick war der Gefängniseingang unbewacht, und ohne

222

weiter nachzudenken, sprang Serena auf und schlüpfte in den Corte Savella.

Luigi unterdrückte einen Schrei und blickte gebannt hinüber, wo es Serena gelang, im Gefolge des Bischofs in das Gefängnis selbst einzudringen. Dort befand sich ein weiter Saal, in welchem mehrere Menschen herumstanden und offensichtlich auf irgend jemanden warteten. Frangipane wurde von dem Wächter angewiesen, sich hier zu gedulden, bis ihn jemand abholen werde. Serena gesellte sich einer Gruppe zerlumpter Männer zu, die offensichtlich, wenn sie ihre Gespräche richtig deutete, als Zeugen wegen eines Diebstahls vorgeladen waren und keinerlei Notiz von ihr nahmen. Auf einem Tisch stand ein mit Wasser gefüllter irdener Krug; Serena nahm ihn an sich, und als ein Wächter auf den Bischof zuschritt und bat, mit ihm zu kommen, schloß sich Serena den beiden mit einer solchen Selbstverständlichkeit an, daß weder der Wächter noch Frangipane das Wort an sie richteten.

Zunächst liefen sie einen düsteren Flur entlang, dann stiegen sie eine Treppe hinab, bogen um eine Ecke und standen vor dem Verlies, in dem Ennea gefangengehalten wurde. Der Wächter öffnete die Tür und ließ den Bischof ein; den Krug hoch haltend, betrat Serena ebenfalls die Zelle, und schon war sie mit den beiden Geistlichen in der Zelle eingesperrt.

Ennea sprang von seiner Pritsche auf, als er seinen Herrn sah. Er kniete nieder und flehte: »Helft mir, Herr. Ich werde unschuldig verfolgt, meine Feinde trachten mir nach dem Leben.«

»Beruhige dich, mein Lieber«, antwortete der Bischof barsch. »Erhebe dich und setz dich auf deine Pritsche. – Und du«, wandte er sich an Serena, »gib mir zu trinken; in dieser Luft trocknet einem ja die Kehle aus.«

Während Serena in den Becher, der neben der Tür am Boden stand, aus ihrem Krug Wasser goß, ließ sich Frangipane auf den Hocker fallen und wischte sich den Schweiß von der Stirn.

»Was wirft man dir vor?«

»Ich soll sechs Huren und einen Kardinal ermordet haben. Was für eine schändliche Lüge!«

»Und wie bis du hierhergelangt?«

»Der deutsche Mönch, diese Natternbrut«, zischte Ennea haßerfüllt, »hat mich abführen lassen. Mit einem üblen Trick hat er mich getäuscht, sonst hätte ich Euch rufen können.«

»Jakobus, der Dominikaner?« Der Bischof seufzte überrascht auf. »Bist du schon befragt worden?«

»Ja, aber so anfängerhaft, daß selbst ein Schuldiger gelacht hätte.«

»Du hast also nichts gestanden?«

»Aber nein!« Ennea schaute seinen Herrn entrüstet an.

»Was wird geschehen, wenn sie dir die Werkzeuge zeigen?«

»Mich ängstigt kein spanischer Stiefel.«

»Du solltest die Tortur nicht unterschätzen«, bemerkte Frangipane, und in seiner Stimme schwang ein häßlicher Ton mit, so, als würde der Bischof sich insgeheim auf die Folter seines Dieners freuen.

»Sie dient der Wahrheitsfindung, und Gott steht den Unschuldigen bei«, erwiderte Ennea.

»Bist du wirklich unschuldig?«

»Warum fragt Ihr? Warum klingt Eure Stimme drohend?«

Frangipane schwieg einen Moment. »Was geschah mit Paola, mein Sohn?«

»Wer ist Paola?«

Mit einer Geschwindigkeit, welche Serena dem dicken Bischof nie und nimmer zugetraut hätte, sprang Frangipane auf und versetzte dem überraschten Kaplan eine schallende Ohrfeige. Dann nahm er wieder auf seinem Schemel Platz und hielt Serena seinen Becher hin. »Wasser«, bat er leise.

»Sie war eine Hexe, Herr«, stotterte Ennea. »Sie hatte Euer Herz verzaubert. Gott befahl mir, Euch zu retten. Es geschah an jenem Abend, als Ihr versäumtet, der Hexe eine Bußstrafe aufzuerlegen; anstatt sie für die Sünde zu bestrafen, die sie an

224

Euch beging, habt Ihr sie liebkost und ihr versprochen, sie nie mehr zu schlagen, wenn sie bei Euch bliebe. Da wußte ich, daß ihre Zauberkräfte bei Euch verfangen hatten. – Herr«, flehte Ennea, »seht Ihr denn nicht, daß fleischliche Genüsse nur dann gottgefällig sind, wenn der Akt nicht getrennt wird von der Buße? So lange ich bei Euch bin, habt Ihr stets nach dieser Erkenntnis gehandelt, die Huren bestraft und Euch selbst kasteit. Als Ihr diese Maxime unterlassen habt, wußte ich, Ihr seid verhext. – Ich mußte handeln.«

»Sprich weiter!«

»Sie verließ Euch später als sonst, und sie hatte an Euch alle ihre Zauberkräfte verausgabt. So nahm sie mich nicht wahr, als ich ihr folgte. Sie ging durch die Weinberge, genoß ihren Triumph über Euch und huldigte ihrem Satan mit einem diabolischen Lied. Ich schlich an sie heran, und als sie sich der Tiberbrücke näherte, schlang ich meine Arme um sie, drückte ihr eine Hand auf den Mund und zog sie in ein Gebüsch. Gott befahl mir, was ich tun sollte, und ich gehorchte. Sie mußte Buße tun und eine schreckliche Strafe empfangen. Daher packte ich sie und riß ihr die Kleider vom Leib, und da fuhr der Herr in meine Lenden und zeigte mir, welche Rute strafen sollte. Ich tat ihr die Gewalt an, die sie Euch mit ihren zauberischen Mitteln angetan hatte.«

»Du hast sie vergewaltigt?«

»Deutlich vernahm ich die Stimme in mir, sie mit meinem brennenden Speer zu durchbohren. Ich gehorchte. Es fiel mir nicht leicht, glaubt mir, denn mich ekelt vor dem Eindringen, und ich …«

Wieder sprang Frangipane auf und schlug seinen Diener mit der flachen Hand zweimal ins Gesicht. Mit drohend erhobenen Fäusten beugte er sich über ihn und schien sich auf seinen Sekretär stürzen zu wollen, dann jedoch setzte er sich wieder.

»Weiter!« befahl er tonlos.

»Dann stieß ich ihr mein Messer tief ins Herz und hörte erneut die Stimme, die mich anwies, ein Zeichen zu setzen; und

225

ich setzte ein Zeichen. – Danach trug ich den Leichnam zur Brücke. Ich war allein, weit und breit war niemand zu sehen; da warf ich die Tote und ihre Kleider in den Fluß. – Ihr wart gerettet, Herr.«

»Du hast die einzige Frau getötet, für die ich je wirklich empfand«, flüsterte Frangipane. »Dafür gebühren dir alle Qualen der Hölle.«

»Habt Erbarmen, mein Herr. Nur um Euch zu retten, tat ich es, und nicht im eigenen Namen.«

»Erbarmen habe ich lange genug mit dir gehabt! Wenn ich gewollt hätte, würdest du im Kerker der Casa Santa sitzen und könntest nicht in dieser trockenen Zelle auf milde Richter hoffen.«

Ennea schaute seinen Herrn überrascht an. »Ich kann auf milde Richter hoffen?«

Frangipane nickte. »Ernesto Teofani wird dich laufenlassen, weil sich deine Schuld nicht beweisen lassen wird – jedenfalls wenn du stark genug bist, nicht zu gestehen. – Bist du stark genug?«

»Ihr würdet es zulassen, daß ich freikomme?« fragte Ennea ungläubig.

»Auch wenn es mir in der Seele zuwider ist«, antwortete Frangipane, »so würde ich dich, falls du standhaft leugnest, meinerseits nicht anklagen und ließe dich ziehen. Träfe ich dich jedoch später nochmals an, würde es für dich die Hölle auf Erden werden.«

»Warum tut Ihr das, Herr? Warum handelt Ihr so mildtätig?«

»Einmal gebührt dir Dank für deine Dienste, aber nur einmal.«

»Welchem Dienst verdanke ich diese Gnade?«

»Orsini«, flüsterte Frangipane. Er erhob sich und klopfte gegen die Zellentür. Der Wächter öffnete sofort. Serena schlüpfte mit dem Bischof hinaus, trug den Krug zurück in den Saal mit den vielen Wartenden und mischte sich unter jene Männer, die immer noch auf ihr Verhör warteten. Frangipane beachtete sie

226

nicht, sondern verließ das Gefängnis mit eiligen Schritten. Nach einiger Zeit schloß sich Serena anderen Leuten, die den Corte Savella verließen, an und schlich wieder zu Luigi hinüber ins Gebüsch.

Jakob war zu Trippa in die Kanzlei gegangen und hatte den erstaunten Monsignore davon unterrichtet, daß er gegen einen dringend der Hurenmorde Verdächtigen beim Governatore Anklage erhoben habe und der Delinquent verhaftet und verwahrt worden sei.

Trippa starrte Jakob entgeistert an. An der tiefen Furche zwischen seinen Augenbrauen konnte Jakob den unbändig jähen Zorn des Kanzleinotars erkennen. Auch seine mahlenden Wangenknochen verrieten, wie heftig es in dem Monsignore arbeitete. Doch er hatte sich rasch wieder in der Gewalt und gab Jakob ein Zeichen, ihm zu folgen.

Wortlos betraten sie den Passetto und eilten hinüber in den vatikanischen Palast. Die vielen Flure und Treppen verwirrten Jakob, und bald wußte er nicht mehr, wo in dem riesigen Gebäude sie sich befanden, als Trippa einen bunt ausgestalteten Raum betrat und barsch den Kanzler zu sprechen verlangte. Der an einem Pult stehende Sekretär musterte den Monsignore kurz, dann lief er zu einer breiten Tür und klopfte an. Undeutlich war aus dem Innern eine Stimme zu vernehmen; der Sekretär öffnete die Tür einen Spaltbreit und meldete den Monsignore.

Trippa wartete die einladende Geste des Sekretärs nicht ab, sondern packte Jakob an der Hand und zog ihn mit sich in den kleinen Saal, in welchem Ottavio Farnese seinen Geschäften nachging. Der Kanzler hob die Augenbrauen.

»Hier habt Ihr Euren Dominikaner«, fauchte Trippa. »Er hat den Mörder der Huren gefunden und dem Governatore überantwortet.«

»Wie einfältig von ihm«, bemerkte der Kanzler und runzelte die Stirn. »Wer genau ist der Mörder?«

227

»Ennea, der Sekretär des Bischofs Frangipane«, antwortete Trippa eilfertig.

»Frangipane«, wiederholte der Kanzler. »Warum, mein Lieber, bist du zu Teofani gegangen?«

»Dort erschien mir das Verfahren in guten Händen zu sein«, erwiderte Jakob und tat, als sei seine Anzeige eine pure Selbstverständlichkeit gewesen.

»Wir hätten den Verdächtigen erstens lieber in die Casa Santa gebracht«, entgegnete der Kanzler ruhig, »und zweitens hätten wir es vorgezogen, vor einer Maßnahme von dir unterrichtet zu werden. Wir wären jederzeit für dich zu sprechen gewesen.«

»Verzeiht, wenn ich einen Fehler begangen habe«, erwiderte Jakob und gab sich bestürzt, »aber ich dachte, es sei Gefahr in Verzug, und ich wollte den Übeltäter so schnell wie möglich dingfest machen. Gewiß ist es Euch ein leichtes, ihn in die Casa Santa zu überstellen.«

»Du bist ein Schelm oder ein Narr«, zischte Farnese. »Für einen Narren spielst du allerdings zu gut Schach, wie mein Onkel mir berichtete.«

»Ihr solltet, Exzellenz«, entgegnete Jakob, »keine vorschnellen Schlüsse ziehen, die lediglich auf einem geschlagenen Bischof beruhen. Doch wenn Ihr es wünscht, zeige ich Euch meinen Ordo der Welt auf den vierundsechzig Feldern. Habt Ihr die Muße für ein Spiel ohne Adjutanten?«

Farneses Mundwinkel zuckten, ehe er lächelnd nickte und Trippa mit höflichen Worten entließ.

»Nun?« fragte der Kardinal, als sie allein waren.

»Ich habe Grund zu der Annahme, daß Monsignore Trippa ein doppeltes Spiel treibt, und mir scheint, es steckt mehr hinter den Morden als nur ein verrückter Kaplan, der ein Zeichen gegen die Verderbtheit der Welt setzen will.«

»Hast du Anhaltspunkte dafür oder gar handfeste Beweise?«

Jakob schüttelte den Kopf. »Es ist nur ein Gefühl, Exzellenz. – Doch ich bin sicher, das Verhör des Ennea wird einiges zutage bringen.«

»Wie kommst du darauf, daß Trippa unzuverlässig sein könnte? Bloß so ein Gefühl reicht mir nicht. Entweder du kannst hier Roß und Reiter nennen, oder ich glaube dir nicht.«

»Garilliati hat mir den Hinweis gegeben, ich solle mich an Trippa halten, um einen Engel zu bekommen.«

Der Kanzler lachte schallend. »Garilliati, der Narr. Mehr Hinweise hast du nicht?«

»Trippa hat sein Amt außerdem von Casale wesentlich billiger erhalten, als alle behaupten.«

Farnese wurde mit einem Schlag nachdenklich. »Kennst du den Preis?«

»Nein. Zwölftausend sagen die einen; wesentlich weniger die anderen.«

»Wer sagt das?«

»Frangipane.«

Der Kanzler nickte mit besorgter Miene. »Das ist etwas anderes.« Er schwieg ein paar Momente und starrte vor sich hin. Schließlich sagte er: »Du hast richtig gehandelt, aber du mußt nun aufpassen, was du tust. Gegen Casale kann ich dich nicht schützen. Geh, und berate dich mit meinem Vetter. Er ist übrigens«, er lächelte geheimnisvoll, »sehr empfänglich für Gleichnisse am Schachbrett.« Dann hielt er Jakob die Hand zum Kuß hin und wies ihm den Weg durch eine zweite Tür, die hinter einem Schrank verborgen lag. »Mein Diener hilft dir, den Palast ungesehen zu verlassen.«

Jakob konnte nicht umhin, Ambrogio Farnese aufzusuchen, und während er die Via Lungara entlanglief, überlegte er, was er dem alten Fuchs, zu dem er kein Vertrauen mehr fassen konnte, erzählen sollte. Er spürte, wie ihm die ganze Geschichte über den Kopf wuchs, und die Freude, die er am Vormittag noch über die Verhaftung Enneas empfunden hatte, wich einem beklemmenden Gefühl. Angst, es war Angst, die ihn lähmte. Er spürte, daß er in Ränkespiele verstrickt worden war, die er nicht überblickte. Gleichgültig, mit wem er sprach, er würde sich in einem Geflecht von Lügen wiederfinden, und jeder würde versuchen, ihn für sich zu gewinnen und für seine eigenen Ziele einzuspannen. Jakob fühlte sich hilflos. Warum lachte Farnese über Garilliati und nahm andererseits Frangipane sehr ernst, wenn es um Trippa ging? Warum ging der Kanzler bedenkenlos auf die Vermutung ein, hinter den Morden könne mehr stecken als das kranke Herz eines Moralisten? Weshalb wandelte sich Farneses Verärgerung über Jakobs Vorgehen in Zustimmung, nachdem er an Trippas Zuverlässigkeit zweifelte? Was mußte Jakob von der Aussage halten, der Kanzler könne ihn nicht vor Casale schützen? Beinahe schien es, als würde die Verhaftung Enneas weit mehr Fragen aufwerfen, als sie beantwortete. Jakob sah sich unlösbaren Rätseln gegenüber und wünschte sich, je näher er Trastevere kam, weit weg von Rom. Wenn er wenigstens wüßte, welche Rolle Fabricio Casale wirklich spielte. Doch der Vizedatar blieb so geheimnisvoll wie eh und je.

Ambrogio Farnese empfing ihn mit ausgesuchter Höflichkeit und beglückwünschte, kaum hatte Jakob seinen Bericht abgestattet, seinen Gast zu dem überwältigenden Erfolg, wobei er den Eindruck erweckte, dieses Lob durch und durch ernst zu meinen – zumindest im Hinblick auf Frangipane.

»Du bist dem schlauen Kerl aus Fiuggi auf die Schliche gekommen«, bemerkte Ambrogio. »Jetzt brauchen wir nur noch Beweise.«

»Beweise für was?« fragte Jakob verdattert.

»Daß er seinen Kaplan angestiftet hat«, erwiderte Ambrogio, eine Spur ungehalten. »Das ist es doch, woran wir interessiert sind: Wir packen Frangipane, dann kriegen wir auch Casale. Du lieferst uns die beiden ans Messer.«

Jakob sah sein Gegenüber verblüfft an und wußte zunächst nicht, was er antworten sollte; dann kamen ihm seine eigenen

230

Überlegungen wieder in den Sinn, warum er die Anzeige beim Governatore erstattet hatte: Die Farnese brauchten ein glaubwürdiges Motiv und eine belastende Zeugenaussage, dann könnten sie Casale in Haft nehmen und verhören. Dessen hartnäckiges Leugnen würde ihm nichts helfen, denn sie würden ihn so lange foltern, bis er gestand, was seine Peiniger wissen wollten.

Hier also schließt sich der Kreis, dachte Jakob, aber er stellte sich begriffsstutzig und fragte: »Wie meint Ihr das?«

»Du mußt beim Governatore eine rasche Untersuchung beantragen und dafür sorgen, daß der Kaplan bald peinlich befragt wird. Dann stellst du ihm geschickt deine Fragen. Solltest du bei der Formulierung Hilfe benötigen, wende dich vertrauensvoll an mich.«

Jakob nickte. »Ich weiß Eure Unterstützung zu schätzen; ich werde alles daran setzen, meine Fragen so treffend anzubringen, daß die Wahrheit ans Licht kommt.«

»Ich wußte, daß wir uns verstehen«, erwiderte Ambrogio. Er legte Jakob die Hand auf die Schulter und führte ihn zu dem Schachtisch. »Ich überlasse dir die weißen Steine«, sagte er gönnerhaft und klatschte in die Hände. Ein Diener trat ein und trug Rotwein auf, der in einer edlen Kristallkaraffe funkelte. Sie erhoben die Kristallkelche, prosteten sich zu und versanken in ihrem Spiel.

Jakob kämpfte mit seinem König darum, den einzig verbliebenen Bauern auf dem Brett gegen Ambrogios König auf die Grundlinie zu manövrieren, und nach einigen taktischen Finessen erzwang er freies Feld und verschaffte sich einen Vorteil.

Ambrogio räusperte sich verlegen. »Wir verfolgen den Niedergang der vornehmen Geschlechter Roms seit langem«, klagte er mit belegter Stimme. »Beinahe fünfzehn Jahre ist es her, daß Marcantonio Altieri schrieb: ›Rom, einst die Königin des Weltalls, ist heute so herabgekommen, daß den Römern ihre eigene Stadt wie eine öde und düstere Höhle erscheinen

231

muß. Vom Viertel Monti nach Cavallo, nach Trevi und zum Viertel der Conti fehlen die Ceroni, Novelle, Paparoni und Petrucci. Alle diese Familien, durch Vermögen, Zahl und Altertum einst so herrlich und berühmt, sehen wir heute entweder ganz oder halb zerstört. Was den Rest der unseligen Stadt betrifft, wie viele Sitze, die einst zur Ergötzung der Edelleute gegründet waren, sind da heute nicht so geschwunden, daß man kaum noch die Spur der Halle entdeckt, wo sie einst empfangen wurden. Doch was reden wir von den Palästen, es genügt ein Blick in die Straßenviertel: denn jammernd muß man sagen, daß der größte Teil ihrer Bewohner, daß so viele ehrenhafte Männer nebst ihren Familien daraus entschwunden sind. Wer sollte nicht mit tiefem Schmerz die einst glorreiche Piazza Colonna betrachten, der ehemals von Vater, Kindern und Enkeln der Buffalini belebt war, nicht zu reden von den Cancellieri, Treofani, Valerani und zahllosen anderen achtbaren Geschlechtern der Nachbarschaft. Heute fehlen sie dort fast gänzlich, und an ihrer Stelle findet man nur einen Zusammenfluß verworfener und niedriger Leute.‹ So schrieb Altieri, und nichts davon ist heute weniger wahr. Sieh hin, wer die Macht hat in dieser Stadt: Es ist ein Chigi, der aus Siena stammt, es sind die Medici mit ihren Wurzeln in Florenz, selbst die Doria aus Genua und die Sforza aus Mailand haben hier mehr zu bestimmen als die ehrwürdigen Orsini, denen man sogar einen Kardinal meuchelt. Und hier, auf diesen Feldern, ist es ein bayerischer Dominikaner, der den Knecht adelt und den Adel knechtet. – Ich bitte dich, Jakobus, lasse dies hier«, und er deutete mit zitternder Hand auf das Brett, »kein Gleichnis sein für die Stadt meiner Väter.« Dann warf er seinen König um.

232

Jedem steht sein Tag bevor

Wann immer er konnte, floh Jakob aus den belebten Straßen, setzte sich auf eine umgestürzte Marmorsäule auf der Anhöhe des Palatin und blickte über die Stadt hinweg. Wie Tannen in Zeiten höchster Not die größten Zapfen austrieben, so schienen die Menschen Roms im Angesicht der drohenden kaiserlichen Armee noch einmal alle Lust und Sinnlichkeit ausleben zu wollen, als könnten sie so ihre Welt erhalten, die in Wahrheit vollkommen zerrüttet war und unter dem Zustrom der Flüchtlinge aus dem Süden litt, wo der Vizekönig Stadt um Stadt eroberte und daher dem Papst gegen Ende Januar demütigende Friedensbedingungen anbieten konnte. Mehr denn je bewahrheitete sich das Wort eines Botschafters von Kaiser Karl, der vor wenigen Jahren an seinen Herren geschrieben hatte: »Hier ist alles auf Habsucht und Lüge gegründet; die Hölle selbst kann nicht so viel Haß und so viele Teufel bergen.«

Friedlicher Morgennebel lag über den Kaiserforen und dem gebrochenen Gemäuer des Kolosseums. Jakob mochte den Blick nicht wenden. Wie die Gladiatoren, die einst im Namen Christi in der Arena gegen wilde Tiere gekämpft hatten, würde auch er seine ganze Kraft brauchen. Die entscheidende Befragung Enneas stand bevor. Beinahe seit fünf Wochen befand sich Frangipanes Sekretär nun in Untersuchungshaft und wurde von einem Richter des Governatore täglich verhört, doch so hartnäckig wie ein Stein, den keine Träne erweicht, leugnete der Verdächtige alles und begegnete den Vorwürfen so gefühllos, daß ein Unwissender geneigt sein konnte, seine

Unschuld anzunehmen. Auch Jakob wären Zweifel gekommen, wäre da nicht jener Bericht Serenas von der Aussprache zwischen Frangipane und seinem Kaplan, und so bestand er auf der *territio realis*, denn die Folter schien ihm in der Tat das letzte Mittel, Ennea die Wahrheit zu entlocken.

Unter ihm im zarten Februarnebel lag der Titusbogen und gemahnte Jakob an die Macht der Zeit; der Bogen aus weißem Marmor, der einzig zur Verherrlichung eines nichtigen Sieges erbaut worden war, war als Triumphbogen sinnlos geworden, aber als ein Mahnmal der Macht bekam er einen neuen Sinn. Jakob spürte die Kraft der Geschichte, die diesem Ort innewohnte, und die Aufforderung, Gerechtigkeit walten zu lassen und sich der Wahrheit zu verpflichten; wo, wenn nicht in der Ewigen Stadt, wäre der geeignete Ort dazu?

Mit allen erdenklichen Finten stemmte sich Papst Clemens gegen die drohende Niederlage in jenem Titanenkampf, der die beiden Schwerter der Christenheit gegeneinanderführte. Frundsberg stand mit seinen deutschen Landsknechten vor Parma, der spanische Vizekönig Lannoy lagerte sein Heer vor Frosinone, und kein einziger Schlag war den Päpstlichen seit Ende des Jahres gelungen, die zunehmende Umklammerung zu lockern.

Die Kurie stand in hektischen Verhandlungen mit den Franzosen und Venetiern und suchte andererseits nach Möglichkeiten, eine Waffenruhe mit den Kaiserlichen zu erreichen. Da die Kasse des Vatikan ausgeplündert war, wollte Clemens gar einen Boten nach Venedig schicken und dort um Bestechungsgelder für Frundsberg bitten, doch seine Berater lachten: Ein Feldherr, der seine eigenen Güter für die Sache des Kaisers verpfändet hatte, sei nicht bestechlich. Selbst seinen argen Feind Orazio Baglione entließ der Papst aus der Haft und nahm ihn als Feldherrn unter Sold, damit er gegen den spanischen Vizekönig ankämpfte. Dann bewilligte er einen Vergleich, wonach die Waffen in Latium ruhen sollten, bis ein um-

234

fassender Frieden ausgehandelt wäre. Aber wie doppelzüngig sprach der Pontifex Maximus; denn zugleich mit der Waffenruhe siegelte er ein geheimes Schreiben und ermächtigte seine Feldherren, ihm durch einen Waffengang Erleichterung zu verschaffen.

Die übertölpelte Truppe des Kaisers wurden von Frosinone vertrieben und bis Ceprano zurückgeschlagen, und nur der heldenmutige Einsatz des Pompeo Colonna rettete den Kaiserlichen die Geschütze. Der Papst und seine Berater befanden sich im Freudentaumel und schmiedeten weitere Pläne, wie Kaiser Karl mit Hilfe der Franzosen endgültig in die Knie gezwungen werden könnte.

Nur die Römer selbst trauten der Sache nicht. Sie besannen sich darauf, daß sie zu Zeiten ihrer Republik eine Bürgermiliz besessen hatten, und beschlossen auf dem Kapitol, wieder eine solche auszuheben. In jedem Stadtviertel musterte daher seit einigen Tagen der Caporiono die waffenfähigen Männer, und bald waren an die zehntausend Kämpfer aufgeboten, um die Freiheit der Stadt zu verteidigen. Dabei scheute man nicht davor zurück, zwölf- und dreizehnjährige Knaben zu mustern, und legte es geradezu darauf an, streunende Straßenjungen zu erwischen. Die heimatlosen Jungen wurden in einem Feldlager an der Porta Maggiore zusammengelegt und dem Drill junger Söldner unterzogen.

Cesare und seine Freunde hatten das alte Wohnhaus der Crescenzi verlassen, als ihnen die ersten Aufrufe des Caporiono zu Ohren gekommen waren. Sie fanden ein Ruinengrundstück am Monte Celio in unmittelbarer Nähe zum Kolosseum, auf dem ein verfallenes Wohnhaus stand, dessen Keller durch eine schmale Luke zu erreichen war. Da das Gewölbe hinreichend Schutz bot und trocken war, beschlossen Luigi, Cesare, Filippo und Massimiliano, sich dort einzurichten. Von ihren Freunden am Pozzo bianco und drüben im Borgo zogen es einige vor, in ihrem angestammten Viertel zu bleiben, und wurden binnen weniger Tage prompt von den

Häschern für die Bürgermiliz eingefangen und zur Porta Maggiore gebracht.

Serena wohnte nach wie vor mit ihrem kleinen Vetter Giovanni, dem Liebling aller Huren, bei Apollonia, und damit die Kupplerin keinesfalls auf den Gedanken kam, sie anlernen zu wollen oder sie zu vertreiben, hatte ihr Jakob abermals fünf Goldscudi zugesteckt.

Golden stand die Morgensonne über dem Kolosseum. Jakob versuchte sich vorzustellen, wie die Stadt zur Zeit der Apostel Petrus und Paulus ausgesehen haben mochte, und überlegte, ob der kaiserliche Prunk die Pracht von Lateran und Vatikan in den Schatten gestellt hätte. Vielleicht lag ja gerade darin das Übel, daß sich die Päpste im Laufe der Zeit die Stellung als Pontifex Maximus angemaßt hatten und versuchten, die Cäsaren nachzuahmen. Sein Wunsch, in die bayerische Heimat zurückzukehren, wurde immer dringlicher. Er sehnte sich nach der Ruhe eines Klosters. Wie schön wäre es, in München Knaben in der Lateinschule zu unterrichten und ansonsten eingebunden zu sein in den mönchischen Kreislauf des Lebens.

Während er in die steigende Februarsonne blickte, war ihm, als setzte sich Claudia neben ihn, hielte seine Hand auf eine geschwisterliche Art und Weise und hörte ihm zu, wie er ihr vor vier Wochen zugehört hatte.

Sie hatte ihn wieder in dem verschwiegenen Raum mit den Ledertapeten empfangen und ihm einen Tee mit Pfefferminze und Salbei serviert. Die Nachricht von der Festnahme des Mörders nahm sie gelassen auf, es schien, als sei ihr jeder Gedanke an Rache abhanden gekommen. Über ihren Augen lag nach wie vor ein Schleier von Traurigkeit, doch wirkte ihr Gesicht straffer, die Stirn nahezu ohne Falten. Die Haare trug sie streng nach hinten gekämmt und in einem Knoten gebändigt. Das einfache schwarze Kleid reichte bis an den Hals. Auf ihrer Brust baumelte ein schweres Silberkreuz. Sonst hatte sie kei-

236

nen Schmuck angelegt. Trotzdem kam sie ihm schöner denn je vor, und er mußte sich zwingen, sie nicht unaufhörlich anzuschauen. Sie hatte die Hände in den Schoß gelegt und fing an zu erzählen:

»Das Leben einer ehrbaren Dame war schon der Traum meiner Mutter, als sie von San Gimignano nach Siena ging und auf Empfehlung unseres Pfarrers in den Haushalt des Bischofs eintrat. Rasch wurde ihr klar, welcher Art ihre Dienste sein sollten, doch gab sie sich dem Werben ihres Herren nicht ohne weiteres hin. Sie war eine schöne Frau und wußte sich zu benehmen. Zudem hatte sie bereits bei unserem Pfarrer Latein gelernt, konnte lesen und schreiben und verstand es, auf der Laute zu spielen. Sie gereichte dem Hof des Bischofs zur Zierde, und er wußte es zu schätzen. Aus edelsten Seidenstoffen ließ er ihr ein Kleid schneidern und schenkte ihr eine Kette aus kostbaren Perlen, daß die anderen Damen bei Hofe vor Neid erblaßten. Da gestattete sie ihrem Herrn den ersten Kuß und versprach mehr, falls er die anderen Damen von seinem Hof verwies. Er schwor ihr Treue und ließ zwei weitere Kleider anfertigen, wies ihr eine Zofe zu und las ihr bald jeden Wunsch von den Augen ab. Als sie schwanger wurde, gab er ein großes Fest und verbarg seine Enttäuschung, daß ihm nicht ein Sohn, sondern ich, ein Mädchen, geboren wurde.

Zwei Jahre später begleitete er ihre Schwangerschaft erneut mit Freude; doch als ihm die Hebamme Lydia in die Arme legen wollte, drehte er sich um und ließ meine Mutter und ihr Kind allein. Ein Jahr danach besaß er eine neue Favoritin, und als ein weiteres Jahr vergangen war, befahl er meiner Mutter, sein Haus zu verlassen. Wir durften in einem Stadthaus nahe der Piazza wohnen, und meine Mutter erhielt eine monatliche Rente von sieben Scudi ausbezahlt. Wir lebten zurückgezogen und friedlich, bis ich dreizehn Jahre alt wurde. Da starb der Bischof. Seine Familie stellte die Geldzahlungen ein und forderte uns auf, das Haus zu verlassen. Meine Mutter verkaufte ihre Perlenkette an das Bankhaus der Chigi und eines ihrer

Kleider an eine römische Kurtisane, die sich wegen irgendwelcher politischer Geschäfte eines Farnese-Kardinals in Siena aufhielt. Diese Cortigiana war es auch, die meiner Mutter empfahl, nach Rom zu gehen.

Auf Vermittlung des alten Agostino Chigi fanden wir eine kleine Villa in Trastevere. Chigi lud meine Mutter auf eines seiner Feste ein, und im Nu war sie von römischen Adligen umringt. Auch hier blieb sie wählerisch und wahrte den Anschein der ehrbaren Dame, ehe sie sich zwei Männern hingab. Zunächst zeigten sie sich sehr freigebig, doch als sie bemerkten, daß meine Mutter ihnen von Herzen zugetan war, flossen die Geldgeschenke immer spärlicher. Die Haushaltsführung war teuer; meine Mutter achtete darauf, stets drei Bedienstete um sich zu haben, damit sie sich angemessen präsentieren konnte. Ihre beiden Herren machten ihr Kummer, und sie mußte andere Freier erhören, um ihren Unterhalt zu sichern. Doch man sah ihr an, daß sie litt; sie verlor ihren Liebreiz und ihre Verehrer. Als ich vierzehn war, verkaufte sie ihr zweites schönes Kleid und sich selbst für wenige Giuli an immer einfachere Männer. Dabei entging ihr nicht, daß die Edlen Roms anfingen, sich nach mir umzudrehen.

Eines Tages begann meine Mutter, mit mir über meine Zukunft zu reden, und sie malte mir das Dasein einer berühmten Kurtisane in den schillernden Farben aus. Imperia, die jenseits des Tiber in einem Palazzo prachtvoll hofhielt, war ein Vorbild für sie. Du kannst werden wie sie, sagte meine Mutter, und ich glaubte es. Das Gewerbe, fuhr sie fort, sei nichts für Dumme, und nicht von ungefähr hätte sie uns Schwestern in all den Fertigkeiten unterrichtet, über die sie selbst verfügte. Sie begann mich und auch meine Schwester auf das vorzubereiten, was von einem Mann erwartet werden würde; und je gelehriger wir uns stellten, um so zurückhaltender wurde sie selbst mit ihren Freiern und ließ letztlich niemanden mehr zu sich ein. Sie kaufte Möbel und Gemälde für unsere Villa, bedeckte die Böden mit Teppichen, die sie fahrenden Händlern abschwatzte, und füllte

238

zwei offene Schränke mit Büchern, die sie der Familie eines verstorbenen Professors der Sapienza abkaufte. Die Bücher sollten einem jeden zeigen, wie gebildet wir waren. Mit unserem Haushalt wollte sie der Imperia nacheifern, von deren Erscheinung die Kurialen trunken waren und von deren Zimmern es hieß, einmal sei ein Edelmann von dem Glanz so geblendet gewesen, daß er einem Bediensteten ins Gesicht spuckte, weil er keine andere Stelle für dieses Bedürfnis entdeckte.

Meine Mutter machte ein öffentliches Geheimnis um mich und Lydia und lud zunehmend hohe Herren zu Nachmittagsgesellschaften ein. Es dauerte nicht lange, bis die ersten Angebote gemacht wurden, aber meine Mutter gedachte ihrer eigenen Anfänge und steigerte mit vornehmer Zurückhaltung den Preis, bis ein betagter Kardinal, der noch einmal die Vögel singen hören wollte, meiner Mutter eine unerhörte Summe für mich bot.«

Claudia hielt mit ihrer Erzählung inne und blickte Jakob lange an. Er sah die Tränen in ihren Augen, die sie vergeblich zu unterdrücken suchte.

»Ich hätte nie gedacht, daß meine Mutter mich wirklich verkaufen würde, noch dazu an einen alten Mann. Sie hatte Schulden bei Chigi gemacht und brauchte dringend Geld. Mit allerletzten Ratschlägen entließ sie mich auf den Weg zu meinem Liebhaber; ihre Zofe begleitete mich und trocknete mir die Tränen, bevor wir an dem Palazzo klopften. Der Kardinal empfing mich strahlend und führte mich in einen herrlichen Raum, wo es Süßigkeiten zu naschen gab und klebrigen Wein, ehe er mich aufforderte, für ihn zu tanzen und zu singen. Ach ja, er war nicht grob und schlief zufrieden ein, nachdem er sich an mir vergnügt hatte.

Ich wurde die Geliebte des alten Kardinals Soderini. Meine Mutter war glücklich und blühte auf in ihrem Bemühen, mich noch geschickter in all meinen Künsten zu machen, bis sie außer solchen Ratschlägen keine Worte mehr für mich hatte. Über das Schicksal gemeiner Huren belehrte sie mich mit Lust und Witz, als wäre sie der göttliche Pietro Aretino: ›Man dreht und wendet uns und schiebt uns hin und her auf alle erdenklichen Arten bei Tage und bei Nacht; und wenn eine nicht in alle Schweinereien einwilligt, die sich nur ausdenken lassen, so muß sie im Elend umkommen. Der eine verlangt Kochfleisch, der andere Braten. Was haben sie nicht alles ersonnen: von hinten; die Beine um den Hals, die Gianetta; Kranich; Schildkröte; Kirche auf dem Glockenturm; die Eilpost; auf Schafsart und andere Stellungen, die seltsamer sind als die Stellungen eines Gauklers.‹ So gewann ich eine hervorragende Ruffiana, verlor aber meine Mutter.«

Claudia trocknete ihre Tränen und erzählte, was sich all die Jahre zugetragen hatte, wie sie zu einer gefeierten Cortigiana aufgestiegen war, bis sie an Angelo del Bufalo geriet, der ihr beinahe genauso wie der Imperia zum Schicksal wurde. Des weiteren erzählte sie vom langsamen Aufstieg ihrer Schwester und litt noch einmal mit ihrer Mutter, als diese von der Syphilis zerfressen und niedergestreckt wurde. Die beiden Schwestern pflegten ihre Mutter zu Hause in einem separat gelegenen Raum; sie wollten ihr Mutter das Spital San Giacomo degli Incurabili ersparen, von dem alle berichteten, es sei das Fegefeuer der Huren, wo sie alle ihre Sünden büßen müßten. Jämmerlich war ihre Mutter zugrunde gegangen; der Medicus flößte ihr zum Schluß Unmengen Quecksilber ein, doch es half alles nichts; sie verlor am ganzen Körper ihre Haare und starb zusammengekrümmt und nackt wie ein Säugling.

Beim Tod ihre Mutter war Claudia die Geliebte von Raimondo Senili, der die Beisetzung in seiner Stiftskirche zelebrierte. Noch immer legte sie jeden ersten Sonntag im Monat auf dem Sarkophag ihrer Mutter einen Strauß Blumen nieder, um zu zeigen, daß sie ihr verziehen habe.

»So aber kam es, daß ich nie mir gehörte; niemals – bis heute. Doch nun«, endete Claudia ihre lange Geschichte, »werde ich mit allem abschließen. Fabricio Casale werde ich mein Haus überschreiben; er wird einen Verwalter einsetzen

240

und einen guten Zins erwirtschaften. Ich selbst werde von meinem Ersparten leben, und wenn ich mich hinlänglich geprüft habe, kann es sein, daß ich um Aufnahme in Santa Maria Maddalena bitten werde.«

Dann hatte Claudia ihn erwartungsvoll angesehen, und Jakob war aufgestanden, war neben sie getreten, hatte sie an ihren zitternden Händen hochgezogen und ihren Kopf gegen seine Brust gelehnt.

»Te absolvo«, hatte er gemurmelt und war grußlos davongegangen.

Seither hatte er sie nicht mehr besucht.

Die peinliche Befragung, der Ennea unterzogen werden sollte, fand in einem kahlen Raum statt, in dem lediglich ein Stehpult für den Gerichtsschreiber sowie ein kleiner Tisch für den Richter und zwei Stühlen standen; Licht fiel durch drei schmale Schießscharten herein, neben dem Schreiber brannte eine in die Wand gesteckte Fackel.

Jakob traf Ernesto Teofani in der Vorhalle des Corte Savella, von da gingen sie gemeinsam zum Verhör; der Governatore hatte es sich nicht nehmen lassen, die Befragung selbst durchzuführen. Zu viele unliebsame Begegnungen hatte er wegen Ennea schon hinter sich gebracht; nicht nur Bischof Frangipane hatte mehrfach zugunsten seines Sekretärs vorgesprochen, auch von oberster Stelle des Vatikans waren Anweisungen gekommen, allerdings äußerst widersprüchlicher Natur. Einerseits verwendete sich Fabricio Casale persönlich für den Angeklagten, andererseits traf eine Anweisung des Kanzlers ein, wonach mit äußerster Strenge zu prozessieren sei, und jeder Seite hatte der Governatore Rede und Antwort stehen müssen. Nun wollte er die Sache zu Ende bringen, gleichgültig, mit welchem Ergebnis.

Jakob hoffte indes noch immer, Ennea würde aufhören zu leugnen und endlich gestehen, denn der Prozeß, der sich nun schon über neun Verhörtage hinzog, zerrte an seinen Nerven.

241

Als sie ihre Plätze eingenommen hatten, gab Teofani ein Zeichen, und der Scharfrichter trat ein, gefolgt von einem Wächter, der Ennea mit sich führte. Der Henker zögerte nicht; er nahm Enneas Hände, die auf den Rücken gefesselt waren, und schlang um Fessel und Handgelenke ein dünnes Hanfseil, das von der Decke hing. Dort oben lief das Seil durch einen kräftigen Eisenring, und das andere Ende war in Schulterhöhe um einen Haken gewickelt. Der Scharfrichter schob Ennea unmittelbar unter den Eisenring in der Decke, dann packte er das andere Ende des Seils und zog daran langsam an, bis sich Enneas Hände auf dem Rücken nach oben bogen. Der Sekretär beugte sich vor, ging leicht in die Knie und versuchte mit dieser Verrenkung seine Arme zu entlasten. Bei dieser unbequemen Stellung ließ es der Henker bewenden und schlang das Seil mehrfach um den Wandhaken.

»Nun frage ich dich ein letztes Mal, Ennea«, begann der Governatore die eigentliche Befragung, »ob du willens und in der Lage bist, die Wahrheit einzugestehen, oder ob deine Verstocktheit uns zwingt, dich mit Gewalt zur Besinnung zu bringen.«

»Stets habe ich die Wahrheit gesagt und nichts als die Wahrheit«, beteuerte Ennea. »Ich schwöre, daß ich unschuldig bin.«

»Dieses Seil, das dich nun in eine mißliche Haltung zwingt, wird bei der nächsten Frage angezogen werden, bis deine Arme aus den Gelenken springen und deine Füße den Boden nicht mehr berühren. Hast du diese *territio verbalis* verstanden?« Ernesto Teofani nahm es ernst mit der Regel, vor jeder Folter die Werkzeuge und ihre Wirkung eindringlich zu beschreiben. »Wenn deine Arme aus den Gelenken springen, wird ein teuflischer Schmerz in deine Achseln fahren, und der dünne Strick wird dir an den Händen das Blut abschnüren, so daß du von zwei Seiten stechende Qual erfährst. Erspare dir solche Torturen und gestehe die Morde.«

»Niemals werde ich gestehen«, schrie Ennea voller Zorn und stieß im nächsten Moment einen schrillen Schmerzens-

242

schrei aus, denn der Henker hatte heftig an dem Seil gezogen und den Delinquenten mit einem Ruck in die Höhe gehoben.

»Hat die Stimme des Herrn zu dir gesprochen?« fragte Jakob nun eindringlich, doch Ennea schüttelte fluchend den Kopf.

»Wo warst du in jener Nacht, als Paola starb?«

»Ich weiß nicht, wann die Hure starb«, schrie der Angeklagte mit schmerzerfüllter Stimme.

»Wie kamst du in die Gemächer des Kardinal Orsini?«

»Ich kenne keinen Orsini.«

»Warum hast du immer nur die linke Brust deiner Opfer zerfetzt?«

»Weil sie über dem Herzen liegt, wo der lüsterne Dämon entschlüpfen muß«, schrie Ennea und erschrak. »Mein Gott«, rief er gequält und biß sich so heftig auf die Zunge, daß ihm Blut aus dem Mund trat.

Wie um den Angeklagten zu ermuntern, so rasch wie möglich weiter zu sprechen, riß der Henker einmal kräftig an dem Seil, so daß Enneas Körper hin und hergeschüttelt wurde, um gleich darauf das Seil blitzschnell nachzulassen. Ennea stürzte auf den Boden und wimmerte.

»Wegen der Dämonen also«, sprach Jakob ganz sanft und machte dem Governatore ein Zeichen, ihn fortfahren zu lassen.

Der Governatore nickte. »War es nicht so, daß die erste, Paola, die Dirne deines Herrn, eine Hexe war? Hat sie den Bischof verzaubert und mit teuflischen Mitteln davon abgehalten, seine und ihre Lust gleich nach der Erfüllung zu büßen? Daran hast du sie als Teufelsbuhle erkannt und mußtest Frangipane retten. Auf keinen Fall durfte geschehen, daß sie seine Konkubine wurde. Je länger das Hexengift wirkt, desto bedrohlicher wird es für die gute Seele. Daher mußtest du rasch handeln, noch in derselben Nacht, in welcher dein Herr auf die Bußübungen verzichtete. War es so?«

Der Kaplan hob zaghaft seinen Kopf und blickte Jakob mit blutunterlaufenen Augen an; blanker Haß sprach aus diesen Augen.

»War es so?«

Ennea spuckte aus, doch der Henker zog ihn wieder ein Stück in die Höhe, und er schrie wie ein waidwundes Tier.

»War es so?«

»Ja ... um Gottes willen, ja!«

Der Henker ließ Ennea langsam zu Boden sinken.

»Du hörtest die Stimme des Herrn, der dich beauftragte, deinen Herrn zu retten, nicht wahr?«

»Ja.«

»Du bist der Hure hinterhergeschlichen, bis kurz vor den Tiber; da hast du sie in ein Gebüsch gezerrt und ihr die Kleider vom Leib gerissen. Dann hast du die Stimme gehört, die dich ermahnte, sie mit deinem Speer zu züchtigen. Dabei ekelt dich vor diesem Eindringen. Aber du bist in sie eingedrungen, nicht wahr?«

»Herrgott, ja«, fauchte Ennea. »Woher weißt du das alles?«

»Hast du Lust dabei empfunden?«

»Zu ihrer Strafe tat ich es. In den Staub mußte sie knien, nieder und gemein sollte sie ihre Geilheit büßen, ehe ich ihre Seele der Gnade des Herrn empfahl. Dann setzte ich ein Zeichen, auf daß eine jede es wahrnehme, wohin man mit Hurerei und Hexerei gerät.«

»Aber das Zeichen wurde nicht verstanden. – Da sprach die Stimme in dir, du sollst ein weiteres Zeichen setzen.«

Ennea nickte.

»Erzähle, was geschah. Erleichtere deine Seele und beichte.«

Der Widerstand des Sekretärs war gebrochen; zu peinigend und gemein war das Aufziehen, diese simple Art der Folter, die seit Jahrhunderten in Gebrauch war. Ennea redete und redete, um den Schmerzen zu entgehen, und gestand nacheinander die Morde an Dora, die man in den Ruinen unter dem Kapitol gefunden hatte, an Tullia, die im Park von San Pietro in Montorio entdeckt worden war, und an Bibiana, die unter Castel Sant' Angelo gelegen hatte.

Wie er zu seinen Opfern gelangt sei, wollte Jakob wissen,

und die Erklärung überraschte ihn, weil sie so einfach war. Es war Fabricio Casale gewesen, der bei den Treffen mit Frangipane in dessen Haus genüßlich von den Vorzügen seiner Engel berichtet und sich dabei über die Wüstlinge lustig gemacht hatte, die ein Vermögen dafür ausgaben, mit einer besonders jungen Hure zu schlafen. Besonders erfreut hatte Casale dabei die Lüsternheit eines Bischofs aus Venedig, dem er für ein kleines Vermögen die unschuldige Dora schickte und den er fortan in der Hand hatte. Da Casale Wert darauf legte, verläßliche Berichte von neuen Kunden zu erhalten, war Ennea kurzerhand beauftragt worden, Dora zu beschatten und den Venezianer bei seinem Rendezvous zu belauschen. Danach konnte Ennea das Mädchen abpassen und an ihr sein tödliches Zeichen setzen; der erschrockene Bischof war fortan lammfromm, denn Casale nutzte nicht nur die Lüsternheit, sondern auch den Tod der Hure gegen den Gestrauchelten aus und preßte dem Venezianer neben einem kleinen Vermögen auch geheime Nachrichten aus der Lagunenstadt ab.

Auf ähnliche Weise hatte Ennea von den Treffen Tullias mit Ambrogio Farnese und Bibianas mit Raimondo Senili erfahren und die Nachtstunden für seine tödliche Mission benutzt. Bei jeder Bluttat hatte der Kaplan sich im reinen mit seinem Gott und seinem Herrn gewußt, denn Casale wendete jeden Mord zu seinen Gunsten.

Dann aber versiegte Enneas Redefluß abrupt. Als Jakob die Sprache auf Antonia brachte, stritt der Sekretär den Mord so hartnäckig ab, daß der Henker ihn viele Male aufziehen mußte.

»Haltet ein«, jammerte der Kaplan schließlich am Ende seiner Kräfte. »Ich gestehe euch alles, was ihr wollt. Ich habe diese Nutte getötet wie alle anderen, damit sie ihre gerechte Strafe erfährt und die verderbte Welt endlich meine Zeichen erkennt.«

Ohne genauer zu fragen, brachte Jakob die Rede auf Lydia und Aldobrandino Orsini. Hatte Ennea auch diese Morde begangen?

»Orsini war der schlimmste von allen«, keuchte der Kaplan und gestand auch diesen Mord.

»Wie bist du in Orsinis Gemächer gelangt?« wollte Jakob wissen.

»Ich konnte ohne Mühe hineinspazieren«, preßte Ennea hervor. »Es gab keine Wächter.«

»Als du die Hure bestraft hast, lebte der Kardinal da noch?«

»Nein, ihn habe ich zuerst getötet, und dann habe ich die Hure bestraft.«

»Und das ließ sie sich ohne Gegenwehr gefallen?«

Ennea nickte grimmig. »Was wollt Ihr noch? Ich habe alle Taten gestanden. Richtet über mich und sprecht Euer Urteil, aber hört auf, mich zu quälen.«

»Wir wollen keine Geständnisse von dir, sondern die Wahrheit hören«, sagte Jakob und blickte zum Governatore. Teofani nickte, wenngleich ein wenig unwillig, wie Jakob schien; womöglich war er mit den Geständnis zufrieden und wollte die Prozedur beenden. Doch Jakob waren Zweifel gekommen; einige der Morde hatte Ennea zweifellos begangen, aber anscheinend gestand er auch, was er gar nicht getan hatte.

»Woher hast du gewußt, daß der Kardinal sündigen Besuch empfangen hatte?« fragte er.

»Von Casale, wie in allen Fällen; Casale meinte zu meinem Herrn, es wäre von besonderem Vorteil, etwas gegen einen Orsini in der Hand zu halten.«

»Und wie bist du in Orsinis Gemächer gelangt?«

»Ich habe mich zu Besuch angemeldet, und seine Haushälterin hat mich eingelassen.«

»Nein, sie hatte Anweisung, niemanden zum Kardinal vorzulassen.«

Ennea schüttelte den Kopf. Ihm war anzusehen, daß er den geringsten Schmerz nicht mehr ertragen würde. »Frangipane sagte, wir hätten den alten Orsini am besten in der Hand, wenn ein junger Mann die Hure begleite. Der Kardinal dächte zwar in den Armen einer Frau am sanftesten an die Liebe,

246

würde sich aber die Erfüllung von einem Mann wünschen. Es war ein Auftrag meines Herrn, und ich ließ ihn wissen, daß ich ihn erfüllen würde. Daher wurden Lydia und ich gemeinsam beim Kardinal angemeldet und gingen hinein. Dann wollte der alte Lüstling, daß ich die Hure vor seinen Augen besteige, und Lydia mußte ihn mit ihren Lippen liebkosen. Es grenzte an ein Wunder, daß dieser vertrocknete Brunnen noch Wasser spendete. Ich ekelte mich über alle Maßen und haßte ihn für seine Schweinereien. Er war der Buße nicht würdig; ich erschlug ihn, wie man Gewürm zertritt, und dachte mir, auch ein toter Orsini würde Casale nutzen. Lydia aber saß wie gelähmt da. Mit einem raschen Sprung war ich bei ihr und stieß ihr das Messer zwischen die Rippen.«

Jakob fiel der Dialog ein, den Frangipane vor fünf Wochen mit Ennea in der Zelle geführt hatte; er habe längst gewußt, hatte Frangipane gesagt, was er mit Ennea auf sich geladen habe. Wenn das zutraf, dann mußte der Bischof zumindest ahnen, daß sein Sekretär die Hure nach dem Akt getötet hatte, um sie zu bestrafen; und dann hatte es nahegelegen, daß er den alten Kardinal ebenfalls aus dem Weg räumte, um den Zeugen seiner Tat zu beseitigen. Kannte man Ennea, wurde das ganze Geschehen im vorhinein absehbar, und dann war es, als würde sich Frangipane für den Mord an Orsini seines Kaplans bedienen, wie andere einen Hammer verwenden, um einen Nagel in die Wand zu schlagen.

Jakob nickte und sagte laut: »Ich glaube dir. Nun mußt du nur noch eine Frage wahrheitsgemäß beantworten: Was geschah mit Antonia?«

Ennea schaute ihn mit vor Entsetzen geweiteten Augen an. »Bei Gott, ich schwöre es, diese Tat fällt mir nicht zur Last.«

Jakob spürte, daß der Kaplan die Wahrheit sprach. Er drehte sich um und setzte sich neben Teofani. Er fühlte sich müde und leer. Der Governatore fragte den Schreiber, ob er alles protokolliert habe, und als der Mann bejahte, beendete er die

247

Sitzung und beraumte für den morgigen Tag die Verlesung des Urteils an.

»Du hast Anspruch auf einen Beichtvater in deiner letzten Nacht«, wandte sich Teofani an Ennea. »Hast du einen Wunsch?«

»Darf mir Bischof Frangipane das letzte Geleit geben?« bat Ennea mit schwacher Stimme, und ehe Jakob einen Einwand vorbringen konnte, stimmte der Richter der Bitte zu.

Die Sonne stand im Süden, als Jakob den Corte Savella verließ und sich Richtung Campo de Fiori aufmachte; er wollte bei Apollonia anklopfen und Serena sprechen und anschließend bei Giuseppe eine Kleinigkeit essen. In den Straßen herrschte rege Betriebsamkeit. Auffällig viele Männer liefen mit Waffen umher, und Jakob meinte, in den Gesichtern der Menschen eine besondere Anspannung wegen der verworrenen Kriegslage zu lesen.

Er traf Serena in ihrem Zimmer an, wo sie mit zwei Mädchen am Boden saß und mit Giovanni spielte; der Kleine krähte vor Vergnügen. Als Serena Jakob sah, sprang sie auf, und die Huren ermunterten sie, mit Jakob zu Giuseppe zu gehen, sie würden sich um Giovanni kümmern. Jakob begann noch im Treppenhaus zu erzählen, und Serena lauschte seinem Bericht atemlos, bis sie Giuseppes Schenke erreichten.

»Dann haben wir tatsächlich den Richtigen gefangen.« In ihrer Stimme schwangen Erleichterung und Stolz.

»Ohne euch liefe er immer noch frei herum, und vermutlich hätten wir dann weitere Opfer zu beklagen, aber ihr dürft euch in Zukunft nicht mehr auf so eine Gefahr einlassen. Versprichst du mir das?«

Serena versprach es, und Giuseppe brachte ihnen eine kräftige Eierspeise, Wasser und Wein; das Mädchen verspürte einen herzhaften Appetit, Jakob dagegen brachte kaum einen Bissen hinunter.

»Was ist mit dir?« fragte Serena besorgt. »Ist dir das Verhör auf den Magen geschlagen?«

248

»Ich bezweifle, daß solche Torturen das geeignete Mittel sind, die Wahrheit herauszufinden. Wenn ich mir vorstelle, ich selbst hinge an dem Strick, würde ich wahrscheinlich alles gestehen, um die Schmerzen abzukürzen. Besonders bedrückt mich aber, daß Ennea den Mord an einer Hure leugnete, dann gestand und später wieder leugnete. Qualen können die Wahrheit zerstören. Ennea wollte, nachdem er sein Gewissen erst einmal erleichtert hatte, durchaus die Wahrheit sagen, und es war ihm wichtig, nur die Taten zuzugestehen, die er auch begangen hatte. Ich glaube nicht, daß er der Mörder von Antonia ist.«

»Aber wer ist es dann?«

»Das muß ich herausfinden, Serena. Solange dieser Mörder frei herumläuft, können wir uns alle nicht sicher fühlen.«

Die Verschwörung

Am Abend ging Jakob in die vordere Seitenkapelle von Sankt Peter und kniete vor dem Marienaltar, während im Hintergrund wie mahnende Zeigefinger die riesigen Pfeiler des Bramante in den Himmel wuchsen, die dereinst eine gigantische Kuppel tragen sollten. Kalt blies der Abendwind durch die Baustelle. Wenig war erhalten von der alten Basilika, die meisten Mosaiken und antiken Säulen waren von der Hast, mit der Bramante an die Ausführung gegangen war, zerstört worden, und Raffael brachte mit seiner eigenen Idee, die von Bramante geplante Form des griechischen Kreuzes in ein lateinisches zu wandeln, weitere Unordnung in die Kirche. Trotzdem empfand Jakob ein erhabenes Gefühl vor dem Marienaltar und konnte sich auf den Spuren der Apostel Petrus und Paulus wähnen, die in diesem Teil der altehrwürdigen Basilika selbst schon gebetet haben sollten.

Hier, in der alten Kapelle, spürte Jakob einen besonderen Zugang zu Gott, und nachdem er einige Psalmen gebetet hatte, sprach er von seinen Sorgen wegen der Verbrechen und von den Dingen, die ihm beim peinlichen Verhör besonders nahegegangen waren; es tat ihm gut, sich das Erlebte von der Seele zu reden und darauf zu vertrauen, daß sein Herr ihm zuhörte. Vielleicht konnte er danach eher vergessen, was er erlebt hatte.

Weißt Du, sagte Jakob in Gedanken zu Gott und lächelte dabei Maria an, niemand ahnt, was in dem Kopf Deines Stellvertreters auf Erden vorgeht. Nimmt man erst seine Berater, den Giberti und den Schomberg, und seine wichtigen Amtsträger, den Kanzler Farnese und einige Kardinäle, dann wird die Kurie verworren, undurchschaubar und geheimnisvoll; und ich, der ich auf wundersame Weise in ihre Fänge geraten bin, fühle mich vollkommen ausgeliefert und im Zustand vollendeter Ohnmacht. Ein Mann sollte aber seinen Gegner kennen und um seine Freunde wissen, doch im Vatikan ist man von Zerrspiegeln und Masken umgeben. Was soll ich etwa von den Farnese halten? Der Kanzler gibt mir den Auftrag, den Mörder der Huren zu suchen, und billigt meine Tat, den Governatore einzuschalten. Sein Vetter Ambrogio mimt mir den väterlichen Berater und versucht, mich gegen Casale zu hetzen; und der Unterhosenkardinal hält sich im Hintergrund, obwohl die Kurialen munkeln, Alessandro sei *papabile*. Verfolgt Ambrogio, der einzig von den Zinsen seiner Güter lebt, eigensüchtige Ziele, oder will er lediglich das Feld bestellen für seine Verwandten? Kann ich Ambrogio gar nicht trauen oder nur bedingt? Geht es ihm um Trippa, möchte er wissen, ob der Monsignore noch ein verläßlicher Vasall ist?

Fragen über Fragen, die Jakob sich und seinem Gott stellte und die er nicht zu beantworten wußte. Waren die Farnese ein Rätsel, war es Frangipane nicht minder. Ließ sich sein Verhalten wirklich damit erklären, daß er ein Parteigänger des Pompeo Colonna war? Und was erhoffte er sich von einem Sieg der Colonna? Den Rang eines Kardinals? Arbeitete er auf eigene Rechnung, oder gab er den Wegbereiter für Casale?

Seit der Entdeckung von Bibiana unter der Engelsburg begegnete Jakob dem Namen Fabricio Casale auf Schritt und Tritt, nie aber dem Menschen selbst. War Casale möglicherweise eine Erfindung oder ein Phantom, das sich eifersüchtige Gehirne einbildeten? Eine verrückte Vorstellung, aber wäre es nicht wunderbar, in der Kurie einen Mann zu haben, den man für alles verantwortlich machen konnte, das mißglückte? Erging irgendwo, und sei es durch den Heiligen Vater selbst, eine unangenehme Entscheidung, schob man sie Casale zu und durfte nun lauthals kritisieren und schimpfen, ja, sogar für den

251

Fall, daß ein Würdenträger einen Vorgang abschlägig behandelte, dies aber gegenüber dem Bittsteller nicht einräumen wollte, mochte er die Verantwortung jenem Casale zuweisen, gegen dessen Macht man nichts unternehmen könne.

Sollte es Fabricio Casale nicht geben als Mensch von Fleisch und Blut, so war es zwingend notwendig, ihn zu erfinden. Jakob lächelte bei diesem Gedanken. Er fühlte sich plötzlich besser, schlug ein Kreuzzeichen und trat auf den von einigen Fackeln spärlich erleuchteten Platz hinaus.

Neben dem Mord an Antonia, dachte er, während er die wenigen Schritte zum Collegio Teutonico hinüberging, muß ich den Giftanschlag auf Frangipane aufklären, wenn ich Gewißheit erlangen will. Sein Verdacht gegen Ambrogio Farnese fand seine Rechtfertigung bisher einzig aus dem Umstand, daß Jakob glaubte, Farnese halte Frangipane für einen Verbündeten von Fabricio Casale, der einem weiteren Aufstieg der Familie Farnese im Weg stand. War Casale wirklich so schwer selbst zu treffen, daß es nötig war, einen seiner Verbündeten zu töten? Aber auch ein Dritter konnte ein lebhaftes Interesse daran haben, den Bischof aus dem Weg zu räumen. Möglicherweise standen die Hurenmorde und der Anschlag auf Frangipane in einem engen Zusammenhang; die beiden Verbrechen konnten aber auch überhaupt nichts miteinander zu tun haben.

Während Jakob das Gästehaus für die deutschen Pilger in Rom betrat, grübelte er darüber, warum Frangipane dem Kardinal Orsini zugeflüstert hatte, Ambrogio Farnese stecke hinter dem Mordanschlag auf dessen Onkel. Hatte nicht andererseits Frangipane zu Ennea gesagt, er verdiene Dank einzig für seinen Mord an Orsini?

Plötzlich kam Jakob ein ganz anderer Gedanke: Frangipane und Casale hatten es darauf angelegt, durch ihr Werkzeug Ennea den alten Orsini aus dem Weg zu schaffen und diesen Mord zugleich den Farnese in die Schuhe zu schieben, um Unfrieden zwischen diesen beiden Patriziergeschlechtern zu stiften; jeder in Rom wußte, daß die Orsini und die Farnese zu den Todfeinden der Colonna gehörten. Würden sich aber die Orsini mit den Farnese verfeinden, böte sich für die Orsini im Kampf der Familien an, sich mit den Colonna auszusöhnen und diese für die eigene Sache zu gewinnen. Bei den guten Aussichten, welche die Sache der Colonna durch den Vormarsch der kaiserlichen Truppen hatte, wäre eine solche Übereinkunft für die Orsini auf jeden Fall vielversprechend. Und Frangipane hätte mitgeholfen, für seine und der Colonna Sache neue Verbündete zu gewinnen.

Jakob stand vor seiner Zellentür und kramte den Schlüssel aus seiner Tasche, als er hinter sich schnelle Schritte und heftiges Atmen vernahm; er drehte sich um, und vor ihm stand Monsignore Trippa.

»Ich muß mit dir sprechen«, keuchte der Monsignore und rang nach Luft. »Sind wir in deiner Zelle ungestört?«

Jakob nickte, sperrte die Tür auf und winkte Trippa hinein; aus der Mauernische nahm er eine Kerze und zündete sie an jener im Flur an, dann schloß er die Zellentür hinter sich und legte den Riegel vor.

»Was führt Euch zu mir?«

»Ennea – er ist aus dem Corte Savella entkommen.«

»Nein!« entfuhr es Jakob erschrocken. »Wie ist das passiert?«

»Er erhielt Besuch von Frangipane, den er sich zum Beichtvater erkoren hatte, und als der Wächter seine Abendrunde drehte, war Enneas Zelle leer.«

»Dann hat ihm Frangipane die Flucht ermöglicht«, flüsterte Jakob.

»Das müssen wir annehmen.« Trippa nickte müde und setzte sich auf Jakobs Pritsche. »Warum hast du das Verfahren beim Governatore eingeleitet? Ich hätte dir gleich sagen können, wohin das führt. Ernesto Teofani ist feige und korrupt; wenn der Preis stimmt oder das angedrohte Übel schmerzlich genug ist, läßt er jeden laufen.«

»Ich konnte nicht anders und habe meine Entscheidung schon dem Kanzler erläutert«, erwiderte Jakob matt.

»Du mißtraust mir. Doch erkläre mir bitte, warum?«

Jakob hob die Hände in einer Geste der Ratlosigkeit.

»Ich bin selbst schuld«, fuhr Trippa fort, als hätte er von Jakob gar keine Antwort erwartet. »Ich hätte dich stärker ins Vertrauen ziehen und dich über die Hintergründe unterrichten sollen, die aus der Kurie zur Zeit einen gefährlichen Schwarm frei fliegender Bienen machen. Es war ein Fehler, dich über Fabricio Casale im unklaren zu lassen, diesen machtgierigen Medici-Bankert, und beinahe ein noch größeres Mißgeschick war es, dich Frangipane auszuliefern. Diese Natter hat dich gegen mich eingenommen, nicht wahr? Seinem Einfluß ist es zu verdanken, daß du mich seit Wochen meidest, er ist schuld an deinem Argwohn Ambrogio Farnese gegenüber. – Ja, ich weiß, daß du dem alten Farnese, obwohl du ihm zunächst dein Vertrauen schenktest, bald ebensowenig mitgeteilt hast wie mir, und hätte dich der Kanzler nicht an seinen Vetter verwiesen, würdest du vielleicht immer noch in die Irre gehen. – Ambrogio ist ein nobler Mann. Auf seinen Rat kannst du zählen.«

Er hielt inne und betrachtete Jakob nachdenklich. »Du überlegst, ob du mir vertrauen kannst«, setzte Trippa wieder an. »Wenn ich nicht auf deiner Seite stünde, käme ich dann, um dir mitzuteilen, daß Ennea entflohen ist? Ich wüßte Mittel und Wege, meine Ziele ohne dich zu erreichen; es geht mir um dich, denn du bist in Gefahr. Casale läßt sich von dir nicht in die Suppe spucken. Du hast ihm und seinem Kumpan Frangipane Schwierigkeiten bereitet; das verzeiht er dir nicht. Du mußt dein Werk zügig zu Ende bringen und Casale der Gerechtigkeit übergeben, ansonsten wird es dir schlecht ergehen. Ich will dir helfen, Jakobus, und es ist meine Pflicht, dies zu tun, denn ich war der Bote, der dir vor mehr als zwei Monaten den Auftrag übermittelt hat. Vertraue mir.«

Der Monsignore stand auf und legte Jakob seinen Arm um die Schulter.

254

»Hast du genug belastende Hinweise gesammelt? Kannst du gegen Casale in den Zeugenstand treten?« fragte er dann mit einer Stimme, die vor Anteilnahme triefte.

Jakob gefiel immer weniger, wie heftig Trippa ihn umschmeichelte. Unbewegt erwiderte er: »Ich bin mir wegen Casale nicht sicher. Morgen wollte ich Ennea noch zu Orsini befragen. Andererseits spricht vieles gegen den Vizedatar. – Verzeiht, wenn ich Euch mit meinem Mißtrauen verletzt habe, doch Ihr hättet mich wirklich mehr in Euer Vertrauen ziehen können. Das hätte mich vor diesem schlimmen Fehler mit dem Tribunale criminale del Governatore bewahrt.« Er trat zur Tür, schob den Riegel zurück und sagte mit fester Stimme: »Gehen wir zu Frangipane und befragen ihn über seinen Sekretär.«

Ein mürrischer Diener öffnete ihnen die Tür und geleitete sie hinauf in das Kaminzimmer, wo der Bischof vor dem Feuer lag und genüßlich Wein trank. Er zeigte sich von ihrem Besuch keineswegs überrascht und wies Trippa und Jakob mit einer herablassenden Geste ihre Plätze neben ihm an. Mit einem Fingerschnippen bedeutete er dem Diener, Becher für die Gäste zu bringen. Bei alledem veränderte er seine Haltung nicht und brachte damit deutlich zum Ausdruck, daß er die späte Störung als lästig empfand. Erst nachdem der Diener die Becher gebracht und Jakob und Trippa aus einem Tonkrug einen kühlen Grauburgunder eingeschenkt hatte, fragte Frangipane gelangweilt nach dem Grund ihres Kommens.

»Tut nicht so scheinheilig«, fauchte Trippa da, »Euer Kaplan ist verschwunden, wie Ihr genau wißt; schließlich wart Ihr noch vor zwei Stunden bei ihm im Corte Savella. – Warum habt Ihr den Hurenschlächter befreit?«

»Als ich ihn verließ, saß er noch in seiner Zelle. Der Wächter hat hinter mir abgeschlossen. Ennea ist schuldig und soll seine Strafe erhalten. Ich habe keine Veranlassung, ihn zu befreien; ich mache mich nicht mit meinen Lakaien gemein.«

»Ihr habt mehrfach zugunsten Eures Kaplans beim Governatore vorgesprochen«, erwiderte Trippa. »Wenn Ihr Ennea für unschuldig haltet, so sprecht es offen aus, aber haltet mich nicht zum Narren.«

»Einzig du machst dich selbst zum Narren, Trippa. Ennea ist schuldig und gehört bestraft; ich habe ihm lediglich die Beichte abgenommen, das ist meine Pflicht als Priester.«

»Du bist ein Pharisäer«, zischte Trippa.

»Bist du zufrieden mit den Ergebnissen deiner Ermittlungen?« fragte Frangipane, an Jakob gewandt. Der Bischof schien beschlossen zu haben, Trippas Beschimpfung zu ignorieren; er tat ganz so, als befände der Monsignore sich nicht mehr im Raum. »Weißt du, was ich dir übelgenommen habe? Daß du mich nicht unterrichtet, sondern mir mit dem Straßenjungen eine Komödie vorgespielt hast. Beinahe wäre ich darauf hereingefallen. Aber nachdem du Ennea hast verhaften lassen, dachte ich mir, ich sollte mich einmal mit Garilliati unterhalten, und da stellte sich heraus, daß er niemals einen Pferdeburschen von Ambrogio Farnese unter seinen Helfern hatte. Er konnte mir die Namen aller Diener aufschreiben, die auf seinem Fest zugegen waren. Was meinst du, kannst du die Liste gemeinsam mit mir überprüfen?« Der Bischof lächelte ihn überlegen an. »Jakobus, wie oft habe ich dir schon gesagt, du sollst mich nicht unterschätzen? In dir lese ich einfacher als in einem alten Evangeliar, so deutlich schreiben sich deine Gedanken in dein Antlitz.« Er erhob seinen Becher. »Wegen des Anstifters«, fuhr er nach einem tiefen Schluck von dem süffigen Wein fort, »bin ich ganz deiner Meinung; aber ich möchte es bewiesen haben, und du wirst mir dabei helfen; einverstanden?«

Jabok nickte betreten.

»Den Monsignore brauchen wir dazu nicht; er soll sich seinen Urkunden widmen und besser darauf achten, daß in der Kanzlei keine gefälschten Siegel verwendet werden.« Mit einem spöttischen Augenzwinkern schaute der Bischof wieder Trippa an.

256

Der Monsignore hatte die ganze Zeit schweigend zugehört, doch nun rief er mit hochrotem Kopf: »Das werdet Ihr mir büßen, Exzellenz; Ihr werdet noch wünschen, lieber Eure Zunge verschluckt als jenen Satz gesagt zu haben.«

»Alles eine Frage der Zubereitung, mein Lieber«, entgegnete Frangipane voller Ironie.

Trippa stürmte aus dem Zimmer und schlug die Tür hinter sich zu. »Was für eine Schlange!« Frangipane lachte lauthals. »Keine Zunge in ganz Rom ist so gespalten wie seine. Ich hoffe, du glaubst ihm kein Wort. Du mußt deine Freunde erkennen, Jakobus, und nicht beim leisesten Windhauch umknicken wie ein schwacher Halm. – Was hat dich wirklich bewogen, Ennea hinter meinem Rücken zu verhaften?«

»Ich hatte Angst, Ihr würdet Euren Diener zu heftig verteidigen, und ich wollte ganz allein die Wahrheit ergründen.«

»Und«, fragte Frangipane lauernd, »ist es dir gelungen?«

»Nicht ganz; nur in dem Punkt, daß Ennea die Huren ermordet hat, habe ich Gewißheit. Unsicher bin ich, inwieweit Ihr ihn für Eure Zwecke eingesetzt habt.«

»Worin begründet sich dein Zweifel?«

»Ihr habt Ennea erklärt, Ihr würdet ihn laufenlassen aus Dankbarkeit für den Mord an Orsini; und Ihr selbst wart es, gemeinsam mit Casale, der Ennea zu Orsini geschickt hatte, weil der alte Kardinal eine Vorliebe für Männer hegt.«

»Das alles hat dir mein Kaplan gestanden?« Frangipane wirkte überaus erstaunt.

»Ich muß daraus folgern, daß Ihr von Anfang an die Absicht hattet, Orsini zu töten; Ennea war Euer Werkzeug.«

»Du beschuldigst mich des Mordes an Orsini?«

Jakob nickte ernst. »Worüber ich mir allerdings den Kopf zerbreche«, fuhr er ungerührt fort, »ist, worin Euer Vorteil liegt. Wollt Ihr mir weiterhelfen?«

»Auf Chigis Fest konnte ich Gentile Orsini zuflüstern, Ambrogio Farnese sei der Anstifter zum Mord«, erwiderte der Bischof mit einem maliziösem Lächeln. »Das habe ich alles bis

257

ins kleinste geplant, und wenn der Mistkerl von der Cestius-Pyramide eines Tages tot in seinem Bett liegt, kannst du mich wieder des Mordes bezichtigen, denn selbstverständlich hat sich Orsini zu meinem Werkzeug machen lassen und wird er Ambrogio vergiften. – Ich muß sagen, deine Kombinationsgabe ist bewundernswert.«

»Exzellenz«, stellte Jakob nüchtern fest, »Eure Erklärung klingt schlüssig und vernünftig. Selten hätte sich jemand geschickter gerächt. Sollte Ambrogio Farnese in nächster Zeit eines unnatürlichen Todes sterben, bezeugte ich vor jedem Tribunal Eure mittelbare Täterschaft.«

»Bravo!« Der Bischof klatschte in die Hände. »Du solltest dich wirklich darauf besinnen, auf meine Seite zu kommen; der Kaiser braucht solche Männer wie dich.«

Als Jakob sich, nicht ohne den Bischofsring zu küssen, verabschiedete, spürte er, wie sehr ihn dieses Katz-und-Maus-Spiel angestrengt hatte. Kaum zurück in seiner Zelle, sank er auf seine Pritsche und schlief ein.

Ennea war wie vom Erdboden verschwunden, und der Kanzler selbst zeigte sich höchst besorgt. Der Governatore, der am nächsten Morgen in den Vatikan einbestellt worden war, konnte keine Erklärung über die Umstände der Flucht angeben; er war jedoch gleichfalls bestürzt und bot an, mit seinen Sbirri und mit Mitgliedern der Bürgermiliz nach dem Flüchtigen innerhalb und außerhalb der Stadtmauer suchen zu lassen.

Der Kanzler winkte ab; in diesen unruhigen Zeiten sei es aussichtslos, den Entlaufenen zu finden; wenn der Täter nur einigermaßen Vernunft walten lasse, werde er sich in Gegenden flüchten, welche die Kaiserlichen unter Kontrolle haben, und dann könne man seiner sowieso nicht mehr habhaft werden. Allerdings wünschte er mit Nachdruck, die Art und Weise der Flucht aufzuklären und für die Zukunft sicherzustellen, daß dergleichen nicht mehr vorkomme.

258

Teofani sicherte dies unterwürfig zu und atmete erleichtert auf, als er von Farnese entlassen wurde.

»Wir werden unsere geheimen Leute unterweisen, nach dem entlaufenen Kaplan Ausschau zu halten«, bemerkte der Kanzler, nachdem der Governatore gegangen war. »Ich möchte Ennea seiner gerechten Strafe zuführen; außerdem brauchen wir ihn noch als Zeugen gegen Casale; Ambrogio sagte mir, du hättest einige entscheidende Aussagen noch nicht aus dem Mörder herausbekommen.«

»Ich bin nicht genau im Bilde, wovon Ihr sprecht, Exzellenz.«

»Du solltest eine Aussage beibringen, wonach Casale bezichtigt werden kann, der Drahtzieher hinter all den Verbrechen zu sein; Ambrogio hat sich deutlich genug ausgedrückt. – Und falls wir Ennea nicht ergreifen, wirst du den Zeugen abgeben, den wir brauchen!«

Ottavio Farnese betrachtete damit ihre Unterredung als beendet; während er Jakob seinen Ring entgegenstreckte, blätterte er bereits in Urkunden, die auf seinem Pult lagen. Verwirrt verließ Jakob den Kanzler.

Als Jakob neben dem Obelisken des Caligula stand und ihn ehrfürchtig anblickte, spielte er mit dem Gedanken, seinen Ordensgeneral aufzusuchen und um sofortigen Dispens für die Rückkehr nach Bayern zu bitten. Zu deutlich war die Drohung der Farnese; unmöglich konnte er dieses Ansinnen übergehen, aber noch unmöglicher schien es ihm, für die Farnese zu lügen. Der Eid vor Gericht war heilig, und er durfte selbst dann nicht schwören, wenn er zwar von der Richtigkeit der beschworenen Aussage überzeugt war, aber in Wahrheit die ausgesagte Tatsache nicht selbst wahrgenommen hatte.

Woher nahm Farnese die Sicherheit, ihm einen Meineid zuzumuten? War es die Macht seines Amtes, oder wähnte er sich im Besitz weiterer Druckmittel?

Jakob fröstelte, obwohl die Sonne den Platz vor Sankt Peter

bereits in mildes Morgenlicht hüllte, und er beschloß, sich mit den Kindern zu treffen; sie waren seine einzigen Verbündeten.

Cesare fluchte wie ein Rohrspatz, als er die schlechte Nachricht vernahm, und fragte, ob Serena es schon wisse; er zeigte sich rührend besorgt um die Freundin, der doch so sehr daran gelegen war, daß dem Mörder Gerechtigkeit widerfuhr. Als Jakob verneinte, beruhigte sich Cesare und brütete stumm vor sich hin. Auch Luigi, Filippo und Massimiliano machten betretene Gesichter, und beinahe schien es, als hätten die Jungen ihren Mut verloren. Doch nach einer Weile gab Luigi sich schon wieder kämpferisch.

»Wir dürfen nicht lamentieren«, stellte er herausfordernd fest, »sondern müssen überlegen, wie wir den Flüchtigen fassen können. Er ist entweder noch in der Stadt, dann werden wir ihn finden, oder er ist geflohen, dann sollten wir zumindest herauskriegen, wohin.«

»Wie wollt ihr das anstellen?« fragte Jakob unsicher.

»Laß uns nur freie Hand«, erwiderte Luigi in dem ihm eigenen gönnerhaften Ton, den Jakob mittlerweile kannte und der ihm verriet, daß Luigi bereits einen vielversprechenden Gedanken verfolgte.

Sie vereinbarten, sich übermorgen in der Frühe auf dem Palatin an der Stelle zu treffen, wo Jakob seit einiger Zeit in der Frühe so gern saß. Dann verließ Jakob die Jungen und ging hinüber in die Strada del Popolo, um dem Bankier Garilliati einen Besuch abzustatten.

Serena saß mit Giovanni, Apollonia und einigen Mädchen in der Küche bei ihrem kargen Frühstück, als Cesare hereinstürmte und sie bat, mit ihm zu kommen. Apollonia brummte beim Anblick des Jungen, nickte Serena zu und nahm, als wollte sie zeigen, daß sie gut auf Serena verzichten könne, den kleinen Giovanni in den Arm. Serena holte ihre Wolljacke und eilte mit Cesare die Treppen hinunter.

Als sie auf der Gasse standen, zog Cesare sie sofort weiter

260

Richtung Kapitol und berichtete mit wenigen Worten von Enneas Ausbruch aus dem Gefängnis.

Serena erschrak und ärgerte sich, daß sie Luigis erster Eingebung, den Corte Savella zu beobachten, nach ihrem Abenteuer in der Zelle mit Frangipane und dem Mörder nicht weiter gefolgt waren. Zugleich mit diesem Ärger erwachte in ihr wieder der Jagdtrieb, den Täter zur Strecke zu bringen, und als ihr Cesare von Luigis Idee, Ennea zu suchen, erzählte, stimmte sie dem Vorhaben begeistert zu.

Unterhalb von Aracoeli bogen sie in das Trümmerfeld des Forum Romanum ein und huschten hinter dem Titusbogen in ein Gebüsch, das von außen sehr unzugänglich aussah, in seiner Mitte aber eine kleine Freifläche aufwies. Luigi und die anderen warteten schon, und gemeinsam begannen sie ihren Plan zu entwickeln. Cesare und Serena sollten durch die Stadt streifen und sich vor allem in den Vierteln, in denen sich besonders viele Ruinen als Versteck anboten, nach Ennea umsehen; dabei sollten sie sich keinesfalls trennen, denn da der Kaplan Serena von ihrem Aufenthalt in der Zelle kannte, wäre sie allein in höchster Gefahr. Die anderen würden versuchen, bei der Bürgermiliz an der Porta Maggiore die Hilfe ihrer Freunde zu erlangen; vielleicht ließ sich ja einer der Capitani erweichen, sich mit einigen Milizionären an der Suche zu beteiligen.

Dann würden sie der Reihe nach die Tore der Aurelianischen Mauer abgehen und die Wächter befragen; mit Fortunas Hilfe könnten sie möglicherweise erfahren, in welche Richtung sich der Flüchtige davongemacht hatte.

Im Lager an der Porta Maggiore hatte sich inzwischen die erste Aufregung nach der Aushebung der Milizionäre gelegt, doch für die Straßenjungen war ein strenger Tagesablauf eingeführt, der ihnen neben dem Drill durch die Capitani kaum Freiheiten ließ. Daher gelang es Luigi, Filippo und Massimiliano nicht, an die Freunde vom Pozzo bianco heranzukommen.

261

Nachdem sie einige Zeit um das Lager gestrichen waren, gaben sie es auf; zu groß war die Gefahr, daß sie selbst von einem übereifrigen Capitano aufgegriffen und rekrutiert würden. Enttäuscht machten sie sich allein auf den Weg entlang der Stadtmauer von Tor zu Tor, doch das Glück war tatsächlich auf ihrer Seite: Ein Wächter an der Porta del Popolo konnte sich an Ennea erinnern.

»Ja, da schlich einer mit wirren Haaren hinaus. Als ich ihn rief, drehte er sich um und sah mich mit einem irren Blick an, wie ich es überhaupt noch nie bei einem Mann gesehen habe. Es war früh am Morgen, kalt und ungemütlich; ich wollte meine Ruhe haben und keinen Ärger mit so einem Wirrkopf. Also habe ich ihn ziehen lassen.«

»In welche Richtung ist er denn gegangen?« fragte Luigi.

»Er ist die Cassia hinausgerannt, als wäre der Teufel hinter ihm her.«

Sie dankten dem Wächter, schlenderten hinüber zu Santa Maria del Popolo, setzten sich auf die Treppenstufen und berieten, was nun zu tun sei.

Serena und Cesare waren auf ihrer Suche nach Ennea an die uralte Colonna-Festung gelangt, von der es hieß, sie sei einst das Grabmal des Kaisers Augustus gewesen. Der Hügel mit seinem halbverfallenen Mauerwerk wurde von einem Händler aus der Via del Popolo als Weinkeller benutzt, und lediglich die dicken Mauern erinnerten dort, wo man in das Gewölbe hineingehen konnte, an die Verwendung als Colonna-Burg vor beinahe dreihundert Jahren. Ein Teil der Anlage war mit wilden Sträuchern überwuchert, und an zwei Stellen gab es geheime Schlupflöcher. Hier kannte sich Cesare aus, hier waren sie mitten in seinem Viertel. Doch Ennea trafen sie nicht an, und so führte Cesare Serena einige Meter weiter zum Tiberufer und zeigte ihr einen halbverfallenen Tempel.

»Das ist die Ara Pacis Augustae«, erklärte er, »die erbaut wurde, um an den Frieden unter dem großen Kaiser zu erinnern. Es muß ein ordentlicher Auflauf von Volk und Würdenträgern gewesen sein, als Raffael vor fast zwanzig Jahren diesen Tempel entdeckte und von seinen Arbeitern ausgraben ließ. Schau nur, wie schön die Bilder an der Wand sind.«

Er nahm Serena bei der Hand und zeigte ihr die Friese, die an den schmalen Seiten aufregende Szenen aus alter Zeit darstellten und an den Längsseiten die kaiserliche Familie des Augustus zeigten. Der Marmor blendete, so weiß war er in der Mittagssonne, und die Figuren wirkten so lebensecht, daß Serena andächtig vor dem Kunstwerk stehenblieb.

Cesare trat neben sie; auch er bewunderte die feine Bildhauerarbeit stumm, blickte dabei aber immer wieder zur Seite und betrachtete Serena. Ihm fiel auf, daß sie von Woche zu Woche schöner wurde. Vorsichtig legte er seinen Arm um ihre Schulter. Serena ließ es geschehen, schaute ihn aber nicht an, doch kam sie Cesare unwillkürlich ein wenig näher. Langsam und scheu legte sie ihren Arm um seine Hüften.

»Wie wunderschön«, bemerkte Cesare und meinte die kunstvolle Steinmetzarbeit vor ihnen. Seine Stimme klang ein wenig zu schrill, und daher verstummte er gleich wieder.

Serena wandte ihm den Kopf zu, und dann legte sie ihre weichen Lippen auf seinen Mund. Sie hielt die Augen geöffnet und schaute Cesare in die Augen, während sie sich küßten. Alles wird gut, sagte sie sich und spürte, wie ihr Herz raste.

Als sie sich wieder voneinander lösten, waren sie für einen Moment befangen, doch dann sprang Cesare lachend von dem Tempelgesims herunter und rannte zum Tiber. Serena folgte ihm und versuchte ihn zu überholen. Vom hohen Ufer blickten sie auf den grünen Fluß, der sich müde durch sein Bett schob, das zu weiten Teilen trocken dalag.

»Komm«, rief Cesare und lief den Fluß hinauf, »ich zeige dir mein Lieblingsversteck am Pincio.«

Übermütig liefen sie den Tiber entlang und dann hinüber auf die Piazza del Popolo und rannten fast in ihre Freunde hinein.

»Was macht ihr denn hier?« fragte Luigi und musterte die beiden eingehend; er lächelte, denn Serena und Cesare erröteten, als seien sie bei einem Diebstahl ertappt worden. »Wir haben Neuigkeiten; wir wissen inzwischen, daß Ennea bei der Porta del Popolo die Stadt verlassen hat. Wahrscheinlich ist er die Cassia hinaufgegangen; aber er hat mindestens vier Stunden Vorsprung. Was sollen wir tun?«

»Wir folgen ihm«, antwortete Serena, ohne lange nachzudenken.

Sehr zur Verwunderung des Torwächters rannten die fünf aus der Stadt.

Meile um Meile marschierten sie, so schnell sie konnten, bis sie bei La Storta eine Rast einlegten. Am Wegrand stand die Ruine eines kleinen Eremitenklosters aus alter Zeit, und sie setzten sich in dem halbverfallenen Oratorium nieder. Aber Cesare trieb eine innere Unruhe; er erhob sich und schlich in die Kapelle.

Vorsichtig schob er die Zweige des wilden Weines beiseite und stieg langsam über wucherndes Wurzel- und Rankenwerk. In der schattigen Kapelle sah er einen von welkem Laub bedeckten Altar und schlug unwillkürlich das Kreuzzeichen. Schon wollte er umdrehen und nach Serena schauen, als er um die Ecke ein Geräusch hörte; es war, als würde jemand röcheln.

Langsam schlich Cesare zurück und verständigte die Freunde. Sie sprangen auf und rannten ungestüm in die Kapelle; als sie um eine Mauerecke bogen, schraken sie heftig zusammen: In einer Nische lag ein Mann in einer Lache von Blut und starrte sie aus schreckgeweiteten Augen an.

»Was ist geschehen?« fragte Cesare.

»Ich bin überfallen worden«, flüsterte der Sterbende unter Aufbietung aller seiner Kräfte. »Ich habe ... eine geheime Botschaft für den Grafen Orsini. Ein Priester hat ... mich gepackt und ... ausgeraubt ... vom Weg gezerrt ... Wo ist mein Pferd ...?« Seine Stimme versagte; aus seinem Mund quoll Blut.

264

Cesare beugte sich nah an den Sterbenden und forderte ihn leise auf, weiterzusprechen, doch in den Augen des Mannes formte sich eine angstvolle Frage, dann schlossen sich seine Lider. Der gequälte Körper erschlaffte.

»Kommt, wir durchsuchen ihn«, forderte Luigi die anderen auf, doch alle zuckten zurück.

Luigi packte den Toten und drehte ihn um; in seinem Rücken steckte ein Messer. Scheinbar ohne jede Furcht durchsuchte der Junge alle Taschen des Mannes und wurde schließlich fündig. Aus seiner Hose zerrte er einen zerknitterten Brief hervor, der das päpstliche Siegel trug, und hielt es mit einem Ruf des Triumphes in die Höhe.

Cesare schaute die anderen an. »Und was tun wir jetzt?«

»Nun muß uns Jakob helfen«, erwiderte Serena.

Jakob saß in der hintersten Reihe der Kapelle des Camposanto und hatte die Augen geschlossen. Immer noch wirkte das Gespräch mit dem Kanzler des Vatikans bedrohlich nach, und aus seinem Gespräch mit Garilliati war er auch nicht schlau geworden. Der Bankier hatte über Zusammenhänge in der Kurie gesprochen wie andere über ein beiläufiges Treffen mit Freunden und dabei versucht, Monsignore Trippa in ein denkwürdig schlechtes Licht zu stellen. Aber alles, was Garilliati sagte, bewegte sich im Bereich der Mutmaßungen und des Hörensagens. Auf die Frage, welche Bediensteten auf seinem Fest für den Anschlag in Frage kommen könnten, antwortete er verblüffend unwissend; wohl könne er eine Liste mit den Namen aller Diener aufstellen und habe dies für Frangipane auch schon getan, doch kenne er die Diener seiner Feste nicht näher; einzig der Umstand, daß kein Pferdebursche des Ambrogio Farnese unter seinen Helfern gewesen sei, sei ihm bekannt.

Allerdings hatte Garilliati hinsichtlich Trippas Vergangenheit die Erzählungen Luigis bestätigt, jedoch nochmals mit Nachdruck darauf hingewiesen, daß Trippa seit seinem Kauf

265

des Amtes in der Kanzlei Fabricio Casale auf besondere Weise verbunden sei. Trotzdem arbeite Trippa daneben auf eigene Rechnung, behauptete der Bankier, und sei mit einem versteckten Haus nahe San Giacomo längst in Konkurrenz zu Frangipanes Haus am Ponte Sisto und zu Casales Engeln getreten. Während aber Casale hochfliegende Pläne habe und ihm seine Engel nur als Mittel zum Zweck dienten, möglichst viele Würdenträger in die Hand zu bekommen, sei es dem Frangipane weit wichtiger, als er zugeben wolle, daß das Haus am Ponte Sisto hinlänglich Ertrag für die Colonna und ihn selbst abwerfe. Daher sei für Trippa zwar Frangipane ein wichtiger geschäftlicher Gegner, nicht aber Casale.

Aber so vernünftig dies alles geklungen hatte, Jakob mochte nicht daran glauben. Was für ein Interesse hatte Garilliati, den Monsignore anzuschwärzen und Ambrogio Farnese möglichst aus allem herauszuhalten? Richteten sich seine Hoffnungen bereits in die Zukunft? Wer auf einen Farnese als nächsten Papst setzte, der mochte es sich nicht mit dieser Familie verderben; und für den Fall eines Konklave bedurften selbst die begüterten Farnese hervorragender Beziehungen zu mehreren Bankhäusern, um hinreichend Mittel für die fälligen Wahlgeschenke aufzutreiben. Gleichwohl würde Jakob dem Hinweis mit dem Haus bei San Giacomo nachgehen.

Auch zu Orsini hatte der Bankier sich geäußert. »Viel ging verloren vom Glanz der Orsini«, hatte er bedauert, »aber sie sind trotzdem eine Familie mit Macht und Einfluß, die jederzeit einen Papst hervorbringen könnte. Seit Generationen stehen sie auf der Seite der Colonna-Gegner und würden daher im Konklave zunächst mit den Farnese und del Monte konkurrieren müssen, bis der Kandidat der römischen Seite feststeht; das schmälert ihre Aussichten erheblich, zumal Gentile Orsini wegen seines Starrsinns weniger Freunde hat als etwa Alessandro Farnese, mit dem ihn bis vor kurzem eine innige Freundschaft verband.«

»Wieso bis vor kurzem«, hatte Jakob gefragt.

266

»Seit dem gewaltsamen Tod seines Onkels Aldobrandino hat sich Gentile verändert; er ist zurückhaltend und lauernd geworden, gerade seinen Freunde gegenüber; es geht das Gerücht, er vermute einen Farnese hinter dem Mordanschlag. Ich halte das für ausgeschlossen, aber es scheint so, als habe sich Gentile in diese Idee verrannt, und hierin sehe ich eine große Gefahr.«

»Was für eine Gefahr?«

»Die Orsini sind heißblütig und rachsüchtig. Warum, meint Ihr, besaßen sie über Jahrhunderte das Marcellus-Theater und nutzten es als Festung mitten in der Stadt? Solltet Ihr jemals an den Lago Bracciano kommen, wird Euer Blick sofort von dem mächtig aufragenden Castello Orsini gefangen werden, in dem sich zur Zeit Gentiles Neffe, der junge Napoleone Orsini, aufhält. Wenn die Orsini an Rache denken, dann wird der Heißsporn Napoleone handeln.«

Jakob sah sich in seiner Überlegung bestärkt, Frangipane habe Ennea als Werkzeug benutzt, dann dem Kardinal Gentile Orsini absichtsvoll den Verdacht auf Ambrogio Farnese eingeflüstert und so den Colonna neue Verbündete geschaffen. Aber hatte nicht Trippa im Palazzo Nicosia behauptet, der junge Napoleone Orsini stehe in besonderer Gunst des Papstes? Was, wenn er sich dies zunutze machte?

Das ist der Stoff, aus dem Verschwörungen gemacht werden, dachte Jakob und verließ seine Bank. Langsam schritt er zum Altar, kniete nieder, breitete die Arme aus und begann einen Psalm zu beten.

Es dämmerte, und Jakob wollte seiner alten Gewohnheit folgen und in die Stadt hinunter gehen, um bei Giuseppe einen Wein zu trinken, als er Serena und ihre Freunde um die Ecke biegen und die Via Teutonica heraufeilen sah. Erschöpft kamen sie ihm entgegen. Serena hielt ihm einen Brief hin, auf dem das Siegel des Papstes zu sehen war. Anscheinend war das Schreiben für Napoleone Orsini bestimmt.

»Wo habt ihr den Brief her?« fragte Jakob mit ungutem Gefühl.

»Wir waren Ennea auf den Fersen«, antwortete Cesare, der als erster wieder zu Atem gekommen war, »und haben neben der Via Cassia in einem verfallenen Kloster einen ermordeten Boten gefunden, der diesen Brief bei sich trug. Wir glauben, daß Ennea der Mörder war, aber wir wissen es nicht. Meinst du, daß die Nachricht für uns von Bedeutung sein könnte?«

»Der Komtur von Farfa«, murmelte Jakob und war immer noch überrascht, »erhält päpstliche Post, und Ennea ermordet den Boten. Eigenartig.«

Er wog den Brief in den Händen und empfand eine unerklärliche Scheu davor, ihn zu öffnen. Andererseits bot sich ihm hier die Gelegenheit, geheime Kenntnisse über die Familie Orsini zu erlangen. Kurz entschlossen erbrach er das Siegel.

Werter Napoleone,

Du streitbarer Sohn des Giovanni Jordano, wisse, daß Deine Zeit bald gekommen ist; nichtig wird dann der Zwist zwischen Dir und Madonna Felice, denn nicht nach Ererbten muß dein Sinn trachten, sondern nach Selbstverdientem. Erringe die schöne Tochter des Vespasiano und öffne die Burg Vicovaro den Kaiserlichen. Bereite alles vor, denn die Stunde der Befreiung vom Joch des unwürdigen Papstes naht. Ziehe um Dich dreißig Reiter und halte Dich bereit, in spätestens einer Woche zum Vatikan zu jagen und dem Heiligen Vater vorzugaukeln, Du würdest ihn retten; hast Du ihn erst in Deiner Gewalt, verbringe ihn nach Vicovaro, auf daß der Vizekönig mit ihm verhandeln kann. Gib Deine Befehle rasch, die Zeit drängt.

Fabricio.

Jakob verschlug es für einen Moment den Atem. Hier hatte er den Beweis für eine Verschwörung in Händen und zugleich die Bestätigung dafür, daß er mit seinen Vermutungen richtig lag. Sorgsam faltete er den Brief und steckte ihn in seine tiefste

268

Tasche. Wie verworren die Wege des Schicksals sind, dachte er; Frangipane hatte alles unternommen, um die Orsini zu den Verbündeten der Colonna zu machen, und nun bediente sich die Fügung eben des Werkzeuges, das Frangipane zunächst zum Erfolg verholfen hatte; Ennea hatte, ohne es zu wissen, Frangipane einen Bärendienst erwiesen und dessen Boten getötet. Jetzt hieß es zu überlegen, wie er den Anschlag auf den Papst vereiteln konnte, ohne sich und die Kinder in allzu große Gefahr zu bringen.

»Laßt uns zum Campo de Fiori hinuntergehen«, schlug Jakob vor, denn im Trubel des gemeinen Volkes würden sie ungestörter sprechen können als hier im Borgo.

Überall entlang der Via Giulia flammten die Fackeln auf, und es herrschte eine heftige Betriebsamkeit. Viele Reiter und Kutschen bevölkerten die Straße und verschafften sich rücksichtslos ihren Weg. In mehreren Palazzi fanden an diesem 3. Februar des Jahres 1527 Karnevalsfeste statt, und nach dem Sieg der schwarzen Banden des Papstes gegen die Kaiserlichen bei Frosinone wollte Roms Adel feiern.

Er könnte, überlegte Jakob, Ambrogio Farnese den Brief aushändigen; das wäre der Beweis, den die Farnese von ihm erwarteten, und er müßte keine falsche Aussage machen; die Farnese wären am Ziel ihrer Wünsche. Aber er mißtraute Ambrogio nach wie vor, und gerade die Selbstsicherheit, mit der ihm Ottavio am Morgen einen Meineid zugemutet hatte, ließ es ihm geraten scheinen, zunächst keinen der Farnese ins Vertrauen zu ziehen. Da auch Monsignore Trippa als Ratgeber ausschied, hatte Jakob nur noch einen, an den er sich wenden konnte: seinen Ordensgeneral, der jedoch ebenfalls mit Ottavio Farnese zusammenarbeitete.

Kann ich, fragte sich Jakob, noch einige Tage abwarten, ehe ich die Oberen warne? Napoleone Orsini befand sich offenbar auf seiner Burg in Bracciano und wartete auf Casales Nachricht; solange er diese nicht erhielt, würde er sich ruhig verhalten; allerdings dürften Casale nach einigen Tagen

Bedenken kommen, und dann würde er nochmals einen Boten schicken, um das Geschehen in Gang zu setzen. Vielleicht ließe es sich einrichten, daß dieser Bote von päpstlichen Wachen abgefangen und Casale so unmittelbar der Verschwörung überführt werden konnte. Aber wie? Und was wollte er mit so einem zeitlichen Aufschub bewirken? Ich muß Antonias Mörder finden, beantwortete sich Jakob diesen Einwand selbst, und ich brauche den Giftmischer, der Frangipane ans Leben wollte; ich will Klarheit haben, ehe ich den Trumpf, den mir das Schicksal mit diesem Brief zugespielt hat, aus der Hand gebe.

Sie erreichten Campo de Fiori und fanden bei Giuseppe freie Plätze. Als sich Serena neben ihn setzte, pfiffen einige Männer vom Nachbartisch herüber. Cesare zeigte ihnen seine geballte Faust, aber die Männer lachten nur. Auch Jakob versuchte, ihren spöttischen und anzüglichen Bemerkungen Einhalt zu gebieten, dabei mußte er den Männern auf gewisse Art sogar Recht geben: Serena war in den letzten Woche zu einer schönen, jungen Frau herangereift. Allerdings wußte er nicht, wie lange er sie noch vor dem düsteren Schicksal einer Hure würde bewahren können.

Mißmutig bestellte Jakob sich einen Rotwein und wandte sich an Cesare. »Kennst du ein Freudenhaus bei San Giacomo?«

Der Junge blickte ihn an. »Gegenüber dem Hospital? Ja, da gibt es eines, aber es ist nicht öffentlich. Was willst du dort?«

»Ich möchte so schnell wie möglich herausfinden, wer dieses Haus betreibt oder wem das Haus gehört. Kannst du das für mich erledigen?«

Cesare nickte.

»Nimm Filippo mit, und paßt auf euch auf; wir treffen uns spätestens in drei Stunden in eurem Versteck am Monte Celio.«

Die beiden Jungen grinsten, schlugen Jakob in die hingehaltene Hand und verschwanden.

270

Serena blickte ihnen lange nach. Jakob betrachtete sie von der Seite und spürte, daß sich zwischen ihr und Cesare eine geheime Zuneigung entwickelt hatte. Kurz kam ihm Claudia in den Sinn, aber er versuchte sogleich, sie aus seinen Gedanken zu verbannen, was ihm jedoch nicht gelang. Nein, er mußte sie sehen, am besten sofort. Er trank hastig seinen Wein aus und stand auf.

»Wir bringen dich jetzt nach Hause, Serena.« Jakob bemerkte selbst, wie ungeduldig er klang. »Es ist nicht gut, wenn du abends auf der Straße bist. Dann geht ihr, Luigi und Massimiliano, in euer Versteck; ich komme in drei Stunden nach.«

Es dauerte lange, bis Marcina auf sein kräftiges Pochen hin öffnete. Sie blickte Jakob verwundert an, geleitete ihn dann aber anstandslos nach oben und hieß ihn im Tapetenzimmer warten. Er betrachtete eine Eule, die mit tiefgründigem Blick athenischer Weisheit auf einem Ast saß, und wünschte sich den klaren Blick des nächtlichen Raubvogels, um die anstehenden Rätsel zu lösen.

Als Claudia eintrat, sprang er mit pochendem Herzen auf und wurde erst, als er beinahe vor ihr stand, seines Ungestüms gewahr; er hielt inne und reichte ihr zögernd die Hand.

Claudia lächelte, und es war ein so anmutiges Lächeln wie damals, als er sie das erste Mal gesehen hatte. Ihre blauen Augen schienen ihn anzustrahlen. Sie neigte leicht den Kopf: »Ich bin so erfreut wie überrascht. Was führt dich zu mir?«

»Wenn es noch einen Menschen gibt in Rom«, antwortete Jakob mit belegter Stimme, »den ich Freund nennen darf, dann bist du das. Ich bin voller Zweifel – und in Schwierigkeiten, Claudia.«

Sie nahm ihn an der Hand und führte ihn durch die breite Flügeltür, den prächtigen Flur entlang in einen kleinen Saal, in dessen Mitte eine Tafel stand. Dann wies sie ihm einen Stuhl an und bat eine Bedienstete, Essen und Trinken aufzutragen.

Jakob sprach über alles, was ihm im Zusammenhang mit

271

den Morden und seinem Auftrag in den Sinn kam; manches war noch ungeordnet; anderes erzählte er überaus umständlich und ausführlich. Claudia schwieg, als er geendet hatte, dann nickte sie langsam und erklärte, er habe zu Recht Angst.

»Wenn Fabricio Casale erfährt, daß du seinen Brief an Orsini in Händen hast, bist du so gut wie tot«, flüsterte sie, »und ich würde es an deiner Stelle sehr ernst nehmen, daß der Kanzler des Papstes dich vor Casale nicht schützen kann. Von daher ist es klug von dir gewesen, zunächst nicht zu den Farnese zu gehen. Allerdings«, sie stockte einen Wimpernschlag lang, »wirst du dich zu Ambrogio begeben müssen, wenn du erfahren willst, wer Antonia ermordet hat.«

»Warum ausgerechnet zu Ambrogio?« fragte Jakob überrascht.

»Nach allem, was du berichtet hast, muß Ambrogio diese Tat selbst verantworten. Er ist jener Kerzenmacher, der versucht, Gott eine wächserne Nase zu drehen und dir den Mord in die Schuhe zu schieben, und er stellt es geschickt an. Überlege selbst! Am Morgen, als du von Trippa zum Tatort gerufen wurdest, wußtest du lange Zeit nicht, was in der Nacht geschehen war; du hattest einen schweren Kopf vom Wein, und ich gebe dir mein Wort, daß einer deiner Zechkumpane dir Schnaps in den Becher gegossen hat. Keiner der Männer, die bezeugen könnten, daß du allein nach Hause gingst, ist dir wohlgesonnen; Frangipane nicht, den du ans Messer liefern willst, und Garilliati schon gar nicht, denn er ist ein willfähriger Freund der Farnese. Dein Wachmann aus Spanien, dieser Carlos Nunez, wird einen Teufel tun und aussagen – wenn er spricht, gerät er höchstens in den Verdacht, er habe etwas mit Antonias Tod zu tun. Peruzzi würde sich niemals mit einer reichen Familie anlegen, weil er danach sein Leben lang keinen Auftrag mehr erhielte. Im Gegenteil: Böte ihm Farnese ein gutes Geschäft, ließe dich der Meister der illusionistischen Malerei lächelnd über die Klinge springen. Ein Hinweis des Ambrogio Farnese gegenüber dem Governatore genügt, dich in Ketten zu legen, und dann mußt du noch froh sein, nicht in der Casa Santa zu schmachten. Wie leicht man unter der Folter Verbrechen gesteht, welche man nicht begangen hat, mußtest du gestern mit eigenen Augen erleben.«

»Du bist so klug, Claudia, du bist ...«

»Ach was.« Sie lächelte, und ihre blauen Augen funkelten wieder. »Alles hast du selbst gewußt und mir erzählt. Von mir hörst du nur eine Kurzfassung. – Also: Wenn du den Mörder von Antonia finden willst, mußt du zu Ambrogio Farnese gehen!«

Letzte Rätsel

Aufgewühlt verließ Jakob Claudia tief in der Nacht, um zu Cesare und seinen Freunden in ihr Versteck am Monte Celio zu gelangen. Es brauchte eine Weile, bis er wieder einen klaren Gedanken fassen konnte. Dann sah er seine Heimat vor sich und erinnerte sich an manchen Gang von Ingolstadt nach Landshut, wo er auf der Herzogsburg sein Wissen vermittelt hatte. Dort verbanden sich Rechtgläubigkeit und Herrscherwille auf eine wohltuende Art und Weise.

Plötzlich wußte Jakob, daß er nicht länger in Rom bleiben wollte, sondern versuchen mußte, den Dispens des Ordensgenerals für eine Rückkehr nach Bayern zu erlangen, gleichgültig, ob an eine Lateinschule zu München oder an die Universität zu Ingolstadt. Nur in der Heimat würde es ihm gelingen, sein Seelenheil zu retten, das durch die Verderbtheit der Stadt und durch seine Gefühle für Claudia in höchster Gefahr war. Zu nah war sie ihm gekommen, als daß er sie von nun an mit Gleichgültigkeit behandeln könnte. Allein wie sie ihm zugehört hatte, zeugte von einem hohen Maß an Zuneigung, denn wer sich nicht in einen anderen einzufühlen vermag, der merkt sich keineswegs all diese Kleinigkeiten, die Claudia zu jenem überzeugenden Schluß befähigten, der Jakob trotz seiner bedrohlichen Konsequenz von der unheimlichen Angst befreite, die er wochenlang gefühlt hatte. Nun, da er die dumpfe Bedrohung, die sich aus dem Tod von Antonia für ihn ergab, in Verbindung mit der Person des Ambrogio Farnese bringen konnte, kannte er seinen Feind und konnte sich wappnen. Die Angst wandelte sich in Zorn und

Angriffslust, und Jakob nahm sich vor, Ambrogio zur Rede stellen.

Doch nicht nur auf Claudias Fähigkeit zuzuhören gründete die Nähe, die Jakob zu ihr empfand, sondern auch auf ihren Gesten und Bewegungen. War sie zu Beginn auf Abstand bedacht gewesen, rückte sie von Stunde zu Stunde näher und beugte sich vor, als wäre sie bereit, ihn in einer Umarmung aufzufangen. Ihr Mienenspiel wurde im Verlaufe des Gesprächs immer weicher, ihre Stimme legte jede Bitterkeit ab und wurde einschmeichelnd und mitfühlend. Als Jakob sie verließ, stand er ganz unter ihrem Bann und war fähig, ihr jede Sünde, die sie begangen hatte, zu verzeihen.

Je näher er dem Monte Celio kam, desto schärfer trat die Wirklichkeit in sein Bewußtsein zurück, und als er tastend den Weg durch die Dunkelheit suchte, wuchs die Neugier zu erfahren, ob Cesare und Filippo etwas über das Haus bei San Giacomo herausgefunden hatten. Vorsichtig duckte Jakob sich unter einem tiefhängenden Ast durch und schlüpfte zwischen den Mauerresten auf einen dunklen Spalt zu.

»Wer da?«

»Ich bin es«, erwiderte Jakob flüsternd und spürte gleich darauf, wie ihn eine Hand packte und in die Finsternis geleitete.

»Gut, daß du da bist«, sagte Luigi in die Dunkelheit hinein. »Hier streunen Milizionäre herum. Wir müssen vorsichtig sein.«

»Habt ihr etwas herausgefunden?«

»Wenig«, meldete sich Cesare zu Wort. »Gegenüber dem Hospital ist tatsächlich ein Freudenhaus, aber es hat nicht jedermann Zugang. In der Nachbarschaft weiß niemand, wem das Haus gehört; allerdings soll eine gewisse Justina dort Feste für hohe Herren der Kurie ausrichten, und eine Hure aus der Nachbarschaft hat uns erzählt, daß aus dem Haus immer wieder seltsame, jammervolle Geräusche zu hören seien. Wir haben den Eingang mehr als zwei Stunden beobachtet. In dieser

Zeit ist kein einziger Menschen hinein- oder herausgegangen, und die Fenster zur Straße blieben alle dunkel.«

»Ich möchte euch nicht zuviel zumuten«, sagte Jakob, »aber ich wäre euch dankbar, wenn ihr das Haus in den nächsten Tagen weiter beobachten könntet. Ich vermute, daß in diesem Haus ein Schlüssel liegt zur Aufdeckung des Giftanschlages an Frangipane.«

Die Jungen waren einverstanden. Als Jakob sie weit nach Mitternacht verließ, überlegte er, sich schlafen zu legen, doch dann wandte er sich, statt geradewegs auf den Tiber zuzuhalten, hinauf in die Via del Popolo. Er wollte das Bordell bei San Giacomo selbst in Augenschein nehmen und eilte im schwachen Schein der Fackeln dahin, bis er das Marsfeld erreicht hatte. Hier herrschte noch größte Betriebsamkeit. In den Fenstern der Häuser hinter der Piazza Colonna saßen etliche Huren im hellen Licht ihrer Kerzenleuchter und geizten nicht mit ihren Reizen; ihre Mieder waren locker geschnürt, und wenn sie sich vorbeugten, konnte man ihre vollen Brüste sehen. Eine der Dirnen saß sogar in einem aufgeknöpften Hemd in ihrem Fenster, was jede Menge Gaffer anlockte; lautstark wurde um den Preis gefeilscht, bis einer der Männer hinaufspringen durfte und sich über den Fenstersims in das Zimmer der Hure schwang.

Einige Schritte weiter kam Jakob an einem Trümmergrundstück vorbei, vor dem die Huren in aufreizenden Posen standen und mit den Freiern handelten. Jakob empfand ein Gefühl des Ekels, als er diese Art der Lüsternheit beobachtete, und lobte insgeheim seinen Lieblingsplatz, den Campo de Fiori, wo die Geschäfte der Huren zurückhaltender vonstatten gingen.

Gegen San Giacomo zu wurde es ruhiger; vor allem saßen keine Huren mehr in den Fenstern, und als der wuchtige Bau des Hospitals vor ihm auftauchte, begann Jakob nach dem geheimen Bordell Ausschau zu halten. Plötzlich trat aus der Dunkelheit ein maskierter Mann auf ihn zu und fragte ihn mit verstellter Stimme, ob er ein besonderes Vergnügen suche.

276

Überrascht musterte Jakob den Mann; er war in einen schwarzen Anzug gehüllt und trug Handschuhe aus schwarzem Leder; sein Gesicht verbarg eine Ledermaske, in die lediglich für Augen, Nase und Mund kleine Löcher hineingeschnitten waren, und den Kopf bedeckte ein dunkler Spitzhut, in den eine einzige weiße Feder gesteckt war. Der Mann überragte ihn um Haupteslänge.

Jakob zögerte nicht und bejahte lautstark. Vielleicht hatte er ja Glück, und der Mann brachte ihn geradewegs in das geheime Bordell.

Der Fremde nahm seine Hand und zog ihn sanft mit sich. Sie gingen in eine dunkle Gasse hinein und verschwanden in einem schmalen Eingang; über eine enge Treppe gelangten sie in ein muffiges Gewölbe, an dessen Ende eine steinerne Wendeltreppe in Katakomben hinabführte. Fackeln steckten in eisernen Wandhalterungen und verbreiteten einen dämmrigen Schein. In den schmalen Gängen, die sie dann durchschritten, mußten sie hintereinander gehen. Nach ein paar Momenten wurde es Jakob unheimlich zumute. Schon bereute er seinen Entschluß, als sie die Katakomben wieder verließen. Sie gelangten in einen weiten Raum und von dort über eine breite Treppe in einen prunkvollen Saal, der im Schein Tausender von Kerzen glänzte. Jakob prallte bei dem Anblick fast zurück; nackt und eng umschlungen tanzten mindestens zehn Paare zu schmeichelnden Klängen der Laute, drehten und wendeten sich auf den weichen Teppichen und berührten einander an den intimsten Stellen. An den Seiten standen niedrige Diwane, auf denen weitere Paare in eindeutigen Stellungen lagen. Rasch trat eine Dirne auf ihn zu; sie trug einen seidenen Mantel, dessen Innenseite mit weißem Fuchspelz gefüttert war, und bei jedem Schritt schlug der Mantel ein wenig auf und ließ darunter die nackte Haut erahnen.

»Deine Begrüßungsdame«, erklärte der Maskierte und schlüpfte durch die Tür aus dem Saal hinaus.

Jakob konnte nicht anders, als der Dirne, die nun lächelnd

277

vor ihm stand, die Hand zu küssen, ehe er sich von ihr in eine Ecke des Saales führen ließ, wo sie sich ohne Verzögerung daran machte, seine Kutte aufzuknöpfen. Jakob lächelte und fragte wie beiläufig, wer der Herr dieses geheimnisvollen Hauses sei, doch sie legte ihm einen Finger auf die Lippen und streichelte ihm über die Wange.

Plötzlich legte sich von hinten eine Hand auf seine Schulter, und die Hure verneigte sich demutsvoll. Jakob drehte sich um und blickte in Trippas kantiges Gesicht.

»Ich wußte, daß ich dich eines Tages hier treffen würde«, bemerkte der Monsignore lächelnd. »Allerdings hätte ich jetzt, da du die Morde aufgeklärt hast, beinahe nicht mehr mit dir gerechnet. Ist es dir angenehmer, dich mit mir außerhalb dieses Raumes zu unterhalten?«

Jakob nickte, dann wischte er sich den Schweiß von der Stirn und brachte seine Soutane wieder in Ordnung. Hastig folgte er Trippa zur Tür. Wenig später saßen sie auf einem bequemen Diwan und tranken Rotwein aus den Albaner Bergen.

»Meinem Fänger, so nenne ich denjenigen, der nachts auf der Straße nach geeigneten Männern Ausschau hält, habe ich dich genau beschrieben und ihm Anweisung gegeben, sollte er dir jemals begegnen, dich um jeden Preis mitzubringen. Er hat sich ein Fäßchen Rotwein verdient, findest du nicht auch?«

»Ohne Zweifel. Doch nun müßt Ihr mich aufklären, was Ihr hier für eine Rolle spielt.«

»Du weißt es längst, Jakobus. Meinst du, ich falle auf deine aufgesetzte Dummheit herein? Auch ich habe dich längst durchschaut; allerdings hast du mich mit der Anklage beim Governatore überrascht, und daß du mich beim Kanzler in Mißkredit gebracht hast, nehme ich dir wirklich übel.«

»Ich wollte mit dem Kanzler unter vier Augen sprechen, nicht mehr und nicht weniger.«

»Du sprachst über neue Freunde, mein Lieber, die andere Zielrichtungen verfolgen als die Familie Farnese«, erwiderte Trippa vorwurfsvoll. »Laß uns offen miteinander sprechen.

278

Wir fühlen uns beide der Wahrheit verpflichtet und ziehen an einem Strang. – Was willst du von mir? Wessen verdächtigst du mich?«

»Gern würde ich offen mit Euch sprechen, wenn Ihr mir versichern könntet, mir die Wahrheit zu sagen, und zwar von Anbeginn. Was steckt wirklich hinter dem Auftrag, und für welchen Zweck habt Ihr mich benutzt?«

»Was ist Wahrheit, Bruder? – Wollen wir es mit Augustinus halten und sagen, wahr scheint das zu sein, was ist?«

»Nehmt Eure Zuflucht nicht in der Philosophie«, erwiderte Jakob, »sondern haltet Euch an Senecas Leitspruch, wonach die Rede der Wahrheit einfach sei.«

Trippa blickte Jakob an, trank einen Schluck Wein, musterte Jakob nochmals durchdringend, trank wieder und begann zu erzählen.

»Es ist wahr: Wir haben dich benutzt. Zunächst ich, denn ich wollte Casale einen Gefallen tun und die Morde an seinen Mädchen aufklären, da ich annahm, daß sie ihm lästig wurden. Ich kannte dich von jenem Vortrag bei den Dominikanern, den du zu Beginn deines Romaufenthaltes über die Frage der Kausalität gehalten hast. Deine Gedanken waren von luzider Klarheit, und als ich erkannte, daß es für die Aufklärung der Morde eines besonderen Denkers bedurfte, fiel meine Wahl auf dich. Es war nicht schwierig, den Kanzler davon zu überzeugen, heimliche Ermittlungen zu wählen und dich damit zu betrauen, und dein General willigte unverzüglich ein. Aber auch der Kanzler wollte dich benutzen, um durch dich etwas über mich zu erfahren, denn Ambrogio, der alte Fuchs, hat über die Jahre sein Mißtrauen gegen mich genährt und beobachtet mich mit Argusaugen, seit ich das Amt des Kanzleinotars erworben habe. Als ich bemerkte, daß Casale die Aufklärung der Morde gar nicht gelegen kam, setzte ich alles daran, dich von weiteren Ermittlungen abzuhalten, und womöglich wäre alles im Sande verlaufen, wenn Aldobrandino Orsini nicht ermordet worden wäre. Jetzt

279

mußte die Aufklärung weitergehen, denn in diesem Punkt war ich der Familie Farnese viel zu sehr verpflichtet. Hätte ich hier die Ermittlungen nicht angetrieben, hätte mich Ambrogio zu Recht für abtrünnig gehalten, und das konnte ich nicht zulassen. Aber nun wendete sich das Verfahren von einer dem Casale zugedachten Hilfestellung in eine zunehmende Verfolgung meines Freundes, und ich bemerkte mit Sorge, wie sehr Ambrogio versuchte, dich in die Richtung zu drängen, Material gegen den Vizedatar vorzulegen. Ich versuchte noch, dich zu beeinflussen, aber mit einemmal riß unser Kontakt, und ich erfuhr nichts mehr von dir, bis Ennea im Corte Savella saß. Das ist meine ganze Wahrheit zu den Morden; außerdem bin ich selbst sehr daran interessiert, daß Roms Huren nicht ohne Not ermordet werden, denn ihre Arbeit ist einträglich und notwendig.«

»Also gehört dieses Haus Euch?«

»Ja, dieses Haus gehört mir, und du wirst verstehen, daß ich dies nicht an die große Glocke hänge. Meine Art von Festen ist einzigartig in Rom und erfordert einen besonderen Schutz für meine Gäste. Vielleicht hätte ich dich früher ins Vertrauen ziehen sollen. – Jetzt ist alles schwierig geworden, denn die Farnese halten mich für einen Verräter, der nun gegen sie mit Casale paktiert und für die Zukunft darauf vertraut, daß die Colonna an die Macht gelangen.«

Der Monsignore trank erneut von seinem Wein und sah Jakob nachdenklich an. »Ich bin aber kein Parteigänger der Colonna, sondern bleibe den Farnese mein Leben lang verbunden – solange sie mich nicht verstoßen. Ich habe Anspruch auf eine besondere Behandlung; zu viel habe ich für die Farnese getan. Trotzdem ließen sie es an der nötigen Unterstützung fehlen, als ich das Amt des *Notarius cancellariae* erwerben wollte. Ich mußte mir anderswo Unterstützung suchen und fand sie wider Erwarten bei Fabricio Casale. Er verlangte nicht viel, nur manchmal eine falsche Beurkundung oder die Fälschung einer Urkunde, alles kaum von Belang,

280

und kein einziger Vorgang war jemals gegen die Farnese gerichtet. – Du siehst, ich bin kein Verräter, und ich wünsche mir, daß du dies Ambrogio Farnese wissen läßt.«

»Ihr treibt ein doppeltes Spiel; dafür habe ich Euch schon länger in Verdacht. Wie kam es, daß Ihr immer als erster von den Morden unterrichtet wurdet?«

»Der Governatore hatte vom Kanzler persönlich Anweisung erhalten, wenn Huren ermordet werden, die Kurie zu unterrichten und alles zu unternehmen, um öffentliches Aufsehen zu unterbinden; und meine Kanzlei wurde als diejenige Stelle benannt, die zu unterrichten war. Du siehst, es läßt sich ganz einfach erklären. Hattest du etwa mich im Verdacht, hinter den Morden zu stehen?«

»Es gab Augenblicke, da gingen mir solche Gedanken durch den Kopf«, gab Jakob zu. »Doch hielt ich Euch niemals ernsthaft für den Dirnenmörder.«

Trippa blickte nachdenklich auf seine wie stets tadellos gepflegten Lederschuhe. »Daß ich ein doppeltes Spiel gespielt habe, lieber Bruder, ist so wahr, wie es falsch ist. Müssen wir unser Leben so einrichten, daß die Feinde unserer Freunde auch unsere Feinde sind? Oder ist es nicht christlicher gedacht, möglichst alle Menschen als Freunde aufzufassen? Handelten alle wie ich, lösten sich die Feindschaften unter den Menschen auf, und wir lebten weit mehr in Christi Sinne zusammen als heute. Aber ich gebe es zu: Ich bin in einem gewissen Sinne ein Verbündeter von Fabricio Casale geworden und nenne ihn einen Freund; doch das gilt nicht, wenn es gegen die Farnese geht; dann verhalte ich mich neutral, und im Zweifel stünde ich auf der Seite der Familie Farnese; und niemals, verstehst du, niemals wäre ich ein Parteigänger der Colonna.«

»Warum habt Ihr mich von Anfang an auf Bischof Frangipane angesetzt? Hattet Ihr ihn in Verdacht, oder seid Ihr ihm feindlich gesonnen?«

»Er ist als Herr von Ponte Sisto sehr darauf bedacht, ein

gutes Geschäft zu machen. In der Tat hielt ich es für möglich, daß er hinter den Morden steckt, um den unliebsamen Konkurrenten Casale auszustechen. Und immerhin führte dich mein Hinweis letztlich zu dem wahren Täter. Schade, daß Ennea entkommen ist. – Aber nun habe ich dir deine Fragen beantwortet; laß mich die meinen stellen.« Trippas Ton wurde fordernd und barg eine versteckte Drohung. »Was hat Ennea wirklich gestanden?«

»Er hat die Morde gestanden, einen nach dem anderen, wenngleich erst unter der Folter.«

»Das ist mir zu einfach. – Warum hat er Orsini getötet?«

»Er wollte den alten Lustmolch ebenso wie die Huren bestrafen und ein Zeichen setzen gegen die Verderbtheit der Welt. Letztlich kam es ihm darauf an, daß Frangipane die Botschaft verstand; Ennea wollte seinen eigenen Herrn bekehren.«

»Und zum Dank befreit der Herr seinen Diener?« fragte Trippa voller Sarkasmus. »Willst du mir das als deine Wahrheit verkaufen?«

»Was ist Wahrheit?« erwiderte nun Jakob.

Trippa sah sich mit eigenen Worten geschlagen; er rang mit sich, doch dann trug er Jakob seine Vermutung vor, wonach Frangipane Ennea als Werkzeug benutzt und es vor allem auf den Tod Kardinal Orsinis abgesehen hatte.

»Frangipane ist ein übler Parteigänger der Colonna; hinter allem, was in der Stadt zugunsten der Colonna geschieht, steckt dieser verlogene Dickwanst«, erklärte Trippa, und Jakob wunderte sich, wieviel Haß aus diesen Worten sprach. »Allein, mir leuchtet der Zweck nicht ein, den Orsinis Tod erfüllen sollte. Was hat dieser Mord zu bedeuten?«

»War es schlimm für Euch«, stellte Jakob eine Gegenfrage und machte dabei ein so unbefangenes Gesicht, als wüßte er nicht um die Bedeutung seiner Worte, »mit Moncada am Krankenbett des Kardinals zu stehen und feststellen zu müssen, daß er überlebt?«

282

Trippa erbleichte. »Wie meinst du das?«

»Anschließend seid Ihr allzu rasch davongelaufen.«

Der Monsignore schüttelte den Kopf und sprang ärgerlich auf. »Unsinn, blanker Unsinn, Ausgeburt eines kranken Kopfes«, ereiferte er sich und blickte Jakob haßerfüllt an.

»Ich werde es Euch beweisen«, erwiderte Jakob ruhig. »Und jetzt gehe ich nach Hause.«

Wider Erwarten ließ der Monsignore Jakob gehen.

Am frühen Morgen, während der Nebel die Kaiserforen geheimnisvoll einhüllte, plagten sich Luigi und seine Freunde auf und berieten, wie sie den Tag verbringen sollten. Ein Blick in Luigis Lederbeutel stimmte sie wenig vergnüglich; es fanden sich gerade noch sieben Quattrini in der Börse, was bedeutete, daß sie sich auf irgendeine Art Geld besorgen mußten. Massimiliano schlug vor, sie sollten sich an der Baustelle des Palazzo Farnese verdingen; für den Lohn von zwei erwachsenen Lastenträgern würden sie zu viert schuften, das könnte den Bauführer überzeugen.

Beim Gedanken an Bauarbeiten rümpfte Cesare die Nase und meinte, da ginge er lieber zu den Schiffen unten am Tiber und würde beim Entladen helfen. Luigi hingegen stand der Sinn überhaupt nicht nach körperlicher Arbeit.

»Wir könnten bei Peruzzi in der Werkstatt vorbeischauen, vielleicht kann man bei den Dekorationen helfen«, schlug er vor. »Ich habe gehört, Angelo del Bufalo plant eine Karnevalskomödie.«

Der Vorschlag begeisterte die Jungen. Also brachen sie nach der Porta del Popolo auf, in deren Nähe Peruzzi seine Werkstätte hatte. Zu ihrer Enttäuschung gab es jedoch nichts für sie zu tun, und unschlüssig, wie der Tag weitergehen sollte, setzten sie sich an Santa Maria del Popolo auf die Steintreppen. Cesare zog es zu Serena, doch wollte er nichts sagen, weil er befürchtete, von Luigi auf den Arm genommen zu werden. Filippo hielt eifrig Ausschau nach einem verirrten Pilger, dem man die Börse abnehmen konnte. Als die anderen Jungen von Pozzo bianco noch nicht bei der Miliz waren, hatten sie sich oft mit kleineren Diebstählen über Wasser gehalten: Zu dritt traten sie auf den Pilger zu und verstrickten ihn in ein Gespräch, während sich zwei weitere dem Pilger von hinten näherten; einer davon rempelte den Ahnungslosen an, die drei Freunde zeterten und schimpften, der Pilger war verwirrt, und der fünfte Junge zog ihm den Beutel aus der Tasche. Der Trick gelang nicht immer, und oft waren die Taschen der Pilger leer, aber es fanden sich immerhin genug, die ihr Geld sorglos herumtrugen, so daß sich davon leben ließ. Luigi allerdings mochte das Stehlen nicht. Er hielt auf seine vornehme Abstammung von einem Suppliken-Referendar, auch wenn ihn sein Vater nicht anerkannte, und Filippo wagte es erst gar nicht, ihn auf ein geeignetes Opfer aufmerksam zu machen. Plötzlich kam ihm Ennea wieder in den Sinn, daß sie eigentlich vorgehabt hatten, dem Hurenmörder auf den Fersen zu bleiben.

»Du hast recht«, erwiderte Cesare, »wir können nicht einfach so aufgeben; der Schlächter läuft frei herum und ist eine Gefahr für alle. Sollten wir unser Glück noch einmal versuchen und die Cassia hinausgehen? Vielleicht stoßen wir auf seine Spur. Wenn etwas Gras über die Sache gewachsen ist, kommt er womöglich zurück, und die Morde gehen weiter.«

»Eher finden wir ein Goldkorn im Tibersand als Ennea vor den Toren Roms«, belehrte Luigi seine Freunde. »Überall streifen die schwarzen Banden des Papstes und die Truppen der Colonna herum, im Süden stehen die Kaiserlichen bei Ceprano, und im Norden halten Deutsche und Spanier vermutlich auf Florenz zu. Es ist so viel Unruhe im Land, daß Ennea entweder bei Nacht und Nebel überall durchgeschlüpft ist, oder er hat sich ein unzugängliches Versteck gesucht, um keiner der Banden in die Hände zu fallen.«

Die drei anderen schauten betreten; was Luigi sagte, klang überzeugend. Was sollten sie auch ausrichten? Sie waren zu

284

viert, hungrig und ohne ein größeres Geldstück in den Taschen. Beinahe gleichzeitig machten sie wegwerfende Handbewegungen, und Cesare stand auf, um Serena aufzusuchen.

Plötzlich sahen sie Bischof Frangipane auf einem schwarzen Hengst inmitten einer Schar von Söldnern, die an ihren Wappen unschwer als Wachleute der Colonna zu erkennen waren. Die Gruppe ritt auf die Porta del Popolo zu.

Luigi verpaßte Cesare einen Stoß in die Rippen. »Schau, sie reiten die Cassia hinaus; wetten, das hat etwas mit unserem Fall zu tun.«

»Dem dicken Bischof wird der Boden zu heiß.« Cesare rieb sich die Hände. »Wir sollten Jakob verständigen und das Stadttor im Auge behalten.«

Schon in aller Frühe hatte Jakob Bischof Frangipane aufgesucht, um ihn zu fragen, ob er noch im Besitz der Namensliste sei, die Garilliati ihm gegeben habe.

Frangipane zeigte sich überrascht; rote Flecken überzogen sein Gesicht. »Du stehst zu deinem Wort?« fragte er.

Jakob sah ihn verständnislos an.

»Du hast gestern gesagt, du lieferst mir den Beweis, wer der Giftmischer ist«, erklärte der Bischof und holte das Papier aus seiner Schreibstube. Fein säuberlich standen an die zwanzig Namen auf der Liste. Jakob las sie laut vor, blickte Frangipane an und sah ihn bei jedem Namen den Kopf schütteln, bis er schließlich rief: »Den Silvio Lucini kenne ich; er arbeitet bei Trippa in der Schreibstube als Kopist. Manchmal setzt ihn der Monsignore für Fälschungen ein.«

»Ihr meint, Trippa fälscht Urkunden?«

»Selbstverständlich fälscht er; das ist seine größte Einnahmequelle.«

»Seid Ihr sicher? Könnte es nicht sein, daß Trippa seine Scudi auf andere Weise erwirbt? Lustvoller?«

»Großer Gott!« entfuhr es dem Bischof. »Denkst du an das Haus bei San Giacomo? Ich kenne die Gerüchte, doch aus den

285

Büchern ergibt sich eindeutig, daß dieses Haus der Justina gehört, und selbst die Nachforschungen von Casale konnten nichts Gegenteiliges zutage fördern. – Weißt du Näheres?«

»Nein«, log Jakob, »aber ich habe einen Hinweis erhalten, den ich nicht auf die leichte Schulter nehme. Ich hatte gehofft, Ihr würdet mir mehr sagen können. – Doch es hat sein Gutes, daß Ihr auch nicht alles wißt, denn es gibt mir die Möglichkeit, Euch zu verblüffen. Ich werde weiterforschen, das verspreche ich Euch, und den Giftmischer finden. – Übrigens: Ist es wahr, daß Napoleone Orsini neben einem gesattelten Pferd schläft?«

»Wie kommst du darauf?« rief Frangipane ungehalten.

Jakob lächelte und antwortete, er brauche Sicherheiten, ehe er sich auf die Seite der Colonna stelle, und da seien mögliche Verbündete von großer Bedeutung. Es gebe Leute, die behaupteten, Napoleone habe die Seiten gewechselt; er könne das nicht glauben, denn er wisse genau, in welch hoher Gunst der junge Orsini beim Heiligen Vater stehe. Dann zögerte Jakob, ehe er weitersprach: »Ich habe einflußreiche Männer sagen hören, Napoleone würde im Notfall den Papst aus der Stadt befreien, weshalb er seit Tagen neben einem gesattelten Pferd schlafe.«

Frangipane musterte Jakob durchdringend, ehe er wie beiläufig feststellte: »Das ist dem Heißsporn zuzutrauen.«

»Dann hätte der Mord an seinem Großonkel den Colonna keinerlei Vorteil gebracht«, redete Jakob weiter. »Wozu diente dann dieses Verbrechen?«

»Du gibst wohl nie auf«, knurrte Frangipane. »Aber schlag dir das aus dem Kopf; es ist ein Hirngespinst; Ennea hat auf der Folter phantasiert, wie beinahe alle, die heftig aufgezogen werden. Ich habe ihm niemals für den Mord an Orsini gedankt und würde es nie tun. Deine Frage ist vollkommen berechtigt; es macht keinen Sinn, Orsini zu töten, und du solltest hinter den Hurenmorden nicht mehr sehen, als sie sind: Ausgebur-

286

ten eines kranken Geistes, der die Menschen für ihre Lust bestrafen will.«

Jakob gab sich scheinbar geschlagen. »Dann werde ich mich auf die Suche nach dem Giftmischer machen; vielleicht weiß Trippas Kopist etwas.« Er trank seinen Becher aus und ging; als er bereits an der Tür stand, drehte er sich um: »Falls Euch Orsini neben dem gesattelten Pferd etwas bedeutet, solltet Ihr Maßnahmen treffen; Ihr wißt schon, wie ich das meine.«

Im Hinausgehen nahm Jakob aus den Augenwinkeln wahr, wie sich Frangipane das Kinn rieb, und da wußte er, daß der Bischof in den gesamten Plan eingeweiht war.

Auf dem Weg von Frangipanes Haus hinunter zur Engelsbrücke lief er Trippa in die Arme, der ihn freundlich wie nie in den letzten Wochen grüßte und einlud, mit ihm den Kanzler zu besuchen. Glücklicherweise seien alle Mißverständnisse zwischen ihm und den Farnese ausgeräumt, und es treffe sich bestens, wenn sie nun zu dritt die letzten Folgerungen aus den Ermittlungen zögen und den Vizedatar endlich all der Verbrechen überführten, deren er sich schuldig gemacht habe.

Der Zufall, dachte Jakob in Ambrogios Worten, ist eine auf verschlungenen Pfaden herbeieilende Notwendigkeit, und er schloß sich dem Monsignore an.

Trippa ging zielstrebig zum Eingang des Vatikanischen Palastes und nickte dem Schweizergardisten zu, der seinen Körper straffte, als sie durch das Tor traten. Doch wandte er sich dann nicht nach rechts zu den Gemächern des Kanzlers, sondern lenkte ihre Schritte nach links. Wenige Minuten später standen sie in der Capella Sistina. Jakob war geblendet von der überwältigenden Farbigkeit der Fresken, und magisch zog ihn das Bild der Erschaffung der Welt im Gewölbe an. Da schied Gott Licht und Finsternis, schied Wasser und Erde und rührte mit seinem Finger – was für eine kraftvolle Geste! – an Adam.

»Schön, daß ihr beide kommt«, hallte es von der kahlen Altarwand herüber; dort stand der Kanzler Ottavio Farnese.

287

»Kommt näher und seid euch des Ortes und seiner Bedeutung bewußt. Hier findet das Konklave statt, hier entscheidet sich jedes Mal aufs neue die Zukunft der Christenheit. Es ist ein Ort von besonderer Wahrheit.«

Während Trippa forsch auf den Kanzler zuschritt, ließ Jakob sich mehr Zeit und versuchte, das Gewicht dieses einfachen Raumes zu erfassen; er blieb an der Marmorschranke stehen und schaute immer wieder staunend zur Decke hinauf. Peruzzi hatte recht: Was Michelangelo dort oben geschaffen hatte, war nicht mehr von dieser Welt; Gott selbst hatte ihm den Pinsel geführt.

»Michelangelo hat geflucht, sage ich dir«, beteuerte der Kanzler und trat auf Jakob zu, »als er auf seinem Gestell lag und ihm die Farbe ins Gesicht tropfte; manchmal mußten alle weghören, so sehr beschimpfte er Gott für die Zumutung, hier unter diesen Bedingungen zu arbeiten. – Du hast in den letzten Wochen auch manchmal geflucht, Bruder Jakobus, daß du diesen Auftrag erhalten hast, nicht wahr?«

»Nein, Exzellenz, ich habe nicht geflucht, aber ich habe mit meinem Schicksal gehadert und tue es noch, denn ich bin zum Spielball der Mächte und Mächtigen geworden, und auch die Wahrheit wurde verraten.«

»Weil der Täter entkommen ist? Das soll dich nicht bekümmern; er wird seiner Strafe nicht entgehen. Und sonst? Hast du es nicht selbst in der Hand, der Wahrheit zum Sieg zu verhelfen und der Gerechtigkeit zum Durchbruch? Wenn du keine Beweise gegen Casale gefunden hast und keine Aussage beibringen kannst, in der Casale beschuldigt wird, der Drahtzieher hinter all den Verbrechen zu sein, kannst du den Zeugen abgeben, den wir brauchen – und die Wahrheit ist offenbar.«

»Es wird schwierig für mich sein«, antwortete Jakob vorsichtig, »eine Aussage zu machen, die zwar die höhere Wahrhaftigkeit hinter sich weiß, aber nicht der Wahrheit entspricht.«

»Er ist ein Anhänger des Augustinus«, mischte sich Trippa

288

ein, »und hält für wahr, was ist und was er mit seinen Sinnen begreifen kann.«

»Wie mag er dann Gott für wahr halten?« fragte Ottavio Farnese philosophisch. »Wo doch niemand Gott sehen oder hören oder fühlen kann?«

»Das ist eine schwierige Frage für ihn wie für viele Deutsche; man muß nur an Luther denken, wie er sich krampfhaft an der Bibel festhält und mit dürren Worten den Primat des Papstes leugnet. – Besonders schwer fällt Jakobus, mir zu glauben, daß ich ein Freund des Casale sein kann und trotzdem in Eurer Familie, mein verehrter Kanzler, meine unverbrüchliche Heimat sehe.«

»Das fällt ihm schwer?« Die Stimme des Kanzlers war voller Spott. »Ich habe es leichtgenommen, dich bei Casale zu wissen, beinahe, mein Lieber, habe ich gelacht.«

»Wirklich?« Trippa klang unsicher.

»In der Tat; ich stellte mir vor, wie du dich fühlen würdest, wenn beim nächsten Mal weißer Rauch aufstiege und du die sechs Hellebarden sähest. Als ich mir dein dümmliches Gesicht vorstellte, mußte ich einfach lachen. Aber du hast dich zum Glück besonnen.«

»Niemals war ein Besinnen nötig, Exzellenz«, beteuerte der Monsignore, und sein Gesicht wurde bleich, »stets war ich im Zweifel auf Eurer Seite.«

»Ich glaubte es gern; doch glaubwürdiger wärst du gewesen, wenn du mir von Anfang an gesagt hättest, daß du bei Casale so tust, als seiest du sein Freund. Du hättest jedem Mißverständnis vorbeugen können.«

»Ihr könnt nicht an mir zweifeln«, erwiderte Trippa merkwürdig matt und verstummte.

»Nun denn, Bruder Jakobus, nimm zur Kenntnis, daß dieser brave Monsignore und die Familie Farnese in bestem Einvernehmen leben. Es gibt keinen Grund mehr für dich, Ergebnisse deiner Ermittlungen vor ihm zu verbergen. Er ist unser Auge und unser Ohr; was du mir sagst, ist, als wäre es ihm gesagt.«

289

»Gilt dies auch in umgekehrter Richtung?« wollte Jakob wissen. »Was ich ihm sage, ist, als wäre es Euch gesagt?«

Der Kanzler sah ihn erstaunt an und schwieg.

»Oder muß ich, was er weiß, Euch gar nicht sagen, auch wenn Ihr es nicht wißt?«

»Er wird schon wieder philosophisch«, spöttelte Trippa, doch Ottavio Farnese machte eine herrische Handbewegung und forderte Jakob auf weiterzusprechen.

»Neben dem Amt des *Notarius Cancellarie* und der Pfründe in Cerveteri, was, glaubt Ihr, hat der Monsignore noch für Geldquellen?«

Farnese zuckte mit den Achseln; Trippa schaute Jakob mit funkelnden Augen an, als wollte er ihn erdolchen.

»Seht ihn Euch an; was für ein Mienenspiel! Er würde mich töten, wenn er könnte, nur um zu verhindern, daß ich Euch von der Sinnlichkeit erzähle, die den Gast des Monsignore bei besonderen Gelegenheiten überkommt.«

»Ich denke«, fiel der Monsignore Jakob ins Wort, »wir brauchen den Dominikaner nicht mehr; wir wollten noch wichtige Angelegenheiten besprechen.«

»Nichts ist wichtiger als das Vertrauen zwischen dem Hirten und seinen Schafen«, entgegnete der Kanzler und gab Jakob ein Zeichen fortzufahren.

»Er betreibt ein lustvolles Haus bei San Giacomo.«

»Ist das wahr?« entrüstete sich der Kanzler und wandte sich mit vor Zorn erhobener Faust zu Trippa.

Der Monsignore nickte kaum merklich

»Auf eigene Rechnung?« Die Stimme des Kanzlers war drohend geworden.

Trippa nickte wieder.

»Geh mir aus den Augen«, schrie Farnese und wies derart energisch zur Tür, daß Trippa tatsächlich ging; doch noch im Hinausgehen traf Jakob ein Blick von solch glühender Kälte, daß er erschauerte.

»Du leistest gute Arbeit«, bemerkte der Kanzler, nachdem

290

der Monsignore gegangen war. »Morgen machst du beim Governatore deine Aussage gegen Casale, dann ist die Angelegenheit erledigt. Wir Farnese werden uns erkenntlich zeigen.«

»Wenn die Welt eine riesige Wüste wäre«, erwiderte Jakob, »aber ich wüßte, es gäbe die Großherzigkeit der Farnese: Ich hielte die Erde gleichwohl für das Paradies.«

»Ich wußte, daß ich mich auf dich verlassen kann.« Der Kanzler lächelte und klopfte Jakob auf die Schulter.

»Und im Paradies«, fuhr Jakob fort, »schwöre ich keinen Meineid.«

Bleich hatte der Kanzler in der Kapelle gestanden und Jakob grußlos ziehen lassen.

Auf Jakob ruhte nun eine Last, die ihn beinahe zu Boden drückte; doch er wollte keiner Seite nachgeben, sondern bei seiner Wahrheit bleiben und damit die letzten Rätsel lösen. Dazu mußte er in die Löwengrube und sich wie Daniel dem Kampf mit dem Übermächtigen stellen. Also machte er sich auf den Weg zu Ambrogio Farnese. Er nahm nicht den direkten Weg, sondern wanderte am Gianicolo entlang der Aurelianischen Stadtmauer.

Eigentlich, dachte Jakob, kann ich mir nicht vorstellen, wie diese Mauern eingenommen werden sollen; andererseits ist die Mauer sehr lang, beinahe vierzehn Meilen, und es dürfte gar nicht genug waffenfähige Männer in Rom geben, diese gewaltige Strecke zu verteidigen, doch da kein Heer die Stadt vollständig einkesseln kann, gleichen sich die Kräfte aus. Nein, schloß der Dominikaner, über diese Mauern würde kein Feind kommen; und so hielt er die Sorgen der Römer, von dem Heer des Kaisers erobert zu werden, für übertrieben. Obgleich er Rom für eine durch und durch verderbte Stadt ansah und durchaus Sympathien mit jenem Propheten hegte, der in der Nachfolge des »Narren Christi« der Stadt ein Strafgericht vorhersagte, wünschte er keine Gewalttaten. Er sehnte sich nach Frieden und nach seiner bayerischen Heimat.

Sanft wand sich der Tiber unter ihm um die Ewige Stadt, aus deren Häusermeer die Kuppel des Pantheon mächtig herausragte und das gewaltige Halbrund des Kolosseums an die römischen Kaiser erinnerte. Die Sonne wirkte milchig hinter aufziehenden Schleierwolken, es würde Regen geben. Man kann sie lieben, die Ewige Stadt, sann Jakob und lief den Hügel nach Trastevere hinab, aber ich gehöre nicht hierher. Eine letzte Aufgabe bliebe noch, wären die Verbrechen gelöst und die Verschwörung vereitelt: Er müßte einen Weg finden, Serenas und die Zukunft der Jungen zu sichern. Die Jungen konnten vielleicht bei Handwerkern unterkommen, aber Serena? Es gab wenig Möglichkeiten für Frauen außer der Ehe, für die sie zu jung war, und dem Kloster, wohin es Serena nicht zog. Jakob nahm sich vor, bald mit ihr darüber zu sprechen, und zugleich reifte in ihm der Entschluß, Garilliati nichts mehr von den Goldscudi zurückzugeben; mochte Ambrogio Farnese zusehen, wie er dem Bankier das Geld zurückzahlte.

Ambrogio Farnese empfing Jakob mit düsterer Miene in einem schmalen Raum auf der Gartenseite des Hauses. Neben dem Fenster stand ein großes Schreibpult, wie es Jakob aus dem Skriptorium seines Münchner Klosters kannte, und entlang einer Wand waren vom Boden bis zur Decke Regale angefüllt mit alten Folianten. Davor fanden sich ein niedriger Tisch und zwei Schemel, die wenig einladend wirkten; hier wurden geschäftliche Dinge besprochen, hier war nicht der Ort für Gastlichkeit.

»Gern hätte ich dich in die Geheimnisse des römischen Weines eingeführt und dir von meinem Cecubo zu kosten gegeben, den schon die Alten zu loben wußten. Er ist ein besonderer Wein, mit dem wir Römer auf gelungene Taten anstoßen.« Ambrogios dunkle Augen fixierten Jakob, und dabei streckte er sich, so daß sein schmächtiger Körper kräftiger und größer wirkte. Durch und durch Aristokrat, war er von seiner äußeren Erscheinung her Jakob sympathisch wie am ersten Tag; aber sein Verhalten war durchtrieben, und Jakob verstand

292

längst, warum ihn viele als einen alten Fuchs bezeichneten. Auch nun, während er drohend schwieg, lauerte er auf die geringste Blöße, die sich sein Gegenüber geben mochte.

Doch Jakob erwiderte Ambrogios Blick gelassen; er lächelte nicht und verzichtete darauf, sein unschuldiges Gesicht aufzusetzen. Das Entscheidende hatte er bereits dem Kanzler gesagt, und darüber war Ambrogio offensichtlich informiert. Jakob war neugierig, wie es Ambrogio versuchen würde, ihn umzustimmen.

»Antonia, deine Tischnachbarin, starb grausam«, ergriff Ambrogio wieder das Wort. »Der Täter ist nicht gefaßt. Ennea jedenfalls, so berichtet mir der Governatore, hat sie nicht getötet.«

Also hat Claudia recht, dachte Jakob und war lediglich überrascht, mit wie wenig Umschweife Farnese seine Drohung in den Raum stellte.

»Du warst der letzte Mann, mit welchem Antonia gesehen wurde. Garilliati legt jeden Eid darauf ab, daß du mit der Hure das Bordell der Sybille verlassen hast; er hat auch einen Freund, einen Wachmann vom Palazzo Colonna, der sich bereit erklärt hat, zu bezeugen, wie du dich im Halbdunkel des Parks über sie gebeugt und auf sie eingestochen hast. Deutlich konnte dieser ... Nunez alles sehen. Du hast doch gewußt, daß dieser Nunez ein Freund des Bankiers ist; er würde nie etwas anderes aussagen als das, was ihm Garilliati nahelegt.«

Wieder schwieg Ambrogio lange und beobachtete die Wirkung seiner Worte. Er schien nicht zufrieden zu sein.

»Du bleibst so gelassen, mein Freund? Meinst du, es könnte dir noch einmal gelingen, mich im entscheidenden Augenblick eines Offiziers zu berauben? Kein Schachspiel gleicht dem anderen; deine Hoffnung ist trügerisch. – Der Governatore wird sich mit zwei Aussagen begnügen, und ich bin sicher, wenn du im Corte Savella unter der Decke hängst, gestehst du gern.«

»Wie habt Ihr das eingefädelt?« fragte Jakob leise.

»Ich habe für solche Angelegenheiten einen guten Mann,

293

der mußte nur warten, bis die Hure aus dem Haus kam. Innen bestellte Garilliati das Feld; er sorgte dafür, daß dein Wein besonders bekömmlich war und dich sehr müde machte, er schickte Nunez mit der Hure hinaus. Wir wissen alle, was für ein Feigling er ist. Und mein Mann hatte zuvor Gelegenheit, die Leiche der letzten Hure zu studieren. Nichts blieb dem Zufall überlassen.«

»Ihr seid also auch ein Mörder«, bemerkte Jakob. Er blickte Ambrogio ruhig an. »Was habt Ihr nun vor?«

»Ich sagte es bereits: Wenn du nicht gegen Casale zeugst, werde ich beim Governatore Anklage gegen dich erheben.«

Jakob nickte und trat an das Fenster. Der Garten war winterlich kahl. Den Himmel bedeckten graue Wolken; bald würde es regnen. Jakob blickte hinaus und schwieg. Durch seinen Kopf geisterten hundert Gedanken und Bilder; seine Mutter sah er und Abt Anselm, Eberhard grüßte voller Schmerzen aus Ingolstädter Vergangenheit und mit ihrem verführerischen Liebreiz Hildegard, dann waren da Serena und Cesare, Luigi und Claudia, immer wieder Claudia. Ein heißes Brennen fuhr Jakob in die Brust, und als er sich ausmalte, im Kerker zu sitzen und von der Angst vor der Folter aufgefressen zu werden, als er sah, wie er vom Henker in den Strick geworfen wurde, da strömten die Tränen in seine Augen, weil er nicht Abschied nehmen wollte von Claudia, nicht so, nicht ohne sie wenigstens noch einmal in den Armen gehalten und geküßt zu haben.

Ambrogio trat von hinten an ihn heran und legte ihm die Hand auf die Schulter.

»Ist es so schwer?«

Jakob zählte still bis zehn, dann hatte er sich hinlänglich in der Gewalt und antwortete: »Niemals würde ich einen Meineid schwören.« Er blickte auf und sah Ambrogio fest in die Augen. Farnese zitterte. Jakob griff tief in seine Tasche und zog den Brief des Boten hervor. »Dies muß Euch als Beweis genügen.« Er drückte das Papier in Ambrogios Hand und verließ die Villa wortlos.

294

Während sich Luigi und Massimiliano die Zeit bei der Porta del Popolo vertrieben, suchten Cesare und Filippo nach Jakob; doch sie trafen ihn weder beim Collegio Teutonico noch auf dem Campo de Fiori an, und Serena, bei der Cesare besonders gern nachfragte, hatte ihn ebenfalls nicht gesehen. Sie freute sich über Cesares Anwesenheit, und Filippo, der spürte, wie gern die beiden alleine gewesen wären, verabschiedete sich leise und rannte zum Pantheon in der Hoffnung, im Trubel vor der Kirche ein Opfer zu finden, das er um seinen Beutel erleichtern konnte. Ehe Cesare, der zunächst nur Augen für Serena hatte, reagieren konnte, war der Freund verschwunden. Serena ihrerseits hätte Cesare zu gern gleich hier in den Arm genommen, aber sie wußte, daß Apollonia mit Argusaugen über ihre Unschuld wachte, für die sie Jakob ihr Wort verpfändet hatte.

Also rief Serena in die Kammer der alten Kupplerin, sie gehe mit Cesare rasch auf den Campo de Fiori, und noch während Apollonia ihre Zustimmung brummte, schlüpfte sie in ihre Wolljacke und eilte mit Cesare die Treppe hinunter. Unten überfiel sie Befangenheit, und sie gingen mit einem halben Schritt Abstand nebeneinander her.

Cesare wollte Jakob unbedingt von ihrer morgendlichen Beobachtung berichten und hoffte, den Mönch im Laufe des Tages bei Giuseppe anzutreffen.

Sie schlenderten an den Gemüseständen entlang, schwatzten einem Marktweib einige Rüben ab, die knackten, wenn man hineinbiß, und überlegten, was Bischof Frangipane bewogen habe, mit einer Schar von Colonna-Söldnern die Stadt zu verlassen. Dabei drehten und wendeten sie die Frage hin und her, ob Frangipane mit Ennea unter einer Decke steckte oder nicht, und spekulierten über die höhere Gerechtigkeit, von der vor allem Serena hoffte, sie werde Bibianas Mörder ereilen. Unversehens wandte sich ihr Gespräch der Zukunft zu, und scheu fragte Cesare, wie Serena sich die nächsten Monate vorstelle. Unausgesprochen schwang seine Angst mit, sie

295

könnte sich eines Tages von Apollonia überreden lassen, eine erfolgreiche Cortigiana zu werden.

Serena lächelte sanft, als sie Cesares Angst erkannte. »Mach dir keine Sorgen. Ich werde mich nicht verkaufen; ich bin im Haushalt eines Orsini groß geworden und kann die Dienste einer Magd ebenso verrichten wie die einer Kammerzofe. Aber sag, was sind deine Pläne?«

Cesare zuckte mit den Achseln. »Seit meine Mutter gestorben ist, schlage ich mich ohne ein Dach über dem Kopf durch, aber ich bin kräftig. Ich könnte bei jeder Bauhütte anheuern; von meiner Mutter habe ich Lesen und Schreiben gelernt, und ich bin gut im Rechnen, vielleicht nimmt mich auch ein Kaufmann.«

»Das ist doch nicht schlecht«, munterte ihn Serena auf. »Wenn du fleißig und gewissenhaft bist, kannst du hinreichend Geld verdienen.« Sie begann von Olevano und der Zeit zu erzählen, da sie mit ihrer Mutter glücklich gewesen war. In Serenas Pausen hinein wob Cesare seine Geschichte von dem Vater, der für die Genuesen zur See gefahren und eines Tages nicht mehr heimgekehrt war.

Plötzlich bemerkten sie, daß die Dämmerung hereingebrochen war. Sie hatten den halben Tag mit Reden verbracht, ohne daß Jakob aufgetaucht war. Eilig machten sie sich auf, Luigi und Massimiliano an der Porta del Popolo zu treffen, falls die beiden überhaupt noch dort auf sie warteten.

»Du hast die seltene Gabe, die Kurie zu verwirren«, stellte der Ordensgeneral fest und wies Jakob auf einen Stuhl am Fenster.

Der Blick ging unmittelbar auf den Platz vor Sankt Peter hinaus, wo nun, am frühen Nachmittag, lebhafter Betrieb herrschte. Mit raschen Schritten und gebeugten Köpfen huschten die Schreiber, Kopisten und Registratoren in ihre Kanzleien, während die höheren Herren der Kurie, zumal die Bischöfe und Kardinäle, gemessen auf den Palast des Vatikans zu schritten, wenn sie nicht ohnehin mit der Kutsche fuhren.

»Ob es klug war«, fuhr der General fort und setze sich Jakob gegenüber, »den Kanzler mit diversen Eigenheiten zu erzürnen, vermag ich nicht beurteilen; du wirst deine Gründe haben, und ich lege Wert darauf, daß sich der Gehorsam in erster Linie auf den Orden erstreckt und die Unterordnung unserer Gemeinschaft nicht auf die Kurie im allgemeinen, sondern auf den Heiligen Vater bezogen ist. Allerdings spricht der Kanzler oft mit des Papstes Stimme. – Kommst du, weil du nicht weißt, ob du einer Weisung des Kanzlers gehorchen sollst?«

»Wir sind unserem Gewissen verpflichtet, Exzellenz, und legen es in die Hände Jesu Christi. Falls es eine Weisung des Kanzlers gibt, habe ich sie so gut befolgt, wie ich konnte. – Nein, ich möchte mir Dispens von Euch erbitten, Dispens von Rom. – Schickt mich zurück nach Bayern.«

»Zunächst«, unterbrach der General Jakobs fahrige Rede, »beantworte mir noch einmal die Frage: Hast du inzwischen den Wunsch des Kanzlers erfüllt?«

Jakob nickte und gab einen kurzen Bericht der Ereignisse.

»Großartig«, lobte der General. »Ich werde dem Heiligen Vater nahebringen, daß er seine Rettung einem Dominikaner verdankt. – Nun erläutere mir, weshalb du Rom verlassen möchtest.«

Wieder bemühte sich Jakob um eine knappe Darstellung seiner Position, doch hatte er den Eindruck, der General hörte nur noch halbherzig zu. Ziemlich rasch stand der Obere auf und gewährte den Dispens für den kommenden Sommer, wenn die Universität ihre Pforten schließe und die halbe Stadt sich in die Sabiner und Albaner Berge davonmache, um der Hitze zu entfliehen. Bis dahin werde er entscheiden, welche Verwendung für Jakob in Bayern vorgesehen werde; noch diese Woche schreibe er an den Herzog und den Provinzgeneral zu Augsburg. Doch nun solle sich Jakob mit weiterer kriminalistischer

Ausforschung zurückhalten und in Ruhe seine Übungen an der Sapienza abhalten; Zurückhaltung sei vonnöten, um nicht in weitere politische Machenschaften verstrickt zu werden, denn zur Stunde sei die Kurie wie ein aufgescheuchtes Wespennest: Mancher werde schmerzhaft gestochen.

Erleichtert lief Jakob nach der Audienz bei seinem Ordensgeneral hinüber zum Camposanto und legte sich in seiner Zelle auf die Pritsche; er schloß die Augen und vergegenwärtigte sich die Gesichter von Ottavio Farnese, Trippa und Ambrogio; die verbleibenden fünf Monate in der Ewigen Stadt würde er sich vor ihnen hüten müssen. Doch das bedrückte ihn nicht, vielmehr fühlte er in sich den Stolz darauf, daß er nicht klein beigegeben, sondern seine Überzeugung durchgesetzt hatte.

Jakob suchte Trippas Kanzlei auf, um den Kopisten zu befragen. Silvio Lucini traf er in einer kleinen Kammer an, wo der Schreiber, tief über einen Tisch gebeugt, eine Urkunde abschrieb und über die Störung zunächst erfreut schien. Doch als Jakob die Sprache auf das Fest bei Garilliati brachte, verstummte Lucini und wandte sich mürrisch seiner Arbeit zu.

»Ennea habe ich auch zum Reden gebracht«, drohte Jakob nach einer Weile des Schweigens. »Ich weiß nicht, ob du ihn gekannt hast. Er gab ein jämmerliches Bild ab, als er mit ausgekugelten Schultern unter der Decke hing.«

»Mich foltert niemand«, knurrte Lucini und blickte von seiner Arbeit auf. »Was wollt Ihr wissen?«

»Was für eine Aufgabe hattest du auf dem Fest des Garilliati?«

Widerwillig antwortete der Schreiber, er habe die Listen überprüft, auf der die Gäste sowie die Lieferungen an Speisen und Getränke erfaßt waren.

»Das war alles?«

Lucini bejahte und wandte sich wieder seiner Arbeit zu, doch Jakob ließ sich noch nicht entmutigen.

»Es ist eine trockene Luft in deiner Kammer«, bemerkte er. »Ich werde uns etwas zu trinken holen.« Jakob eilte zur Tür, doch Lucini erwiderte, ohne aufzublicken, er brauche nichts zu trinken, Jakob solle sich nicht bemühen, er, Lucini, trinke niemals Getränke, die ihm von anderen gebracht werden.

»Woher dieses Mißtrauen?« fragte Jakob scheinbar ahnungslos.

»Weil man in diesem Haus nie weiß, ob das Wasser bitter oder der Wein gallig ist«, erwiderte der Kopist und starrte Jakob an. Ihm dämmerte, daß er zu übereilt geantwortet hatte, aber irgend etwas trieb ihn weiterzureden. »War es früher der Schwarzstrumpfige, geht heute ein ganz anderer mit seiner Cantarella umher und läßt so manchen zittern. Ich will nicht so grausam enden wie diejenigen, die so ein Teufelsgebräu getrunken haben.«

»Woher weißt du, wie ihr Ende aussieht?«

»Zweimal habe ich es gesehen, und auch bei Garilliati ... dieser arme Hund ... Wenn ich gewußt hätte ...« Erschrocken hielt er inne.

»Wenn du was gewußt hättest?« fragte Jakob drohend nach.

Lucini schwieg einen Moment, dann seufzte er, als würde er sich in sein Schicksal fügen. »Es hätte nicht diesen Hund treffen dürfen. Wie konntet Ihr nur dabei zuschauen?«

»Du hast mich beobachtet?«

»Natürlich. Dafür war ich da; ich mußte einen Botendienst tun und sollte später dem Monsignore Trippa einen Bericht erstatten.«

»Weiter – erzähle!«

»Da gibt es nicht viel zu erzählen. Ich brachte einem der Lakaien ein Päckchen; außerdem sollte ich Bischof Frangipane im Auge behalten, wenn er das Fest verließ. Das war alles.«

Jakob nickte; mehr mußte er gar nicht wissen. Er belehrte den Kopisten, über diese Unterredung vollkommenes Stillschweigen zu bewahren, und verließ die Kanzlei. Auf seinem Weg hinaus achtete er sorgsam darauf, möglichst nicht gesehen zu werden, und als er auf der Straße war, begab er sich sofort zu Frangipane. Mochte der Bischof selbst entscheiden, wie er mit den gewonnenen Erkenntnissen umgehen wollte.

Doch Frangipane war nicht zu Hause.

»Er hat das Pferd genommen«, erklärte der mürrische Diener, und als Jakob besorgte Andeutungen machte, er habe eine wichtige Nachricht für die Verbündeten der Colonna, verriet der Diener, daß sich Frangipane bereits auf dem Weg nach Bracciano befinde, um Napoleone Orsini vor einer drohenden Gefahr zu warnen.

Jakob gab sich erleichtert und dankte dem Diener. Wie eilig es der gute Frangipane plötzlich hatte; die Angst vor einer Entdeckung trieb ihn, und da würde er bald den nächsten Fehler begehen.

Gemächlich schlenderte Jakob aus dem Borgo hinaus. Er wollte sich mit Serena und den Jungen treffen und mit ihnen über ihre Zukunft sprechen; dies sah er als seine letzte Aufgabe an, die er in Rom zu bewältigen hatte. Danach könnte er getrost nach Bayern zurückkehren. Auf einmal mußte er an die Zeit denken, als er im Alter von Cesare ins Dominikanerkloster in München eingetreten war. Das Leben hatte einen festen Ablauf gehabt, bestimmt durch die Andachten, welche den Tag gliederten, die Stunden in der Lateinschule und durch die Arbeit im Garten oder in der Küche. Von Montag bis Samstag glich ein Tag dem anderen, doch kam keine Langeweile auf, vielmehr vergingen die Tage im Nu, denn im Rhythmus der Pflichten gab es keine sinnlose Zeitvergeudung; und schon war wieder Sonntag mit Hochamt und großer Predigt. Auch die Stunden im Skriptorium hatte Jakob genossen und mit Freude gelernt, die Anfangsbuchstaben neuer Kapitel mit Farbe und Blattgold zu verzieren, bis sie wahre Kunstwerke waren. Auch Cesare und seinen Freunden sollte ein erfülltes Leben ermöglicht werden. Noch kein einziges Mal hatten sie ihre Lebensumstände bejammert, sich allenfalls darüber be-

300

klagt, daß es nicht einfach war, einen trockenen und warmen Schlafplatz zu finden. Ich werde eine Lösung für sie finden müssen, bevor ich wieder gehe, dachte Jakob.

Als er bei ihrem Versteck am Monte Celio ankam und den vereinbarten Pfiff ausstieß, blieb alles ruhig. Offenbar waren die Jungen in der Stadt unterwegs. Jakob lief auf den Palatin und setzte sich auf seinen Aussichtsplatz, wo er seinen Gedanken nachhing, bis sich die Dämmerung über die Stadt legte. Langsam stieg er den Hügel hinab und grüßte unterhalb des Kapitols zwei Gelehrte der Akademie, die sich mit Inschriften abmühten.

In den Straßen wurden die ersten Fackeln angezündet, und in all der Betriebsamkeit mußte man nun sogar im Habit der Dominikaner auf der Hut sein. Jakob näherte sich der Engelsbrücke, die kahl und schmucklos auf das Castel Sant' Angelo zuführte, das, von vielen Feuern erleuchtet, über dem Tiber thronte, als besäße die Burg selbst Macht und nicht nur ihr Hausherr Papst Clemens. Fackeln und Feuer warfen ihren Glanz hinauf auf das mächtige Rund Hadrians, und oben loderte ein Scheiterhaufen, als stünde der Stern von Bethlehem über der Engelsburg.

Die Schatten, die sich plötzlich neben ihm aufbäumten, bemerkte Jakob erst, als ein heißer Schmerz seine Brust durchzuckte. Ein Röcheln entrang sich seiner Kehle; er sah das Messer, das ihn getroffen hatte, doch da stürzte er schon und schlug auf das Pflaster. Kalt wurde ihm, als eine totale Finsternis ihn umfing.

»Ihr habt euch mächtig viel Zeit gelassen«, begrüßte Luigi die Ankömmlinge. In seiner Stimme mischten sich Verärgerung und Spott. Streng musterte er die Gesichter von Cesare und Serena. Seine Mundwinkel zuckten. Serena erwartete eine dumme Anspielung und spähte zu Cesare, ob er errötete, doch dann fragte Luigi lediglich, wo Filippo abgeblieben sei.

»Er ist verschwunden«, antwortete Cesare. »Wahrscheinlich ist er auf Beutezug gegangen; wenn wir Glück haben, bringt er uns einen vollen Beutel.«

»Ich mag kein gestohlenes Geld«, entgegnete Luigi. »Seid ihr Jakob begegnet?«

»Nein; er ist den ganzen Tag nicht am Campo de Fiori aufgetaucht«, bedauerte Serena.

»Und im Camposanto haben wir ihn auch nicht angetroffen«, ergänzte Cesare. »Hat sich bei euch etwas getan?«

»Wenn man davon absieht, daß man uns in der Schenke von Beppe ein halbes Huhn geschenkt hat, ist nichts passiert«, erwiderte Luigi. »Laßt uns zum Collegio Teutonico gehen. Bald ist Vesper, mit etwas Glück treffen wir Jakob in der Kapelle.«

Sie gingen zum Tiber hinüber. Als sie an Ara Pacis vorbeikamen, lächelte Serena Cesare zu. Sie sahen die Fackeln und Feuer auf der Engelsburg, bewunderten den wuchtigen Bau im Schein der vielen Flammen und beschleunigten ihre Schritte. Die Brücke selbst lag im Dunkeln; seltsamerweise brannten da keine Fackeln.

»Sehr ihr?« rief Serena und deutete auf die Brücke. Drei Schatten waren über dem zweiten Joch zu erkennen, knapp vor der Mitte, und unvermittelt stürzte einer der Schatten zu Boden.

»Sie werfen jemanden von der Brücke!« schrie Serena und blieb erstarrt stehen.

Der dunkle Körper fiel ins Wasser, genau an der Stelle, wo der Fluß am tiefsten war und am schnellsten dahinströmte. Schon war der Körper verschwunden, und auf der Brücke liefen die beiden verbliebenen Schatten in den Borgo hinein.

»Kommt« rief Luigi und hastete auf die Treppe zu. Cesare, Massimiliano und Serena folgten ihm. Wie der Blitz stürmte Luigi zum Flußufer hinab und rannte neben dem Wasser her durch die Dunkelheit, als habe er den siebten Sinn. Die anderen hatten größte Mühe, ihm zu folgen. Serena stolperte und fiel. Massimiliano schrie entsetzt auf, Cesare drehte sich zu

302

Serena um, die sich mühsam aufrappelte, während Luigi plötzlich verschwunden war.

»Er ist ins Wasser gesprungen«, rief Massimiliano, als Serena und Cesare ihn erreichten hatten. Sie suchten den Fluß ab, aber es war so dunkel, daß sie außer einigen Spiegelungen nichts erkennen konnten.

»Da ist etwas!« Cesare deutete aufgeregt den Fuß hinauf. Tatsächlich, sie konnten einen kleineren Schatten ausmachen, der sich aus dem Wasser löste und versuchte, einen größeren an Land zu ziehen. So schnell sie konnten, liefen sie am Ufer entlang und halfen, Luigi den Mann an Land zu schleifen. Es war Jakob. Er war bewußtlos und blutete.

»Wir brauchen einen Bader«, stellte Luigi fest, »und zwar schnell.«

»Ich hole jemanden«, rief Cesare und rannte in die Dunkelheit davon.

Serena legte ihren Kopf auf Jakobs Brust; sie hörte das Herz schlagen und dankte Gott, daß er noch lebte; dann strich sie über sein kaltes Gesicht.

»Wir müssen ihm die nassen Kleider ausziehen und warme Sachen besorgen«, sagte sie und blickte Massimiliano hilfesuchend an. Der nickte und lief hinter Cesare her.

Die Minuten zogen sich in die Länge. Zitternd und betend saßen Luigi und Serena neben dem ohnmächtigen Mönch, der aus einer Wunde in der Brust blutete. Serena rieb Jakobs Hände und streichelte sein Gesicht. Am Fluß war es totenstill geworden, jedenfalls kam es dem Mädchen so vor. Wenn Jakob jetzt starb, war alles verloren; dann würde es keine Gerechtigkeit mehr geben, und das ganze Leben würde sinnlos sein.

Nichts war zu hören von der Betriebsamkeit der Stadt, die an diesem Abend fröhlich Karneval beging. Viele der Mächtigen und Reichen zog es auf die Engelsburg, wohin der Papst eingeladen hatte, um den Sieg von Frosinone zu feiern. Doch in der Dunkelheit des Tiberufers war die Welt des Glanzes so abwesend, als stünde man tatsächlich am Ufer des Acheron und wartete auf den Fährmann. Doch Charon setzte nicht über, und Serena mußte den letzten Giulo, den sie in der Tasche trug, nicht unter Jakobs Zunge legen, denn kurz hintereinander kamen Massimiliano mit zwei dicken Pferdedecken und Cesare mit einem Bader, der sich sofort an Jakob zu schaffen machte.

Strafgericht Gottes

Die Stille um ihn ließ sich beinahe greifen, ganz im Gegensatz zu den schwebenden Klängen der Harfen und Schalmeien, die ihn eben noch durch die Lüfte getragen hatten. Weit weg war er gewesen und gar nicht von dieser Welt, in einem unendlichen Raum war er dahingesegelt. Er hatte Claudia gesehen, die wie ein heller, silbriger Schatten um ihn gewesen war und ihn mit ihren wunderbar blauen Augen angesehen hatte. Und vielleicht hatte er sogar in Gottes Antlitz geschaut. Jedenfalls war ihm alles ganz leicht vorgekommen, als würde alles um ihn nur aus Licht und Musik bestehen.

Als Jakob die Augen aufschlug, wußte er nicht, wo er sich befand. Die Stille, die ihn anscheinend geweckt hatte, klang schmerzhaft in seinen Ohren. Es war dunkel um ihn herum; nur zu seinen Füßen zeichnete sich eine schmale Scharte ab, durch die in goldenen Linien Licht fiel. Er lag in einer winzigen Zelle, die kaum breiter war als die Pritsche. Die Wände waren mit kleinen Ziegeln gemauert, die flach aufeinander lagen, ganz anders als im Collegio Teutonico. Jakob versuchte sich zu erinnern, aber sein Gedächtnis blieb seltsam träge. Vorsichtig hob er den Arm an, zunächst den rechten, dann den linken; die Arme gehorchten, und er wollte sich aufrichten, doch als er sich mit dem Ellbogen abstützte, durchzuckte ihn ein solcher Schmerz, daß er zurückfiel und aufschrie. Plötzlich setzte sich ein Dämon auf seine Brust, und der Dämon hieß Angst, und Jakob spürte die beklemmende Kälte stärker als je zuvor und erinnerte sich an die dunkle Engelsbrücke und die aufspringenden Schatten und das schwarze Wasser. Die Angst schnürte ihm die Kehle zu, und er schrie noch einmal, nicht vor Schmerz, sondern um seine Angst loszuwerden. Da knarrte die Tür in ihren Angeln, und Serena trat an seine Seite.

»Gott sei Dank«, rief sie. »Du bist endlich aufgewacht.«

Mit einem weichen Tuch tupfte sie ihm den kalten Schweiß von der Stirn, nahm seine Hand und hielt sie.

Jakob spürte, wie die Angst verschwand.

Mehrere Wochen vergingen, bis sich Jakob von seiner tiefen Wunde erholt hatte, und als er das erste Mal einen Spaziergang auf den nahen Palatin unternahm, war es Mitte März geworden. Ein milder Frühling verwöhnte die Ewige Stadt, in der die Anspannung wuchs, weil die kaiserlichen Truppen inzwischen oberhalb von Florenz lagen und ebenso eine Bedrohung für Rom darstellten wie die Söldner des Vizekönigs Lannoy, die sich gemeinsam mit den Truppen der Colonna erneut bei Frosinone festgesetzt hatten. Das Unheil schien seinen Lauf zu nehmen, und der von Skrupeln und Furcht geplagte Papst verprellte mit seinem Wankelmut die letzten Freunde des Heiligen Stuhls.

Jakob hörte den Geschichten aufmerksam zu, die Luigi ihm beinahe täglich zu berichten wußte. Sein Vater weihte ihn in die Geheimnisse der Politik ein, und zwar nicht mehr nur an weinseligen Abenden, sondern beim täglichen Abendessen, denn der Suppliken-Referendar Francesco Verrazano hatte sich zum Ende des Karnevals entschlossen, seinen Sohn anzuerkennen und in seinem Haus aufzuziehen. Luigi konnte sich den Sinneswandel seines Vaters nicht erklären, aber er genoß es, nun ein Zuhause zu haben, und er widmete sich den Studien in der Lateinschule so fleißig, daß sein Vater wirkliche Freude darüber empfand. Über alldem vergaß er aber seine Freunde nicht, und so kam es, daß er beinahe täglich in der kleinen Zelle in San Clemente vorbeikam und Jakob auf dem laufenden hielt. In dieser uralten Christenkirche, die bereits der ersten Gemeinde zu Rom gedient hatte, hatte Jakob Unterschlupf gefunden, nachdem ihn der Bader am Tiberufer

306

notdürftig versorgt hatte. Monsignore Benedetto Baldi, der Pfarrer von San Clemente, gehörte nicht zu den Freunden der Kurie und sah es als seine Christenpflicht, einem Verfolgten Schutz zu gewähren. Deshalb konnte Jakob sich vor allen Nachstellungen einigermaßen sicher wähnen. Im Collegio Teutonico jedenfalls wäre er in großer Gefahr gewesen. Wenn die Mörder erfahren hätten, daß Jakob noch am Leben war, hätten sie vermutlich keinen Augenblick gezögert, einen erneuten Anschlag auf sein Leben vorzunehmen.

Als Jakob seine Lage überdacht hatte, bat er Luigi, sich bei Nacht in seine Zelle am Camposanto zu schleichen und das Säckchen mit Garilliatis Gold zu holen. Luigi aber kehrte mit leeren Händen zurück. Er hatte das Versteck gefunden, doch es war leer. Die Attentäter schienen auch von Jakobs geheimem Vermögen gewußt zu haben und hatten seine Zelle gründlich durchsucht. Die Strohmatratze war aufschnitten und vollkommen zerfleddert gewesen.

Jakob war froh um die Scudi im Saum seiner Kutte. Der Zustand, in dem Luigi seine Zelle angetroffen hatte, bewies, daß sein Verschwinden im Kollegium noch nicht allgemein bekannt geworden war und es offensichtlich dem Mörder nicht darauf ankam, Jakobs Fall den Behörden zu offenbaren. Erst als Luigi drei Wochen später noch einmal im Camposanto Nachforschungen anstellte, bemerkte er, daß man Jakobs Zelle nunmehr einem neuen Pilger zugewiesen hatte.

Die Welt veränderte sich rasch in diesen Tagen, die Jakob auf seinem geheimen Krankenlager verbrachte. Die immer größer werdende Angst der Römer vor den kaiserlichen Truppen hatte zu nochmaligen Aushebungen für die Bürgermiliz geführt; dabei fiel Filippo einem Capitano in die Hände, der ihn zu den anderen Straßenjungen der Porta Maggiore brachte, woraufhin sich Massimiliano, den das Abenteuer reizte, freiwillig meldete. So waren die Banden von Luigi und Cesare bei der Bürgerwehr vereint und gaben unter einem aufmerksamen Capitano eine kampfstarke Truppe ab. Cesare

307

und Serena aber fanden bei Monsignore Baldi in einem Nebengebäude von San Clemente Unterschlupf und gingen dem Pfarrer in vielerlei Hinsicht zur Hand, wobei Serena allmählich in die Rolle einer zweiten Haushälterin hineinwuchs und in Cecilia, die seit mehr als zwanzig Jahren dem Baldi seinen Pfarrhof führte, eine Ersatzmutter fand. Giovanni verblieb gegen einige Giuli bei Apollonia; es wäre zu auffällig gewesen, im Pfarrhof neben der neuen Magd und dem jungen Stallburschen auch noch ein kleines Kind aufzunehmen.

Meine letzte Aufgabe hat sich somit von selbst erledigt, dachte Jakob, als er am siebzehnten März des Jahres 1527 auf seinem Marmorblock oben am Palatin in der Sonne saß und auf die Kaiserforen blickte, wo der Titusbogen stolz von alten Zeiten kündete. Der Dominikaner genoß den Ausblick und freute sich zugleich, daß der Abschied näher rückte. Noch wußte er nicht, wie er mit seinem Ordensgeneral in Verbindung treten sollte, ja, er war sogar mißtrauisch, ob sein Oberer nicht auf irgendeine Art und Weise mit den Mächtigen der Kurie verstrickt war und gar kein Interesse daran hatte, Jakob unter den Lebenden zu wissen. Da sich die Ansichten des Heiligen Vaters beinahe täglich änderten und jeder, der höhere Würden trug, versuchen mußte, den Pontifex Maximus nicht zu verärgern, war es ratsam, sich noch eine Weile versteckt zu halten. Zudem hatte sich die Zahl seiner Feinde nochmals erhöht, denn der Komtur von Farfa, der heißblütige Napoleone Orsini, war wegen Jakobs Ermittlungen verhaftet und in ein Verlies der Engelsburg geworfen worden. Der Papst hatte ihn dann zwar begnadigt und freigelassen, doch ein Orsini würde nicht eher ruhen, bis er sich an dem gerächt hätte, der ihm diese Schmach bereitet hatte. Bischof Frangipane war nicht mehr in die Stadt zurückgekehrt, sondern hatte sich angeblich, nachdem er Napoleone – vergeblich – gewarnt hatte, zu den Truppen des Pompeo Colonna durchgeschlagen und soll, so berichtete es zumindest Luigi, die Mitra des Bischofs mit dem Helm des Soldaten vertauscht haben. Der *Notarius can-*

308

cellariae dagegen, Monsignore Trippa, betrieb seine Geschäfte wie eh und je und schien sich im besten Einvernehmen mit Ottavio und Ambrogio Farnese zu befinden, und vom berüchtigten Vizedatar Fabricio Casale hörte man, daß er in heimlicher Amtsführung die Fäden in der Kurie ziehe, als hätte er niemals eine Verschwörung gegen den Medici-Papst angezettelt. Von Ennea hingegen gab es keinerlei Nachrichten, dennoch fühlten sich die Huren von Rom einigermaßen sicher, denn selbst hinter vorgehaltener Hand war nicht mehr von neuen Morden die Rede.

Jakob freute sich auf seine Rückkehr nach Bayern. Nichts hielt ihn noch in Rom, außer …

Er blinzelte in die Sonne und blickte zum Kollosseum hinüber, dem mächtigsten Bauwerk, das die Antike in Rom hinterlassen hatte. Nein, eine Angelegenheit hatte er noch zu erledigen. Er mußte Claudia noch einmal sehen.

Seine Genesung schritt langsam voran, und selbst als der späte April mit heftigen Stürmen und sintflutartigen Regenfällen kam, war Jakob noch kurzatmig und spürte gelegentlich einen tiefsitzenden Schmerz in der Lunge, die von dem Messerstich verletzt worden war. Nach wie vor lebte er versteckt in San Clemente und hatte es nicht gewagt, mit seinem Ordensgeneral in Verbindung zu treten. Die Stadt wurde zunehmend zu einem Hexenkessel, weil viele der Reichen und Mächtigen ihr Hab und Gut zusammentrugen und auf Karren und Schiffen hinausschafften, und die Römer, die bleiben mußten, lauschten gebannt auf die Nachrichten, welche man von den Kaiserlichen vernahm, die in der Toskana wüteten. In seiner Not versuchte der Papst, sich in die schützenden Hände des Vizekönigs zu begeben, und ein Botschafter schrieb: »Der Papst hat sich, man muß es sagen, den Kaiserlichen auf Gnade und Ungnade ergeben. Alle Welt staunt über solche Verfahrensweise; ohne Zweifel hat dies so der Wille Gottes angeordnet, um diese Kirche und ihren Regenten zu verderben.«

Jakob mochte nicht glauben, daß Rom von fremden Truppen erobert werden könnte. Trotzdem befiel ihn eine gewisse Angst, und er nahm sich vor, die Stadt in den nächsten Tagen zu verlassen, ohne nochmals mit seinem Ordensgeneral zu sprechen. Nur eines blieb ihm noch zu tun, ehe er ging, und er bat Serena, ihm hierbei behilflich zu sein.

»Was ist es für ein Wunsch«, fragte sie, nachdem er sie zu sich gebeten hatte, »den ich dir erfüllen kann?«

»Geh bitte zu Claudia, und erkundige dich, wie es ihr geht. Beobachte genau, ob sie offen sprechen kann, und frage, ob sie in letzter Zeit behelligt wurde. Wenn du glaubst, sie kann frei sprechen. dann sage ihr, daß ich lebe, und bitte sie, mich zu treffen.«

Serena lächelte; diesen Auftrag hatte sie längst erwartet.

Auf ihr Pochen öffnete Marcina, doch als Serena Claudia zu sprechen begehrte, schüttelte sie den Kopf; ihre Herrin wohne nicht mehr in diesem Haus, sondern habe sich zurückgezogen, gab sie Auskunft und verriet selbst auf inständige Bitten hin nicht, wo Claudia zu finden sei. Da Serena sich keinesfalls mit dieser dürftigen Auskunft zufriedengeben wollte, ging sie in den Borgo hinüber, um sich mit Luigi zu beraten. Wenn jemand Claudias Aufenthaltsort herausbekommen konnte, dann der Sohn des Suppliken-Referendars.

Dank ihrer schlichten Kleidung, der streng unter einer Haube versteckten Haare und des straff gebundenen Mieders gelangte Serena unbehelligt durch die Stadt und traf Luigi unweit der Kanzlei des Monsignore Trippa in einer Schreibstube an, wo er die Aufgaben erledigte, die er am Vormittag von seinem Lehrer erhalten hatte. Er war überrascht, Serena zu sehen, und zugleich beunruhigt wegen möglicher schlechter Nachrichten, doch als er hörte, daß lediglich Claudia zu suchen war, legte sich seine Besorgnis, und er versprach, sich umzuhören.

Serena ging wieder hinaus auf die Gasse, die neben Trippas Haus unter dem Passetto hindurchführte, und wollte sich

310

schon in Richtung Engelsburg wenden, als sie einen Schatten an der Ecke bemerkte und Trippas Stimme erkannte. Sie hielt den Atem an und drückte sich an die Hauswand. Der Monsignore flüsterte mit einem Unbekannten.

»… müssen das Heft des Handelns wieder in die Hand nehmen«, hörte Serena den Fremden, dessen Stimme trotz des Flüstertons von schneidender Schärfe war.

»Zum Glück sind wir den deutschen Dominikaner los«, erwiderte Trippa, und in seiner Rede lag eine seltsame Unterwürfigkeit.

»Wer weiß, was der Tedesco noch alles angerichtet hätte, wenn ich nicht meine Leute geschickt hätte. Allerdings beunruhigt es mich, daß seine Leiche nirgends gefunden wurde.«

»Sie wird ins Meer gespült worden sein.« Trippa beeilte sich, die Sorge seines Gegenübers zu zerstreuen.

»Wir hatten Niederwasser; da schwemmt es die meisten bereits an der Tiberina an. Ich möchte, daß du Erkundigungen über den Verbleib der Leiche einholst. Und dann«, hier senkte der Unbekannte seine Stimme zu einem Flüstern, »kümmere dich um Claudia. Sie will sich zur Ruhe setzen und hat eine Villa am Esquilino bezogen. Das ist nicht gut fürs Geschäft. Sage ihr, das Trauerjahr sei vorbei; sie müsse in die Fußstapfen ihrer Schwester treten, ansonsten …«

Trippa flüsterte: »Cantarella?«

Serena erschrak. Sie nahm all ihren Mut zusammen und eilte mit schnellen Schritten aus der Gasse. Sie wandte sich Richtung Engelsburg und versuchte, einen Blick auf den Mann zu werfen, mit dem sich der Monsignore unterhielt. Er war schmächtig und unscheinbar; sein blasses Gesicht wirkte müde, aber die wasserblauen Augen bewegten sich in aufmerksamer Unruhe hin und her.

Kaum war Serena aus dem Blickfeld der beiden Geistlichen geraten, rannte sie, so schnell sie konnte, zurück zu Luigi und berichtete ihm, was sie gehört hatte. Luigi verschloß seine Sachen in einer Lade unter dem Schreibpult und verließ mit

311

Serena den Borgo, um sofort mit der Suche nach Claudias Villa am Esquilino zu beginnen. Er ließ sich den fremden Mann beschreiben und nickte: »Das war Fabricio Casale. Es ist ungewöhnlich, daß er seine Schreibstube verläßt, und noch bemerkenswerter, daß er auf offener Straße solche Angelegenheiten bespricht. Aber da siehst du, was von Monsignore Trippa zu halten ist. Wetten, die beiden stricken am nächsten Komplott?«

»Mit dir wette ich über solche Sachen nicht. Das Schlimme ist, daß es schon wieder keinen Frieden für Rom gibt. Trippa spioniert Jakob hinterher. Er muß so schnell wie möglich die Stadt verlassen.«

»Kann Jakob denn inzwischen wieder richtig laufen?«

»Es ist ein Jammer; wenn er von der Unterkirche heraufkommt, ist er vollkommen außer Atem. Er kann unmöglich die lange Wanderung nach Bayern auf sich nehmen.«

»Wir müssen ihm ein Pferd besorgen.«

Sie liefen durch die Stadt und erreichten bald die Rückseite des Esquilino, wo sie eine Villa nach der anderen in Augenschein nahmen und nach den Besitzern fragten. Bereits beim fünften Haus hatten sie Glück, und nach einem kurzen Disput mit einem breitschultrigen Hausknecht wurden sie eingelassen.

»Wie habt ihr mich gefunden?« fragte Claudia die beiden überrascht und führte sie in ein kleines Zimmer auf der dem Garten zugewandten Seite. Serena gab das belauschte Gespräch wieder, und Claudia erbleichte. »Sie wollen mich nicht in Ruhe lassen«, flüsterte sie. »Ich lasse mich nicht mehr von ihnen beherrschen, nein, weder als Cortigiana noch als Ruffiana will ich weiterleben; ich bin eine Signora onesta!« Ihre Stimme klang kämpferisch. Sie bat Serena und Luigi, kurz auf sie zu warten, und ging hinaus.

Nach einiger Zeit kehrte sie in Männerkleidung zurück.

»Ich werde euch sofort zu Jakob begleiten. Gehen wir.«

312

Jakob sprang von seiner Pritsche auf, als er Claudia erkannte, und breitete die Arme aus. Die Umarmung der beiden dauerte so lange an, daß Serena und Luigi einander peinlich berührt ansahen. Endlich vermochte Jakob sich zu lösen. »Schön, daß du da bist«, sagte er leise und schaute Claudia an.

Ihre blauen Augen funkelten. »Du bist mager geworden«, sagte sie, und dann, nachdem Serena kurz berichtet hatte, was vorgefallen war, beschlossen sie, zum Paladin hinaufzugehen. Jakob wollte Claudia seinen Lieblingsplatz zeigen.

Sie setzten sich auf den Marmorblock und blickten auf die Kaiserforen hinab, sahen das Kolosseum, rechter Hand den Monte Celio und links das Häusermeer der Stadt und hatten doch für das alles keinen rechten Blick. Still lauschte Claudia Jakobs Schilderung und durchlitt mit ihm noch einmal, was er durchgemacht hatte. Ja, der Bader hatte keine zwei Quattrini mehr auf den Verletzten wetten wollen, dessen rechte Lunge von dem Messerstich arg verletzt worden war. Von seinen Fieberträumen sprach Jakob zögernd. Flüsternd gestand er, im Gedanken an den Tod nichts weiter gewünscht zu haben, als sie zu umarmen und zu küssen. Er schloß die Augen und meinte, vor Scham in der Erde versinken zu müssen. Doch dann spürte er, wie Claudia sich über ihn beugte und sich ihre Lippen ganz sanft, als wollten sie einen Schmetterling berühren, auf seinen Mund legten.

Die Nacht vom 25. auf den 26. April des Jahres 1527 verbrachten Jakob und Claudia im ehemaligen Versteck von Cesare am Monte Celio. Sie schmiegten sich aneinander auf den alten Strohmatten der Jungen und vergaßen die Welt, in welcher Clemens von dem Vizekönig abrückte und ankündigte, Rom gegen jeden auf der Welt zu verteidigen. In Florenz bereiteten die Freunde der Republik einen Umsturz vor, bei Siena schirrten die Söldner des Kaisers ihre Pferde, vor Palestrina sammelten sich die Truppen der Colonna. Wie sich auf dem Meer allmählich Wolken zusammenballen und immer dichter werden und schließlich, wenn sie das Land erreichen, von dräuender Gewitterschwärze sind, so verstärkten sich die Kräfte gegen das päpstliche Rom in dieser Nacht.

Als dann der Morgen graute, nahmen Claudia und Jakob voneinander Abschied. Sie schworen, ihr Geheimnis zu hüten, was immer kommen möge. Claudia kehrte in ihre Villa zurück und versprach Jakob, nichts zu tun, was ihr Leben gefährden könnte, sondern eher den Wünschen des Casale nachzukommen, als durch eine trotzige Verweigerung seine Rachsucht zu reizen. In einigen Tagen würde sie Jakob eine Nachricht senden, wann er sie noch einmal aufsuchen könne, bevor er in seine Heimat aufbrach. Jakob seinerseits gelobte, seine Vorsicht zu steigern und alles zu tun, um den Nachstellungen Trippas zu entkommen.

Eine Amsel saß auf einem Goldregenzweig und spottete lautstark, als sich Jakob und Claudia ein letztes Mal umarmten und dann in entgegengesetzten Richtungen davonschlichen.

Von diesem Tag an blieb Jakob in seiner Kammer. Serena brachte ihm seine Mahlzeiten herauf, und Cesare versorgte ihn mit den neuesten Nachrichten, die Luigi über seinen Vater in Erfahrung brachte, der im übrigen auch mit einem Gardisten über ein Pferd verhandelte, das Jakob baldmöglichst erhalten sollte, um die Stadt verlassen zu können. Doch von Tag zu Tag nahmen sich die Nachrichten bedrohlicher aus, und solange die Kaiserlichen die Stadt gefährdeten, mußte Jakob in seinem Versteck ausharren. Schon gingen Gerüchte um, die Colonna planten in den nächsten Tagen einen Aufstand in Rom und hätten einige Kardinäle auf ihrer Seite, die gemeinsam mit dem Volk die Tore öffnen und das Fußvolk des Pompeo einlassen würden.

Tatsächlich war die Lage noch schlimmer: Die kaiserlichen Horden plünderten Dörfer und Fluren und zuletzt die Stadt Montefiascone, sie lagerten vor Viterbo und vertrieben die päpstlichen Truppen aus Ronciglione. Schon standen sie kurz vor Rom. Viele Männer, die bisher in Treue zur Bürgermiliz

314

gestanden hatten, versteckten sich in Ruinen, andere weigerten sich, zu den Fahnen des Papstes zu eilen. Auch die großen Familien Roms zeigten wenig Bereitschaft, sich dem allgemeinen Wohl der Stadt zu verpflichten, sondern nahmen ihrerseits waffenfähige Männer in Sold, um ihre Palazzi und Villen zu verteidigen; sie verrammelten und vermauerten ihre Häuser und versahen sie sogar mit Geschützen.

Für den Papst und seinen Feldherrn Valerio Orsini, den Onkel des Heißsporns Napoleone, blieben kaum mehr als eineinhalbtausend Mann. Am Abend des 4. Mai dachte sogar Clemens an Flucht, doch seine Berater hielten ihn zurück; Rom sei sicher, beruhigten sie den Nachfolger Petri, und so setzte sich der Papst auf sein Pferd und ritt durch die Stadt, um all jenen zu danken, die sich bereit erklärten, Rom mit den Waffen zu verteidigen.

Alle Tore wurden geschlossen, was seit vielen Jahren nicht mehr angeordnet worden war, und nur wenigen gestattete man den Ausgang. Von seinem Ausritt zurück, rief Clemens am Abend in Sankt Peter zum Kreuzzug gegen den Kaiser auf, diesen Menschenverderber und Bundesgenossen des Satans, und wetterte gegen die Lutheraner und Maranen, die mit mörderischer Wut im Anzug seien. Am nächsten Vormittag predigte er den Römern von der Liebe und meinte die Liebe zum Papst. Doch die kaiserliche Armee unter Führung des bei Mailand siegreichen Bourbon achtete weder den Sonntag noch die Predigten des Heiligen Vaters, sondern zog noch an diesem 5. Mai von Westen her zum Gianicolo. Von der Porta San Pancrazio bis hinauf zur Porta Torrione lagerten an die sechzehntausend deutsche und spanische Söldner, kaum einen Steinwurf von der gewaltigen Stadtmauer entfernt. Bourbon sandte dem Papst einen Brief mit einem Angebot zu einem Waffenstillstand und schickte Emissäre in die Stadt, die freien Durchzug und Verpflegung begehrten, doch die Unterhändler ernteten nur Hohn und Spott.

Luigi brachte die schlimmen Nachrichten selbst nach San Clemente, und Jakob erinnerte sich eines Traumes, in dem er Rom brennen gesehen hatte.

»Die Stadt wird fallen«, flüsterte er und spürte, wie ihn die Angst ansprang, die Angst vor einer losgelassenen, von Haß erfüllten Horde, die sich monatelang durch Regen und Dreck, Schlamm und Schnee hatte schlagen müssen, um nach Rom zu gelangen.

»Wo ist Claudia?« fragte er, doch Luigi wußte es nicht und hielt es auch für zu gefährlich, in dieser Lage nach ihr zu suchen, denn allzu leicht könnten sie den Gehilfen Casales auffallen. Wenn erst die Kaiserlichen in der Stadt waren, wären zudem die Colonna nicht weit und Casale am Ziel seiner Wünsche.

»Wir müssen unsere ganze Kraft darauf verwenden, diesen Ansturm zu überstehen«, versuchte Luigi das Notwendigste auszudrücken, »erst später können wir uns um Claudia kümmern. Wahrscheinlich ist sie im Augenblick sicher. – Du aber, du solltest diese Kammer verlassen und in die Katakomben hinabgehen.«

Jakob zögerte. Sein Drang, sofort in die Stadt zu eilen und Claudia zu suchen, war beinahe übermächtig, aber sein Verstand gebot dem Gefühl Einhalt, denn er wußte, wie wenig er ausrichten konnte.

»Diese Nacht bleibe ich noch in meiner Kammer«, antwortete er. »Sie werden Rom nicht in der Nacht erobern. Morgen will ich deinem Rat folgen und mich im halb verschütteten Heiligtum des Mithras verstecken.«

»Nimm Serena und Cesare mit«, bat Luigi und rannte zurück in den Borgo.

Der Nebel hüllte alles ein und schien sogar den schweren Kanonen ihre Gefährlichkeit zu nehmen. Gott selbst, so glaubten die Deutschen und Spanier, hatte ihnen den Morgennebel geschickt, der vom Tiber aufstieg. Auf leisen Sohlen schlichen

316

die Kämpfer heran, bestückt mit Leitern, Speeren und Handrohren. Sie rückten der Aurelianischen Mauer zu Leibe, kletterten hinauf, kämpften im Handgemenge, schossen den Wehrgang entlang, wurden niedergemetzelt und abgeschlagen, und fast schien es, als könnte Rom triumphieren, denn schon besaßen die Römer sechs eroberte Banner.

Doch unermüdlich bestürmten die Deutschen die Porta Torrione ganz in der Nähe des Camposanto Teutonico, und in stetigen Wellen machten die Spanier die Wachen bei der Pertusa nieder, und als sich das Glück nicht erzwingen lassen wollte, da packte der Feldherr Bourbon selbst ein Handrohr und eine Leiter und stürzte sich auf die Mauer. Er schwang sich etliche Sprossen hoch und deutete den Söldnern, sie sollten sich ein Beispiel nehmen und ihre Leitern anlegen, als ihm ein Schuß den Bauch zerriß und er hintenüber fiel. Einer seiner Diener fing ihn auf und ließ ihn in die Wiese gleiten. Der Prinz von Oranien bedeckte ihn mit seinem Mantel, und mehrere Kämpfer trugen ihn in eine nahe Kapelle, damit er die Sterbesakramente erhielt.

Auf der Mauer brach Jubel aus, denn die Schweizergardisten hatten genau beobachtet, daß der Feldherr der Kaiserlichen dahingerafft war, und beinahe in derselben Minute lief der Ruf durch die ganze Stadt Rom, der Feind sei geschlagen, die Kaiserlichen seien auf der Flucht.

Doch der Sturz ihres Feldherrn schien die Landsknechte und Söldner erst anzustacheln. Ein Zorn, der so gewaltig war, daß er einer Windhose glich, schien in sie zu fahren. Als würden sie jeder Gefahr hohnlachen, kletterten sie auf die Mauer, eroberten die Geschütze, wendeten sie in den Borgo hinein, mähten die Päpstlichen nieder und richteten sie dann gegen die Engelsburg. Einer Horde wütender Teufel gleich, stürmten die Kaiserlichen in den Borgo hinein und schlugen die Bürgermiliz ebenso in die Flucht wie die Schweizergarde des Papstes, die sich vor Sankt Peter dem letzten Gefecht stellte und vor dem Obelisken des Caligula niedergestreckt wurde.

Schon begannen die ersten, in die Häuser der Kurie zu stürmen und Beute zu machen. Wer noch laufen konnte, lief davon; viele flüchteten in den Passetto, um auf die Engelsburg zu gelangen, viele rannten zum Tiber hinunter und stürzten sich in die Fluten, um dem Zorn der Kaiserlichen zu entkommen.

Als das Unheil zu seinen Füßen tobte, raffte sich der ewig unentschlossene Clemens zur Flucht nach Castel Sant' Angelo auf und nahm, während er den Passetto hinunterlief, durch die Fenster des Ganges mit Entsetzen die Mordlust der Deutschen wahr. Auf der Holzbrücke vor dem Kastell gab es ein großes Gedränge. Mit Macht und Gewalt schoben die Wachen des Papstes den obersten Priester durch die Menge und hinein in die Burg, wo er zumindest vorerst sicher war.

Als wollte Gott nicht mit seinem Lohn geizen, ließ er Bourbon noch das Siegesgeschrei seiner Soldaten vernehmen, ehe der Feldherr starb. Sein Leichnam wurde in der Capella Sistina aufgebahrt, und während noch viele seinen Tod feierten, darunter Clemens, der dachte, nun würden die kaiserlichen Truppen führerlos auseinanderfallen, rächte sich sein Tod doppelt, denn nun hielt keiner mehr die Söldner von blindwütiger Plünderung ab. Als schickte Neptun die wildesten Springfluten, rollten die Wellen der Angreifer gegen die Stadttore in Trastevere, bis diese fielen. Dann wüteten die Kämpfe am Ponte Sisto, wo sich die Angreifer über den Tiber in die Stadt ergossen.

Rom war verloren. Brennend und mordend zogen die Kaiserlichen durch die Stadt und rafften an sich, was immer sie für wert befanden. Anderes wurde in Stücke geschlagen und verbrannt. Die Soldaten würfelten auf den Hochaltären und zechten aus Meßpokalen mit den römischen Huren. In den Seitenschiffen der Kirchen wurden die Pferde untergebracht, selbst die Capella Sistina diente als Stall. Überall wurden die Häuser aufgebrochen, und wo die Söldner auf Frauen trafen, taten sie ihnen Gewalt an. Drei Tage dauerte die Plünderung,

318

von der ein Gesandter niederschrieb: »Überall Geschrei, Waffengetöse, Geheul von Weibern und Kindern, Knistern von Flammen – so starrten wir voller Furcht und lauschten, als wären wir allein vom Schicksal dazu bestimmt, den Untergang des Vaterlandes zu schauen.«

Nur die Engelsburg trotzte den Kaiserlichen nach wie vor und schickte mit ihrem schweren Geschütz immer wieder Kanonenkugeln zu den Eindringlingen hinab, wenngleich ohne Erfolg, sondern mehr um des Zeichens willen, daß sich der Papst eisern verteidigte. Die anderen hohen Herren der Kurie, so sie gefangen worden waren, wurden an Stricke gebunden und in der Stadt umhergeführt, ob jemand ein Lösegeld für sie zahlen würde. Bei einigen, wie dem Bischof von Potenza, lohnte der Aufwand, denn gleich dreimal wurde er mit großen Summen ausgelöst, ehe ihn ein rachsüchtiger Spanier im Tiber ertränkte. Andere verkauften die Gefangenen in Soldatenlagern oder würfelten um sie.

Vier Tage hielt sich Jakob mit Serena und Cesare im Keller des antiken Mithras-Heiligtums versteckt. Sie lauschten zitternd auf jedes laute Geräusch, hielten den Atem an und beteten. Mehrere Stunden rumorten barbarische Soldaten oben in der Kirche und schleppten alles Gold und Silber davon, aber den versteckten Eingang in die alten Katakomben ließen sie unbeachtet.

Am fünften Tag beschloß Jakob, hinauszugehen und sich in der Stadt umzuschauen.

Schrecklich war das Strafgericht Gottes über Rom gekommen. Überall qualmten die Ruinen abgebrannter Häuser, und die schönsten Villen lagen in Trümmern, vor allem am Esquilino war kein Haus verschont worden. In manchen Villen lagerten kaiserliche Söldner, die längst jede Disziplin abgestreift hatten. Entsetzt lief Jakob in die Stadt hinein, und sein Atem stockte, als er auf die Via del Popolo traf. Dort, wo bis vor wenigen Tagen der Palazzo Garilliati gestanden hatte, klaffte eine

319

riesige schwarze Lücke. Verbrannt und eingestürzt war das prächtige Haus und unwiederbringlich zerstört der Felsensaal des Baldassare Peruzzi.

Mit bangem Herzen suchte sich Jakob seinen Weg hinüber in die Via de Barbiere, die er zum Glück unversehrt vorfand. Doch die Tür zu Claudias Haus war eingerissen, und als er die Stiege betrat, hörte er vom nächsten Stockwerk her lautes Grölen betrunkener Männer. Er schlich sich vorbei und nahm den gewohnten Weg hinauf zu Claudias Räumen. Dort tobte ein wüstes Gelage. Die Landsknechte hatten die Huren in Purpurmäntel und goldene Gewänder gesteckt und prosteten sich mit heiligen Kelchen zu.

Unbemerkt gelangte Jakob in die Küche und entdeckte die verschüchterte Marcina in Tränen aufgelöst in einer Ecke.

»Marcina, erkennst du mich?« fragte Jakob leise.

Sie wimmerte, starrte in den Boden und schüttelte den Kopf.

»Schau mich an; ich bin es, Jakob, der Dominikaner. Ich will dir helfen.«

Zitternd hob sie den Kopf; ihre geröteten Augen verrieten Jakob, daß sogar ihr die Soldaten Gewalt angetan hatten. Er nahm sie in seinen Arm, hob eine Decke vom Boden auf und legte sie über ihren halbnackten Leib; dann sprach er beruhigende Worte und betete einen Psalm. Erst als er spürte, daß Marcina allmählich ruhiger wurde, stellte er ihr die Frage, die ihn hierhergetrieben hatte.

»Ich weiß nicht, wo Claudia ist«, antwortete Marcina mit brüchiger Stimme. »Sie ist davongelaufen, als sie die Kunde vernahm, die Kaiserlichen hätten den Borgo erobert. Ich habe sie nicht mehr gesehen.«

Drei Tage streifte Jakob auf seiner Suche nach Claudia durch die verwüstete Stadt, aber nirgends entdeckte er eine Spur von ihr. Niemand hatte sie gesehen, und die Hoffnung, sie zu finden, schwand beinahe stündlich. Rom versank mehr und mehr

320

im Chaos. Mit jedem Tag wurde es gefährlicher, sich in den Straßen und Gassen zu bewegen, denn die Söldner gerieten zunehmend außer Rand und Band und raubten und mordeten aus boshafter Lust, und wäre nicht Pompeo Colonna mit seinen Soldaten in die Stadt gekommen und hätte für eine gewisse Ordnung gesorgt, die Raserei der ungebändigten Krieger hätte alles vernichtet.

Mit Colonna kam Frangipane in die Stadt geritten. Stolz und herrisch saß er auf einem glänzenden Rappen, als er Jakob am Palazzo Cancelleria begegnete.

»Ich habe es dir immer gesagt«, rief der Bischof und beugte sich zu Jakob hinab, um ihm den Ring zum Kuß zu reichen, »halte dich an Pompeo Colonna, denn nun wird alles im Namen des Kaisers gerichtet.«

»So habt Ihr Glück«, entgegnete Jakob leise, »und seht Eure Pläne gelungen.«

»Nicht alles ging seinen geraden Weg. Wenn du uns nicht hineingepfuscht hättest, sähe die Stadt weniger jämmerlich aus. Eigentlich sollte ich dich dafür bestrafen, daß du Napoleones Mission vereitelt hast.«

»Das werdet Ihr nicht tun, im Gegenteil. Ihr werdet mir ein Pferd schenken, das mich aus der Stadt bringt, wenn ich Euch mit Gewißheit den benenne, der Euch vergiften wollte.«

»Du hast es wirklich herausgefunden?«

Jakob nickte.

»War es Ambrogio?«

»Nein«, entgegnete Jakob. »Es war Monsignore Trippa.«

Frangipane erbleichte. »Das ist ein Pferd wert.«

Von Claudia fehlte jede Spur, und in den Wirren bestand keinerlei Aussicht, sie zu finden. Serena und Cesare bestürmten Jakob, er möge sich in Sicherheit bringen und die Stadt verlassen; auch Benedetto Baldi riet dringend zum Aufbruch. Frangipane hielt Wort und brachte einen kräftigen Braunen, wie ihn die Lombarden zu reiten pflegten.

321

»Jetzt sind wir einander nichts mehr schuldig«, sagte er zum Abschied und lächelte. Er erwartete eine goldene Zukunft, denn daß Clemens, wenn erst die Engelsburg erobert war, die Mitra an Pompeo abgeben mußte, erschien ihm so sicher wie das Amen in der Kirche.

Geh dahin und freue dich deines künftigen Purpurs, dachte Jakob, als Frangipane die Straße zum Kolosseum hinunterritt. Seinen Gedanken fehlte der Zorn, weil er wußte, daß Frangipane ein geringer Sünder war im Vergleich zu den anderen, die ihr menschenverachtendes Spiel im Hintergrund trieben. Zu gern hätte er gewußt, wie es um Casale und Trippa stand. Doch aus dem Borgo drangen kaum Nachrichten in die Stadt, und vergeblich hatten sie all die Tage gehofft, Luigi wiederzusehen.

Der Abschied nahte. Jakob schnürte seine Sachen zusammen, packte Proviant und füllte einen Weinschlauch. Dann löste er zehn Goldscudi aus dem Saum seiner Kutte, reichte fünf Serena und fünf Cesare und mahnte sie, auf sich aufzupassen.

»Keine Sorge«, brummte Benedetto Baldi, der die aufkommende Wehmut des Abschieds spürte, »die beiden bleiben bei San Clemente und werden ein anständiges Leben führen. Und dich, Bruder im Herrn, sehen wir eines Tages wieder. Dann wird diese Stadt ein anderes Gesicht haben, und keiner wird Rom noch *cauda mundi* nennen. Glaube mir.«

Er umarmte Jakob und strich ihm zum Abschied mit geweihtem Öl ein Kreuz auf die Stirn.

Lange blickte ihm Serena nach, als Jakob die Via Claudia hinaufritt, um bei der Porta Metronia die Stadt zu verlassen, weit weg von den Wirren der Kämpfe um das Castel Sant' Angelo, damit er unbehelligt nach Ostia gelangen konnte und dort die Küste entlang bis in die Gegend von Pisa. So würde er alle Truppen umgehen und mit etwas Glück in einer Woche die Poebene erreichen.

Glück wird Jakob brauchen, dachte Serena und wischte sich

verstohlen die Tränen aus den Augenwinkeln, als der Reiter hinter der Hügelkuppe verschwand. Jakob hatte sich nicht mehr umgesehen. Schade, zu gern hätte sie ihm noch einmal gewinkt. Aber es war gut, daß er ging; in Rom konnte er sich seines Lebens nicht sicher sein; wer wußte, ob Casale noch lebte oder was Trippa vorhatte. Sie würden nicht eher ruhen, bis sie ihren Zorn an Jakob gekühlt hätten.

Als eine Woche vergangen war und ganz Rom unter den Eroberern litt, als die Pest ausbrach und die Deutschen die Spanier und die Spanier die Deutschen jagten, als der Papst in seiner Burg mit seinen Kardinälen immer größere Not litt, als Pompeo Colonna, anstatt sich zum Gegenpapst zu erheben, dem Medici den Stuhl Petri versprach, als schließlich die Kaiserlichen in die Engelsburg eindrangen und die Schweizergarde abzog, da tauchte Luigi bei San Clemente auf. Er war mager und schmutzig, erfreute sich aber bester Gesundheit. Er hatte Neuigkeiten von Monsignore Trippa. Das Pferd eines deutschen Ritters hatte ihn vor dem Vatikanischen Palast niedergeworfen und zu Tode getrampelt. Nur von Fabricio Casale hatte Luigi nichts gehört.

Als er mit seinem Bericht geendet hatte, forderte er Serena und Cesare eindringlich auf, die Stadt zu verlassen, bis die Pest besiegt und alles wieder ins Lot gekommen war.

Benedetto Baldi stimmte ihm zu, und am nächsten Tag brachen Serena und Cesare auf und marschierten zwei Tage bis Subiaco, wo sie im Kloster Scholastica Unterschlupf fanden.

Epilog

Jakob stand auf einem Hügel oberhalb der Isar kurz vor München. Der Himmel war blau, ein sanfter Wind trieb wenige Wolken nach Osten. Im Süden erhoben sich majestätisch die Berge. Er war zu Hause, und beinahe kam es ihm vor, als wären diese zwei Jahre in Rom nur ein Traum gewesen. Die Reise hierher hatte ihn ermüdet, aber trotzdem überwog die Vorfreude auf die Zeit, die nun vor ihm lag. Hatte er seine Aufgabe in Rom erfüllt? Er wußte es nicht, doch wenn er an Serena dachte, fühlte er: Es ist gut.

Als er weiter ritt, hatte er das Gefühl, geradewegs in den blauen Himmel hinein zu gleiten. Er kannte und liebte dieses Blau. Claudias Augen hatten genauso ausgesehen; ein helles, funkelndes Blau.

»Windhauch«, flüsterte Jakob, »Windhauch, sagte Kohelet, Windhauch, das ist alles Windhauch. Er weht nach Süden, dreht nach Norden, dreht, dreht, weht, der Wind. Und alle Flüsse fließen ins Meer, aber das Meer wird nicht voll. Was geschehen wird, wird wieder geschehen; was man getan hat, wird man wieder tun: Es gibt nichts Neues unter der Sonne.«

Glossar

Bella Giulia – Giulia Farnese, die Schwester von Alessandro Farnese und Geliebte Alexanders VI., verheiratet mit dem einäugigen Orsino Orsini; ihr verdankt Alessandro die Kardinalswürde

Borgo – Stadtviertel rund um den Vatikan

Camposanto – Der deutsche Friedhof neben Sankt Peter, »Campo Santo Teutonico« mit dem Kollegiatenhaus »Collegio Teutonico«, in welchem über Jahrhunderte hinweg deutsche Pilger wohnten

Canes domini – »Hunde des Herrn« – verächtliche Bezeichnung für die Dominikaner, welche als Herren der Inquisition galten

Cantarella – Arsenhaltiges Gift, das bevorzugt von Cesare Borgia verwendet und durch diesen in Rom berühmt-berüchtigt wurde; verursacht einen grausamen Tod

Capitaneus prostibuli – Bezeichnung für einen Bordellverwalter

Caporiono – Bezirksverwalter der zivilen Stadtverwaltung von Rom

caput mundi – Kopf der Welt – vielfache Bezeichnung für Rom

Casa Santa – Haus der Inquisition im Borgo

cauda mundi – Schwanz der Welt – vielfache Bezeichnung für Rom in der Hochzeit der Kurtisanen von Papst Alexander VI. bis zum Sacco di Roma

Cazzi – zeitgenössische römische Bezeichnung für den Phallus

Corte Savella – das Untersuchungsgefängnis des Stadtrichters von Rom

Cortigiana – Kurtisane

curialis roman am curiam sequens – Ehrenbezeichnung für eine Frau, die der Kurie verbunden ist; meist an Kurtisanen hoher kirchlicher Würdenträger verliehen

325

Datar – Hohe Verwaltungsposition in der Kurie; zunächst nur für das Datieren der Urkunden zuständig, wird der Datar rasch immer mächtiger

Disputationes – »Seminare« an der Universität, hier wurde der Austausch von Argumenten geübt

Galantdonna – Bezeichnung für Kurtisane

Gianicolo – Hügel oberhalb Trastevere

Giuli – Zweitgrößte römische Währungseinheit, benannt nach Papst Julius II., der die Geldstücke erstmals prägen ließ; vierzig »Quattrini« ergaben einen »Giulo«

Governatore – Ziviler Verwaltungschef und Richter der Stadt Rom

Habemus papam – »Wir haben einen Papst« – Verkündungsspruch zum Ende des Konklave in der Sixtinischen Kapelle

Habito romana – Bezeichnung für die Kleidung der edlen Römerinnen

Hexenhammer – das Buch der Dominikanermönche Sprenger und Institoris wurde zum Standardwerk bei der Hexenverfolgung in Deutschland

Libelli famosi – Bezeichnung für die Schmähschriften, welche die Kurtisanen oft ihren Konkurrentinnen an die Türen hefteten

Mezzani – Schmeichler, elegante Vermittler für Kurtisanen in den gehobenen Schichten Roms, oftmals auch Unterhalter und Musiker

Notarius cancellariae – Bezeichnung für den Kanzleinotar, ein wichtiges Verwaltungsamt in der Kurie

Palli – Bezeichnung der Wappenkugeln der Medici

Panno listato – Schleier der edlen Römerinnen

passetto – der überdachte Gang, welcher die Engelsburg mit dem vatikanischen Palast verbindet

Potta – zeitgenössische römische Bezeichnung für die Vagina

Puttana – einfache Hure in Rom

Quattrini – leinste römische Währungseinheit; vierzig »Quattrini« ergaben einen »Giulo«

Resumptiones – Lektionen an der Universität

Ruffiana – Kupplerin, oftmals auch Beraterin der Dirnen in Mode- und Gesundheitsangelegenheiten

Sapienza – Die alte Universität von Rom in den Räumen des Palazzo della Sapienza

Sbirro (sbirri) – Wachmann, Polizist der Stadtverwaltung

Scudi – Dukaten (größte römische Währungseinheit; zehn »Giuli« ergaben einen »Scudo«)

Seicento – Name eines damals berühmten Rennpferdes

Signora onesta – ehrenwerte Frau, Angehörige der besseren Schichten, oftmals auch Bezeichnung für die Kurtisanen Roms

Summis desiderantes – die Hexenbulle von Papst Innozenz VIII. war der Auftakt zu den großen Hexenverfolgungen der frühen Neuzeit in Mitteleuropa

Territio verbalis – Androhung der Folter und Schilderung der Folterwerkzeuge

Territio realis – Vollzug der Folter

Tribunale criminale del Governatore – Ziviles Kriminalgericht

(lingua) Volgare – Die Sprache des Volkes, das junge Italienisch

Zeittafel

1492 Wahl Alexanders VI. (Rodrigo de Borgia) zum Papst.

1503 Alexander VI. stirbt. Auf das kurze Papat von Pius III. folgt mit Giuliano della Rovere der kunstbeflissene Papst Julius II., der die Via Giulia und die Via Lungara anlegen läßt.

1505 Michelangelo Buonarroti wird nach Rom berufen. Martin Luther wird Augustinermönch.

1506 Die Laokoon-Gruppe wird in den Thermen des Titus aufgefunden. Grundsteinlegung für den Neubau von Sankt Peter, Bramante ist erster Dombaumeister.

1508 Michelangelo arbeitet im Auftrag von Julius II. an den Deckenfresken der Sixtinischen Kapelle. Raffael wird vom Papst nach Rom berufen.

1509 Baldassare Peruzzi beginnt mit dem Bau der Villa für Agostino Chigi, die später »Farnesina« genannt wird.

1511 »Heilige Liga zur Befreiung Italiens« gegen Frankreich wird gegründet. Raffael vollendet die Stanza della Segnatura.

1512 Michelangelo vollendet die Deckenfresken der Sixtinischen Kapelle, Baldassare Peruzzi stellt die »Farnesina« fertig.

1513 Giovanni de Medici wird Papst Leo X. und erhebt Giulio di Medici zum Kardinal. Machiavelli vollendet »Il Principe«, unter dessen Einfluß die päpstliche Politik steht.

1514 Tod Bramantes; Raffael wird sein Nachfolger als Dombaumeister von Sankt Peter.

1515 Franz I. wird König von Frankreich.

1517	Luther schlägt in Wittenberg seine 95 Thesen an.
1518	Ulrich Zwingli beginnt seine reformatorische Tätigkeit in Zürich.
1519	Karl V. wird Deutscher Kaiser.
1520	Kaiserkrönung Karls V. in Aachen. Raffael stirbt; Baldassare Peruzzi wird neuer Dombaumeister an Sankt Peter. Päpstliche Bulle gegen Martin Luther. Luther verbrennt sie in Wittenberg.
1522	Leo X. stirbt, und das kurze Papat Hadrians VI. beginnt.
1523	Giulio di Medici wird Papst Clemens VII.
1524	Franz I. von Frankreich besetzt Mailand und verbündet sich mit dem Papst gegen Karl V.
1525	Karl V. besiegt Franz I. von Frankreich und nimmt ihn gefangen.
1526	Friede zu Madrid und Freilassung von Franz I. »Heilige Liga von Cocgnac« zwischen Franz I. und Clemens VII. wird gegründet. Pompeo Colonna überfällt Rom. Frundsberg zieht mit seinen Landsknechten in die Poebene. Bourbon erobert Mailand
Febr. 1527	Bourbon und Frundsberg brechen mit ihren Heeren Richtung Süden auf. Verschwörung des Napoleone Orsini. Schlacht bei Frosinone mit den Truppen des spanischen Vizekönigs Lannoy.
März 1527	Die kaiserlichen Truppen bei Bologna; Frundsberg erkrankt und verläßt die Landsknechttruppe.
April 1527	Die kaiserlichen Truppen ziehen gegen Florenz und in die Toskana, von dort weiter Richtung Rom. Lannoy steht wieder bei Frosinone. Pompeo Colonna plant einen neuen Aufstand in Rom.
6. Mai 1527	Sacco di Roma: Rom wird vom kaiserlichen Heer erobert und geplündert.
5. Juni 1527	Kapitulation des Papstes in der Engelsburg.
1530	Die Kaiserkrönung Karls V. durch Clemens VII. in Bologna ist zugleich die letzte Kaiserkrönung durch einen Papst.
1534	Nach dem Tod von Clemens VII. wird der »Unterhosenkardinal« Alessandro Farnese Papst Paul III.

Inhalt

»Prächtige Historie, Glanz, Kurtisanen-Elend und Sprecher erster Garnitur – besser geht's nicht.« WAZ

Gräfin Cosel (1680–1765) war die Favoritin von August dem Starken, König von Sachsen. Die Geschichte vom Aufstieg und Fall einer der schönsten und einflußreichsten Frauen ihrer Zeit erzählt dieses historische Hörspiel mit Corinna Kirchhoff in der Rolle der Königsmätresse. »Luxuriös besetzt.« F.A.Z.

J. I. Kraszewskis »Sachsen-Trilogie« im Taschenbuch:
Gräfin Cosel. AtV 1307
Graf Brühl. AtV 1306
Aus dem siebenjährigen Krieg. AtV 1308

Starke Geschichten
Historische Romane bei AtV.

DONNA W. CROSS
Die Päpstin
Der Bestseller: Millionen haben sie verschlungen, die mitreißende Geschichte der Päpstin Johanna von Ingelheim. »Donna W. Cross erzählt Johannas Geschichte als spannendes und historisch glaubwürdiges Beispiel einer unglaublichen Emanzipationsgeschichte.« BRIGITTE
Roman. Aus dem Amerikanischen von Wolfgang Neuhaus. 566 Seiten. AtV 1400. Audiobuch: Hörspiel mit Angelica Domröse, Hilmar Thate u. a. DAV 069

FREDERIK BERGER
Die Geliebte des Papstes
Rom, Ende des 15. Jahrhunderts: Der Adlige Alessandro befreit die junge Silvia aus der Hand von Wegelagerern. Beide spüren, daß sie ein besonderes Schicksal verbindet. Erst drei Jahre später treffen sie sich wieder. Sie lieben sich noch immer, Silvia ist aber einem anderen versprochen. Doch Alessandro gibt nicht auf. »Das ist beste Spannungslektüre voller Abenteuer, Leidenschaft und Sinnlichkeit und – das alles beruht dennoch auf Tatsachen!« WILHELMSHAVENER ZEITUNG
Roman. 568 Seiten. AtV 1690

PHILIPPA GREGORY
Die Farben der Liebe
Die Geschichte einer verbotenen Liebe während der Zeit des Sklavenhandels in England: Francis, ungeliebte Ehefrau eines Bristoler Kaufmanns, soll für ihren Gatten Sklaven von der Westküste Afrikas zu Hausmädchen und Butlern ausbilden. Unter Francis' ersten Schülern ist ein Schwarzer vornehmer Herkunft, viel gebildeter und sensibler als ihr raubeiniger Ehemann. In seinen Armen findet sie endlich Zärtlichkeit und Leidenschaft.
»Viel Intensität und innere Spannung« NEUE RUNDSCHAU
Roman. Aus dem Englischen von Justine Hubert. 540 Seiten. AtV 1699

HANJO LEHMANN
Die Truhen des Arcimboldo
Nach den Tagebüchern des Heinrich Wilhelm Lehmann
In den Kellergewölben des Vatikans wird im Jahre 1848 der junge Schlosser Calandrelli verschüttet. Er stößt dort auf Pergamente, die den Machtanspruch der Kirche untergraben. Zwanzig Jahre später vertraut er einem Ingenieur die Aufzeichnungen von damals an. Es entwickeln sich Intrigen und Machtkämpfe.
»... eine Mixtur aus Historischem und Fiktivem, wobei einem durchaus Bilder aus Ecos ›Der Name der Rose‹ in den Sinn kommen können.« THÜRINGISCHE LANDESZEITUNG
Roman. 699 Seiten. AtV 1542

AtV

Immer wieder lesen: Lieblingsbücher bei AtV.

MARC LEVY
Solange du da bist
Was tut man, wenn man in seinem Badezimmerschrank eine junge hübsche Frau findet, die behauptet, der Geist einer Koma-Patientin zu sein? Arthur hält die Geschichte für einen Scherz seines Kompagnons, er ist erst schrecklich genervt, dann erschüttert und schließlich hoffnungslos verliebt. Und als er eines Tages begreift, daß Lauren nur ihn hat, um vielleicht ins Leben zurückzukehren, faßt er einen tollkühnen Entschluß.
»Zwei Stunden Lektüre sind wie zwei Stunden Kino: Man kommt raus und fühlt sich einfach gut, beschwingt und glücklich und ein bisschen nachdenklich.« FOCUS
Roman. Aus dem Französischen von Amelie Thoma. 277 Seiten.
AtV 1836

LISA APPIGNANESI
Die andere Frau
Maria d'Este ist eine klassische Femme fatale. Die Männer umschwärmen sie, sobald sie nur einen Raum betritt – und den anderen Frauen erscheint sie unweigerlich als Rivalin. Als Maria aus New York nach Paris zurückkehrt, beschließt sie, daß die Zeit ihrer Affären vorbei ist. Doch dann begegnet sie dem Mann, bei dem sie all ihre guten Vorsätze vergißt. Zum ersten Mal lernt Maria die wahren Abgründe der Liebe kennen.
Roman. Aus dem Englischen von Wolfgang Thon. 444 Seiten.
AtV 1664

KAREL VAN LOON
Passionsfrucht
Der Vater des 13jährigen Bo erfährt zehn Jahre nach dem Tod seiner Frau, daß er nie Kinder zeugen konnte. Diese Entdeckung stellt sein gesamtes Leben in Frage. Die Suche nach dem »Täter« wird eine Reise an den Beginn seiner großen Liebe.
Roman. Aus dem Niederländischen von Arne Braun. 240 Seiten.
AtV 1850

NEIL BLACKMORE
Soho Blues
Melancholisch und geheimnisvoll wie ein Solo von John Coltrane, unverwechselbar wie die Stimme von Billie Holiday: »Soho Blues« ist die bewegende Geschichte einer leidenschaftlichen, lebenslänglichen Liebe zweier Menschen, die sich in einem Netz von Abhängigkeit und Verrat, Hoffnung und Desillusion, Liebe und Haß befinden.
»Eine herzzerreißende Lektüre, die große Gefühle weckt.«
OSNABRÜCKER ZEITUNG
Roman. Aus dem Englischen von Kathrin Razum. 286 Seiten.
AtV 1733

Mehr Informationen erhalten Sie unter www.aufbau-verlag.de oder bei Ihrem Buchhändler